【臺灣現當代作家
研究資料彙編】16

張我軍

國立台灣文學館
出版

主委序

　　近年來，臺灣文學創作與出版的旺盛能量，可說是國內讀者與華人文化圈有目共睹的事實；然而，文學之花要開得繁麗燦爛，除了借助作家們豐沛文思的澆灌，亦需仰賴評論者的慧眼與文學史料的積累。是以，國立臺灣文學館「臺灣現當代作家研究資料彙編計畫」第二輯的出版，格外令人振奮。

　　為具體展現臺灣現當代文學的發展與既有研究成果，奠定詳實、深入的臺灣文學史料基礎，國立臺灣文學館於 2010 年規劃並執行「臺灣現當代作家研究資料彙編計畫」，秉持堅毅而勤懇的馬拉松精神，在卷帙繁浩的文獻史料中梳理 50 位臺灣現當代重要作家的生平資料、年表、評論文章，各自彙編成冊，以期呈現作家完整的存在樣貌、歷史地位與影響。此計畫首先在 2011 年完成第一階段，包括賴和等 15 位作家的研究資料彙編，歷經將近一年的悉心耕耘，在眾人引頸期盼中，於 2012 年春天再度推出 12 位臺灣文學前輩作家：張我軍、潘人木、周夢蝶、柏楊、陳千武、姚一葦、林亨泰、聶華苓、朱西甯、楊喚、鄭清文、李喬的研究資料彙編。

　　這群主要出生於 1920 年代的作家，雖然時間座標相近，然因歷史軌跡、時代局勢與身處地域的殊異，而演繹出不同的生命敘事；無論成長於日治時期的臺灣，或是在 1949 年前後由中國大陸渡海來臺者，他／她們窮畢生之力，筆耕不輟，在詩、散文、小說、戲劇、兒童文學、文學評論等方面作出貢獻，共同形塑出臺灣文學紛繁多姿的面貌。

　　由於有執行團隊地毯式蒐羅及嚴謹考證，加上多位專家學者的戮力協助，我們才能懷抱欣喜之情，向讀者推介這一套深具實用價值的臺灣文學工具書，提供國內外關心、研究臺灣文學發展者參考使用；我們期待以此為基礎，滋養臺灣文學綻放出更為璀璨亮麗的花朵。

行政院文化建設委員會主任委員　龍應台

館長序

　　作家是文學的創作主體，他在哪些主客觀因素的影響下，走上了寫作之路？寫出了什麼樣的作品？而這些作品，究竟對應著什麼樣的心靈狀態以及變動中的客觀環境？一般所說的作家研究，即是要解答這些問題。進一步說，他和同時代，或同世代的其他作家之所作，存有什麼樣的異同？和前行代的作家之所作，又有什麼樣的繼承與創新？這些則是有關文學史性質的討論。著名的、重要的作家，從其自身的文學表現，到文壇地位，到文學史的評價，是一個值得全方位開挖的寶庫。

　　現當代臺灣文學的討論，原本只在文壇發生，特別是在文藝性質的傳媒上，以書評、詩話、筆記、專訪等方式出現；隨著這個文學傳統形成且日愈豐厚，出版市場日漸活絡，媒體編輯也專業化了，於是我們看到了各種形式的作家專（特）輯，介紹、報導且評論他的人和文學，而如何介紹？如何報導？如何評論？所形成的諸多篇章形式，竟也逐漸規範化：包括小傳、年表、著譯書目（提要）；人和作品的總論、分期和分類的作品群論、單一作品集和個別獨立文本的個論；其他更有比較分析，或與他人合論等，都有相對比較嚴謹的學術要求。

　　將臺灣現當代作家的研究資料加以彙編，應是文壇及學界很多人的期待。2010 年，在《臺灣現當代作家評論資料目錄》（16 開，8冊）的基礎上，國立臺灣文學館再度委託臺灣文學發展基金會組成

　　顧問群及工作小組，進行《臺灣現當代作家研究資料彙編》的工作，準備出版 50 位作家的研究資料彙編（一人一冊），第一批計 15 冊於 2011 年 3 月出版，包含賴和、吳濁流、梁實秋、楊逵、楊熾昌、張文環、龍瑛宗、覃子豪、紀弦、呂赫若、鍾理和、琦君、林海音、鍾肇政、葉石濤。我仔細看過承辦單位的期中、期末報告書，從其中的工作手冊、顧問會議的紀錄等，可以看出承辦諸君是如何的敬謹任事。

　　現在，第二批 12 冊也將出版，他們是：張我軍、潘人木、周夢蝶、柏楊、陳千武、姚一葦、林亨泰、聶華苓、朱西甯、楊喚、鄭清文、李喬。由於有工作小組執行資料的蒐集整理，且又由對該作家嫻熟者主編，各書都相當完整，所選刊的評論文章皆極富參考價值；我個人特別喜歡包含影像、手稿、文物的輯一「圖片集」，以及輯三的「研究綜述」，前者頗有一些珍品，後者概括性強，值得參考。這是臺灣文學研究界的大事，相信有助於這個學科的擴大和深化。

國立臺灣文學館館長　李瑞騰

編序

◎封德屏

緣起

　　1995 年 10 月 25 日，在臺灣師範大學教育大樓的 201 室，一場以「面對臺灣文學」為題的座談會，在座諸位學者分別就臺灣文學的定義、發展、研究，以及文學史的寫法等，提出宏文高論，而時任國家圖書館編纂張錦郎的「臺灣文學需要什麼樣的工具書」，輕鬆幽默的言詞，鞭辟入裡的思維，更贏得在座者的共鳴。

　　張先生以一個圖書館工作人員自謙，認真專業地為臺灣這幾十年來究竟出版了多少有關臺灣文學的工具書，做地毯式的調查和多方面的訪問。同時條理分明地針對研究者、學生，列出了十項工具書的類型，哪些是現在亟需的，哪些是現在就可以做的，哪些是未來一步一步累積可以達成的，分別做了專業的建議及討論。

　　當時的文建會二處科長游淑靜，參與了整個座談會，會後她劍及履及的開始了文學工具書的委託工作，從 1996 年的《臺灣文學年鑑》起始，一年一本的編下去，一直到現在，保存延續了臺灣文學發展的基本樣貌。接著是《中華民國作家作品目錄》的新編，《臺灣文壇大事紀要》的續編，補助國家圖書館「當代文學史料影像全文系統」的建置，這些工具書、資料庫的接續完成，至少在當時對臺灣文學的研究，做到一些輔助的功能。

　　2003 年 10 月，籌備多年的「台灣文學館」正式開幕運轉。同年五月《文訊》改隸「財團法人台灣文學發展基金會」，為了發揮更大的動能，開

始更積極、更有效率地將過去累積至今持續在做的文學史料整理出來，讓豐厚的文藝資源與更多人共享。

於是再次的請教張錦郎先生，張先生認為文學書目、作家作品目錄、文學年鑑、文學辭典皆已完成或正在進行，現在重點應該放在有關「臺灣現當代作家評論資料目錄」的編輯工作上。

很幸運的，這個計畫的發想得到當時臺灣文學館林瑞明館長的支持，於是緊鑼密鼓的展開一切準備工作：籌組編輯團隊、召開顧問會議、擬定工作手冊、撰寫計畫書等等。

張錦郎先生花了許多時間編訂工作手冊，每一位作家的評論資料目錄分為：

（一）生平資料：可分作者自述，旁人論述及訪談，文學獎的紀錄。

（二）作品評論資料：可分作品綜論，單行本作品評論，其他作品（包括單篇作品）評論，與其他作家比較等。

此外，對重要評論加以摘要解說，譬如專書、專輯、學術會議論文集或學位論文等，凡臺灣以外地區之報刊及出版社，於書名或報刊後加註，如中國大陸、香港、新加坡等。此外，資料蒐集範圍除臺灣外，也兼及中國大陸、香港、新加坡、日本、韓國及歐美等地資料，除利用國內蒐集管道外，同時委託當地學者或研究者，擔任資料蒐集工作。

清楚記得，時任顧問的學者專家們，都十分高興這個專案的啟動，但確定收錄哪些作家名單時，也有不同的思考及看法。經過充分的討論後，終於取得基本的共識：除以一般的「文學成就」為觀察及考量作家的標準外，並以研究的迫切性與資料獲得之難易度為綜合考量。譬如說，在第一階段時，作家的選擇除文學成就外，先考量迫切性及研究性，迫切性是指已故又是日治時期臺籍作家為優先，研究性是指作品已出土或已譯成中文為優先。若是作品不少而評論少，或作品評論皆少，可暫時不考慮。此外，還要稍微顧及文類的均衡等等。基本的共識達成後，顧問群共同挑選出 310 位作家，從鄭坤五、賴和、陳虛谷以降，一直到吳錦發、陳黎、蘇

偉貞，共分三個階段進行。

　　張錦郎先生修訂的編輯體例，從事學術研究的顧問們，一方面讚嘆「此目錄必然能成為類似文獻工作的範例」，但又深恐「費力耗時，恐拖延了結案時間」，要如何克服「有限時間，高度理想」的編輯方式，對工作團隊確實是一大挑戰。於是顧問們群策群力，除了每人依研究領域、研究專長認領部分作家外（可交叉認領），每個顧問亦推薦或召集研究生襄助，以期能在教學研究工作外，為此目錄盡一份心力。

　　「臺灣現當代作家評論資料目錄」專案計畫，自 2004 年 4 月開始，至 2009 年 10 月結束，分三個階段歷時五年六個月，共發現、搜尋、記錄了十餘萬筆作家評論資料。共經歷了三位專職研究助理，近三十位兼任研究助理。這些研究助理從開始熟悉體例，到學習如何尋找資料，是一條漫長卻實用的學習過程。

接續

　　「臺灣現當代作家評論資料目錄」的專案完成，當代重要作家的研究，更可以在這個基礎上，開出亮麗的花朵。於是就有了「臺灣現當代作家研究資料彙編暨資料庫建置計畫」的誕生。為了便於查詢與應用，資料庫的完成勢在必行，而除了資料庫的建置外，這個計畫再從 310 位作家中精選 50 位，每人彙編一本研究資料，內容有作家圖片集，包括生平重要影像、文學活動照片、手稿及文物，小傳、作品目錄及提要、文學年表。另外每本書分別聘請一位最適當的學者或研究者負責編選，除了負責撰寫五千至一萬字的作家研究綜述外，再從龐雜的評論資料中挑選具有代表性的評論文章，全文刊載，平均 12～14 萬字，最後再附該作家的評論資料目錄，以期完整呈現該作家的生平、創作、研究概況，其歷史地位與影響。

　　由於經費及時間因素，除了資料庫的建置，資料彙編方面，50 位作家分三個階段完成。第一階段出版了 15 位作家，此次第二階段出版了 12 位作家的資料彙編。體例訂出來，負責編選的學者專家名單也出爐了，於是

展開繁瑣綿密的編輯過程。一旦工作流程上手，才知比原本預估的難度要高上許多。

首先，必須掌握每位編選者進度這件事，就是極大的挑戰。於是編輯小組在等待編選者閱讀選文的同時，開始蒐集整理作家生平照片、手稿，重編作家年表，重寫作家小傳，尋找作家出版品的正確版本、版次，重新撰寫提要。這是一個極其複雜的工程。還好有認真負責的宇霈、雅嫻、蕙婷，以及編輯老手秀卿幫忙，讓整個專案維持了不錯的品質及進度。

在智慧權威、老練成熟的學者專家面前，這些初生之犢的年輕助理展現了大無畏的精神，施展了編輯教戰手冊中的第一招——緊迫盯人。看他們如此生吞活剝地貫徹我所傳授的編輯要法，心裡確實七上八下，但礙於工作繁雜，實在無法事必躬親，也只好讓他們各顯身手了。

縱使這些新手使出了全部力氣，無奈工作的難度指數仍然偏高，雖有第一階段的經驗，但面對不同的編選者，不同的編選風格，進度仍然不很順利，再加上整個進度掌控者雅嫻遭逢車禍意外，臥病月逾，工作小組更是雪上加霜。此時就得靠意志力及精神鼓舞了。我對著年輕的同仁曉以大義，告訴他們正在光榮地參與一個重要的文學工程，絕對不可輕言放棄。

成果

雖然過程是如此艱辛，如此一言難盡，可是終究看到豐美的成果。每位編選者雖然忙碌，但面對自己負責的作家資料彙編，卻是一貫地認真堅持。他們每人必須面對上千或數百筆作家評論資料，挑選重要或關鍵性的評論文章，全面閱讀，然後依照編選原則，挑選評論文章。助理們此時不僅提供老師們所需要的支援，統計字數，最重要的是得找到各篇選文作者，取得同意轉載的授權。在第一階段進度流程初估時，我們錯估了此項工作的難度，因為許多評論文章，發表至今已有數十年的光景，部分作者行蹤難查，還得輾轉透過出版社、學校、服務單位，尋得蛛絲馬跡，再鍥而不捨地追蹤。有了第一階段的血淚教訓，第二階段關於授權方面，我們

更是如臨深淵、如履薄冰，希望不要重蹈覆轍。

　　除了挑選評論文章煞費苦心外，每個作家生平重要照片，我們也是採高標準的方式去蒐集，過世作家家屬、友人、研究者或是當初出版著作的出版社，都是我們徵詢的對象。認真誠懇而禮貌的態度，讓我們獲得許多從未出土的資料及照片，也贏得了許多珍貴的友誼。遠在中國大陸的張我軍的長子張光正；潘人木的女兒黨英台及在她身後一直持續整理她的遺作及資料的周慧珠；陳千武的長子陳明台、後輩友人吳櫻；姚一葦的女兒姚海星；林亨泰女兒林巾力、兒子林于竝；遠在美國的聶華苓、女兒王曉藍；朱西甯的夫人劉慕沙、女兒朱天文；住得很近卻常常被我們打擾的鄭清文、女兒鄭谷苑；在苗栗的李喬，以及幫了很多忙的許素蘭……，我們和他們一起回憶、欣賞他們或父祖、前輩，可敬可愛的文學人生。

　　研究綜述部分，許俊雅敘述在中研院臺史所楊雲萍數位典藏建置完成後，她才讀到一封 1946 年 5 月 12 日張我軍在上海給楊雲萍的一封信，不僅感受到一位離家 20 年的臺灣遊子，熱切盼望返鄉的心情，也印證了張我軍與楊雲萍早在 1920 年代相識，1943 年再度於京都相逢。林武憲在〈縱橫於小說創作與兒童文學之間〉一文中，對潘人木研究資料的謬誤提出細部的更正及檢討，對她小說創作、兒童文學的貢獻及價值再度給予肯定；曾進豐寫周夢蝶，已超越一個學者的研究論述，情動於中而發為文，情理交融，令人動容。

　　林淇瀁論柏楊，短短一萬字，對其豐富的創作類型、多樣的文風、浩瀚如海的研究概述，鞭辟入裡；阮美慧揭示陳千武一生的文學志業及作品精神樣貌，讓陳千武那種質樸、更貼近普羅大眾語言風格的特殊價值彰顯出來；王友輝將姚一葦的研究分為「人、文、理、育」四方面來檢視、探索的同時，也充分顯示姚一葦一生春風化雨、提攜後進，並專注尋找自己創作和研究上新出路的特質。

　　呂興昌在〈林亨泰研究綜論〉中，特別舉出劉紀蕙〈銀鈴會與林亨泰的日本超現實淵源與知性美學〉一文所言：紀弦為林亨泰提供延續銀鈴會

現代運動的管道，而林亨泰則成為紀弦發展現代派的支柱，此觀察「可謂機杼別出，言人之所未言」；應鳳凰將聶華苓研究的三個時期，與聶華苓文學事業的三個時期，相互呼應與比較，也凸顯了聶華苓研究領域幅員遼闊，有待來者；陳建忠開宗明義即謂「朱西甯及其文學在臺灣當代文學史上的定位，仍有待重估」，當抽絲剝繭的評析朱西甯研究不同的研究路徑後，期待「朱西甯研究的進展，也實在到了朝更有彈性而務實的方向轉變的時機」。

　　須文蔚在〈唱出土地與人們心聲的能言鳥──臺灣當代楊喚研究資料評述〉一開始，就將 24 歲楊喚遇難當天驚悚的故事錄下，從此許多年輕早慧的心靈中，在閱讀楊喚天才的、靈巧的詩篇同時，也都記得了詩人早夭與不幸的命運。楊喚留下的作品不多，須文蔚認為他的作品得以傳世，除了友人的幫忙與努力，楊喚真誠的創作與動人的人格，應該是另一項重要的原因；李進益寫鄭清文，一句「他所有作品都在寫臺灣」，道盡鄭清文一生創作，所描繪與建構的文學世界，正是來自他立足的臺灣；彭瑞金在細分李喬研究概述後，輕輕帶上一筆「欲知李喬文學究竟，得閱讀近千萬字文獻」，真實反映出李喬評論及創作的豐盛，但他最終希望選文能「掌握李喬創作脈絡，反映李喬各階段的重要作品成果」。

　　1987 年 7 月臺灣解嚴，臺灣文學研究的風潮日漸蓬勃。1990 年 4 月 23 日，《民眾日報》策劃「呂赫若專輯」，標題為〈呂赫若復出〉；1991 年前衛出版社林文欽出版「臺灣作家全集‧短篇小說卷‧日據時代」；1997 年自真理大學開始，臺灣文學系所紛紛成立，臺灣文學體制化的脈動，鼓舞了學院師生積極從事日治時期臺灣文學史料的蒐集。這股風潮正如陳萬益所言，不只是文獻的出土，也是一種心態的解嚴，許多日治時期作家及其家屬，終於從長期禁錮的氛圍中解放。許俊雅認為，再加上當初以日文創作的作家作品，也在 1990 年代後被逐漸翻譯出來，讀者、研究者在一個開放的空間，又免除語文的障礙，而使臺灣文學研究開始呈現多元的風貌。

　　1990 年開始，各地縣市文化中心（文化局），對在地作家作品集的整理出版，以及台灣文學館成立後對日治時期作家以迄當代重要作家全集的編纂，對臺灣文學之作家研究，也有了很好的促進作用。《龍瑛宗全集》、《吳新榮選集》、《呂赫若日記》、《楊逵全集》、《葉石濤全集》、《鍾肇政全集》，如雨後春筍般持續展開。「臺灣意識」的興起，使本土文學傳統快速的納入出版與研究行列。

　　經過近二十年的努力，臺灣文學的研究與出版，也到了可以驗收或檢討成果的階段。這個說法，當然不是要停下腳步，而是可以從「臺灣現當代作家評論資料目錄」所呈現的 310 位作家、10 萬筆資料中去檢視。檢視的標的，除了從作家作品的質量、時代意義及代表性去衡量外、也可以從作家的世代、性別、文類中，去挖掘還有待開墾及努力之處。因此在這樣的堅實基礎上，這套「臺灣現當代作家研究資料彙編」，每位編選者除了概述作家的研究面向外，均有些觀察與建議。希望就已然的研究成果中，去發現不足與缺憾，研究者可以在這些不足與缺憾之處下功夫，而盡量避免在相同議題上重複。當然這都需要經過一段時間、去發現、去彌補，因此，有關臺灣文學研究的調查與研究，就格外顯得重要了。

期待

　　感謝台灣文學館持續支持推動這兩個專案的進行。「臺灣現當代作家評論資料目錄」的完成，呈現的是臺灣文學研究的總體成果；「臺灣現當代作家研究資料彙編」套書的出版，則是呈現成果中最精華最優質的一面，同時對未來的研究面向與路徑，做最好的建議。我們可以很清楚的體會，這是一條綿長優美的臺灣文學接力賽，我們十分榮幸能參與其中，我們更珍惜在傳承接力的過程，與我們相遇的每一個人，每一件讓我們真心感動的事。我們更期待這個接力賽，能有更多人加入。誠如張恆豪所說「從高音獨唱到多元交響」，這是每一個人所期待的。

編輯體例

一、本書編選之目的，為呈現張我軍生平、著作及研究成果，以作為臺灣
　　文學相關研究、教學之參考資料。

二、全書共五輯，各輯內容及體例說明如下：

　　輯一：圖片集。選刊作家各個時期的生活或參與文學活動的照片、著
　　　　　作書影、手稿（包括創作、日記、書信）、文物。

　　輯二：生平及作品，包括三部分：

　　　　1.小傳：主要內容包括作家本名、重要筆名，生卒年月日，籍
　　　　　貫，及創作風格、文學成就等。

　　　　2.作品目錄及提要：依照作品文類（論述、詩、散文、小說、
　　　　　劇本、報導文學、傳記、日記、書信、兒童文學、合集）及
　　　　　出版順序，並撰寫提要。

　　　　3.文學年表：考訂作家生平所進行的文學創作、文學活動相關
　　　　　之記要，依年月順序繫之。

　　輯三：研究綜述。綜論作家作品研究的概況，並展現研究成果與價值
　　　　　的論文。

　　輯四：重要文章選刊。選收國內外具代表性的相關研究論文及報導。

　　輯五：研究評論資料目錄。收錄至 2011 年 6 月底止，有關研究、論述
　　　　　臺灣現當代作家生平和作品評論文獻。語文以中文為主，兼及
　　　　　日文和英文資料。所收文獻資料，以臺灣出版為主，酌收中國
　　　　　大陸、香港、日本和歐美國家的出版品。內容包含三部分：

　　　　1.「作家生平、作品評論專書與學位論文」下分為專書與學位
　　　　　論文。

　　　　2.「作家生平資料篇目」下分為「自述」、「他述」、「訪談」、
　　　　　「年表」、「其他」。

　　　　3.「作品評論篇目」下分為「綜論」、「分論」、「作品評論目
　　　　　錄、索引」、「其他」。

目次

【輯五】研究評論資料目錄

輯一◎圖片集
影像◎手稿◎文物

1915年，13歲的張我軍留影於板橋。（翻攝自《張我軍全集》，臺海出版社）（左圖）

約1921年，張我軍（後排右一）與親族合影於板橋舊居。前排坐者右一為張我軍母親、後排右二起：張昆元（三堂弟）、張松（二堂兄）、張望洋（四堂弟）。（翻攝自《張我軍全集》，臺海出版社）（下圖）

1925年，張我軍（右）與羅文淑（後改名為羅心鄉）結婚時合影於板橋林家花園。（翻攝自《張我軍全集》，臺海出版社）

1926年，張我軍（左）與羅心鄉合影於北京。（翻攝自《張我軍詩文集》，純文學出版社）

1927年，張我軍（前中）與同在北京留學的洪炎秋（前右）、吳敦禮（後左）、宋文瑞、蘇薌雨等《少年臺灣》創辦人合影。（翻攝自《張我軍全集》，臺海出版社）

1929年，張我軍（前中黑衣者）與北京師範大學國文系同學何秉彝、俞安斌、葉鳳梧、戚維翰等12人成立文學社團「星星社」（後改名「新野社」），後發行《新野月刊》，張我軍擔任主編。（翻攝自《張我軍全集》，臺海出版社）

約1930年代初，張我軍（右）與長子張光正合影。（翻攝自《近觀張我軍》，臺海出版社）

1932年，張我軍將母親從臺灣接至北京，全家合影。前排左起：張光直、張我軍母親、張光正；後排左起：羅心鄉、張我軍。（翻攝自《張我軍全集》，臺海出版社）

1935年，張我軍擔任北平社會局祕書。左起：秦德純、雷嗣同、張我軍、陳垣、孫世慶。（翻攝自《漂泊與鄉土——張我軍逝世四十週年紀念論文集》，行政院文建會）

約1935年，「臺灣四劍客」合影。左起：張我軍、連震東、洪炎秋、蘇薌雨。（翻攝自《漂泊與鄉土——張我軍逝世四十週年紀念論文集》，行政院文建會）

1939年5月13日，張我軍（林海音左那後方）參
加林海音與何凡於北京協和醫院大禮堂舉行的
婚禮。（國立臺灣文學館提供）

約1930年代末，張我軍（右）與吳三連合影於
北京。（翻攝自《漂泊與鄉土——張我軍逝世
四十週年紀念論文集》，行政院文建會）

1944年7月，北京臺灣同鄉文化人聚會合影。前排左五起：張深切、張孫煜（張深切子）、林愛月（張深切夫人）；中排左起：張媚珈（張深切女）、關國藩（洪炎秋夫人）、張碧蓮（楊基振夫人）、羅心鄉、楊梁雙（楊基振母親）；後排左起：楊基振（手抱楊瑪琍）、吳三連、洪耀勳、洪炎秋、林文騰、張我軍。（翻攝自《張深切全集12：張深切與他的時代影集》，文經出版社）

張我軍（後排左一）與洪炎秋（後排左二）、張深切（前排右一）等友人合影，攝影年分不詳。（翻攝自《張深切全集12：張深切與他的時代影集》，文經出版社）

1949年，張我軍（右）與次子張光直合影於臺北自宅。（翻攝自《近觀張我軍》，臺海出版社）

1950年，張我軍兼任合作金庫棒球隊部長時留影。（翻攝自《漂泊與鄉土——張我軍逝世四十週年紀念論文集》，行政院文建會）

1955年9月，張我軍與家人合影於臺北。前排左起：張我軍、羅心鄉；後排左起：張光誠、張光直；右一張光樸。（翻攝自《張我軍全集》，臺海出版社）

1997年3月15日，張我軍塑像於臺北縣板橋國小落成，塑造者為楊春森。（翻攝自《張我軍全集》，臺海出版社）

雲萍：那一年在京都別後不久，報載由門司開往台灣的一隻船被水雷炸沈，當時我計算日程，你應該是搭乘在那一隻船的，我想雲萍殆矣！焦急了好久。後來接到你自台灣寄來的詩集，才知道天佑善人，你是平安到家了。我放心了，我謝天了，但是沒有接到你的信，終嫌美中不足。

我的精神往，馳騁於士林外双溪半山腰。台灣光復的消息傳出之後，便我一再想起當年在外双溪半山腰你的家裏吃炸白薯的味兒。我很想趕快跑回別了二十年的故鄉來再上家裏，一邊望着白雲一邊吃炸白薯。但是交通隨着停戰而被破壞了，海上沒有船隻飛機輪到不到我們小民，於是只好耐着性等，直等到三月上旬，纔來到上海。來到這裏以後，為全家生活計不得不謀一点小生意至今整整兩個月還沒有頭緒，所以台灣還是去不了。不過，來到這裏的消息就多了。無奈我所接到的台灣怎樣是會令人失望，寒心的消息！我很想知道，光復後的台灣怎樣地映在詩人眼中，你若有時間，請你給我一封信。我大約六月上旬或者會到台灣去。家眷全部留在此平，老幼均安，請你放心！只有我一個人，在上海過着清淡而孤獨的生活，事乙不便、日、与聊自覺十分可憐耳，哈了！祝你健康。

張我軍　拜
二月十二日

（去年以來新起了一個諢名叫「四光」）

張我軍致楊雲萍信函手跡。（中央研究院臺灣史研究所提供）

1924年11月21日，張我軍〈糟糕的臺灣文學界〉發表於《臺灣民報》第2卷第24號，引發「新舊文學論戰」。（翻攝自《張我軍全集》，臺海出版社）

張我軍〈春雷〉手稿。（翻攝自《張我軍全集》，臺海出版社）

臺灣省茶葉商業同業公會

茶公字第　號第　一　頁

含英：十月廿五日的信，昨日由楊家轉來。去年的信

我寫了回信之後，為了忙於謀生，不曾再去信，但是你

们的消息，我在秀英處倒是得到幾次。全國運動會

時，給我寄來的畫報接到了，因為忙，也就忘了去信，

请你原谅！我的書查因為資本不繼，關門大吉了，為

糊口計，今年二月間入台灣茶商公會當一名辦事

辦理文書兼為編輯茶業雜誌，真想不到「老大

嫁作商人婦」！不過我目已卻也覺得很滿足因

為這裡很自由，生活頗似隱者，用不着与人敷衍，

所差的是薪水不夠生活，月之尚須設法補塾。

中華民國　年　月　日

新地名：臺北市甘谷街二二號　電話：二九六二號

張我軍致林海音信函手跡。（國立臺灣文學館提供）

輯二◎生平及作品

小傳◎作品◎年表

小傳

張我軍 (1902～1955)

　　張我軍，男，本名張清榮，字一郎，筆名有迷生、憶、MS、野馬、以齋等，籍貫福建南靖，1902 年（明治 35 年）10 月 7 日生於臺灣臺北，1955 年 11 月 3 日辭世，得年 54 歲。

　　北京師範大學國文系畢業。板橋公學校畢業後，曾任新高銀行工友、雇員、《臺灣民報》漢文編輯，1926 年考入北京中國大學國文系，1927 年轉入北京師範大學國文系，其間與洪炎秋、宋斐如等人共同創辦《少年臺灣》月刊。畢業後曾在北京師範大學、北京大學、中國大學教授日文，並從事翻譯工作，1932 年後，轉至日文與日語讀本及期刊的編著與出版發行工作。1942、1943 年兩次赴日參加「大東亞文學者大會」。1946 年返臺，曾任臺灣省教育會編纂組主任、臺灣省茶葉商業同業公會祕書、合作金庫業務部專員、研究室專員、主任等，並先後主編《臺灣茶葉》、《合作界》月刊。

　　張我軍創作文類有評論、詩、小說與翻譯。文學創作主要集中在 1924 至 1928 年。1925 年出版詩集《亂都之戀》，是臺灣新文學史上第一部新詩集，敘述張我軍與妻子羅心鄉之間苦戀與相思的心路歷程，詩中歌頌愛情、反抗黑暗現實。其子張光正認為：「他的詩從形式到內容都體現了他的革新思想，同他的評論文章是相得益彰的。」 張我軍早年創作的三篇短篇小說〈買彩票〉、〈白太太的哀史〉、〈誘惑〉，以 1930 年代的北京生活為創

作題材，反映封建制度的虛偽，揭露社會制度的不公，對舊社會有諸多批判與反省。這些作品皆使用中國白話文創作，印證其「依傍中國的國語來改造臺灣的土語」主張，影響鄭登山、繪聲、廖漢臣、朱點人等小說家。張我軍自大學時代即開始翻譯日文名著，畢業後除發表翻譯文章外，亦在大學教授日本語言文字、編著日文研究書刊，在二戰前對中國學習日文、日語方面，貢獻良多。

　　張我軍於 1924 年先後發表〈致臺灣青年的一封信〉、〈糟糕的臺灣文學界〉等文章，引發 1920 年代新舊文學論爭，之後兩年間，他在《臺灣民報》上陸續發表多篇評論，一方面猛烈批判無病呻吟、沽名釣譽的臺灣舊文學；另一方面積極引介中國新文學運動的經過始末、轉載中國作家的作品，並進一步提出「白話文學的建設，臺灣語言的改造」主張，龍瑛宗稱他為「高舉五四火把回臺的先覺者」。臺灣新文學運動的起步時期，張我軍在思想理論或創作實踐方面皆有成就；他勇於破舊立新，為臺灣新文學打下重要的基礎，開拓了日據時期臺灣新文學運動的視野，被譽為「臺灣新文學運動的奠基者」、「臺灣新文學運動的先鋒」。

作品目錄及提要

【論述】

張我軍評論集／秦賢次編
臺北：臺北縣立文化中心
1993 年 6 月，25 開，299 頁
北臺灣文學・臺北縣作家作品集 6

本書為張我軍於期刊報紙發表的文章、編語以及譯作譯序之結集。全書分五部分：「臺灣新文學運動」收錄〈致臺灣青年的一封信〉、〈糟糕的臺灣文學界〉、〈為臺灣的文學界一哭〉等 11 篇文章；「雜感」收錄〈歡送辜博士〉、〈孫中山先生弔詞〉等七篇文章；「文學」收錄〈文藝上的諸主義〉、〈《弱小民族的悲哀》譯者附記〉、〈《賣淫婦》作者小傳〉等 11 篇文章；「日文與日語」收錄〈為什麼要研究日文〉、〈《現代日本語文大全：分析篇》序〉等八篇文章；「期刊編語」收錄《少年臺灣》發刊詞〉、〈《少年臺灣》創刊號編輯餘話〉等九篇文章。正文前有照片、秦賢次〈編者的話〉，正文後有周作人〈張我軍譯《文學論》序〉、武者小路實篤〈《黎明》漢譯本序〉、〈張我軍年表〉。

【詩】

張我軍自印　　遼寧大學出版社

亂都之戀
自印
1925 年 12 月，32 開，56 頁

瀋陽：遼寧大學出版社
1987 年 6 月，32 開，80 頁

本書為張我軍詩作集結。收錄〈沉寂〉、〈對月狂歌〉、〈無情的雨〉（組詩 10 首）、〈遊中央公園雜詩〉（組詩 6 首）等 56 首詩作。正文前有張我軍〈序〉。

1987 年遼寧大學版正文後新增張我軍〈弱者的悲鳴〉、〈孫中山先生弔詞〉、〈詩體的解放〉、羅心鄉〈憶亂都之戀〉、張光正〈喜迎《亂都之戀》歸來〉、張仲景〈鄉國之情，血淚之花──寫在《亂都之戀》重版前夕〉、黃天橫〈臺灣新文學的鼓吹者──張我軍及其詩集《亂都之戀》〉、〈張我軍先生傳略〉。

【小說】

楊雲萍・張我軍・蔡秋桐合集／張恆豪主編
臺北：前衛出版社
1991 年 2 月，25 開，284 頁
臺灣作家全集・短篇小說卷／日據時代 2

短篇小說集。全書收錄〈買彩票〉、〈誘惑〉、〈白太太的哀史〉、〈元旦的一場小風波〉四篇小說。正文前有張恆豪〈苦悶的北京經驗──張我軍集序〉，正文後有〈張我軍小說評論引得〉、〈張我軍生平寫作年表〉。

海鳴集／王昶雄編
臺北：臺北縣立文化中心
1995 年 6 月，25 開，141 頁
北臺灣文學・臺北縣作家作品集 17

短篇小說集。本書集結張我軍、吳希聖、吳漫沙、王昶雄之小說作品。全書僅收錄一篇張我軍小說作品〈白太太的哀史〉。正文前有王昶雄〈北臺灣文學綠映紅〉。

【編著】

中國國語文作法（又名白話文作法）
自印
1926 年 2 月，25 開，150 頁

本書為張我軍編纂之白話文教材。全書分三編，收錄〈中國國語文的界說〉、〈中國國語文的種類〉、〈字、詞、語、句的區別〉等 16 篇文章。正文前有張我軍〈小引〉、〈導言〉，正文後有〈新字用法〉、〈中文改用橫行的討論〉。

日文與日語

北平：人人書店
1935 年 12 月，25 開，44 頁

本書為張我軍編著之日文教材。正文前有張我軍〈別矣讀者！〉

國文自修講座

臺中：聯合出版社
1947 年 6 月，32 開，102 頁

本書為張我軍編著之國文教材。全書收錄〈天晚了〉、〈瞎說〉、〈蜂與蝶〉等 15 篇文章。正文前有〈序〉、〈導言〉，正文後有〈字音索引〉。

【翻譯】

生活與文學／有島武郎著；張我軍譯

上海：北新書店
1929 年 6 月，32 開，116 頁

本書為日本作家有島武郎之文學論著，綜述各種文藝思潮在文學史中的影響、流變，以及與個人生活之關係。全書收錄〈生活的形相〉、〈藝術的形狀〉等七篇文章。正文前有張我軍〈譯者序〉、有島武郎〈緒言〉，正文後有有島武郎〈卷頭寫真〉。

煩悶與自由／丘淺次郎著；張我軍譯

上海：北新書店
1929 年 9 月，32 開，334 頁

本書為丘淺次郎於《中央公論》、《雄辯》、《太陽》等刊物發表的時論文章之結集，多針對時局、教育而發。收錄〈自然的報復〉、〈人不犯神神自作祟〉、〈自由平等的由來〉等 18 篇文章。正文前有丘淺次郎〈序〉，正文後有丘淺次郎〈現代文明的批評〉。

現代日本文學評論／宮島新三郎著；張我軍譯

上海：開明書店
1930 年 7 月，25 開，217 頁

本書為宮島新三郎之文學論著，爬梳明治以降，以至 1930 年
代的日本文學概況，兼及各種當時風行的文藝思潮之評介。
全書收錄〈明治文學文學之回顧〉、〈自然主義之意義和價
值〉、〈自然主義的分化反動旁系〉等 12 篇文章。

現代世界文學大綱／千葉龜雄等著；張我軍譯

上海：神州國光社
1930 年 12 月，32 開，284 頁

本書集結多位日本作家之文章，內容主要概述世界各地的文
學流變。全書收錄千葉龜雄〈現代世界文學大綱（上）〉、吉
江橋松〈現代法國文學大綱〉、舟橋雄〈現代英國文學大綱〉
等十篇文章。正文前有張我軍〈譯者序〉。

人類學汎論／西村真次著；張我軍譯；胡先驌校

上海：神州國光社
1931 年 3 月，32 開，332 頁

本書為西村真次原著之中譯本，經胡先驌校對並增訂，汎論
人類物種之起源、進化、構造及社會組織等。全書分十章，
收錄〈學問之特殊化及其流弊〉、〈人類學之出現〉、〈人類學
之範圍與分類〉、〈一般人類學和應用人類學〉等 41 篇文章。
正文前有西村真次〈序文〉、張我軍〈譯者贅言〉。

文學論／夏目漱石著；張我軍譯

上海：神州國光社
1931 年 11 月，18.3×12 公分，648 頁

本書為夏目漱石於東京大學執教時的教材，綜論文學的分
類、價值、特質、表現方式，以及各種理論在文學上的應
用。全書分五編，收錄〈文學的內容形式〉、〈文學內容的基
本成分〉、〈文學內容的分類與其價值的等級〉等 24 篇文章。
正文前有周作人〈序〉。

黎明／武者小路實篤著；張我軍譯
上海：太平書局
1944 年 4 月，32 開，171 頁

本書爲日本作家武者小路實篤小說作品《曉》之中譯本，正文
前有武者小路實篤〈序〉、張我軍〈編者的話〉。

張我軍譯文集（上）‧社科卷／楊紅英編
臺北：海峽學術出版社
2011 年 1 月，25 開，309 頁

本書爲張我軍日譯文章集結，內容以社會科學、時事爲主。全
書收錄〈陳情書〉、〈農民問題兩件〉、〈宗教的革命家甘地〉等
21 篇文章。正文前有張光正〈序〉、張泉〈張我軍日文譯作的
時代及意義〉、楊紅英〈編者的話〉，正文後附錄〈中原的戰局
（一）〉、〈臺灣人的國家觀念〉、〈臺灣的宣輔工作〉、〈新臺灣的
教育問題〉、〈臺灣省國語國文普及管見〉、〈關於臺灣省中小學
教科書〉、〈爲臺灣人提出一個抗議〉、〈張我軍譯文篇目〉、〈張
我軍譯文書目〉。

張我軍譯文集（下）‧文學卷／楊紅英編
臺北：海峽學術出版社
2011 年 1 月，25 開，401 頁

本書爲張我軍日譯文章集結，翻譯多位日本作家之文學創作。
全書收錄〈櫻花時節〉、〈洋灰桶裡的一封信〉、〈小小的王國〉
等 23 篇文章。

【合集】

張我軍文集／張光直編
臺北：純文學出版社
1975 年 8 月，32 開，178 頁
純文學叢書 63

全書分四部分：「臺灣新文學運動」收錄〈致臺灣青年的一封
信〉、〈糟糕的臺灣文學界〉、〈歡送辜博士〉等 11 篇；「新詩」
收錄〈沉寂〉、〈對月狂歌〉等八首；「小說」收錄〈買彩票〉
一篇；「隨筆」收錄〈南遊印象記〉、〈秋在古都〉等十篇文
章。正文前有張光直〈編者的話〉。

張我軍詩文集／張光直編
臺北：純文學出版社
1989 年 9 月，32 開，340 頁
純文學叢書 63

本書爲臺北純文學出版社《張我軍文集》之更名改版，新增
「論著」部分，收錄〈聘金廢止的根本解決法〉、〈復鄭軍我
書〉、〈研究新文學應讀什麼書〉等 11 篇文章；「新詩」新增
〈秋風又起了〉、〈前途〉、〈我願〉、〈危難的前途〉、〈哥德又來
勾引我苦惱〉、〈亂都之戀〉等六首；「小說」新增〈誘惑〉、
〈元旦的一場小風波〉二篇。正文前新增張光直〈增訂本後
記〉、〈張我軍生活圖片集〉、洪炎秋〈懷才不遇的張我軍兄〉、
秦賢次〈臺灣新文學運動的奠基者——張我軍〉、羅心鄉〈憶
亂都之戀〉，正文後新增〈張我軍著譯書目和篇目〉。

張我軍選集／張光正編
北京：時事出版社
1985 年 11 月，32 開，226 頁

本書爲張我軍發表文章、詩作、小說、譯序、編語之結集。全
書分二部分：「臺灣新文學運動時期論評」收錄〈致臺灣青年
的一封信〉、〈糟糕的臺灣文學界〉、〈歡送辜博士〉等 18 篇文
章；「文學創作」收錄詩作〈沉寂〉、〈對月狂歌〉等六首、小
說〈買彩票〉一篇，及〈弱者的悲鳴〉、《亂都之戀》的序
文〉、〈南遊印象記〉等 17 篇文章。正文前有〈出版前言〉，正
文後有〈張我軍著譯書目和篇目〉、〈編者後記〉。

臺海出版社

人間出版社

張我軍全集／張光正編

北京：臺海出版社
2000 年 8 月，32 開，552 頁

臺北：人間出版社
2002 年 6 月，25 開，524 頁
臺灣新文學史論叢刊 4

全書分六部分：「臺灣新文學運動」收錄〈致臺灣青年的一封信〉、〈糟糕的臺灣文學界〉、〈歡送辜博士〉等 26 篇；「論著」收錄〈排日政策在華南〉、〈駁稻江建醮與政府和三新聞的態度〉、〈聘金廢止的根本解決法〉等 26 篇；「文學創作」分為詩歌、小說、散文三類，收錄漢詩〈寄懷臺灣議會請願諸公〉、〈詠時事〉等三首，新詩《《亂都之戀》詩集序文〉、〈沉寂〉、〈對月狂歌〉、〈無情的雨〉、〈遊中央公園雜詩〉等 58 首，並附錄羅心鄉文章〈請你放心〉、〈憶亂都之戀〉等三篇文章；「小說」收錄〈買彩票〉、〈白太太的哀史〉、〈誘惑〉、〈元旦的一場小風波〉四篇；「散文」收錄〈南遊印象記〉、〈秋在古都〉等十篇文章；「序文與編語」收錄〈《一個貞烈的女孩子》識語〉、〈《仰望〉、〈江灣即景〉、〈贈友〉識語〉、〈《親愛的姊妹們呀，奮起！努力！》識語〉、〈《宗教的革命家甘地》引言〉等 37 篇文章；「日文與日語」收錄〈《日文與日語》的使命〉、〈為什麼要研究日文〉、〈《日文與日語》編者的話〉等 18 篇文章；「書信」收錄〈致含英函〉、〈致直兒函〉二篇 。正文前有照片、手稿、張克輝〈序言〉、駱賓基〈紀念張我軍先生〉、張光直〈父親可以放心了〉，正文後附錄〈張我軍年表〉、〈張我軍著譯書目和作品篇目〉、〈《張我軍選集》編者後記〉、〈《全集》編後話〉。
2002 年人間版新增「張我軍全集補遺」，收錄〈為臺灣人提出一個抗議〉及〈致直兒函〉11 封。

文學年表

1902 年 （明治 35 年）	10 月	7 日，生於廳擺接堡枋橋街（今新北市板橋區）。父張再昌，母陳愛，爲家中獨子。原名張清榮。
1909 年 （明治 42 年）	4 月	1 日，就讀枋橋公學校。
1915 年 （大正 4 年）	3 月	31 日，枋橋公學校畢業。
1916 年 （大正 5 年）	4 月	擔任臺北商店雇員。
	12 月	於臺北市大稻埕製鞋店擔任學徒。
	本年	經臺北新高銀行襄理林木土（原枋橋公學校教員）介紹，至新高銀行當工友，並於成淵學校夜間部補習數學，假日到萬華學習漢文。
1918 年 （大正 7 年）	本年	升任雇員，調至新高銀行桃園支店協助業務。
1920 年 （大正 9 年）	本年	申請調回新高銀行臺北本店，於永樂町市場（今永樂市場）旁的劍樓書房，隨前清秀才趙一山讀書學詩。
1921 年 （大正 10 年）	本年	協助林木土赴福建省廈門市創設新高銀行廈門支店，同時於廈門同文書院學習漢文，師事一位老秀才，在前清遺老組成的文社聚會擔任紀錄，並以老秀才曾用的筆名「我軍」，改名爲張我軍。
1922 年 （大正 11 年）	本年	父親張再昌逝世，返臺奔喪。
1923 年 （大正 12 年）	4 月	發表漢詩〈寄懷臺灣議會請願諸公〉於《臺灣》雜誌第 4 年第 4 號。

	6 月	發表漢詩〈詠時事〉於《臺灣》雜誌第 4 年第 6 號。
	7 月	發表〈南支那に於ける排日對策〉（排日政策在華南）於《臺灣》雜誌第 4 年第 7 號。
		新高銀行結束營業。
	12 月	自廈門乘船轉赴上海，參加「上海臺灣青年會」。
1924 年 （大正 13 年）	1 月	12 日，參加由上海臺灣青年會於務本英文專門學校舉辦的「上海臺灣人大會」爲前一年年底發生的「治警事件」，發言譴責當時的臺灣總督內田嘉進，並聲援事件受害者，會中被推舉爲執行委員。
		結識羅心鄉。
	3 月	自上海轉赴北京，與臺灣青年張鐘玲、洪炎秋同住於後孫公園泉郡會館。
		於北京師範大學師生經營的夜間補習班進修，準備北京大學入學考試。
	4 月	21 日，發表〈致臺灣青年的一封信〉於《臺灣民報》第 2 卷第 7 號。
	5 月	11 日，發表詩作〈沉寂〉、〈對月狂歌〉於《臺灣民報》第 2 卷第 8 號。
	7 月	21 日，發表詩作〈無情的雨〉於《臺灣民報》第 2 卷第 13 號。
	8 月	16 日，發表詩作〈遊中央公園雜詩〉於《晨報》附刊。
	9 月	創作詩作〈秋風又起〉，後收錄於詩集《亂都之戀》。
	10 月	4 日，創作詩作〈危難的前途〉，後收錄於詩集《亂都之戀》。
		14 日，發表詩作〈煩悶〉於《晨報》附刊。
		下旬，投考北京大學未果，自北京返臺。

創作詩作〈前途〉、〈我願〉，後收錄於詩集《亂都之戀》。

11 月　11 日，創作詩作〈哥德又來勾引我苦惱〉，後收錄於詩集《亂都之戀》。

21 日，發表〈糟糕的臺灣文學界〉於《臺灣民報》第 2 卷第 24 號。

12 月　1 日，發表〈駁稻江建醮與政府和三新聞的態度〉於《臺灣民報》第 2 卷第 25 號。

11 日，發表〈為臺灣文學界一哭〉、〈歡送辜博士〉於《臺灣民報》第 2 卷第 26 號。

1925 年　1 月　1 日，擔任《臺灣民報》編輯。發表〈請合力拆下這座敗草欉中的破舊殿堂〉於《臺灣民報》第 3 卷第 1 號。
（大正 14 年）

11 日，發表〈絕無僅有的擊缽吟的意義〉於《臺灣民報》第 3 卷第 2 號。

21 日，發表〈揭破悶葫蘆〉、〈田川先生與臺灣議會〉於《臺灣民報》第 3 卷第 3 號。〈時事短評〉連載於《臺灣民報》第 3 卷第 3～4 號，至 2 月 1 日刊畢。

2 月　1 日，發表〈聘金廢止的根本解決法〉、〈隨感錄——脫線的話〉、〈隨感錄——半知不解的話〉、〈隨感錄——混蛋糊塗話〉、〈隨感錄——村犬亂吠〉於《臺灣民報》第 3 卷第 4 號。

11 日，發表〈伊澤新總督的訓示〉、〈隨感錄——糟糕的臺灣文人〉、〈隨感錄——污了我的耳膜〉於《臺灣民報》第 3 卷第 5 號。

21 日，發表〈復鄭軍我書〉、〈隨感錄——偽學者、偽詩人、偽文學的天下〉、詩作〈遊中央公園雜詩〉於《臺灣民報》第 3 卷第 6 號，〈文學革命運動以來〉連載於《臺

灣民報》第 3 卷第 6～9 號，至 3 月 21 日刊畢。

3 月　1 日，發表〈研究新文學應讀甚麼書〉、〈隨感錄——無名
　　　小卒〉、〈隨感錄——孔聖人將有美麗的住宅了〉、〈隨感錄
　　　——飯碗問題〉、詩作〈煩悶〉於《臺灣民報》第 3 卷第
　　　7 號，〈詩體的解放〉連載於《臺灣民報》第 3 卷第 7～9
　　　號，至 3 月 21 日刊畢。

　　　11 日，參加蔣渭水、翁澤生等人發起的「臺灣青年讀書
　　　會」、「臺灣青年體育會」，在《臺灣警察沿革誌》中名列
　　　66 位積極分子之一。發表〈隨感錄——忍耐得住痛苦〉、
　　　〈隨感錄——有天良者何以解之〉於《臺灣民報》第 3 卷
　　　第 8 號。

　　　16 日，應邀於「臺北青年體育會」發表演講：「生命在，
　　　什麼事做不成？」，演講紀錄後刊載於《臺灣民報》。

　　　21 日，翻譯〈農民問題二件〉於《臺灣民報》第 3 卷第 9
　　　號。

　　　24 日，創作詩作〈孫中山先生弔詞〉，後收錄於 1965 年 3
　　　月 1 日《傳記文學》第 6 卷第 3 期。

4 月　1 日，發表〈生命在，什麼事做不成？〉、〈隨感錄——何
　　　不設一個思想講習所〉、〈隨感錄——勿爲造謠家所騙〉、
　　　〈隨感錄——常使英雄淚滿襟〉、〈隨感錄——做事須做
　　　徹〉於《臺灣民報》第 3 卷第 10 號。

　　　11 日，翻譯戴天仇〈就日本的東洋政策而言〉於《臺灣
　　　民報》第 3 卷第 11 號。

　　　21 日，發表〈隨感錄——獄中的蔣渭水會在東薈芳演
　　　說〉、〈隨感錄——報紙的使命何在〉、〈隨感錄——我人對
　　　伊澤總督的疑問〉、〈隨感錄——非人類〉、〈隨感錄——笑

《臺日報》中文部記者的愚劣〉、〈隨感錄——一個來一個倒，兩個來湊一雙〉於《臺灣民報》第 3 卷第 12 號。

5 月　接獲洪炎秋電報，知羅心鄉將與他人成親，遂赴北京，說服女友情奔。二人乘火車南下上海，再轉乘輪船抵達廈門鼓浪嶼，暫住堂兄張松家，不久返臺。

6 月　21 日，發表〈《親愛的姊妹們呀，奮起！努力！》後記〉（張麗雲著）、〈《一個貞烈的女孩子》識語〉（央庵著）、〈《仰望》、〈江灣即景〉、〈贈友〉識語〉（郭沫若著）、〈隨感錄——德國康德以大詩人名〉於《臺灣民報》第 3 卷第 18 號，翻譯宮島與相田〈宗教的革命家甘地〉於《臺灣民報》第 58 號、第 62～66 號、第 68～73 號，於 10 月 4 日刊畢。

7 月　1 日，發表〈隨感錄——讀棠先生的縱談〉、〈隨感錄——未免太侮辱了新竹人〉於《臺灣民報》第 59 號。

　　　12 日，翻譯安部磯雄〈貞操是「全靈的」之愛〉於《臺灣民報》第 60 號。

　　　19 日，發表詩作〈春意〉、〈弱者的悲鳴〉於《臺灣民報》第 61 號。

　　　26 日，發表〈《我的學校生活的一斷片》識語〉（愛羅先珂著），翻譯安部磯雄〈大婚 25 年御下賜舍和殖民地的教化事業〉於《臺灣民報》第 62 號。

8 月　2 日，發表〈隨感錄——賽先生也到訪臺灣了〉、〈隨感錄——狂犬病的流行〉於《臺灣民報》第 63 號。

　　　16 日，發表〈隨感錄——村婦也打起唐宋八家的腔調〉於《臺灣民報》第 65 號。

　　　23 日，翻譯米田實〈中國的國權恢復問題〉連載於《臺灣民報》第 66～71 號，至 9 月 20 日刊畢。

26 日，發表〈新文學運動的意義〉，翻譯柴田廉原〈論臺灣民報的使命〉於《臺灣民報》第 67 號。

9 月　1 日，與羅心鄉結婚，在臺北市江山樓舉行婚禮，由《臺灣民報》社長林獻堂爲其證婚。

6 日，發表〈通信二則〉於《臺灣民報》第 69 號。

10 月　11 日，發表〈〈牆角的創痕〉附記〉（西諦著）、〈〈我的祖國〉附記〉（焦菊隱著）於《臺灣民報》第 74 號。

18 日，發表〈至上最高道德──戀愛〉於《臺灣民報》第 75 號。

25 日，發表〈中國國語文作法導言〉於《臺灣民報》第 76 號。

11 月　1 日，〈文藝上的諸主義〉連載於《臺灣民報》第 77、78、81、83、87、89 號，於隔年 1 月 24 日刊畢。

12 月　13 日，發表〈看了警察展覽會之後〉於《臺灣民報》第 83 號。

17 日，發表〈抒情詩集《亂都之戀》的序文〉於《臺灣民報》第 85 號。

28 日，自費出版詩集《亂都之戀》。

31 日，發表詩作《亂都之戀》組詩七首於《人人雜誌》第 2 期。

1926 年
（昭和元年）　1 月　1 日，發表〈危哉臺灣的前途〉於《臺灣民報》第 86 號。

2 月　7 日，〈南遊印象記〉連載於《臺灣民報》第 91～96 號，於 3 月 14 日刊畢。

28 日，發表〈隨感錄──忠實的讀者〉於《臺灣民報》第 94 號，翻譯武者小路實篤劇本〈愛慾〉連載於《臺灣

民報》第 94～95 號，至 3 月 7 日刊畢。

自費出版《中國國語文作法》。

5 月　16 日，翻譯山川均《弱小民族的悲哀》連載於《臺灣民
報》第 105～115 號，至 7 月 25 日刊畢。

23 日，發表〈臺灣未曾有的大阿片事件控訴公判〉於
《臺灣民報》第 106 號。

6 月　21 日，辭去《臺灣民報》編輯職務，與羅心鄉赴北京。

7 月　兼任《臺灣民報》駐北京通訊員，租住北京宣外永光寺中
街九號。

8 月　8 日，發表〈《李松的罪》附言〉（楊振聲著）於《臺灣民
報》第 117 號

11 日，拜訪魯迅，並贈魯迅《臺灣民報》四本。

28 日，長子張光正出生。

9 月　19 日，第一篇小說〈買彩票〉連載於《臺灣民報》第 123
～125 號，至 10 月 3 日刊畢。

錄取北京中國大學國學系。

12 月　5～26 日，〈中原的戰爭〉連載於《臺灣民報》第 134～
137 號。

1927 年　1 月　2 日，與北京臺灣留學生吳墩禮、陳清棟於北京法政大學
（昭和 2 年）　　　發起重組「北京臺灣青年會」，被推舉為大會主席。

3 月　15 日，與宋斐如、洪炎秋、蘇薌雨等人創辦《少年臺
灣》，並擔任主編。發表〈《少年臺灣》發刊詞〉、〈編輯餘
言〉、〈少年春秋〉、〈《少年臺灣》的使命〉、〈臺灣閑話〉
於《少年臺灣》創刊號。

27 日，短篇小說〈白太太的哀史〉連載於《臺灣民報》
第 150～155 號，至 5 月 1 日刊畢。

	10 月	轉入北京師範大學國文系。
1928 年 （昭和 3 年）	本年	於校內組織文學社團「新野社」（原名星星社），社員包括何秉彝、俞安斌、葉鳳梧、楊獨任、戚維翰、周柳門、陳季哲、石門等 12 人。
1929 年 （昭和 4 年）	4 月	7～28 日，短篇小說〈誘惑〉連載於《臺灣民報》第 255～258 號。
	5 月	16 日，翻譯豐島與志雄〈創作家的態度〉於《北新》半月刊第 3 卷第 10 期。
	6 月	1 日，往見自上海來京講學的魯迅，未果。 翻譯有島武郎《生活與文學》，由上海北新書局出版。 北京師範大學國文系畢業。 遷居至北京西單察院胡同 47 號。在家開設日文補習班，並於北京師範大學教授日文，同時在北京大學法學院、中國大學、朝陽大學等校兼任日文講師。
	7 月	27 日，翻譯武者小路實篤〈創作家的資格〉於《華北日報》副刊。
	9 月	1 日，翻譯葉山嘉樹〈現代美國社會學〉、〈櫻花時節〉於《北新》半月刊第 3 卷第 16 期。 23 日，翻譯葉山嘉樹〈洋灰桶裏的一封信〉於《語絲》週刊第 5 卷第 28 期。 與日本無產派作家葉山嘉樹通信，葉氏應索寄來自傳，自傳譯文後來編入《賣淫婦》譯本。 翻譯丘淺次郎《煩悶與自由》，由上海北新書局出版。
	11 月	翻譯和田桓謙三《社會學概論》，由上海北新書局出版。
1930 年 （昭和 5 年）	2 月	25 日，翻譯谷崎潤一郎〈小小的王國〉於《東方雜誌》第 27 卷第 4 期。

6月　10 日，翻譯高橋禎二〈文學研究法——最近德國文藝學的諸傾向〉於《小說月報》第 21 卷第 6 期。

7月　翻譯葉山嘉樹小說集《賣淫婦》，由上海北新書局出版。

翻譯宮島新三郎《現代日本文學評論》，由上海開明書店出版。

8月　翻譯佐佐木月樵〈龍樹的教學〉於《哲學評論》第 3 卷第 3 期。

9月　15 日，新野社發行《新野》月刊創刊號，應聘擔任主編，發表〈《新野》月刊卷頭話〉、〈《新野》月刊編後話〉、〈從革命文學論到無產階級文學〉，翻譯黑田乙吉〈高爾基之爲人〉於《新野》月刊創刊號。

12月　翻譯千葉龜雄等人所著之《現代世界文學大綱》，由上海神州國光社出版。

1931 年
（昭和 6 年）

3月　翻譯西村真次《人類學泛論》，由上海神州國光社出版。

4月　15 日，次子張光直出生。

9月　15 日，翻譯〈俄國批評文學之研究〉連載於《文藝戰線》周刊第 1～15 期，至 12 月 29 日刊畢。

翻譯濱田耕作〈自考古學上觀察東西文明之黎明〉於《輔仁學誌》第 2 卷第 2 期。

「九一八事變」後舉家南下滬、杭避難，月餘後返京。

11月　翻譯夏目漱石《文學論》，由上海神州國光社出版。

1932 年
（昭和 7 年）

4月　翻譯長野郎《中國土地制度的研究》，由上海神州國光社出版。

7月　翻譯正木不如丘《人性醫學》，由北平人文書店出版。

9月　1 日，翻譯平林初之輔〈法國自然派的文學批評〉於《讀書雜誌》第 2 卷第 9 期。

《日本語法十二講》由北平人文書店出版。

本年 翻譯《俄國近代文學》，由北平人文書店出版。

《日語基礎讀本》由北平人人書店出版。

1933 年 2 月 1 日，翻譯〈法國現實自然派小說〉於《讀書雜誌》月刊
（昭和 8 年） 第 3 卷第 2 期。

翻譯今中次磨《法西斯主義運動論》，由北平人文書店出版。

3 月 翻譯山川均《資本主義社會的解剖》，由北平青年書店出版。

7 月 15 日，翻譯前田河廣一郎劇本〈黑暗〉於《文藝月報》第 1 卷第 2 期。

本年 遷居北京西單察院胡同五號。

1934 年 1 月 主編《日文與日語》月刊，發表〈爲什麼要研究日文〉、
（昭和 9 年） 〈《日文與日語》的使命〉、〈《日文與日語》編者的話〉，
翻譯長谷川如是閑〈自批判的立場觀察日本國民性〉於
《日文與日語》創刊號。

2 月 1 日，發表〈怎麼樣學習日文〉、〈介紹幾部字典〉、〈翻譯
雜談〉於《日文與日語》第 1 卷第 2 號。

3 月 《高級日文自修叢書》第一冊由北平人人書店出版。

5 月 1 日，發表〈爲日文課程告學校當局〉於《日文與日語》
第 1 卷第 5 號。

15 日，翻譯青野季吉〈政治與文藝〉於《文史》雙月刊
創刊號。

6 月 1 日，發表〈關於日文課程的另一忠告〉於《日文與日
語》第 1 卷第 6 號。

7月　1 日，翻譯金子馬治〈思想〉、德富蘆花〈風〉、芥川龍之
　　　介〈武器〉、大山郁夫〈現代政治思想主流的破綻（續）〉
　　　於《日文與日語》第 1 卷第 7 號。

8月　1 日，翻譯高昂素之〈社會思想的部類〉、德富蘇峯〈要
　　　談與閒話〉、大山郁夫〈現代政治思想主流的破綻（續
　　　完）〉於《日文與日語》第 1 卷第 8 號。

　　　《現代日本語法大全：分析篇》由北平人人書店出版。

9月　《高級日文自修叢書》第二冊由北平人人書店出版。

10月　翻譯飯田茂三郎《中國人口問題研究》（與洪炎秋合譯），
　　　由北平人人書店出版。

12月　1 日，翻譯田上三郎〈不潔を厭はめ人〉、國木田獨步
　　　〈少年的悲哀（續完）〉於《日文與日語》第 1 卷第 12
　　　號。

1935 年　1月　《日語基礎讀本自修教授參考書》由北平人人書店出版。
（昭和 10 年）
　　　3月　《現代日本語法大全：運用篇》由北平人人書店出版。

4月　1 日，翻譯矢部利茂〈亞美利亞之發明展望〉於《日文與
　　　日語》第 2 卷第 4 期。

　　　《高級日文星期講座》第一冊由北平人人書店出版。

7月　發表〈日本羅馬字的問題〉於《日文與日語》第 3 卷第 1
　　　期。

10月　《高級日文星期講座》第二冊由北平人人書店出版。

11月　應聘擔任北平市社會局祕書。

12月　發表〈日本的文章記錄法與標點符號〉、〈二十五年以後的
　　　工作〉、〈別矣讀者〉、〈現代世界外文思潮及其動向〉於
　　　《日文與日語》第 3 卷第 6 期。

本年　遷居西單手帕胡同丙 25 號。

　　　　　　　　　　《高級日文自修叢書》第三冊由北平人人書店出版。

1936 年 （昭和 11 年）	7 月	《標準日文自修講座》第一～五冊由北平人人書店出版
1937 年 （昭和 12 年）	3 月	發表〈西安事變與日本言論界的新動向〉於《實報半月刊》第 9 期。
	7 月	北平失陷後辭去北平市社會局祕書職務，相繼在日偽政權統轄的北京大學文學院日本文學系、北京大學工學院、外國語學院文學系擔任教授。
	9 月	7 日，三子張光誠出生。
	12 月	5 日，翻譯久松潛一〈日本的風土與文學〉於《近代科學圖書館館刊》第 2 號。
1938 年 （昭和 13 年）	7 月	翻譯和辻哲郎〈中宮寺的觀音〉、岡崎義惠〈中世的文學〉於北京《近代科學圖書館館刊》第 4 號。
	10 月	創作漢詩〈席上呈南都（陳逢源）詞兄〉收錄於陳逢源《新支那素描》。
	12 月	翻譯谷川徹三〈日本語和日本精神〉、野尻抱影〈詩經的星〉、青木正兒〈從西湖三塔說到雷峰塔〉、佐藤弘〈黃河之風土的性格〉、志賀直哉〈母親的死和新的母親〉於北京《近代科學圖書館館刊》第 5 號。
1939 年 （昭和 14 年）	7 月	10 日，翻譯家永三郎〈日本思想史上否定之論理的發達〉（上）、芥川龍之介小說〈鼻〉於《近代科學圖書館館刊》第 6 號。
	9 月	1 日，發表〈秋在古都〉、〈關於中國文藝的出現及其他——隨便談談〉於《中國文藝》創刊號；〈京劇偶談〉連載於《中國文藝》第 1 卷第 1～3 期，於 11 月 1 日刊畢。
	11 月	1 日，代張深切編輯《中國文藝》第 1 卷第 3 期。發表〈評菊池寬的〈日本文學案內〉〉、〈代庖者語〉、〈編後

記〉於《中國文藝》第 1 卷第 3 期。

本年　《日語模範讀本》（二冊）由北平人人書店出版。

1940 年
（昭和 15 年）

1 月　發表〈答《中國文藝》三問題〉、〈須多發表與民眾生活有密切關係的作品〉於《中國文藝》第 1 卷第 5 期。

3 月　1 日，〈病房雜記〉連載於《中國文藝》第 2 卷第 1～3 期，至 5 月刊畢。

1941 年
（昭和 16 年）

1 月　19 日，與張鐵笙、陸離共同籌組之「華北文藝協會」於北平正式成立。

7 月　1 日，翻譯菊池寬《日本文學指南》連載於《華文大阪每日》第 65 號～第 85 號，至隔年 5 月 1 日刊畢。

1942 年
（昭和 17 年）

1 月　開始翻譯島崎藤村的長篇小說《黎明之前》。

8 月　在北京「暑期學術講演大會」上發表演說：「日本文學介紹與翻譯」，演講內容收錄於《中國文學》創刊號。

20 日，翻譯德田秋聲等所著之《現代日本短篇名作集》（張深切編，與洪炎秋等合譯），由北平新民印書館出版。

9 月　發表〈日文中譯漫談：關於翻譯〉於《中國留日同學會季刊》創刊號。

翻譯森鷗外等人所著之《日本童話集（上）》，由北平新民印書館出版。

10 月　翻譯島崎藤村《黎明之前》連載於《國立華北編譯館館刊》第 1 卷第 1 期～第 2 卷第 10 期，至隔年 10 月 1 日止。

發表〈關於島崎藤村〉於《日本研究》第 1 卷第 2 期。

11 月　3～10 日，赴日本東京參加「第一次大東亞文學者大會」，與島崎藤村、武者小路實篤等作家會面。

		12 日，四子張光樸出生。
1943 年 （昭和 18 年）	1 月	翻譯夏目漱石〈夢〉於《中國留日同學會季刊》第 2 期。
	3 月	15 日，發表〈北園白秋的片麟〉於《中國留日同學會季刊》第 3 號
	6 月	15 日，翻譯島崎藤村〈常青樹〉於《中國留日同學會季刊》第 4 號。
	7 月	1 日，翻譯北原白秋詩作〈問〉於《藝文》創刊號。
	8 月	1 日，發表〈武者小路實篤印象記〉於《藝文》第 1 卷第 2 期。
		25～27 日，赴日本東京參加第二次「大東亞文學者大會」，與武者小路實篤第三次會面。
	9 月	翻譯島崎藤村〈秋風之歌〉於《中國留日同學會季刊》第 5 號。
		發表〈《黎明之前》尚在黎明之前〉於《藝文》第 1 卷第 3 期。
	10 月	翻譯島崎藤村短篇小說〈凄風〉連載於《日本研究》第 1 卷第 2～4 期，至 12 月 20 日刊畢。
		翻譯森鷗外等人所著之《日本童話集（下）》，由北平新民印書館出版。
1944 年 （昭和 19 年）	1 月	1 日，翻譯樋口一葉〈歧途〉於《藝文》第 2 卷第 1 期。
		20 日，發表〈擊滅英美的文學〉、〈日本文學介紹與翻譯〉於《中國文學》創刊號。
	2 月	1 日，發表〈關於德田秋聲〉於《藝文》第 2 卷第 2 期。
		2 日，發表〈武者小路先生的《曉》〉於《風雨談》月刊第 11 期。
		20 日，發表〈日本文化的再認識〉於《日本研究》第 2

卷第 2 期。

3 月	1 日，翻譯德田秋聲短篇小說〈勛章〉於《藝文》第 2 卷第 3 期。
	20 日，翻譯德田秋聲短篇小說〈洗澡桶〉於《日本研究》第 2 卷第 3 期。
4 月	20 日，翻譯島崎藤村小說〈分配〉連載於《日本研究》第 2 卷第 4～5 期。
	翻譯武者小路實篤小說《黎明》，由上海太平書局出版。
8 月	1 日，翻譯島崎藤村短篇小說〈燈光〉連載於《藝文》第 2 卷第 7～8 期。
10 月	20 日，翻譯德田秋聲短篇小說〈懸案〉連載於《日本研究》第 3 卷第 4～5 期。

1945 年
（昭和 20 年）

1 月	1 日，發表〈元旦的一場小風波〉於《藝文》第 3 卷第 1、2 期合刊。
2 月	翻譯國木田獨步短篇小說〈忘不了的人們〉於《日本研究》第 4 卷第 1 期。
3 月	1 日，翻譯國木田獨步短篇小說〈二老人〉於《日本研究》第 4 卷第 2 期。
	翻譯正宗白鳥短篇小說〈徒勞〉連載於《日本研究》第 4 卷第 3～4 期。
5 月	1 日，翻譯田山花袋短篇小說〈一件撞車案〉連載於《藝文雜誌》第 3 卷第 4、5 期合刊。
8 月	15 日，日本投降。辭去在北京大學等校的教職。
9 月	參加臺灣省旅平同鄉會，擔任服務隊隊長，協助被日軍徵用而流落華北的三千多名臺胞遣返故鄉。

1946 年　年初　離開北平，至上海與人合作經商，不久返回臺灣。

	2 月	15 日，發表〈為臺灣人提出一個抗議〉於《新臺灣》半月刊創刊號。
	7 月	1 日，出任臺灣省教育會編纂組主任。
	9 月	除參與共產黨革命的長子張光正以外，家人先後抵臺。
	11 月	12 日，與臺中文化界人士莊垂勝、張煥珪、葉榮鐘、張文環、洪炎秋等人共同成立聯合出版社。
1947 年	2 月	寄居於臺中師範學校校長洪炎秋家。
		主編《聯合月刊》，未出版。
	6 月	在臺中市繼光街開設六合書店，編輯出版《國文自修講座》，先後共發行五冊。
1948 年	1 月	六合書店遷至臺北板橋大東街 7 號，未幾即關閉。
	2 月	1 日，發表〈當鋪頌〉於《臺灣文化》第 3 卷第 2 期。
		21 日，應友人邀請擔任「臺灣省茶葉商業同業公會」祕書，並主編《臺灣茶業》。
	6 月	25 日，《臺灣茶業》創刊，發表〈採茶風景偶寫〉、〈喝茶在北方〉於《臺灣茶業》第 1 期。
	10 月	10 日，發表〈山歌十首〉、〈在臺灣西北角看採茶比賽後記〉於《臺灣茶業》第 2 期。
1949 年	1 月	20 日，到南投埔里參觀東邦紅茶公司製茶廠，發表〈埔里之行〉於《臺灣茶業》第 3 期。
	8 月	應謝東閔之邀擔任「臺灣省合作金庫」業務部專員。
	12 月	調任臺灣省合作金庫研究室專員。
1950 年	4 月	15 日，《合作界》月刊創刊，擔任主編。
	7 月	升任臺灣省合作金庫研究室主任，兼任臺灣省合作金庫棒球部長。

開始編撰《日華字典》約 20 萬字，迄逝世已完成五分之一。

1951 年	3 月	於清明之夜創作〈春雷〉，未發表，後收錄於《張我軍文集》。
	7 月	7 日，爲充實論著文章，增加調查報告、介紹，《合作界》改爲季刊。
	12 月	3～13 日，自臺北啓程，走訪東港、屏東、高雄、臺南、嘉義、員林、鹿港、彰化、臺中、新竹、桃園、基隆、淡水等 13 個市鎮信用合作社，後據其遊歷寫成〈城市信用合作社巡禮雜筆〉。
1952 年	1 月	25 日，發表〈城市信用合作社巡禮雜筆〉於《合作界》第 3 號。
1955 年	9 月	因身體不適告假休養，被診斷出罹患肝癌。
	11 月	3 日，因肝癌病逝於臺北寓所。
1975 年	8 月	張光直編《張我軍文集》由臺北純文學出版社出版。
1985 年	11 月	張光正編《張我軍選集》由北京時事出版社出版。
1987 年	6 月	詩集《亂都之戀》由瀋陽遼寧大學出版社出版。
1989 年	9 月	《張我軍文集》增訂改名爲《張我軍詩文集》由臺北純文學出版社出版。
1991 年	2 月	張恆豪主編《楊雲萍・張我軍・蔡秋桐合集》由臺北前衛出版社出版。
1995 年	6 月	《海鳴集》（張我軍、吳希聖、吳漫沙、王昶雄合集）由臺北臺北縣立文化中心出版。
	7 月	中央研究院舉辦「張我軍逝世四十週年紀念特展」，至同年 12 月。

	12 月	9～10 日，中央研究院舉辦「張我軍學術研討會」，與會者有戴璉璋、鄭淑敏、李奕園、張炎憲、黃富三、呂正惠、秦賢次、呂興昌、陳萬益、許俊雅、施淑、林瑞明、彭小妍、陳明柔、李豐楙、周婉窈、劉峰松、張光正、莫渝、林海音、葉石濤、王昶雄、趙天儀等人，會中發表之論文後集結爲《漂泊與鄉土──張我軍逝世四十週年紀念論文集》。
1997 年	3 月	9 日，臺北縣政府於板橋國小校園體育館前爲張我軍設置雕像，以茲紀念其對臺灣文學之貢獻。
2000 年	8 月	張光正編《張我軍全集》由北京臺海出版社出版。
2002 年	6 月	張光正編《張我軍全集》由臺北人間出版社出版。
2011 年	1 月	楊紅英編《張我軍譯文集》（二冊）由臺北海峽學術出版社出版。

參考資料：

・秦賢次，〈臺灣新文學運動的奠基者──張我軍〉，《復活的群像──臺灣卅年代作家列傳》，臺北：前衛出版社，1994 年 6 月。

・張光正原著；秦賢次增訂，〈張我軍年表〉收錄於彭小妍編《漂泊與鄉土──張我軍逝世四十週年紀念論文集》，臺北：行政院文化建設委員會，1996 年 5 月。

・秦賢次，〈張我軍年表〉，《臺灣文化菁英年表集》，臺北：臺北縣文化局，2002 年 12 月。

・當代文學資料庫年表─張我軍 http://lit.ncl.edu.tw/litft/wlist/111329/111329.doc

輯三◎
研究綜述

點燃火把，期待黎明
張我軍及其研究概況

◎許俊雅

一、從一封信談起

　　1946 年 5 月 12 日，張我軍在上海給楊雲萍寄了一封信，直到中研院臺史所楊雲萍數位典藏建置完成，我才從資料庫讀到了這封信，感受到一位離家 20 年的臺灣遊子，那種熱切盼望返鄉的心情，我的思緒凝結在這封信上，信上說：

> 雲萍：那一年在京都別後不久，報載由門司開往臺灣的一隻船被水雷炸沉，當時我計算日程，你應該是搭乘在那一隻船的，我想：雲萍殆矣！焦急了好久。後來接到你自臺灣寄來的詩集，才知道天佑善人，你是平安到家了。我放心了，我謝天了，但是沒有接到你的信，終嫌美中不足。我的精神往往馳騁於士林外雙溪。臺灣光復的消息傳出之後，使我一再想起當年在外雙溪半山腰你的家裡吃炸白薯的味兒。我很想趕快跑回別了 20 年的故鄉，再上你家裡，一邊望著白雲一邊吃炸白薯。但是交通隨著停戰而被破壞了，海上沒有船隻，飛機輪不到我們小民，於是只好耐著性等，直等到 3 月上旬，纔來到上海。來到這裡以後，為全家生活計，不得不謀一點小生意，至今整整兩個月還沒有頭緒。所以臺灣還是去不了。不過來到這裡，臺灣的消息就多了。無奈我所接到的，都盡是令人失望、寒心的消息！我很想知道光復後的臺灣怎樣地映在詩人眼中？你若有時間，請你給我一封信。我大約 6 月上旬，或者會到臺灣

去。家眷全部留在北平，老幼均安，請你放心！只有我一個人在上海過
著清淡而孤獨的生活，事事不便，日日無聊，自覺十分可憐耳，哈哈！
祝你健康。　　　　　　　　　　　　　　張我軍啟　5 月 12 日

（去年以來新取了一個號叫「四光」）

　　這封信透露了幾個訊息，張我軍與楊雲萍早在 1920 年代即相識，1943
年再度於京都相逢，信中提到「那一年」「報載由門司開往臺灣的一隻船被
水雷炸沉」，我看了《楊雲萍全集》主編許雪姬教授的〈資料之部導讀〉，
才知是楊雲萍赴日參加第二回東亞文學者大會，回程時「所乘船遭美軍魚
雷擊傷，不能復駛，故在沖繩上陸，數日後才回臺。這期間楊教授曾有簡
單的逐日記載，彌足珍貴。」這次二人相見是在 1943 年 8 月 25 日～27 日
舉行的「第二回東亞文學者大會」，代表臺灣參加者是楊雲萍、長崎浩、齋
藤勇、周金波四人，張我軍與楊雲萍久別重逢，大會結束之後，返臺的楊
雲萍於 11 月由臺北清水書店出版了日文《山河》詩集，為其設計封面及扉
頁的是民俗畫家立石鐵臣。信中「後來接到你自臺灣寄來的詩集」，應即是
這本《山河》詩集。

　　在未看《楊雲萍全集》之前，這封信給我很大的疑惑，因為過去提到
1940 年代的船難，必然想到的是高千穗丸在 1943 年（昭和 18 年）3 月 19
日，由門司航向基隆的途中，在基隆外海彭佳嶼東北方遭到美國潛艦
Kingfish（SS-234）攻擊沉沒，超過八百名乘客罹難一事。那次船難事件中
折損了很多優秀人才，當中包括擔任臺北帝國大學副教授東嘉生、藝術家
黃清埕及多位臺灣菁英，呂赫若還因此寫了〈嗚呼！黃清埕夫婦〉一文，
發表於於 5 月 17 日的《興南新聞》。因船難事件是在第二次「大東亞文學
者大會」之前的 3 月發生，至 8 月下旬二人即相逢，並無需等到 11 月後收
到詩集才確認其平安抵家，這個疑惑一直到《楊雲萍全集》出版才解決。

　　我們從此信也可知張我軍與楊雲萍早在 1920 年代即相識，才恍然於楊
雲萍《人人》雜誌第 2 期（1925 年 12 月 31 日發行），何以收入了一郎的

〈亂都之戀〉？下村作次郎、中島利郎認為楊雲萍是認識張我軍的，1925年 11 月末，張我軍曾去楊雲萍家；「體現臺灣新文學運動的理論」等等說法在這封信中更得以落實。當時情景是「一邊望著白雲一邊吃炸白薯」，此情此景，讓張我軍精神上往往馳騁於士林外雙溪，20 年後仍常駐心頭。如果我們回到《人人》雜誌的「編輯雜記」，楊雲萍寫道：「我的心友一郎哥、時常教我、這乃我所感激也。這回他對我說要糾合同志、組成一臺灣文學研究會。我思想起來、此會之必要及不必要已經沒有討論之餘地了！為著我臺島之文學界、我們不可不及早提攜團結起來！願有心同志互相奮起！」[1]楊雲萍生於 1906 年，張我軍 1902 年生，年長四歲，因此楊雲萍以「哥」稱呼。文中說「時常教我」，看來當時並非一兩面之緣。我從這封信感知張我軍從未忘懷過故鄉臺灣，他在那麼年輕時即能引發臺灣「新舊文學」論戰，提出對臺灣文學走向的看法，實在不易，如果不是種種原因，不得不待在淪陷區，因而成為張深切所說的「他的精神和靈感已失去了生命，所以他不想創作只求作一個翻譯人，使別人家的作品借屍還魂，聊以自慰，這確是件悲哀的心緒。」我想他會有很多根植於臺灣土地的作品，就像他回臺後所寫的作品一樣。作為同時代、同是好友的張深切，在張我軍過世後的一篇悼文說：「他，回臺駐腳的時間不長，所做的事也不算多，但所做的事績都很寶貴，並且還值得作文學史上的紀念。」這是客觀而公正的評價，也是知者之言。

　　張我軍信上告訴楊雲萍，說他「大約 6 月上旬，或者會到臺灣去。家眷全部留在北平。」這封信印證了孫康宜〈浮生至交〉一文所寫的：「原來，當時張我軍先生帶我們去臺灣，他並沒帶他自己的家人一道上船，因為他打算獨自一人先去臺灣找事，等有了著落之後，才要慢慢把妻子和孩子們從北京接到臺灣。」「張光直和他的母親一直到該年（1946 年）12 月底才到臺灣，他們是從天津上船的，一共坐了三個月的船才終於抵達基隆

---

[1]《人人》，大正 14 年（1925 年）12 月 31 日，頁 8。

碼頭。」[2]〈浮生至交〉描繪了孫家通過張我軍的幫忙，順利從上海黃浦江登上輪船，越洋安抵臺灣的一些細節，及孫、張兩家交往的過程，表面上是生活瑣事，但卻生動而深刻地體現了動亂時代的患難真情，個子不高的張我軍顯得高大而神聖，那純誠的理想及對人深切真誠的關懷，崇高的人格光輝讓人為之動容。

二、張我軍研究的歷程

如以 2000 年為界，大抵可看出前後研究重心各有不同，之前的研究，著重在張我軍生平、著作、新詩、新舊文學論戰、與魯迅關係，之後的研究則在舊體詩的發掘、日語教育、翻譯及其在中國大陸的活動。初期研究，大抵可見到張我軍被冠以各種稱呼：「臺灣新文學運動的奠基者」、「臺灣新文學的急先鋒」、「臺灣新文學理論的奠基人」、「新文學搖籃期代表性作家」、「點燃新舊文學論爭的戰火」、「把臺灣人的話統一於中國話」、「將五四文學革命軍引進臺灣者」、「臺灣新文學的處女詩集《亂都之戀》的作者」、「臺灣新文學史上不朽的雕像和燈塔」、「臺灣胡適」等等。

（一）張我軍著作的整理出版

談到張我軍的研究概況，不能不先提張我軍著作的整理出版，1975 年 8 月張光直主編《張我軍詩文集》，由純文學出版社發行，收小說〈買彩票〉、〈白太太的哀史〉、〈誘惑〉等三篇；評論有〈糟糕的臺灣文學界〉、〈請合力拆下這座敗草欉中的破舊殿堂〉、〈討論舊小說的改革問題〉、〈詩體的解放〉等；新詩有〈亂都之戀〉等，另有遊記、散文、譯作、序跋等多篇。1979 年 3 月，李南衡主編《日據下臺灣新文學明集》五冊，明潭出版社發行，內有《小說選集》及《詩選集》、《文獻資料選集》，收入張我軍之作。[3]1979 年，鍾肇政、葉石濤主編《光復前臺灣文學全集》新詩四冊，

---

[2]孫康宜提到當時來臺時間是 1946 年春季，依張我軍此封信來看，應是 5 月後之事。

[3]小說有〈買彩票〉、〈誘惑〉，新詩有〈無情的雨〉、〈弱者的悲鳴〉，文獻有〈致臺灣青年的一封信〉、〈糟糕的臺灣文學界〉、〈為臺灣的文學界一哭〉、〈請合力拆下這座敗草欉中的破舊殿堂〉、〈絕無僅有的擊缽吟的意義〉、〈新文學運動的意義〉、〈哭望天涯弔偉人——唉！孫先生死矣！〉、

小說八冊，遠景出版社發行，內亦收張我軍若干作品，新詩選集且以張我軍「亂都之戀」爲書名。1985 年 11 月，張我軍長子張光正於北京編選《張我軍選集》，並由時事出版社出版，內容與《張我軍詩文集》近似。1989 年，《張我軍文集》增訂並改名《張我軍詩文集》。1991 年 2 月，張恆豪編《楊雲萍、張我軍、蔡秋桐合集》，由前衛出版社印行，收入張我軍小說〈買彩票〉、〈白太太的哀史〉、〈誘惑〉三篇，以及散文一篇〈元旦的一場小風波〉。1993 年，臺北縣立文化中心出版秦賢次《張我軍評論集》，所編選者與之前選文相較，有三分之二是新出土的。1995 年，王昶雄、吳希賢、吳漫沙、張我軍等著《海鳴集》，由臺北縣立文化中心出版。2000 年 8 月，張光正編《張我軍全集》，由北京臺海出版社發行，至 2003 年《張我軍全集》繁體本由人間出版社發行。據翁聖峰之統計：「繁體本補遺〈爲臺灣人提出一個抗議〉、信件 11 封。正文分六部分，第一爲「臺灣新文學運動」，有〈致臺灣青年的一封信〉、〈糟糕的臺灣文學界〉、〈請合力折下這座敗草欉中的破舊殿堂〉等 14 篇；第二爲「論著」，有〈駁稻江建醮與政府和三新聞的態度〉、〈孫中山先生吊詞〉、〈《少年臺灣》的使命〉等 26 篇；第三爲「文學創作」，詩歌有新詩 14 篇 57 首、古典詩 4 首、小說有〈買彩票〉、〈白太太的哀史〉、〈誘惑〉、〈元旦的一場小風波〉4 篇（第 4 篇實爲散文，被歸入小說類），散文有〈南遊印象記〉、〈採茶風景偶寫〉等 10 篇；第四部分爲「序文與編語」，有〈《宗教的革命甘地》引言〉、〈《中國文藝》第 1 卷第 3 期編後記〉、〈《在廣東發動的臺灣革命運動史略》序〉等 35 篇；第 5 爲「日文與日語」，有〈《日文與日語》的使命〉、〈日本羅馬字的問題〉等 18 篇；第六爲「書信」2 封。」[4]此外尚附年表及註譯書目。2011 年 1 月，楊紅英編《張我軍譯文集（上）——社科卷》、《張我軍譯文

〈文化運動的目標〉。
[4]翁聖峰爲臺灣大百科所寫之詞條，亦收入維基百科及其個人網頁。翁氏認爲〈請合力拆下這座敗草欉中的破舊殿堂〉中的「拆」字應作「折」，報刊原文亦作「折」。個人認爲張我軍受中國白話文影響，他使用的應是「拆」，但當時臺灣排版鉛字未見「拆」，因此使用「折」，此現象猶如「已經」，俱作「己經」，亦是未見「已」字。

集 （下）──文學卷》，由海峽學術出版社發行，張我軍著作的整理出版，大抵完備。當然張我軍譯作尚有專書多本，目前未能再印行出版，如果以譯著全集觀之，張我軍全集自然不完全，但著作整理出版總能引發學者的關注及投入研究。

（二）張我軍研究綜述

　　1995 年行政院文化建設委員會策劃「張我軍學術研討會」及「張我軍逝世四十週年紀念展覽」（由中央研究院中國文哲所主辦，臺北縣立文化中心協辦）是值得留意的一次活動，共發表六篇論文，分別由林瑞明、呂興昌、陳明柔、彭小妍、秦賢次、張光正撰寫。張光正是張我軍長子，居北京，甚關注父親的作品，並切實投入研究，很多基本資料的建構都是他首先投入，並提供甚難得的親身經驗之談。這次會議他發表了論文〈張我軍與中日文化交流〉，及一場演講「略論父親的鄉土性格和開放性格」。臺灣老一輩文學評論家葉石濤也在講話中談道：「張我軍敢於在日本帝國主義兇暴的殖民統治下，說出『臺灣文學乃是中國文學之一支流』的話，作為被壓迫的臺灣知識分子而言，實在是極勇敢的行為」。會後由彭小妍主編出版了《漂泊與鄉土──張我軍逝世四十週年紀念文集》（1996 年），除了蒐集此六篇論文外，還包括張我軍傳記、照片集、年表、家世表及著譯書目和作品篇名目錄，這對張我軍之研究更進了一大步[5]。1998 年有蘇世昌〈追尋與回歸：張我軍及其作品研究〉（中興大學中國文學系碩士論文），對張我軍生平、文學理論、文學創作各文類有較全面深入的論述，所編的著譯書目目錄也具一定參考價值。進入 2000 年，張光正編《近觀張我軍》（2002 年 2 月），收錄了張我軍親朋好友的回憶和悼念、臺海兩岸各種版本張我軍文集的序文和編者話，以及海內外學者關於張我軍的學術評論文章，約五十多篇論文。其中，包括對張我軍文學理論、創作的不同意見及評價，有助於讀者多層次、多視角地「近觀張我軍」。2005 年復有鄧慧恩〈日據時

---

[5] 早在 1985 年底，中國作家協會北京分會曾舉行張我軍逝世 30 週年紀念會，不少人為此驚奇，問道：「張我軍是誰？」而當時兩岸未開放，這次會議對臺灣學界應未產生實質影響。

期外來思潮的譯介研究：以賴和、楊逵、張我軍爲中心〉（清華大學臺灣文學研究所碩士論文，2005 年；後由臺南市立圖書館出版，2009 年 12 月），2006 年有田健民《臺灣作家研究叢書：張我軍評傳》（北京：作家出版社），2007 年蔡佩臻〈張我軍文學及翻譯研究〉（東海大學中國文學系碩士論文），皆論及其翻譯，可見進入 21 世紀，張我軍的翻譯研究受到重視。

綜觀對張我軍研究的重點可分幾項敘述：一是新舊文學論戰。二是《臺灣民報》轉載中國新文學作品，尤其是他與魯迅之關係。三是對其新詩、小說、散文之評價。四是張我軍左翼思想的部分。五是參與「大東亞文學者大會」。六是舊體詩的發掘與強調，七是日語教育、翻譯及其在中國大陸的活動。以下據此敘述：

1、新舊文學論戰

本來在張我軍發表〈糟糕的臺灣文學界〉之前，臺灣文士對於新舊文學、文字用語等問題早已談論，對於島外現代文藝思潮與作品也有所介紹。尤其 1920 年《臺灣青年》創刊號即刊登陳炘〈文學與職務〉一文，對於臺灣舊文學加以批評，肯定「文學者，乃文化之先驅」，指出有感情、有思想的文學，才是活文學。陳炘更進一步提出言文一致，獎勵白話文的主張。其後甘文芳、潤徽生、陳端明、黃呈聰、黃朝琴諸氏皆有相關之文論，但因文章零星出現，未能如張我軍集中火力猛攻，得到眾人的注意；又因文章多刊行於日本，所印冊數不多，對臺灣讀者影響有限，因此有關臺灣新舊文學諸多論戰，仍需等到張我軍出現。

1924 年 4 月留學中國北京的張我軍寫了〈致臺灣青年的一封信〉，語重心長地說：「諸君怎的不讀些有用的書來實際應用於社會，而每日只知道做些似是而非的詩，來做詩韻合解的奴隸，或講什麼八股文章代替先人保存臭味。……想出出風頭，竟然自稱詩翁、詩伯，鬧個不休。」[6]很顯然的，張氏身處中國新文學的餘波盪漾中，對臺灣新文學的發展是抱著期待

---

[6]引文見《臺灣民報》第 2 卷第 7 號，1924 年 4 月 21 日。

的。同年十月,張氏回到闊別近四年的臺灣故土,於《臺灣民報》擔任編輯,回臺後不久即發表了〈糟糕的臺灣文學界〉,對當時遍布全臺各地的舊詩社、舊詩人毫不留情的加以抨擊,終於引起以連雅堂為首的舊詩人之反擊,也揭開了臺灣「新舊文學論戰」的序幕。此後,張我軍陸續發表了一系列探討新舊文學優劣的文章,也藉《民報》積極地引介中國新文學運動的作家、作品,並詳加解說胡適的「八不主義」和陳獨秀的「三大主義」等文學革命理論,試圖以五四模式建構臺灣新文學。最後在語言形式上,提出文學寫作應以中國白話文為工具,而有音無字的臺灣方言應依中國國語加以改造,並將臺灣文學定位為中國文學之一支。張我軍的努力,在當時對白話文學的確立,對臺灣新文學的播種、催生多少有其功勞,但論者認為他對臺灣的現實局勢未必能充分掌握,致遭一些議論。[7]

　　然而在日本殖民統治之下,張我軍敢毅然宣稱「臺灣文學乃中國文學的一支流」,其勇氣令人讚揚,固不能以今日之政治情勢,而對張我軍之說予以否棄。臺灣新文學引進五四新文學模式,主要是基於中臺種族、文化上的血緣關係,此一血緣關係,使得臺灣有著「我們臺灣的同胞,亦是漢民族的子孫」的認同意識,在面對日本強勢的殖民文化入侵——同化政策時,不免憂心忡忡:「我們臺灣不是一個獨立的國家,背後沒有一個大勢力來保存我們的文字,不久便就受他方面有勢力的文字來打消我們的文字了。」[8]可知引進中國白話文,所反映的是藉中國以抗拒日本政治文化的侵略,確保臺灣的文化,有政治現實利益的考量(尤其張氏批判舊詩人受總督府攏絡與之勾結,似與臺灣民族運動的政治鬥爭有關),希望文化上不與中國分離,伺機再求政治上的回歸中國。1925 年孫中山先生逝世消息傳來

---

[7]翁聖峰認為「他最大的貢獻是激盪問題,批判舊文學的若干弊端,讓當時的知識分子認真思考臺灣文學到底該用什麼文學形式表達,在那個複雜的文化環境,透過高分貝批判舊文學,複製中國走過的文學路,引進中國白話文到臺灣文壇,觸發新舊文學的激烈論爭,並為後來的臺灣話文論爭埋下對立的種子」,「顯現他對臺灣語言充滿偏見,同時顯示那時代某些知識分子割裂『大傳統』與『小傳統』,輕視庶民文化的鮮明例證。」見本書〈張我軍批判舊文學(節錄)〉一文。
[8]黃呈聰,〈論普及白話文的使命〉,《臺灣》第 4 年第 1 號,1923 年 1 月 1 日。

時，臺灣知識分子莫不感到震驚與悲痛，且立刻著手籌辦哀悼會，日本殖
民政府勉強同意他們集會哀思，但卻禁止任何訃文與輓歌的發表，當時預
備宣讀的弔文正出自張我軍之手：

> 唉！
>
> 大星一墜，東亞的天地忽然暗淡無光了！
>
> 我們敬愛的大偉人呀！
>
> 你在三月十二日上午九時三十分這時刻
>
> 已和我們永別了麼？
>
> 四萬萬的國民此刻為了你的死日哭喪了臉了。
>
> 消息傳來我島人五內俱崩，
>
> 如失了魂魄一樣。
>
> 西望中原禁不住淚落滔滔。[9]

　　詩中呈顯了臺灣人對中國認同之情。當他們「西望」中原，不但為孫
先生落淚，更為了孫先生的離去、解放殖民統治下的臺灣之希望破滅而傷
悲。從文學運動或臺灣白話詩起步的初期來看，的確有一部分人士對中國
抱持著期待，然而日據下臺灣面臨的最大難題是與中國分離的事實，在日
人斬絕兩地關係的政策之下，中國大陸的訊息不能源源而至，而中國對臺
灣的態度也一直曖昧不明，臺灣深刻寄予厚望的中國民族主義運動，也因
1927 年後中國政局大變，國共內戰開始，國民黨開始清黨，全面展開對工
人、農民運動的鎮壓，使得民族主義走向低潮，甚而在中國一向對國民黨
爭取支持的臺灣祖國派人士亦因同情農工階層受到極大的衝擊。臺灣本土
內階級路線的左派分子，對和中國革命合流以解放臺灣之希望落空以後，
在臺灣推動中國白話文以形成共通語、共通文化的期望也隨之渺茫，臺灣

---

[9] 見張光直編，《張我軍詩文集》（臺北：純文學出版社，1989 年 9 月 2 版），頁 95。該弔詞文被日
　本警察禁止朗讀，詳見該書之註文，頁 99。

的主體性成爲被關懷的焦點。

　　張我軍所提倡的臺灣新文學是在與中國隔絕的臺灣社會推行，在臺灣要推動「言文一致」的中國白話文，本存在著手口不能相應的矛盾，他在〈新文學運動的意義〉一文中塑造了兩句口號：「白話文學的建設」及「臺灣語言的改革」，足見張氏「依傍中國的國語來改造臺灣的土語」的想法，而這一論調被認爲忽略了臺灣爲日本殖民地的現實，用「土語」，實有自貶意味。這些困境在無產大眾成爲臺灣知識青年思考的主體時，語言使用問題便被凸顯出來，在運動實踐的過程中，臺灣話文字化（臺灣話文）的重要性，也愈發成爲關切的重心。尤其到了 1930 年代的知識分子，不似 1920 年代（文化運動初期）的知識分子擁有雙重的語言背景，隨著殖民教育的推行，中文備受日本當局的壓抑，日文成爲他們認識世界、接受文化來源的主要媒介，因而臺灣的新文學發展勢必無法只受中國新文學的哺育，其文學環境的背景比中國大陸複雜，發展出來的面貌勢必也不一樣。

2、《臺灣民報》轉載中國新文學作品，尤其是與魯迅的關係

　　張我軍回臺灣的一、二年間（1924 年 10 月～1926 年 6 月），在《臺灣民報》學藝欄上經常選刊中國新文學作家的作品，俾讓讀者增加對新文學作品的認識，1925 年 3 月 4 日〈研究新文學應讀什麼書〉一文，還應讀者要求開列了郭沫若、魯迅、陳獨秀等人的一長串書目單；除了向臺灣文壇積極介紹魯迅作品[10]，本人也仿效魯迅發表一系列《隨感錄》，成爲臺灣雜文創作的開端。在與舊文學的論爭中，他還模仿魯迅的犀利筆法，抓住論敵的弱點與社會的弊病，其尖銳潑辣的風格頗得魯迅神韻。中島利郎〈魯迅在臺灣文壇的影響〉曾引用《魯迅日記》1926 年 8 月 11 日和 1929 年 6 月 1 日的條目：「十一日　曇，午後晴。欽文來。寄季市信。寄張我軍信。……。夜遇安來。張我軍來並贈《臺灣民報》四本」、「一日　晴。上午寄小峰信。寄廣平信。張我軍來，未見。」並解釋張我軍贈送《臺灣民

---

[10]張我軍在《臺灣民報》上介紹最多的是魯迅的短篇小說，如〈鴨的喜劇〉、〈故鄉〉、〈狂人日記〉、〈阿 Q 正傳〉等；其他有馮元君（淦女士）的小說〈隔絕〉、冰心的小說〈超人〉等。

報》給魯迅，與張我軍親自翻譯的《弱小民族的悲哀》[11]有關。《弱小民族的悲哀》原刊載於 1926 年日本《改造》5 月號，作者山川均是馬克思主義者。山川使用當時的統計和文獻資料，帶著諷刺口吻批判、揭露了臺灣人在日本統治下，在經濟、政治、精神上如何被統治的。張我軍以親身經歷及山川均譯文，對魯迅陳述日治下臺灣的遭遇，或許這些話使魯迅在心中更像受了創痛似的，有點苦楚。中島利郎進一步以 1909 年魯迅翻譯出版的《域外小說集》，致力於介紹斯拉夫系民族和被壓迫民族的文學，及其文學基調在於對被壓迫者及對弱者的親切關懷，說明對「正在苦惱中的臺灣青年」懷有極大的感慨。

　　張我軍轉載中國作家的作品，極忠實原著，也交代轉載出處，不似之前《臺灣日日新報》、《臺灣文藝叢誌》或之後《三六九小報》的處理方式，或擅改篇名、或更換作者姓名、或改易內容、或不說明原出處等，張我軍的作法極為實在，態度亦極為誠懇，比如他轉載楊振聲的小說〈李松的罪〉，這一篇小說原載 1925 年北京《晨報》週刊，次年（1926）8 月 8 日《臺灣民報》第 7 號轉載，當時（7 月 25 日）張我軍在北京手抄此文，並說抄寫文章是無聊至極的事，他「十二分的感著不耐煩而無聊，但為欲使臺灣的同胞同來賞鑒好的作品，也就忍而為之了。」還附帶寫了一小段評論，說「在資本主義的經濟組織底下，李松欲賣力換個肚子飽而不可得。」最後說作者楊振聲的「思想與藝術手段，都大有可取，末後在獄中作夢一段，尤其深刻，描寫入神，令人讀了，哀從中來，不期然而然的吊下眼淚！」可見其獨到的小說鑑賞眼光，對當時臺灣小說的學習多少起到一定作用。

　　楊傑銘提出張我軍引介魯迅的作品有著異於中國的義涵，這其中包括了與日本殖民政府的角力與妥協，使兩者對於傳播魯迅的作品有不一樣的

---

[11] 張我軍的該譯文，刊載在《臺灣民報》第 105 號（1926 年 5 月 16 日）至 110 號，112 號～115 號為止而完傳。因此 116 號沒有此刊載。張我軍贈給魯迅先生的四本《臺灣民報》，現藏於北京魯迅博物館。

解讀。譯作方面，張我軍於《臺灣民報》上轉載〈魚的悲哀〉、〈狹的籠〉
兩篇。「魯迅所翻譯的愛羅先珂童話多半是動物的寓言體故事，在內容中一
方面呈現人間的真與美之外，亦利用動物的寓言方式諷刺世俗的醜態。」
並舉張我軍以筆名「一郎」作了爲何轉載愛羅先珂作品的動機的說明：

> 我讀了他的文章，非常感動，我尤其愛他的文字之優美，立意之深刻。
> 譯筆又非常之老練，實在可爲語體文之模範。我此後想多轉載幾篇，以
> 補救我荒漠的文學界。[12]

　　此文並從另一個層面推測刊載張我軍在選取魯迅作品時，是有參考中
國教科書而作選擇的。

　　除轉載小說、譯作外，張我軍也轉載一些新詩，如郭沫若的〈江灣即
景〉、〈仰望〉、梁宗岱的〈森嚴的夜〉、滕固的〈墮水〉、西諦（鄭振鐸）的
〈牆角的創痕〉、焦菊隱的〈我的祖國〉等等。這些作者雖然有的頗有名
氣，但當時中國白話詩亦是起步不久，很多作品都是作者頗年輕時之作，
當然「少作」不一定就不好，但是處於新舊青黃不接的過渡年代，引介的
白話文難免有生硬青澀，或是濫情之作。他個人在臺灣白話詩史上的意
義，在於他提倡中國白話文學，引起臺灣白話詩文學史上新舊論爭，此外
他個人出版的詩集《亂都之戀》，雖是臺灣新詩史上第一冊詩集，但他此後
並未持續創作，如欲以此爲經典範文，對當時臺灣青年學子來說，恐怕也
是美中不足之處。雖然如此，張我軍一連串的批判文章，理論與創作的相
發，對於臺灣白話詩的催生畢竟有其正面意義。1926 年秋季《臺灣民報》
向全島徵求白話詩，共得五十餘首，入選的詩人有器人、崇五、楊華、黃
石輝、黃得時、沈玉光、謝萬安等，白話詩日見茁壯。1930 年 8 月《臺灣
民報》增闢「曙光」欄徵求白話詩，培育出楊華、毓文、虛谷、守愚、甫

---

[12]張我軍，〈我的學校生活的一斷面〉「識語」，《臺灣民報》第 62 號，大正 14 年（1925 年）7 月 26
日。後收錄於《張我軍全集》（臺北：人間出版社，2002 年 6 月），頁 353。

三等作家。

3、對其作品之評價

張我軍不僅提出文學理論，也有實際創作，詩、散文、評論、翻譯皆有所表現。《亂都之戀》是較早受到關注的，但對其詩作，或謂因時代限制，藝術成就不高，非關個人才情。或謂過分受制於戀愛經驗，缺少轉化成比較深刻、寬廣的文學經驗的企圖與能力。陳沛淇〈在「京華」中的「Ｔ」青年——談張我軍《亂都之戀》中的形式問題〉則提出考察《亂都之戀》的形式問題，需從張我軍的知識背景與他傾向的思考方式來衡量。對於其三篇小說的藝術性、優劣缺點有比較客觀的評述[13]，但其說也因作者本人逐漸遠離臺灣本土的滋養，因此只能以其北京生活經驗為素材，並且是用純熟的中國白話文寫作，而絲毫看不出臺灣作家的色彩，及遠走北京之後逐漸淡出臺灣文壇，因之缺席了 1930 年代繼新舊文學論戰之後的鄉土文學論爭、臺灣話文論爭，早已失去創作的動力了。甚至有著其作雖然是在《臺灣民報》發表，起了示範性的作用，但對其文學表現及定位有著放中國文壇還是日據臺灣文壇的斟酌。遠離臺灣本土的張我軍，確實無法繼續創作，如張深切所說：「只求作一個翻譯人，使別人家的作品借屍還魂，聊以自慰」，但這其實是相當悲哀無奈的，這其中恐怕也還有生活的艱辛需顧及。

張深切說他：「雖然不能說是臺灣新文學的首創人，卻可以說是最有力的開拓者之一」、「雖然不能說是臺灣白話文的發起人，卻可以說是最有力的領導者之一」、「他，在臺灣文學史上，應該占有一個很重要的地位。」[14]簡短有力地宣示了張我軍在文學上的所作所為，自然是臺灣重要作家；即使他的創作以北京為題材，翻譯活動也在中國，但做為一位生於斯逝於斯的作家，他對於臺灣文學的貢獻，除了勇於揭起新標竿，徹底向「舊」示

---

[13]如龍瑛宗認為〈買彩票〉是個好短篇，〈白太太的哀史〉恐怕是張我軍作品群中最出色的一篇罷，林瑞明則評此篇結尾有畫蛇添足之嫌。
[14]見張深切〈悼張我軍〉一文。

威與決裂外，漂泊中國期間的文學活動正體現臺文在日本、臺灣、中國三者間的流動與調適，呈顯了臺灣人作家眼中的異地視域。他當年的主張，由於時移世易，不免有著左右統獨人士各自偏重的重點，國族認同的表述與定位之別，遂有相異的評價及檢視，認為他殊少考慮臺灣的特殊環境，及貶臺灣語為土語的不當。關於文學語言的使用，彭小妍〈關於張我軍文學典律、種族階級與鄉土書寫——張我軍與臺灣新文學的起源〉一文，特別舉〈復鄭軍我書〉說明張我軍主張北京話和臺灣話都是中國方言，都可以是白話文，甚至認為「新文學不一定是語體文」，及「新舊文學的分別不是僅在白話與文言，是在內容與形式兩方面」等意見，不過臺灣語言必須經過改造才適合用為白話文，及應「統一於中國語」等措辭，此「牽涉到國家認同和臺灣意識的問題，和個人的意識形態及政治現實息息相關，因此見仁見智，也因時代的不同而會產生解讀上意義的變化。」[15]但就某一意義言，他在那麼短的時間，那麼年輕的時候，即已完成了在臺灣文壇的使命，著實不易，他的一言一行仍須放在當下時空去體會。林瑞明〈張我軍的文學理論與小說創作〉一文，最後有著相當中肯的評述，茲引述如下：

> 張我軍在臺灣文壇起過作用，沒有他對舊文學的批評火力，不足以摧枯拉朽，舊文學的勢力還會盤據相當的時刻。雖然「文學沒有新舊，只有好壞」，張我軍的批評誠然也有過火之處，但逼使暮氣沉沉的舊文壇勢力讓出一條路來，新文學的發展才在文化界中取得了正當性，其後白話文學作品源源不絕，奠定了臺灣新文學的基礎。這方面理應給予肯定的評價，不會因時過境遷而有所改變，當時他才是 23、24 歲的青年，以他生活於中國大陸的所見所得，掌握了契機，充分回饋了臺灣，在臺灣文學史上占有不可磨滅的地位。

---

[15]彭小妍，〈關於張我軍文學典律、種族階級與鄉土書寫——張我軍與臺灣新文學的起源〉，《中國文哲研究集刊》第 8 期，1996 年 3 月。

4、關於寫作舊體詩

　　張我軍挑起新舊文學論戰，又著有新詩集《亂都之戀》，自然予人印象，他應該不寫舊體詩或者日後也不寫舊體詩；但事實上，張我軍在 1923 年時，即有〈寄懷臺灣議會請願諸公〉兩首七律從廈門投稿《臺灣》雜誌。後來黃天橫先生在臺灣《自立晚報》發表〈張我軍出土〉一文，也披露了 1938 年張我軍在北京的一次宴會上，呈送老鄉親和新文學運動時期的戰友陳逢源的一首舊體詩：

> 僕僕燕塵裡，韶光逝水流。
>
> 逢君如隔世，攜手共登樓。
>
> 痛飲千杯酒，難消十載愁。
>
> 他時歸去後，極目故園秋。

　　張光正引黃天橫之說，指出這首詩被收進陳逢源所作、1939 年臺灣新民報社出版的《新支那素描》一書。[16]後又舉張光直回憶：「在北京故居父親書房裡，見過一冊用毛筆手寫的筆記本，封面上書《劍華詩稿》字樣，裡面為舊體詩。『劍華』是父親用過的筆名。這本極為珍貴的詩稿，隨著半個多世紀的風雲變幻和家庭的搬遷，早已經下落不明了。」[17]這則訊息，提供了張我軍另一筆名「劍華」，同時理解舊體詩一直是張我軍抒懷寄意的選擇之一。關於張我軍與舊詩之關係，

　　而黃乃江〈張我軍的處女作及其在廈門之文學活動新考〉一文，據其最新發現的史料論述張我軍的最早創作時間應是 1922 年 9 月的〈壬戌七月既望鷺江泛月賦〉，比〈寄懷臺灣議會請願諸公〉（七律二首）創作時間要早半年多，因此張我軍的文學創作並非從寫作《亂都之戀》「這種新體詩開

---

[16]當時他以為是迄今發現的唯一一首張我軍公開發表了的舊體詩，當然，1923 年《臺灣》已見〈寄懷臺灣議會請願諸公〉舊詩，時間更早。

[17]《新文學史料》，1993 年第 1 期，39 版。

始」，而是從寫作傳統的古詩文辭開始的。不過在分析〈寄懷臺灣議會請願諸公〉一詩時，他提及「右達」並非指臺中霧峰望族林獻堂，因張我軍在1926 年以前，「北只至小基隆，南到新竹而已」[18]，張我軍並沒有到過臺中，與林獻堂先生也從未謀過面，況且其時臺灣真正可以稱之為「右達」者，僅有林爾嘉一人而已。此說或尚值得商榷，張我軍妻子羅心鄉在〈憶《亂都之戀》〉說：

> 得到這個消息，我們非常高興。經過商量，遂一同乘船去臺灣，住在「臺灣民報」社，請林獻堂老先生作證婚人，王敏川先生作介紹人，在臺北江山樓擺了兩桌酒席，舉行了婚禮。

由此可知，張我軍、林獻堂在 1926 年以前即見過面[19]，而且詩題既是「寄懷臺灣議會請願諸公」，正與林獻堂從事臺灣議會請願一事相關，因此「右達」解為林爾嘉，恐仍有疑慮。至於 1923 年詩作發表，在發表前是否與林獻堂認識？如從 1924 年返臺即住「臺灣民報」社，並請林獻堂作證婚人一事觀之，似乎與林獻堂早已認識，因此詩題才有「寄懷」用語。

5、張我軍左翼思想的部分

張我軍思想傾向方面，過去有些說法，認為他對於萌芽中的臺灣左翼文學理論缺乏足夠的認知，尤其 1926 年 6 月以後選擇到北京求學、生活，對於劇烈變化中的臺灣社會、文化界缺乏深刻的體驗，1930 年代臺灣左翼文學興起，張我軍已全然淡出臺灣文壇。張光正在〈父親張我軍二三事〉提到關於抗戰勝利後張我軍同八路軍幹部會面，說「他對共產黨是有一定了解的，在他的青年時代，也讀過、翻譯過不少日文的共產主義書籍和日本無產派作家的作品。在他的書房裡，一直珍藏著全套馬克思《資本論》

---

[18]張光正編，《張我軍全集》（北京：臺海出版社，2000 年），頁 297。
[19]楊雲萍在〈「人人」雜誌創刊前後〉一文提到張我軍夫婦「他們兩人的結婚典禮，是在當時的江山樓舉行的，證婚人記得是林灌園先生。我也參加盛典，吃過喜酒。」原刊《臺北文物》第 3 卷第 2 期，後收入氏著《臺灣史上的人物》（臺北：成文出版社，1981 年），頁 309。

的日譯本。甄華老先生在給我的兩次復信中，講了以下情形：我在北平上學時，曾經常到設在張我軍老師家中的日文補習班學習。他待人熱情，教學耐心、認真，不厭其煩，曾借給我很多日文書籍。他教的內容有唯物辯證法，這促進了我學習馬列主義哲學的興趣。」張光正也曾以「何標」為名，提出張我軍與「新野社」的關係[20]，在這篇文章，特別提到刊在首篇的張我軍論文〈從革命文學到無產階級文學〉，文章認為無產階級文學才是真正的革命文學，並闡述了對無產階級文學的種種見解，認為張我軍早受到1920 年代末、1930 年代初風行日本的社會主義思潮和普羅文學的感染。那時，張我軍即曾翻譯出版過一些日本社會主義政論家和無產派作家的書籍和文章，同著名無產派作家葉山嘉樹有過通信往來。因此張我軍此文，對研究他一生文學思想的階段性發展，具有重要價值。

　　劉恆興〈兩端之間──論 1920 年代張我軍新舊文學意識與文化民族認同〉指出張我軍介紹新文化運動理念時，已有左翼傾向，不僅行動加入左翼「青年讀書會」，在警察機關黑名單榜上有名，言論亦明顯左傾。[21]1930 年起，更積極加入革命文學與無產階級文學理論建設與宣揚，進而強調探討張氏思想發展脈絡，左翼觀念實不可忽略。確實如此，如從 1924 年 4 月21 日，張我軍在《臺灣民報》上發表的〈致臺灣青年的一封信〉，最能表明他對文學與社會現實關係的想法：「其實我們所處的社會老早就應該改造的」，它「就如坐在火山或炸彈之上，不知幾時要被它爆碎。」因而號召與他同輩的臺灣青年，「與其要坐而待斃，不若死於改造運動的戰場。」不然，「自由和幸福是不會從天外飛來的」，或是由他人送來的。「猶如麵包是

---

[20]張我軍在北師大畢業那年（1929 年 6 月），曾與同學 12 人發起成立了文學社團「星星社」，不久又改名為「新野社」，1930 年 9 月 15 日發行社刊《新野月刊》（只出一期便停刊）。張我軍在《新野月刊》上發表〈從革命文學論無產階級文學〉和譯作〈高爾基之為人〉兩篇文章。

[21]張我軍在 1924 年回臺於臺灣民報編輯工作期間，就加入了以蔣渭水、翁澤生等人發起成立的「臺北青年體育會」與「臺北青年讀書會」，這是以反抗日本殖民統治為宗旨的社團，利用所謂非政治性團體以合法掩護，並以臺灣文化協會讀報社為聚所，研討傳播左翼思想或其他革新思想。1925 年 3 月張我軍在「臺北青年體育會」上，演講「生命在，什麼事做不成？」。在《臺灣警察沿革志》中，這兩個社團列名者有 66 名，類似於殖民當局的黑名單，而張我軍名字亦在其中。

勞動者額上流了汗才能得來的」。他還引用馬克思、恩格斯「共產黨宣言」：「人類一切的歷史，都是階級鬥爭的事蹟」這段話，鼓動臺灣青年起來，以「團結、毅力、犧牲」三大武器，爲爭取自由幸福而鬥爭。直到1926 年底，僅僅兩年多時間裏，張我軍在《臺灣民報》發表了六十多篇重要文章，出版了兩個小冊子。

6、參與「大東亞文學者大會」

張我軍參與「大東亞文學者大會」一事曾引來若干質難[22]，因而爲其詳說其中緣由，如洪炎秋認爲張我軍「一生不曾到過日本」，思欲利用此機會彌補身爲日語教員卻未曾去過日本的缺憾，秦賢次認爲欲造訪心儀已久的日本作家。但根據河原功、張光正的研究，指出張我軍幾次往返臺灣和北京，都曾途經日本。譯文《弱小民族的悲哀》的一部分，就是在日本九洲島的門司港完成的。[23]1941 年 2 月，他還因事去過東京。但逗留的時間看來都不長。張光正指出張我軍兩次參加大東亞文學者大會最主要的動機，乃是對於翻譯和研究日本文學的需要，期間結交了不少日本著名的作家和學者，如島崎藤村、武者小路實篤等[24]，都從此同他們有了交往，建立起深厚文緣。他並在北京圖書館查閱到 1942 年 11 月 18 日，淪陷時期《晨報》刊登的報導，引述張我軍赴日之前發表的談話：

> 本人一向在文學界也沒有什麼貢獻，而且年來已經成了一個書呆子，所以知道此次即使參加大會）也不會有什麼用處，無奈邀請者十分誠懇，而周作人先生也極力勸本人參加……本人年逾不惑，一心一意想做些事，此次參加大會也想做些事，只是生性魯鈍，大約這次恐怕也沒有貢

[22]張深切在〈悼張我軍〉一文說：「只有一次，他被推舉爲大東亞文學者大會代表的時候，我才對他表示不滿，但經過他一番解釋之後，我就不再反對了。爲了這件事，他受了莫大的打擊，甚且有人認爲這是我軍一生犯了最大的錯誤。」《近觀張我軍》（北京：臺海出版社，2002 年 2 月），頁 5。
[23]張我軍，〈譯者附記〉，《臺灣民報》第 105 號（1929 年 7 月）。
[24]並參加了詩人北原白秋（1885～1942）的追悼會。

獻多少有益於大東亞同胞的事，這是最引以為慚愧的。

　　可以看出張我軍在赴會之前就公開表態將無所作為，並沒有政治目的，而赴會之後的事實證明，他仍保有強烈的民族風骨，在中島利郎〈關於張我軍〉或孫康宜〈浮生至交〉都曾引用巖谷大四的記載，1942 年在東京舉行的「大東亞文學者大會」，當與會的作家們剛抵東京火車站，他們就聽說必須集體前往日本皇宮，以便向日本天皇致敬。但「一行人當中，只有張我軍一人扭過臉來，不向皇宮鞠躬哈腰，給我的印象很深。此人日本話講得非常漂亮，也曾擔任過翻譯，但是像是一個不好對付的人。」（引自1958 年 9 月中央公論社出版的《非常時期的日本文壇史》）這正如孫康宜所說巖谷大四很佩服張我軍的骨氣，所以多年後撰寫那一段歷史時，仍念念不忘，特別在書中記載此事。

　　做為張我軍摯友的張深切，對此事有客觀平實的看法，我願意把它引錄在此：「從表面看，也許這是屬於言出有因，然從裡面看，卻未必屬實。對此我無意多加辯護。不過，我理解他是一位純粹的臺灣人，站在臺灣的立場說，他的言動並無可厚非的地方。」張深切追悼張我軍寫下這篇追念文時，並未看到巖谷大四上述之說，今日吾人回過頭重讀張深切此文，不禁讓人感佩張深切畢竟是深知張我軍為人的，同時提醒吾輩看事情不能只看表面而遽下評斷。

7、在中國的文學活動：日語教學及文學翻譯

　　二戰之前，張我軍長居中國，專注於日語教學與翻譯，與臺灣本土的文學發展分離。學界對於張我軍文學成就的討論，也多半關注他在臺灣新文學運動萌芽期所發表的理論，對於張我軍在日語教學及文學與文化理論譯介方面的成績，進入 2000 年後獲得較多關注。

　　張我軍從北師大畢業後，即被母校聘為日文講師，後來又在北平大學、中國大學兼教日文，同時編纂日文學習讀物，也開始翻譯大批日文著作。張泉〈張我軍與淪陷時期的中日文學關聯〉一文認為淪陷時期的張我

軍還在華北文學、文化界相當活躍，他積極參與張深切在北京創辦大型文藝月刊《中國文藝》，並在創刊號上發表三篇文稿：〈秋在古都〉、〈京劇偶談〉和〈關於中國文藝的出現及其它──隨便談談〉。他也參與了 1942 年 9 月成立的華北作家協會主辦的許多活動，另外翻譯不少日本自然主義文學島崎藤村和德田秋聲的作品及白樺派作品。在翻譯技巧上，張我軍做了一些嘗試：原作者是文言文，對話不另起一行，譯文則變更爲現代白話小說的格式；對原文中某些不便直譯的段落，採用意譯的方法。對日本文學翻譯和翻譯技巧問題，以及日本文化和中日文化關係問題，張我軍都發表過值得研究的見解。

　　李詮林《臺灣現代文學史稿》[25]在翻譯一節「張我軍的日文中譯」，對張我軍大量的日文中譯的翻譯文學一一簡介。從〈安部磯雄（貞操是「全靈的」之愛）譯者附言〉（原載《臺灣民報》第 60 號，1925 年 7 月 12 日）顯示了張我軍的新思想；到武者小路實篤《愛欲》譯文載於 1926 年 2 月 28 日《臺灣民報》第 96 號學藝欄；及後來出版於大陸之譯作：《生活與文學》，有島武郎著，1929 年 6 月上海北新書局出版；《社會學概論》，和田桓謙三著，1929 年上海北新書局出版；《煩悶與自由》，丘淺次郎著，1929 年上海北新書局出版；《賣淫婦》，葉山嘉樹著，1930 年上海北新書局出版；《現代日本文學評論》，宮島新三郎著，1930 年上海開明書店出版；《現代世界文學大綱》，千葉龜雄等著，1930 年上海神州國光社出版；《人類學泛論》，西村真次著，胡先驌校補，1931 年 3 月上海神州國光社出版；《文學論》，夏目漱石著，1931 年 11 月上海神州國光社出版；《人性醫學》（附戀愛學），正木不如丘著，1932 年北平人人書店出版；《俄國近代文學》1932 年北平人人書店出版；《法西斯主義運動論》，今中次磨著，1933 年北平人人書店出版；《資本主義社會的解剖》，山川均著，1933 年北平青年書店出版；《中國土地制度的研究》，長野朗著，1934 年上海神州國

---

[25]原爲其博士論文，後由海峽文藝出版社，2007 年 1 月。

光社出版；《中國人口問題研究》，飯田茂三郎著，與洪炎秋合譯，1934 年由北平人人書店出版。張我軍的次子張光直在少年時代即因讀了張我軍翻譯的《人類學泛論》，而愛上人類學（亦因四六事件的影響），成為國際聞名的考古人類學家。從這些譯著中，可以看到張我軍視野之廣及對文學以外的社會經濟政治、學術文化之關注。

　　至於張我軍在北京時編著的日文教學課本或日文研究書刊，有以下幾種：《日本語基礎讀本》，1932 年人人書店出版，曾發行九版，為十幾所大學選為課本，是張我軍著作裡影響最廣的一部；《高級日文自修叢書》（日漢對譯評解，二種），1934 年人人書店出版；《現代日本語法大全》（分析篇、運用篇），由人人書店分別於 1934、1935 年出版；《日語基礎讀本自修教授參考書》，1935 年人人書店出版；《日文自修講座》及《標準日文自修講座》，共五冊，1936 年人人書店出版；張我軍主編的刊物有《日文與日語》月刊，1934 年 1 月創刊，1935 年 12 月停刊，人人書店出版，共出 24 期，被視為民國以來國人辦的第一份研究日本語文的期刊，秦賢次在〈臺灣新文學運動的奠基者──張我軍〉一文中說：「抗戰以前，張我軍在國人學習日文、日語的貢獻上，是無人曾出其右的。」其編譯的《對譯日本童話集》（1943 年）「譯注例言」中明確用標準的國語譯出，既為中國人民學習日語方便，也為日本人民學習國語方便。王升遠、周慶玲〈中國日語教育史視閾中的張我軍論〉對此更細膩地分析，認為「張氏語法體系」、「張氏日語教學法」能最大程度地適應中國人的思維，提高日語學習效率。張我軍在日語教育領域的理論與實踐不僅具有重要的歷史意義，而且對今日的日語教育也具有現實的指導意義。事實上，讀者也可從張我軍的〈第四冊序言〉讀到他那一絲不苟，認真負責的態度，他自陳「我在本講座費了倍於普通著作的力量。我運用了所有的教書和著作的經驗，以及日本的文法和文章的學識，時時刻刻保持著教書的態度，冷靜地斟酌如何選取材

料，如何分配內容，如何安排次序，絲毫不敢苟且，一點不敢忽略。」[26]

三、結語

　　我從張我軍的文集及相關的研究論述裡，看到張我軍自學刻苦攻讀的精神，及對人的誠摯之情，在自己經濟不寬裕的情境下，毫無間斷地濟助朋友。1937 年，北平淪陷，他也陷入困苦絕境，他寧願全家挨餓受凍，也不出任一官半職。從〈「黎明之前」尚在黎明之前〉[27]一文可了解他的困難處境，一家子此時連「配給麵」都吃不飽，繼之老母、妻子、兒子都病倒，自己也操勞過度病了幾個月，直是禍不單行、雪上加霜。在頻進當鋪典當可典之物以後，他還背上了 1500 元重債，只好拼命翻譯島崎藤村的巨著《黎明之前》。及至歸臺，他仍受冷落歧視，深陷困阨之中，1948 年 2 月 1 日他在〈當鋪頌〉中寫道：「我回到臺灣以來不夠二年，為了始終處在半失業的狀態，既未帶回金鈔之類，老家又沒有穀子可收，所以只好把自己對之有些感情的東西陸續『死別』淨盡了。」緊接著又是 1949 年的四六事件中，次子張光直被以莫須有的政治罪名下牢獄，在白色恐怖猖獗的 1951 年春，他以散文〈春雷〉書寫他的心情與願望，希望「擺脫嚴冬的束縛和威壓」，盼望重見天日，並且「衷心相信明天是可以一親久別了的陽光的」，表達出急切想擺脫黑暗，迎來光明的心願。

　　當 1946 年他致函楊雲萍說他在上海聽到的臺灣消息「都盡是令人失望、寒心的消息！」時，他仍然決定舉家遷回臺灣，他當時是怎麼個想法呢？他是否曾後悔過呢？已難追尋。不過如以臺灣文學史來看，此時的張我軍再度回歸故土，接續上那縷縷的文學之絲，即使環境黑暗，更不允許他暢所欲言，但畢竟落葉歸根，在不算長的五十多年生涯中，急速而熱烈的發光，最後在極度抑鬱中告別人世，在混沌暗夜裡劃下的光芒，直到今

---

[26]收入張我軍講述，《標準日文自修講座 前期第四冊》（北平：人人書店，1936 年），頁 1。
[27]收入秦賢次編《張我軍評論集》（臺北：臺北縣立文化中心，1993 年 6 月），頁 156～164。

日卻依然耀眼。[28]

輯四◎
重要評論文章選刊

父親張我軍二三事

◎張光正[*]

　　1992 年是先父我軍誕辰 90 週年。關於他的生平和業績，我寫過〈愛祖國、愛家鄉——臺灣省籍文學家張我軍〉，刊登在《人物》1984 年第 3 期。在 1985 年出版的《張我軍選集》「編者後記」中，也做過詳細介紹。現就父親生平中鮮為人知或易被誤解的兩三件事，再做些重要補述。

第一件事：關於淪陷時期參加「大東亞文學者大會」

　　父親在青年時代具有強烈的愛國觀念和民族意識，他在當時出版的《臺灣民報》上，多次寫文章揭露日本統治當局在臺灣種種暴行，點名抨擊當時的日本駐臺「總督」；他敢冒日本當局的大不諱，為臺北市孫中山追悼大會撰寫悼詩，深情稱頌孫中山先生；1924 年後在上海「臺灣人大會」上發言嚴責日本在臺灣的暴政；1926 年在北京專程拜見魯迅先生，以尋求對臺胞抗日活動的支持。1937 年「七七事變」後，父親全家滯留於淪陷區，他在傀儡政權統轄下的幾所大學任教，曾於 1942 年和 1943 年兩次去東京，出席日本「文學報國會」主辦的「大東亞文學者大會」。

　　關於參加這個會議一事，洪炎秋（1902～1980）教授在父親逝世 20 週年時寫的〈懷才不遇的張我軍兄〉一文中，提出過這樣的看法：

> 他所以出席這個會的原因，一半由於周作人、錢稻孫等先輩的邀約，一半由於他一直以教授日文，名重一時，而一生不曾到過日本，在講解上難免常感困難，所以想藉這次的招待，到日本各名勝去遊覽一番，藉以

*張我軍長子，現為中國作家協會會員。

幫助教學，動機十分單純，不足列為罪狀。在敵偽占據時期，臺灣人有些本領的如肯接受利用，要做個相當的官，十分容易。因為在大陸待過的臺灣人，大都通曉中日兩種語文，又懂得這兩國的人情風俗，比漢奸腿子、日本鬼子和高麗棒子都好用得多……我軍兄性喜熱鬧，又廣交遊，如肯「落水」，弄個偽大官做做，易如反掌。但是他極有分寸，堅守原則，淪陷八年一直困守教書匠的崗位，虛與委蛇，在教育界混飯吃，到勝利，一直保持著「出污泥而不染」的清淨身體。

洪先生說父親「一生不曾到過日本」，其實他幾次往返臺灣和北京，都曾途經日本，只是沒有在那裡長住過而已。據我分析，父親出於翻譯和研究日本文學的需要，在兩次赴日期間，結交了不少日本著名的作家和學者，如島崎藤村、武者小路實篤等，都從此同他有了交往，建立起深厚文緣。也許這才是他去日赴會最主要的動機。

我曾在北京圖書館查閱到 1942 年 11 月 18 日，淪陷時期偽《晨報》刊登的一條報導，引述父親赴日之前發表的談話，其中除明顯強加的「大東亞共榮」一類濫調外，還有這樣的內容：

本人一向在文學界也沒有什麼貢獻，而且年來已經成了一個書呆子，所以知道此次即使參加大會（按：即「大東亞文學者大會」）也不會有什麼用處，無奈邀請者十分誠懇，而周作人先生也極力勸本人參加……本人年逾不惑，一心一意想做些事，此次參加大會也想做些事，只是生性魯鈍，大約這次恐怕也沒有貢獻多少有益於大東亞同胞的事，這是最引以為慚愧的。

這些話表明，他在赴會之前就已做過將無所作為的公開表態。而赴會之後的事實證明，他仍然甘當「書呆子」，並沒有從此投入日寇懷抱接受一官半職。

另據日本學者中島利郎在〈關於張我軍〉（載於 1989 年 7 月日本《咿啞》會刊第 24～25 期合刊）中寫道：

> 到達（東京）後，所有「大東亞文學者大會」的代表，被帶到日本皇宮去參拜。當時張我軍的表情，據巖谷大四下述的記載是：「一行人當中，只有張我軍一人扭過臉來，不向皇宮鞠躬哈腰，給我的印象很深。此人日本話講得非常漂亮，也曾擔任過翻譯，但是像是一個不好對付的人」[1]

從這一小段生動具體的記載中，使我們知道父親在那麼險惡的處境下，仍敢於公開流露對日本統治者的強烈對抗情緒，堅持民族自尊而不肯俯首低頭。

第二件事：關於抗戰勝利後同八路軍幹部會面

這件事只有我和三、四個現在大陸的當事人知道，父親直到逝世為止，對母親和三個弟弟都滴水未漏過。事情的經過如下：

1945 年 5 月，我受命從晉察冀抗日根據地阜平回到淪陷區北京。到家以後，父親對我離家出走又突然歸來，意外又高興。我想他對我掩蓋真實去向的一套說詞，是不會相信的，但他從不對我追問。

大約在我回來的一個月後的一天，我來到父親獨自寫作的書房，對他坦誠地講了我自己離家出走後的真實經歷和在敵後根據地的所見所聞，介紹了當時抗日戰爭的形勢和毛澤東、朱德在中共「七大」所做的報告，轉達晉察冀邊區有關部門對他去根據地參觀的邀請。父親凝神靜聽著，然後有些激動地對我說：大革命時期他曾滿懷熱情地參加了孫中山先生領導的國民黨，後來由於感到失望而自動脫黨。他表示願意接受抗日根據地的邀請，可以隨時動身前往。

---

[1] 引自 1958 年 9 月中央公論社出版的《非常時期的日本文壇史》。

　　在我們進行上面談話之時，德、義法西斯已經垮臺，日本帝國主義的
大勢已去，但以東條英機為首的日本「戰時內閣」，仍圖垂死掙扎。在北京
的日本憲兵和特務機關，正對抗日分子瘋狂逮捕鎮壓，淪陷區處於黎明前
的黑暗之中。父親當時不顧個人和家庭安危，甘冒風險，到抗日根據地
去，自然是出自他深厚的民族意識和愛國思想。當時只有 19 歲的我，對父
親的思想深層缺乏理解，所以對他能這麼快定下決心，還感到有些意外。

　　我向上級的報告尚未得到回音，日本就宣布無條件投降，父親的根據
地之行也就作罷了。一個多月之後，即 1945 年 9 月初，在事先安排下，我
陪父親騎自行車從手帕胡同家中來到西單，請父親隨一位根據地的祕密工
作人員，出城到平郊妙峰山下的南安鶴村，同駐在當地的八路軍某部兩位
負責人見面。這兩位，一是父親的學生甄華（建國後曾任蘭州西北科學院
院長和山西大學校長，現已離休）、一是抗戰前北京大學學生王乃天（建國
後曾任民航總局參謀長，現已離休）。父親在八路軍駐地宿了一夜後，次日
返回家中。1984 年，甄華老先生在給我的兩次復信中，講了以下情形：

　　我在北平上學時，曾經常到設在張我軍老師家中的日文補習班學習。他
　　待人熱情，教學耐心、認真，不厭其煩，曾借給我很多日文書籍。他教
　　的內容有唯物辯證法，這促進了我學習馬列主義哲學的興趣。補習班結
　　束後，我還經常去他家，時間約一年左右。他對我講過些日本問題，鼓
　　勵我去日本留學。由於他的教育和幫助，為我後來留學日本創造了良好
　　的條件。
　　日本投降後，我和王乃天同志有一段時間駐在西郊南安鶴村，打聽到他
　　還在北京，故請他出來談話。首先感謝過去他對我的教育和幫助；又向
　　他了解離別後的變化，稱讚他的愛國熱情；介紹了日本投降後的形勢和
　　中共的方針政策；勸他能留在北平，也提到回臺灣家鄉的事；我表示去
　　留都請他自定，但無論在什麼情況下，都希望能作些有益於人民的事。
　　當時你父親很興奮，本來還想再見面，由於美國空運國民黨軍隊進駐北

平，封鎖日益加強，彼此聯繫困難。以後我軍後撤，聯繫遂中斷。

有關父親此次京郊之行的經過，王乃天老先生也當面同我談過，內容大致如上。

第三件事：關於寫作舊體詩

父親在臺灣新文學運動開始時期，率先向以舊詩人和舊體詩為代表的臺灣舊文壇，發起猛烈攻擊，他著文深刻揭露舊體漢詩的種種弊端，主張徹底打破這一阻礙文學發展的壁壘；他積極倡導創作白話新詩，1925 年在臺灣出版的、由他所寫的 66 首新詩編成的《亂都之戀》，以臺灣第一部白話文詩集而著稱。

其實，父親與同代一些臺灣知識分子一樣，自幼就受到傳統的私塾漢文教育，對風靡當時的舊體詩詞，也有一定的根底。他 18 歲時，曾在臺北永樂町（大稻埕）市場邊的「劍樓書房」，隨前清秀才趙一山老師讀漢文和學作舊體詩；19 歲到廈門後，在業餘時間到「同文書院」學漢文，並在一文社當過文書。然而，我在多年收集父親遺作的過程中，從未發現刊登在報刊上的他的舊體詩作。

去年 12 月，黃天橫先生在臺灣《自立晚報》發表〈張我軍出土〉一文，首次披露 1938 年父親在北京的一次宴會上，呈送老鄉親和新文學運動時期的戰友陳逢源的一首舊體詩：

> 僕僕燕塵裡，韶光逝水流。
> 逢君如隔世，攜手共登樓。
> 痛飲千杯酒，難消十載愁。
> 他時歸去後，極目故園秋。

這首詩寫於北京淪陷後第二年，詩中隱含痛感時事和充滿友情鄉愁。

它被收進陳逢源所作、1939 年臺灣新民報社出版的《新支那素描》一書。
這是迄今發現的唯一一首父親公開發表了的舊體詩。

　　據二弟張光直回憶：在北京故居父親書房裡，見過一冊用毛筆手寫的
筆記本，封面上書《劍華詩稿》字樣，裡面為舊體詩。「劍華」是父親用過
的筆名。這本極為珍貴的詩稿，隨著半個多世紀的風雲變幻和家庭的搬
遷，早已經下落不明了。

1992 年 8 月於北京。

——選自《新文學史料》，1993 年第 1 期，1993 年 2 月，39 版

悲、歡、離、聚話我家
一個臺灣人家庭的故事

◎張光正

　　我們這個臺灣人之家，從已故的老祖母，到現在的子女侄兒輩，算起來已有四、五代，實際的主體就是父、母親和我們四兄弟六口人。其中有兩位頗為人知：一個是 1920 年代臺灣新文學運動的健將，1930、1940 年代馳名華北的日文日語教授張我軍；一個是當今海內外負有盛名的考古人類學教授張光直。我是張我軍的長子、張光直的長兄，卻同全家人分離過 35 年之久。直到如今，這一家人不僅相隔臺灣海峽兩岸，而且分居於亞、美兩大洲。其中家庭的悲、歡、離、聚和個人的苦、辣、酸、甜，無不顯現出做為臺灣人的多舛命運；也反映了時代潮流對臺海兩岸家庭的衝擊和影響。

一、開臺一世祖

　　我家的籍貫是現在的臺灣省臺北縣板橋市（今新北市板橋區），祖籍是福建省南靖縣。為了弄清我的先祖是南靖縣哪個鄉、哪個村的？我們是張姓的哪一支，在哪個世代遷移去臺？所以，十年前我曾前往福建尋根。到南靖縣以後，才知道要尋到根，必須有開臺一世祖的姓名，以便同南靖張姓祖廟的譜牒對上號。而我家沒有家譜流傳下來，所以不知道開臺一世祖是何許人也。不過這次尋根，使我得知：我們張家最早的始祖，原來是西元前二千多年西漢時期高祖劉邦屬下的重臣張良。舊時代的中國人，歷來有種寄望於「祖上蔭庇」的盼念，所以譜牒上關於始祖張良的記載，也只能是姑妄信之了。

後來，定居美國的四弟光樸，受我之托，在因事回臺北時，專程尋訪了祖墓，從「清河堂高曾祖考妣一脈神主」牌位上抄來一些文字。我按「神主」們的生卒年月，加以排列推算，牌位上標明「15 世」的張石班（1723～1777）和他的夫人張林月娘（1744～1798），可能是在清雍正年間開臺的先祖。從張石班起始，以 25 年為一代向下推算，截至我父親張清榮（原名）應為第 21 世，也是遷臺後的第七代人。如以張石班向上推算，追溯到一世祖，應是生活在 13 世紀中葉的古人，當時是宋、元時期，正值大批中原居民因外族入侵、社會動亂而南遷。所以這位一世祖應是河北張姓的一支，南遷到福建，開基南靖的先祖。

張石班生於清雍正元年。至乾隆 5 年（1740）清政府開始禁止大陸居民移居臺灣，這時張石班已 17 歲。重新准許福建居民移居臺灣，已是清乾隆 52 年（1787），那時張石班已去世十年。在禁止移臺和重新開放的 47 年之間，清政府曾數度短暫開放臺灣居民接眷入臺，張石班如果是開臺一世祖，似不會以眷屬身份移臺。因此，他是在 17 歲以前即清政府禁止移居臺灣之前移臺的可能居大。其夫人林月娘小他 21 歲。兩人應是在張石班 40 歲後亦即他移臺二十多年後結的婚。當然，張石班也有在清政府禁止大陸居民移臺期間，偷渡去臺的可能。

二、擺接堡枋橋街

張石班移居臺灣後，定居於何處呢？這沒有任何資料可為判定的依據，只能設定自張石班到達臺灣直到我父親誕生，歷時一百五十餘年，幾代人都是定居在臺北板橋地區。

1995 年 11 月我在臺北訪問板橋國小時，校方將 1916 年 「枋橋公學校」畢業生登記簿裡我父親的一頁，拿給我看。上面登記的住址是「擺接堡枋橋街 287 番地」。據臺灣《北縣文化》1999 年 6 月刊出的「板橋專輯」所載高傳棋先生等的論文表述：「擺接堡」最早為平埔族從事農業及漁獵的「擺接社」，其領地以現在的板橋為主，位於板橋市社居里一帶。此處

300 年前爲一片荒蕪，清康熙 60 年（1721）由福建漳州平和縣人渡臺開墾，與當地平埔族人雜居。至「乾隆中葉（1766 年左右）在現在的板橋街外名嵌仔腳處，建二、三草店，並於其小溪架設木橋稱爲枋橋。爲枋橋地名之緣起。」後此處「闢建十餘間連棟式磚瓦屋，命名爲枋橋新興街，爲板橋最早的街道」和「農產品集散交易中心」。

由此可知，板橋就是原來的枋橋。1921 年日本在臺搞「地名改革」，把「枋橋」改稱「板橋」。當地居民認爲「枋」是木材方方正正之意，而「板」則有木板翹起之意，不贊成改名。但「枋」與日語「望」音略同，含有「望鄉」之意，日本當局爲不讓臺胞思念祖國，執意要改。至於「板橋公學校」畢業生登記簿上把父親的住址寫成「枋槁街」。因「槁」（gao）是枯乾之意，與「橋」（qiao）字意思完全不同，而且在板橋地區並無「枋槁街」，所以這只能認爲是當時登記者的筆誤了。

板橋形成小街市後，臺北盆地不斷發生漳泉人械鬥。1847 年漳籍豪族林家遷來板橋，壯大了漳籍居民陣容，枋橋街逐漸成爲整個臺北盆地漳州人聚落中心。林家祖籍是福建龍溪，與南靖相鄰。同屬漳州府管轄。林家移居臺北比我們張家要晚一個世紀左右，但自遷臺後第二代開始，由做米穀生意而致富，到第四代就成爲全臺最大的地主、官紳和首富。而我們張家似乎沒有一戶成爲官宦富豪的，所以幾代人都可能是林家的佃戶。父親有兩個堂兄：張坤元和張望洋，一個當過林家的管帳，一個當過管家。當年林家的租館有二十多座，雇有收租、貯穀的管事、管帳、壯勇、家丁不下數百人之多，所以當林家的管帳、管家也不算稀罕。

先祖張石班 17 歲（1740 年）以前從福建渡海來到臺北擺接堡，那時枋橋街道尙未形成。他及他的子孫後輩，爲枋橋（即板橋）地區的創建和發展應當是有所獻力的。臺北洪炎秋先生 1975 年寫的回憶我父親的文章中，提到先祖父張再昌（1882～1922）曾做過土木工程包商，「據說板橋的好些溝渠和橋梁，是阿昌哥包做的」（洪炎秋〈懷才不遇的張我軍兄〉）。這是有關我的先人對板橋建設所做貢獻唯一的文字記載。

三、先祖世系一瞥

在祖墓各位神主牌位上註明世代的，除 15 世張石班，張林月娘夫婦外，尚有 16 世張觀賜（1769～1831），張性質憐和偏室張千笑娘（1778～1816）。沒有註明世代，但按生卒年月推斷排序的有：第 17 世張清光（1801～1870），張林順娘（1805～1834），張陳勤儉（1813～1861）及偏室張陳綢娘（1805～1831）；第 18 世為張沈謙娘（1823～1889），張七公（1852～1884）。

第 19 世應為我的曾祖父母，他們的姓名不詳，僅從父親寫的散文〈元旦的一場小風波〉中有關曾祖母的年齡推算，她可能生於 1838 年，卒於 1919 年，同第 18 世大致相接。據說曾祖父母生有四子一女，長子張阿豆生有 5 子，即張烏定、張松、張阿波、張坤元和張望洋。張松曾做過「代書」，這是日據時期臺灣民間的一種職業，主要是代寫訟狀、文書、文件等。當「代理」須經日本官方批准，所以他的家境比較充裕，先後娶過三個老婆。他同這三個老婆和二老婆過繼來的兒子共五人，去世後在臺北土城的祖墓旁另建了一座規模相同、模樣相似家墓，在祭廊頂端豎了個天主教的十字架。曾祖父的次子、三子情形都不清楚，只知其中一位生了個女兒，即我已故的張淑梅姑媽。曾祖父母的女兒嫁給土城何姓人家，也生有五個兒子。

祖父張再昌是曾祖父母的第四個兒子，娶了板橋港仔咀（今改名江子翠）的祖母陳愛。除生育我父親外，還生過三個女兒，不知是因生活困難，還是由於重男輕女的陋習作怪，把活下來的女兒全都送人做童養媳了，其中只知張淑燕姑媽長大後嫁做商人婦境遇較好。祖父原在板橋街上開雜貨店，因市區改建，店房被拆除，就改行從事土木營建業，他包做的溝渠橋梁在當地小有名氣。後因包工賠本生活困難，僅 40 歲就撇下祖母和父親，在 1922 年撒手西歸了。

四、板橋少年

　　父親在板橋呱呱落地時（1902 年），臺灣已被日本人割占七年了。他八歲進板橋「公學校」，14 歲畢業，是這座學校第 11 屆畢業生。所謂「公學校」，是日本人專為臺灣小學生開辦的，同日本兒童就讀的「小學校」，無論師資或經費，都要差得多。關於日本割臺後在臺普及教育問題，「主要目的是為了消滅臺灣人民的民族意識，堅固其統治權；是為了培養下級的辦事人才，作為剝削人民的工具。但是由於政治上的壓迫，經濟上的剝削和社會上的各種不平等待遇，臺灣人民的民族意識不僅不能消滅，反而日益加強起來；而且得到近代的科學教育之後，他們都接受新的知識、新的文化、新的思想，對於日本帝國主義統治臺灣的政策和方針，開了批評的眼光。」（蘇新《憤怒的臺灣》）我父親成年後的經歷，證實了這些論斷。

　　不過，父親在板橋「公學校」的六年學習，確實為他一生的學業和事業奠定了科學文化知識和日文日語的基礎，經過他日後在臺北、廈門和北京的中文書院、學校的攻讀和刻苦自學，使他得以跨越整個中學教育階段，從小學直接進入北京的最高學府，並且終於成為一名作家、翻譯家和大學教授。在臺灣光復四年後，已改名板橋國民小學的「公學校」迎來了 50 周年校慶。父親應邀為母校寫了一首校歌：

　　　　北臺名鎮，板橋國小，我的母校。
　　　　教育我做人的基礎，
　　　　努力攻讀，吸收知識，
　　　　將來要做模範公民。

　　　　北臺名鎮，板橋國小，我的樂園。
　　　　養成我合群的生活，
　　　　互相扶助，涵養德性，

將來要為人群服務。

北臺名鎮，板橋國小，我的道場。
鍛鍊我們如鐵的身心，
健康肉體，堅強意志，
將來要做社會先鋒。

　　這首歌詞，蘊含著老校友對新學子的殷切期望，也融匯父親少年時代學校教育對他身心錘鍊的諸多感受。由陳清銀譜曲的這首校歌，現仍在板橋國小傳唱著。

　　1997 年 3 月 15 日，臺北縣在板橋國小校園建起一座張我軍大型石雕頭像，以紀念這位為本縣父老增光的「臺灣新文學運動奠基者」。落成典禮那天，光直弟代表我們全家參加。從照片上看，這座雕像頗有獨特創意，它的頭形很大，底座卻掩沒在一片碧綠的草叢之中，使鄉里民眾同被塑造者有一種親近感；雕像的頭髮呈迎風飄揚狀，近似火炬造型，寓意臺灣新文學運動傳薪之火的生生不息。板橋少年張我軍成年後的雕像，矗立於有百年歷史的母校，將永遠伴同琅琅讀書聲，為代代板橋新少年所緬懷，並給臺灣新文學運動留下歷史見證。

　　在板橋「公學校」《卒業生登記簿》，對父親畢業後的經歷記載如下：

　　　大正四年（1915 年）　　　在家做雜務
　　　大正五年（1916 年）4 月　　臺北商店雇員
　　　大正五年（1916 年）12 月　在大稻埕製鞋店學習製鞋

　　接下去的經歷是：在製鞋店，父親巧遇板橋國小教師林木土（也是林本源家族的宗親），於是被介紹到一家銀行當「給仕」（小工），不久被提升為職員並被派往福建廈門工作。在廈門的兩年期間，深受祖國大陸「五

四」新文化運動薰陶，改名爲張我軍。1923 年 7 月，領到銀行裁撤後發的幾百元遣散費，就送別了來廈門同他短暫相聚後返臺的母親，隻身乘船前往上海。當時的家，由於祖父去世，父親遠離，就只剩下寡居的祖母了。父親，這位板橋少年經過民族覺醒和新思潮的洗禮，展開硬朗起來的翅膀，勇敢地飛向那理想的前程了！

五、「亂都之戀」

　　1924 年初，在北風呼嘯、天寒地凍之時，22 歲的父親從上海來到「十丈風塵」的北京。他是投奔在廈門相識的鄉親、正在北京世界語專科學校讀書的張鐘鈴，住進宣武門外福建泉郡會館。經張介紹，認識了同住的臺灣彰化鹿港人洪炎秋。從此，父親同洪先生成爲今後數十年的莫逆之交，張鐘鈴卻在此後不久，到日本東京明治大學讀書去了。

　　北京在清代曾有過一座臺灣會館，日本割臺後即已關閉。臺灣人來京大都住在福建省所屬各府、州、縣開設的會館，只需付很少的租金，就可以在備有簡單家具的單間房裡暫住。泉郡會館位於北京和平門外的後孫公園胡同路北，現在的門牌是 31 至 35 號，由福建七個縣鄉人所建，當年有四座相連的四合院和後花園，還有一片四十餘畝的義園，全部築有圍牆。這裡離父親準備就讀的高等師範學校即後來的國立北京師範大學很近，與北京城南文化中心的廠甸和琉璃廠相鄰，但又地處僻靜的小胡同裡，有著非常理想的居住、讀書和寫作環境。

　　父親在這裡從 1924 年 1 月中旬，住到 10 月中旬，在這短短的 9 個月當中，除了要適應北方生活，學說北京話和在高等師範學校學生開辦的升學補習班上課外，還幹了幾件大事：一是接連投書《臺灣民報》，向當時盤踞臺灣文壇的舊文學拋出了兩枚大炸彈，即〈致臺灣青年的一封信〉和〈糟糕的臺灣文學界〉〉兩篇文章，引發出一場臺灣新舊文學辯論；二是他創作的臺灣第一部新詩集《亂都之戀》55 首詩中的 33 首，是在這裡寫成和發表的。令人難以置信的，是這位剛剛來到陌生之地北京的臺灣郎，卻

閃電般地向「千里姻緣一線牽」的一位湖北姑娘，發動一場自由戀愛攻勢，而且初戰就告捷了。

這位湖北姑娘就是我母親羅文淑（後改名羅心鄉），她於 1907 年出生於湖北黃陂縣一個羅姓大家族中，外公行大，教過私塾，當過職員，行過醫，辦過報紙，是一生不得志的舊知識分子。辛亥革命那年，母親四歲被外公帶來北京，住在宣武門外湖北會館。1918 年外公才 38 歲，就撒下同庚的外婆，十歲的母親和八歲的舅舅，一病不起，離開人世了。母親的三個叔叔也都住在湖北會館，二叔公羅讓夫，出身於山東講武堂，在江西任過武職，他的獨子羅文浩是國民黨黃埔系軍官。三叔公羅靜夫是個安分守己的公務員，老實厚道，碌碌無為。四叔公羅怡庵，上過私立大學，有多種嗜好，交遊複雜，曾混跡官場；我的外公去世後，四叔公成為這個家族的實際主事人。

中年寡居的外婆，帶著母親和舅舅，過著寄人籬下的清寒生活。母親 16 歲那年，有個年齡比她大的女友魏隴華向她透露：「你四叔要把你許配給一個有錢又吸食鴉片的紈褲子弟，後因三叔反對而作罷。」母親聽到後有如晴天霹靂，虛驚一場。這位「魏姐姐」思想開明，對母親說：「現今時代主張婚姻自主，我會幫你物色一位理想的對象，否則嫁給不學無術的人，會毀了自己的一生。」

母親為了盡快從尚義女師畢業當個教員養家，就到高師夜間部補習班學習。有一天突然發現一封未署名的信，上面寫著父親到北京後創作的第一首白話詩〈沉寂〉：「一個 T 島（按：即臺灣島）的青年／在戀他的故鄉／在想他的愛人／他的故鄉在千里之外……／他的愛人又不知道在哪裡？……」不久，父親主動來找母親相識。於是，母親在魏女士的陪同下，不時去會館同父親交談。那時男女社交不能公開，他倆就分別在中央公園（即現在的中山公園）、先農壇或陶然亭的綠蔭下無人處相會。父親給母親寫信也用「娥君」的諧音化名，以掩人耳目。

後來，父親帶來的遣散費用盡，只好離京返臺就任《臺灣民報》編輯

以謀生路。他給母親的信件都被我四叔公扣壓，母親得不到父親的消息，十分焦急。此時住在泉郡會館的高師四年級福建籍學生莊奎章，就乘機托人向母親的四叔提親。他誣蔑父親的主要罪名就說他是臺灣人，也就是日本人；又吹噓自己如何富有。母親的四叔就擅自作主，定下了這門親事。父親收到洪炎秋先生打到臺灣的電報後，立即趕赴北京，通過魏女士約見母親，共同商定私奔南下避難。當時，母親只身著一套學生服，未帶任何東西，旅同父親坐火車至上海，轉乘輪船到廈門鼓浪嶼，住在父親的堂兄張松家。三叔公和外婆收到母親的信後，立即寄去錢和衣服，要他們迅速正式結婚。於是父、母親就從廈門到了臺北，於 1925 年 9 月 1 日在臺北市江山樓飯莊擺了兩桌宴席，由臺灣文化協會總理、臺灣民報社社長林獻堂先生證婚，舉行了婚禮。結婚證書是由當時中國政府填發的。

父母的「亂都（指當時封建軍閥混戰的北京）之戀」至此告一段落。魏隴華女士此時也結識了高師英文系廣西籍學生黃公健，兩人婚後同赴廣西，就與母親中斷了聯繫。然而，祖母、父親和母親在臺北新組建的家庭，僅僅維持了 10 個月，就又分開了。這是因爲父親始終沒有放棄去北京讀大學的念頭；而母親則感到環境生疏，思念親人，而且懷孕我以後，盼望回到外婆身邊生產。於是父親商得臺灣民報社同意，以駐京記者身分，再次別離家鄉，來到了北京。

六、京城四居

從 1926 年 6 月至 1946 年 12 月，我們家在北京住了二十多年，搬過三次家，住過四個地方。從搬家原委和故事狀況，可以看出家庭經濟和人丁的變化。需要說明的是北京於 1928 年改稱北平；1949 年後又改爲北京，所以本文有時稱北京，有時稱北平。

第一處故居，是宣武門外永光寺中街 9 號（現爲永光寺東街 34 號），離外婆住的永光寺西街湖北會館很近。我家住這座四合院外院的三間房，房主住裡院，叫吳承仕（1884～1939），爲晚清殿試中舉一等一名進士，受

業於章太炎門下，是 1920、1930 年代著名的經學家、古文學家和教育家，同時也是書法家。1926 年 8 月 28 日我出生在這座院裡，現在手頭保存著一張出生後 93 天的照片，是在住房門外拍攝的。上面有父親親筆寫的「張光，復華，乳名小寅。」我上學後的名字是張光正，「正」字不知是什麼時候加上去的；「復華」是字，也許是紀念父母攜我從臺灣「復歸中華」，或是企盼我立志「光復臺灣，報效中華」；我出生於農曆丙寅年，所以乳名「小寅」。

在這所故居居住的三年中，父親不分晝夜刻苦地攻讀。他原是中國大學國文系學生，吳承仕先生正好兼任私立中國大學和國立北京師範大學兩校的國文系主任，見父親刻苦好學，奮發上進，非常賞識，就介紹他轉學到北師大二年級，既可免交學費，又可就近上課。母親直到我入幼兒園後，才考入國立女子師範大學讀書。

第二處故居在西單察院胡同 47 號（現改為 10 號），是所極普通的小四合院。兩間南房住家人，兩間北房做教室。那時父親已自北師大畢業，就在家裡開辦日文日語補習學校。每當上課時，院裡放滿學生騎來的自行車，教室裡一片琅琅讀書聲。在這裡住的四年中，有兩件事需要提及：一是 1931 年 4 月 15 日我弟弟光直出生；二是同年 9 月日本發動侵占我國東北的「九一八事變」，日軍逼近山海關，日軍飛機在北平上空飛來飛去。事變那天，師大二附小的學生都從學校紛紛回了家，只有剛上一年級的我沒人來接，校長孫世慶先生親自坐黃包車把我送回家。父母親不願再度陷入日本侵略魔掌，就帶著六歲的我和出生僅 5 個月的弟弟，匆匆離開北平南下滬、杭一帶避難，住宅交由外婆看管。月餘後，因當時日軍並未進入山海關，才返回北平。我還記得這趟出行，用盡了全家幾年來的積蓄，到家後母親身上只剩下大洋五元整。

第三處故居位於前一處的斜對門，即西單察院胡同五號（現為七號）。這次搬家是因為父親把祖母從臺灣接來後，原住房已不敷使用。這裡也是一座不規範的普通小四合院，北房三間住人，南房二間做教室。只住了兩

年，又搬到鄰近胡同一座大了許多的院落裡去。

第四處故居是西單手帕胡同丙 25 號（現改爲 75 號），我家在這裡居住了十年之久。這是一座有三進院落的標準四合院，進門洞向左轉南面一排是門房、客廳和車庫。前院北房是父、母、弟弟們的臥室、起居室；東廂是父親的書房，西廂是洗澡間和佣工住房。院中除正房走廊門前有兩棵小柏樹外，夏天擺上許多盆栽的芍藥、牡丹、菊花、夾竹桃等花卉和兩大盆灰瓦金魚缸，院裡還搭上葦席涼棚。後院北房是祖母居室、飯堂和我的住房，東西廂是廚房和貯物間，夏天後院裡栽種的是絲瓜。此時全家人丁興旺，1937 年 9 月 7 日三弟光誠出生；1942 年 11 月 12 日四弟光樸出生。一家三代同堂共有七口人。1940 年冬，懷孕的母親因扶侍生病的祖母下床，摔倒受了擠壓而流產。如不發生這件事，我可能還要有一個弟弟或妹妹。

這時，父親的親友鄉親來往非常頻繁，最主要的親戚是外婆羅梅氏一家。臺灣鄉親來往最多的是洪炎秋先生一家三代，他家住在手帕胡同東頭，我們住在西頭。再就是林含英（即臺灣著名作家林海音）的母親林愛珍姑媽一家，含英大姐的父親林煥文先生是臺灣苗栗客家人，1931 年四十多歲就病故了，林太太娘家是板橋人，據說幼時曾許配給我們張家，男方病故，才嫁給林家。因有這麼一段關係，我們兄弟都對她以姑媽相稱。林姑媽 15 歲結婚，生有五女一男，29 歲守寡後不再嫁，獨自撫養一大群子女，十分艱難。我們全家對她既同情又敬重。還有蘇子蘅先生一家，1941年他們全家三口從臺灣初到北京，曾暫住我家，蘇先生任職教授後，搬到我家隔壁，兩家又是近鄰。記得父、母親說過：蘇先生青年時代參加過日本共產黨，被捕後受到酷刑，加之他待人寬厚，溫文爾雅，我們兄弟對他很爲尊敬。

在我家常住的還有幾個臺灣同鄉單身漢，其中值得一提的是徐牧生先生。1936 年 24、25 歲的徐牧生，從日本早稻田大學經濟系畢業來到北京。在我家寄居的那幾年，經常同我和光直弟一起談天說地，從人類起源，宇宙空間奧祕，火星上有無生物，直到蘇聯的社會主義究竟是怎麼回

事⋯⋯這種海闊天空、無拘無束的談話，擴大了我們的知識領域，激發了求知欲。他譏諷我們這些「少爺」，五穀不分，有一雙不會勞動的「白手」，撞擊我們自命不凡的自尊心；他還教我們拋擲壘球，學習游泳、划船和滑冰。他在淪陷區的大學擔任講師時，竟公開在講義裡大量引用馬克思、恩格斯的論述。但自從結婚後，就搬到我家隔壁，與蘇子蘅先生同住一院。此時，謀生、養家成了他生活的主要內容。抗戰勝利後徐先生一家也回到臺灣，就不知其所終了。他對我少年時代給予的深刻影響，是至今難忘的。

七、淪陷生活

1937 年 7 月 28 日晚，宋哲元稱蔣介石之命，率國民黨二十九軍撤離北平，退守保定。當時以「北平市社會局祕書」名義，協助北平市長秦德純辦理對日交涉事宜的父親，因為是臺灣人，所以「忠而見疑」，被遺棄而淪陷於北平。當時全家要想自行離開北平，也有不少實際困難，不僅有老有小，而且母親懷孕著的三弟即將臨產。再說，從臺灣單槍匹馬而來的父親，如果離開他已創業十幾年的北平，又有何處可以投奔呢？

真是「在劫難逃」！在北平淪陷的八年期間，父親遭受到巨大的政治和經濟壓力。那時，臺灣人屬日本國籍，當然要受日本政府 1938 年頒布的《國民總動員法》和 1939 年頒布的《國民徵用令》管束。淪陷時期，好幾次看見身著警服，佩帶短劍的日本警官「光臨」我家，表面上對父親客客氣氣，實際上是提醒他：不要忘了自己是臺灣的「日本國民」。但是父親堅決不當日本統治中國的工具，1940 年代初，我聽見他在電話裡拒絕了偽政權「情報局」局長管翼賢拉他落水去當偽政府「教育局長」的遊說。那時，全家七口只靠父親在幾所大學教書和翻譯文章、寫稿子的收入維持。淪陷區人民的生活日益貧困化，我家的生活水平也每況愈下，入不敷出，只好向有錢的同鄉借貸和典賣家什。父親剛剛 40 歲出頭，已呈現出一付不堪重負的老態。有一次他在家裡獨飲，酒後大醉，傷心痛哭，聲言要出家

去做和尚，把極度鬱悶的心情，一股腦兒地傾吐出來了。

　　身為長子的我，逐漸承擔起一些家務，如排隊買「混合麵」，（又叫「共和麵」，即用糧倉庫底雜糧混合磨成的麵）和「配給煤」（即限量分配質量很差的燒飯烤火用煤）；向打小鼓的（即走街串巷收購舊物的）變賣家裡的舊衣物等。有一次為援助受困的同學，還到宣武門外曉市擺地攤賣過舊貨。同社會接觸日多，就耳聞目睹和親身感受到淪陷區百姓的種種苦難。既看到日本征服者的趾高氣揚，橫行霸道；又眼見漢奸走狗的趨炎附勢，狐假虎威。有一次騎車過馬路，險被橫衝直闖的日本軍車軋死，還遭日本司機「八格牙魯」的一頓臭罵。這時，從小孕育在我胸中的愛國之情和民族之恨，就急驟地膨脹起來了。

八、棄學抗日

　　讀高中時，我一心嚮往的是到敵後根據地參加抗戰。我與愛國同學的交往和我對前途的想法，都沒有同父母交談過。我認為父母指望於我的，現在是讀好書，將來要做事養家，是不會支持我棄學離家參加抗戰的。其實這個看法不一定正確，至少父親很可能就不是我想的那樣。但這個隔膜卻成了當時的「代溝」。

　　1945 年 3 月 25 日，我日夜盼望到抗日根據地的理想終於實現了。和幾位知己的同學從北京來到河北定縣，並於當晚午夜，在地下交通員率領下，祕密出城繞過鬼子炮樓和封鎖溝，穿越「無人地帶」和抗日游擊區，進入根據地，最後到達晉察冀邊區首府阜平縣。在阜平學習三個月後，我又銜命在交通員護送下，穿越日軍進攻八路軍的作戰地區和抗日民兵反掃蕩的布雷區，沿交通壕到達敵占區定縣車站，乘火車於 1945 年 6 月 25 日返回北平家中。父、母、奶奶見我回來，自然很高興，對我掩蓋真實去向和經歷的說詞，看來是半信半疑，但並未深究。

　　回來後要辦的第一件事，就是動員父親到抗日根據地去，於是一天下午，在手帕胡同住宅外院東屋書房，同父親單獨進行了一次祕密談話，向

他講明我離家出走後的真實去向和經歷，介紹在敵後抗日根據地的所見所聞，向父親轉達前往晉察冀邊區參觀的邀請。那時日本的德、義盟友已經垮臺，日本「戰時內閣」卻仍頑固堅持「大東亞聖戰」，並進行所謂「強化治安運動」和「大檢舉」嚴酷鎮壓淪陷區的抗日活動。以父親的聲名、身分和體力，祕密離開敵占區，穿越封鎖線，進入抗日的山區，是要冒相當風險和有一定困難的。沒想到他卻毫不遲疑的當即同意前往參觀。並且對我說：在大革命時期，曾加入過孫中山先生創建的國民黨，後來由於對這個黨失望，就拒絕重新登記而脫黨。實際上，他對共產黨是有一定了解的，在他的青年時代，也讀過、翻譯過不少日文的共產主義書籍和日本無產派作家的作品。在他的書房裡，一直珍藏著全套馬克思《資本論》的日譯本。我當時只有 19 歲，對父親的經歷和思想並不十分了解，看到他那麼暢快地接受去根據地的邀請，還感到有些意外呢。

我回來後要辦的第二件事，也就是要完成的主要任務，是考入日偽「綏靖軍清河軍官學校」，從事瓦解日偽軍工作。這座軍校是由日本教官當家，執行法西斯式管理，培養侵華日軍幫凶的機構。軍訓十分嚴酷，待遇菲薄，每日三餐都是高粱米、窩頭和煮茄子。我入校不久，全身感染疥瘡，既無有效治療，還得堅持出操。當時家人和親友對我到這個鬼地方去，都不能理解，甚至對我產生了誤解，只有父親知道我忍辱負重從事著抗日祕密活動的真相，他幾次從城裡騎車到昌平縣清河鎮來看望我，帶來些藥品和食品，見我處境險惡又身患病痛，很是痛心，但他從未勸我離開這裡，而每次來看我，實際是對我堅持抗日鬥爭給予親情的鼓勵和支持，這是我終生難忘的。

九、永別了，父親！

1945 年下半年，抗戰形勢急驟發展，父親的根據地之行尚未安排妥當，日本就已無條件投降了。緊接著，八路軍的先頭部隊挺進到北平郊區，父親應邀出城同已是八路軍某部負責幹部的一位學生會面，那是 1945

年 11 月 9 日早上，我騎車陪他到西單路口，向他指出將騎車在前面引導他去南安河村的那個交通員，並囑他一路小心，就目送他騎車離去的背影漸漸消失，沒想到這竟是對他的最後一瞥了。不久，我隨清河軍校開赴保定，一年後又撤離蔣管區回到解放區；父親從南安河回來不久就獨自回到家鄉臺灣，彼此再無見面機會。對父親，我還有很多很多話要向他敘說；也有很多很多問題要向他請教，但這種交流的機會已經無可挽回地喪失了！後來只好努力搜尋他的遺著，從中探求他的思想脈絡和求得待解的答案了。

1949 年春，當我回到和平解放後的北平，曾有一個短暫時間，從北平經香港可以同臺灣通郵。於是按照從外祖母處得到的地址給父母親寫信，稟告外婆一家和我的情形，並詢問祖母、雙親和弟弟們的近況，但一直得不到回音。在那年的端午節，我發出第二封信，才收到父親親筆寫的一封簡短的回信。記得大意是說全家老少在臺平安，現在郵資很貴，無事不必來信。三十多年之後，我才知道，1949 年 4 月 6 日光直弟在臺北四六事件中以「共黨嫌疑」的莫須有罪名被捕坐牢，就是因同北平一個同學通信被臺灣特務機關郵檢，而招來禍端的。我這個參加了八路軍的兒子，冒冒失失地給正處於困境的父親寫信，會給他帶來多大風險，當時竟渾然不覺。

父親返臺後直至去世的十年期間，生活是很不如意的，而使他更感失望和痛苦卻又難以表露的，是當時臺灣政治氣氛帶來的沉重壓力。1947 年 2 月，臺灣同胞反抗國民黨黑暗統治的二二八起義，遭到了殘酷鎮壓。那時，父親正寄居在臺中師範學校洪炎秋校長家中，臺中師範是臺中市二二八起義群眾的一個活動中心，洪炎秋因此遭到牽連被臺當局撤職，父親對這一震撼全國的二二八事件自然是有著深刻感受的。一年以後，著名教育家和老作家、魯迅先生的摯友許壽裳教授，在臺北慘遭國民黨特務殺害。父親是魯迅先生執教的北京中國大學的學生，1926 年 8 月又曾到魯迅先生在北京的故居登門求教過；許壽裳先生曾任我母親讀書的國立北京女子師範大學的校長；而且許先生同洪炎秋的關係甚為密切。所以許教授的慘

死，無異會使父親深爲憤慨和震驚。1949 年 4 月，大禍竟直接降臨我家；二弟光直因「涉共嫌疑」，於四六事件中，被臺北「警備司令部情報處」從父親家裡捕去坐牢。當天，捕人軍警來去匆匆，對光直住處未及詳細搜查。他們走了之後，父親立即把光直所存的全部進步書刊收藏起來，待以後特務們再來收集「罪證」時，已一無所獲了。處於這種境遇，父親這位老作家自返鄉之後，除了寫寫遊記、山歌一類小文章外，對時事政治只能是三緘其口了。

就在光直弟無辜坐牢一年，在父親多方托人擔保後方才獲釋出獄。但是「屋漏更遭連夜雨」，寡居了 30 年，與父親相依爲命的唯一親人，我的祖母，卻又不幸患腦溢血病逝。正當父親方得兒子重獲自由之慰，卻又使他遭受喪母之痛。久憋在胸中痛苦鬱悶的心情，終於使他不吐不快了。

就在臺灣白色恐怖最猖獗的 1951 年清明節那天，父親寫出生前唯一未曾公開發表的一篇作品：〈春雷〉。在這篇僅 2000 字的散文裡，他以「大好春光竟遭雲鎖雨打」，概括了自己坎坷的一生；在處於「愁雲苦雨」、「鬱悶得喘不過氣」之時，卻聽到了「清脆的春雷」，心頭閃現出「重見天日」的希望，而「由衷心相信，明天是可以一親久別了的陽光的。」做爲父親在抗日戰爭勝利前後那一段政治隱祕的參與者，我從上面這些富有寓意的語句中，得到了這樣的信息：這是他憎惡黑暗現實，憧憬光明未來，渴望國家統一和兩岸親友重聚的心靈呼喚；也是他在自己晚年，以文學作品形式留給後人和世人，剖白心跡的遺言。

但是「雲鎖雨打」的白色恐怖，在臺灣卻越演越烈，父親「重見天日」的期盼並未實現，使他長期處於「愁雲苦雨」之中，而不得解脫。於是不斷地「借酒澆愁」，終於釀成致命的肝癌病，他的一位好友和同事、臺灣老作家龍瑛宗先生，親眼看到他臨終前「不堪病魔的肆虐，呻吟不已」的痛苦之狀，深爲痛心。1955 年 11 月 3 日，54 歲的父親就英年早逝了。遵照他臨終前的親筆遺言：「余若萬一時，須火葬，儀式愈簡愈佳」。遺體次日即行火化，由生前好友洪炎秋、張深切、連震東、陳重光、游彌堅、

黃朝琴、黃烈火、楊肇嘉等組成治喪委員會，舉行了公祭。訃文中的「孝男」名單，因我這個長子身在大陸，為免政治麻煩，而未被列入。

相隔 35 年後，當我同母、弟恢復了聯繫方才得知，關於日本投降前我同父親在書房中那次密談，以及父親祕密騎車出城同八路軍學生相會一事，父親至終也未向母親和弟弟們吐露過一個字。他是在險惡政治環境高壓下，帶著深藏在內心的這一隱祕離開人間的，這對胸懷坦蕩的父親來說，是十分痛苦的事。我確信，他在臨終前是有話要對我說而又不能啓齒的。瞑目前 35 天，他給在美讀書的光直弟寫過最後一封信，其中說：「我所切望於你的，是學業進步，人格完成，你須專心做去。家庭的事無須你操心」；臨終前的遺言中也寫有：「光直，絕不許回國奔喪，須待學成。」從這些遺言中，也許可以領悟到他當時對我會有什麼「切望」了。

——節選自張光正編《近觀張我軍》

北京：臺海出版社，2002 年 2 月

兩個故鄉的張我軍

◎林海音*

　　今天我們所要紀念的張我軍先生（1902～1955），原籍是臺北縣板橋鎮。他小時候是一位喜愛讀書的苦孩子。他在 13、14 歲上，從日據時代的板橋公學畢業後，因為無力繼續升學，便到臺北的鞋店當學徒。幸虧遇見他的老師林木土先生——是板橋鎮上富有的世家，他很看重這個苦孩子，極力的提拔他，他也力爭上游，補習中學課程外，並和萬華的一位老秀才學習詩詞古文、中國舊文學，終於出人頭地，成為臺灣新文學運動的先鋒。民國十年，張我軍到廈門的新高銀行支店去工作。民國 12 年他在銀行結束營業後，拿了一筆遣散費，便在茫茫人海中，由廈門搭船到上海去找新的出路。又由上海到北京去，從此踏入一個新的里程。在北京師大夜間部補習班，努力學習北京話。喜愛文學的他，在北京寫下了生平的第一篇白話文學創作，竟然是一篇詩作：

> 在這十丈風塵的京夢，
> 當這大好的春光裡，
> 一個 T 島的青年，
> 在戀他的故鄉！
> 在想他的愛人！
> 他的故鄉在千里之外，
> 他常在更深夜靜之後，

*林海音（1918～2001），散文家、小說家。苗栗人。本名林含英。發表文章時為純文學出版社發行人兼主編。

對著月興嘆！

他的愛人又不知道在那裡，

他常在寂寞無聊之時，

詛咒那司愛的神！

在這以後，他在第二個故鄉北京，竟成爲一位新體詩人。他的詩集《亂都之戀》，爲臺灣新文學詩界引起一些漣漪。他也認爲臺灣文學和大陸文學是有密不可分的血緣關係。

對於在臺灣爲新文學運動而努力的數不盡的前輩作家，如張文環、蘇維熊、張深切、賴和、楊逵、黃得時、郭水潭、楊雲萍等。雖然有些人的文字是使用日文的，但他們的思想卻是中國的。這些前輩，或已去世，或仍健在，我們都應當對他們行以最敬禮。

而張我軍先生在兩個故鄉中，卻是這些作家中的先鋒！

張我軍先生，我爲兩個故鄉的新文學向您致最敬禮。

——選自林海音《靜靜的聽》

臺北：爾雅出版社，1996 年 6 月

浮生至交

張光直的父親張我軍先生是我父親的老朋友，也是我們家的老熟人。

患難見真情

常聽我父母說，當年（1946 年春季）我們一家人如果不是通過張我軍先生的幫忙，一定很難順利地從上海黃浦江登上輪船，越洋安抵臺灣。據說當時的船票很難買到，要排很多天的隊才能勉強拿到票。即使能買到票，由於所有的船艙都是人擠得滿滿的，我們一家大小是否能安全地上船還真成問題。特別是，要上船之前，人人還必須冒著生命的危險爬上一個又高又窄的梯子，一不小心就會掉到海裡去。在這種情況之下，若要抱著小孩上那梯子就更加危險了。但張我軍先生卻毫不猶豫地抱起我那個才三個月大的弟弟康成，奮勇走上了那個危險的階梯。接著，我爸爸抱著我跟上去。最後，我媽也終於上了船。對於這件事，我父母一直記在心裡。

其實和家人離開大陸的那年，我才剛滿兩歲。按理說，一個兩歲的小孩不可能記清楚當時大家乘船渡過臺灣海峽的驚險實況。但奇怪的是，那段渡海經驗的某些片段至今仍深深地印在我的腦海裡。其中印象最深刻的是，那位張伯伯在船上時時刻刻照顧我（我當時太小，還不知道他就是臺灣的著名作家張我軍先生），我記得他的頭髮梳得十分整齊，人長得並不很高，至少沒有我爸高。另一個經常出現的鏡頭是：船上的甲板似乎到處都很破舊，連母親正蓋著的棉被也沾上了不少鐵鏽。我看見母親在甲板上不斷暈船嘔吐，父親則整天忙著照顧她，還有那個仍在襁褓中的大弟康成。

這時，張伯伯就和我在船上玩起了捉迷藏的遊戲，還領著我和其他乘客說話。我還隱約地記得，抵達基隆港剛上岸時，張伯伯還買了一根冰棒給我吃。我看著那冰棒直冒氣，以為那東西很熱，一直想把它吹冷……。

為了舉家生活遷臺

在記憶中，小時候我常想起船上的一幕；每當我回憶那位可親的張伯伯時，還以為那人只是萍水相逢的乘客。直到許多年後，有一次母親才告訴我：那位張我軍先生在北京時早就是我們家的至親好友了。據母親說，1943 年她和我爸結婚後，一直就住在北京中南海附近的北新華街。當時父親 24 歲，剛從早稻田大學的政經系畢業，才開始在北大當講師。張我軍教授則同時在北大教日本明治文學。由於兩人對於日本文學的共同興趣，很快就成了忘年之交。（張我軍先生較我父親年長 17 歲。）後來他們發現，兩家人有極其相似的語言和文化背景，因此他們自然就更加頻繁地來往起來了。原來，張我軍先生來自臺灣，他的妻子羅文淑是在北京長大的大陸人。而我父母的情況正與他們相映成趣：我父親是天津人，在天津英租界長大，但自日本回國後長期住北京；而我母親則是一個早年在日本留學的臺灣人。在感情上，兩對夫婦都是來自「異國」而一見鍾情的好例子（當時臺灣還屬於日本，故曰「異國」）。為了他們的婚姻，雙方又都經過長久的掙扎奮鬥才終於如願的。此外，他們的日語又都很流利，時常被錯認為日本人。加上兩家人都很迷外國電影，正巧我們家就在中央電影院（即現在的北京音樂廳）對面，所以每回張我軍夫婦來看電影，就順便先來我們家吃晚餐並聊天。當時他們那種神仙似的生活確實令人欣羨。

然而，好景不常，1946 年初北京人已漸漸感到了通貨膨脹的壓力。據說北大也快要停發薪水了。父親每天早晨出去上班，時常看到沿街到處都是又窮又餓的乞丐，他總是把口袋裡僅有的零錢全都給了那些無家可歸的可憐人。多天的北京街頭更是慘不忍睹，早晨常會看見凍死了的人的屍體。在這種情況之下，爸媽開始為了來日的經濟問題發愁。可以說已到了

十分嚴重的程度了。後來他們只得找張我軍先生商量，大家終於決定要一夥兒搬去臺灣，希望能在海的另一邊找到好的求生之路。他們想，以他們傑出的學歷，至少能在臺灣大學找個教書的工作吧！加上他們在臺灣又都有親戚，於是就更加充滿信心了。因此，這就有了他們 1946 年春共同自黃浦江上船的臺灣之旅。

日本人都佩服張我軍的骨氣

　　從小我就把張我軍先生當成了心目中的英雄人物。對我來說，他簡直是「勇敢」之神的替身。後來，母親還告訴我一個動人的故事：據說孫中山剛去世後不久，張我軍先生就寫了一篇題為〈孫中山先生弔詞〉的詩，是準備用在一個祕密的追悼會上的。當時臺灣人在日本的統治之下，只敢暗暗地悼念孫中山，不敢公開流淚。這時，日本警察發現了這首悼詩，十分憤怒，立刻嚴禁臺灣人朗讀該詩。幸而這首詩並無具名，否則當時還很年輕的張我軍先生一定會慘遭迫害。我很喜歡這個故事，一直到現在還時常講給人聽，所以我的許多朋友只要發現與張我軍先生有關的生平軼事，都會立刻與我分享。例如，最近我的耶魯同事 John Treat 教授在偶然的機會裡，找到了一個日本史料，頗富啟發性。那條史料出自巖谷大四的《非常時日本文壇史》一書中。據巖谷先生所述，1942 年年底在東京舉行了一次「大東亞文學者大會」。當與會的作家們剛抵東京火車站，他們就聽說大家必須集體前往日本皇宮，以便向日本天皇致敬。當時，所有的韓國代表——包括著名的作家李光洙（香山光郎）——都非常高興。唯獨代表中國的張我軍先生拒絕參加這個典禮；為了表示抗議，他立即轉身，把背對著皇宮。（這裡要說明一點：張我軍雖是臺灣人，但他因長期居住北京，故那次會議中，他代表中國，並不代表臺灣。臺灣方面則由張文環等人代表。）當時巖谷大四先生正好在場，看見張我軍先生的表現，很佩服他的骨氣，所以多年後撰寫那一段歷史時，巖谷先生還念念不忘張我軍，特別在書中記載此事。

可惜張我軍先生早已於 1955 年逝世。而張光直教授也已於去年過世，否則我一定會把嚴谷書中的這段史料告訴他。

我是 1974 那年初識張光直先生的。地點是普林斯頓校園。記得，才第一次見面，我就忍不住把兩家交往的舊事告訴了他，同時也順便把 1946 年春那段難忘的船上經歷給他描述了一番。他對那船上的故事特別感興趣，這是因為這段往事正是他從來所不知道的，而我的描述正好可以補足他資料上的空白。原來，當時張我軍先生帶我們去臺灣，他並沒帶他自己的家人一道上船，因為他打算獨自一人先去臺灣找事，等有了著落之後，才要慢慢把妻子和孩子們從北京接到臺灣。因此，當時正在北京上中學的張光直並沒和我們一道在船上，否則他早就會與我認識了——雖然我當時才只是一個兩歲大的女孩。（張光直和他的母親一直到該年 12 月底才到臺灣，他們是從天津上船的，一共坐了三個月的船才終於抵達基隆碼頭。）

令人傷感的沉默

近來我時常在想，我與張光直教授的生平境況有些像兩條相近而平行的鐵軌，儘管我們的家人曾經有過那般密切的交往，但由於各種時勢的運轉和政治的因素，我們從來不知道對方的存在，一直到許多年後各自都移民到美國，都已在漢學界裡做研究，這才開始互相認識。但這時才發現，那段無聲無息的歷史也暗暗地流逝了。

然而，在我們個別的心中，彼此都深切地體驗到，那 50 年前乘船渡海的經驗確是我們個人命運的轉捩點。首先，到了臺灣之後不久，我父親就受到親戚朋友們的連累，於 1950 年 1 月底被冤枉成政治犯，坐牢十年。這同時，張我軍先生在臺灣「始終處在半失業的狀態」[1]，後來為了養家，只得在臺北開一間茶葉店。也聽說，張光直以一個建國中學學生的身分，因涉及所謂的「四六事件」而於 1949 年被捕。（有關此事的詳情，直到最近

---

[1] 見《張我軍文集》（臺北：純文學出版社，1975 年 8 月），頁 121。

讀了張光直教授的回憶錄《蕃薯人的故事》才完全清楚。）據我父親說，
1950 年元月初，在他被抓進監牢前的幾個星期，曾有機會到那茶葉店裡去
拜訪張我軍先生。他記得張先生那天滿面愁容，言談中也較平日來得安靜
得多。當時我父親以爲張我軍的憂鬱完全是出於一種「懷才不遇」的感
傷——特別是，以張先生早年在北大教授日本文學的顯赫地位，今日在臺
灣卻如此潦倒，實在不怪他有這樣的想法——所以也沒去推敲是否還有其
他的原因。後來過了許多年，我父親出了監獄，再回頭去想 1950 年元月初
那次見面的情景，才突然悟到：原來那段時間正是張光直被關在臺北監獄
的時候，當時還傳說有不少學生在獄中遭槍斃。可想而知，張我軍當時一
定爲了兒子的事感到焦慮不堪了。

　　再過五年，張我軍先生病逝，等我父親於 1960 年出獄，當然也就見不
到老朋友了。令人特別感傷的是，他們那一代的人似乎總是被迫在冷酷的
政治面前永遠保持沉默，所以即使和老朋友在一起交談，也不敢私下討論
自己兒子所遭遇的政治受難。關於這種「沉默」，我自己後來也學會了，以
至於在我父親坐牢的十年間——那就是，從我 6 歲到 16 歲的十分漫長的成
長期間——我一直不斷地告誡自己，除非不得已，絕對不向人說有關父親
被捕的事。動亂時期的冷酷之一就是，連小小年紀的孩童也必需學習控制
自己的舌頭。但這樣的「沉默」對我個人並非沒有好處，它使我長期在沉
默中培養觀察周圍的能力，使我較同齡的人來得早熟。問題是，對整個時
代歷史來說，許多重要而複雜的歷史真相也都因爲這種集體的「沉默」而
隨之被遺忘了。

心靈的傷害導致閉口不言

　　記得 1979 年我在一次學術會議裡再次碰見張光直教授。當時我還特別
和他討論有關沉默與中國傳統文化的問題。我告訴他，經過將近三十年的
「沉默」，我父親終於得以離開臺灣到了美國，而且已經開始在亞利桑那州
教書了。可惜的是，我父親已經習慣了「沉默」，從來不把他曾經在新店軍

人監獄和綠島的十年經歷透露給我們。可以說，只要是涉及臺灣和中國大陸自 1950 年代以來的政治問題，他全都閉口不言。幸而我母親有時還會憑記憶給我透露一點兒信息，滿足了我的好奇心。但我知道，父親的沉默是由於長期受到心靈的傷害所致，所以我從來不強迫他說什麼。我對張光直教授說，可惜張我軍先生已經不在世了，否則我父親可能會在老朋友的影響之下，再次恢復他年輕時代對當今現實的關切，或許也能學習從極端的沉默中走出來。一聽到我提起他父親的名字，張光直教授的一雙大眼睛立刻亮了起來。他說：「請把令尊在亞利桑那州的地址給我，我回哈佛校園後，一定立刻寄給他一本我父親的遺著……。」

幾天之後，我父親果然收到了那本寶貴的書：《張我軍文集》。那些文字是張光直教授從各處失散的報章雜誌裡收集而來的，該文集於 1975 年由臺北純文學出版社出版。在他的〈序〉裡，張光直教授寫道：「父親逝世已快二十年了。其間我自己一直在國外為生活奔波。父親的文稿和書籍都留在臺北的家，也隨著母親和幼弟一次次的搬家而散失殆盡。所以這裡所收的詩文篇幅雖少，卻也費了很大的氣力……讀者如果看到我父親歷年的文章，值得重印而這裡沒有收入的，盼能告訴我……。」這段序文我爸媽讀了都非常傷感；突然間，記憶中的那些往事又再一次浮上了心頭。他們都曾經是張我軍先生的好友兼讀者，尤其是我母親，從十多歲開始就成了張先生的忠實讀者，每讀一篇張我軍的散文，就必定剪下來收藏。但不幸的是，自從 1950 年初家中發生政治災難以來，所有過去的書信、書籍、文稿、以及老朋友們的照片全都遺失了。所以，對於張光直教授寄來的這本張我軍的遺著，他們都格外珍惜。我父親還特別在該書的末頁記載道：

> A gift from Dr. K. C. Chang,
>
> Dept. of Anthropology
>
> Room 54A, Peabody Museum
>
> Harvard University

Cambridge, MA 02138

走出沉默

然而，時間過得真快，這樣一晃，20 年又過去了。

最近，我又去舊金山探望年紀已達 82 高齡的父親。自從我母親於四年多以前去世之後，他就開始過著優閒的獨居生活了。我父親現在的生活內容十分豐富，每天除了禱告讀《聖經》之外，就是廣泛地閱讀世界新聞和書籍。這次我順便帶了一本張光直教授於 1998 年由聯經出版社出版的《蕃薯人的故事》給他。父親一看見書皮上登有張光直中學時代的相片，就顯然十分激動，手直發抖。我說：

> 幸虧張光直教授在過世之前有機會寫這本早年的自傳，給歷史作了見證。但與其說它是給歷史作見證，還不如說它是在給生命作見證。我最不喜歡看別人寫控訴文學，我認為那是沒有深度的作品。張光直這本書之所以感人，乃是因為它具有一種超越性。它不在控訴某個具體的對象，而是在寫人。它一方面寫人的懦弱、陰險、及其複雜性；另一方面也寫人的善良、勇敢、以及人之所以為人的尊嚴性。所以，他真是名副其實的人類學家……。

想不到我滔滔不絕地說了這麼多話。自己突然覺得不好意思，就不再說下去了。這時我在椅子上坐定了，便開始注視父親的表情。

「嗯，我看這是一本很重要的書。」父親突然開口說道：「你將來是否也考慮寫一部類似的自傳？……」父親這句話令我感到非常意外。原來，他現在已不再像從前一般地沉默了。顯然，他也不希望我繼續沉默下去了，他要我也能開始提起筆來，為生命作出有意義的見證。想到這裡，我微笑地看看他，點點頭。

　　我慢慢站起來，走到窗前，這時發現院子裡有棵樹葉極其濃密的大樹，正優閒地挺立在那兒。除了正在飛翔的鳥兒以外，四面一片空寂，好像這世界只剩下我和父親兩人。我覺得這個境界真是美極了。

　　那天在離開父親的公寓之前，我又一次在他的書架上找到了張光直教授於 1979 年所贈的那本《張我軍文集》。我摸摸那書皮，再次感受到了一種友誼的溫暖。

──選自《聯合報》，2002 年 5 月 15 日，39 版

悼張我軍

◎張深切*

　　吾友張我軍，在臺灣文學界是最值得紀念的一位。

　　他，雖然不能說是臺灣新文學的首創人，卻可以說是最有力的開拓者之一。

　　他，雖然不能說是臺灣白話文的發起人，卻可以說是最有力的領導者之一。

　　他，在臺灣文學史上，應該占有一個很重要的地位。

　　這樣說，也許我是對他有所偏袒，或過分的誇獎，但他自有其實績得以享受這樣的榮譽。

　　他，能有這樣的成就，雖謂他自有其天賦的才能，但也可以說是由臺灣的時勢造成的。

　　每個偉大人物，都可以說是由時勢的需要而產生，由時勢的孵育而成為代表人物，除由強權蒸生或翼卵的人物以外。

　　我軍是應著當時臺灣還處在日本帝國主義的鐵蹄下——由日本當局蒸生了不少漢奸和御用走狗，把臺灣民族精神和文化都快要給消滅當兒——臺灣民眾正開始孵育著其所需要的人物，（張我軍即係由這孵育）而生長的一位。

　　他，曾在北平受過五四的洗禮，認識了新文學運動的意義與價值。尤其當時臺灣正受著風靡全世界的民主主義和民族自決主義的影響，言論與結社都相當自由，「打倒日本帝國主義」的言論，非獨可以公開議論，而且

---

*張深切（1904～1965），政治運動家、文學家、劇作家。南投人。發表文章時專事哲學、文藝與戲劇創作。

也可以做一種的社會運動。

我軍當時的主張，還可以算是屬於穩健派，左右逢源，無甚阻礙。他在臺灣活動的時期，北平已有《新臺灣》，上海有《平平》，廣州有《臺灣先鋒》相繼出版，隔著一條海峽，向臺灣吹起革命的旋風。

然而，這些色彩不同的旋風，只能帶種子飛入臺灣，決不能像我軍在臺灣喚起直接的作用。這是我軍特別難能可貴的地方。

他，回臺駐腳的時間不長，所做的事也不算多，但所做的事績都很寶貴，並且還值得作文學史上的紀念。

民國 27 年（1938），我到了日本占領後的北平，才頭一次和我軍見面。其實我們很早就在文字上互相認識了。他覺得我意外的文，我覺得他意外的粗，這是從容貌上所得的印象。除此以外，我們都沒有重新再認識的必要。所以我們自相處迄今，從未發生過意見的齟齬。

只有一次，他被推舉為大東亞文學者大會代表的時候，我才對他表示不滿，但經過他一番解釋之後，我就不再反對了。為了這件事，他受了莫大的打擊，甚且有人認為這是我軍一生犯了最大的錯誤。

從表面看，也許這是屬於言出有因，然從裡面看，卻未必屬實。對此我無意多加辯護。不過，我理解他是一位純粹的臺灣人，站在臺灣的立場說，他的言動並無可厚非的地方。

世人往往分不清政治與文藝各有互相不同的立場與性格，政治雖然被局限在一個格子裡，但文藝不應該有界限的。文藝不但沒有界限，實質上也不受任何限制。它應具備廣大無邊的博愛精神。唯有體會這種精神，他才能使萬物復活於作品，使作品富有生命與價值。

作家的生命是精神和靈感。捨此，作家便沒有藝術生命，作品也沒有生命。

我軍自知他的精神和靈感已失去了生命，所以他不想創作，只求作一個翻譯人，使別人家的作品借屍還魂，聊以自慰，這確是件悲哀的心緒。

他一生懷才不遇，在鬱屈的生活裡，他只利用酒來替他解愁，正如我

軍夫人所說：他每天都在喝毒藥，這毒藥每天都在侵襲他的五臟六腑，終於變成不治之症。這於夫人看來，也許是這樣，於我們看來，卻別有不同的感想。

　　反正，他鬱屈而死了。

　　他，那結實的軀殼已經火化而成灰，而入土，永遠不能再有一個張我軍了。

　　我寫這篇拙文，決不是因為我軍是我的好友，所以特別寫來紀念他，反而因為是好友，所以特別寫得這樣簡單，否則像他這樣重要的人物，絕不能以這小文章來描述他的輪廓的。

原載 1955 年臺灣《民聲日報》

──選自張光正編《近觀張我軍》

北京：臺海出版社，，2002 年 2 月

懷念張我軍先生

◎蘇薌雨[*]

　　張我軍先生是臺北縣板橋鎮人，秉性純真，為人豪爽熱情，事母至孝，對待朋友與妻子誠摯，辦事認真負責，認識他的人一致稱道。

　　他少時家境欠佳，父親去世早，需要養活母親，因而半工半讀，在新高銀行做過事，現任合作金庫總經理林世南先生是當時的同事。

　　民國 11 年（1922），他到北京，不久回臺灣來，在臺灣民報社任記者。其文筆勁健犀利，深受讀者歡迎。社內重要人物楊肇嘉，羅萬俥與陳逢源諸先生非常器重他；而他和諸先生結交，亦自這個時候開始。

　　後來他又到北京迎接未婚妻——羅心鄉女士來臺北結婚，經過一個時期之後結束記者生涯，偕夫人再度回到北京，進國立師範大學中國文學系念書。

　　我認識張先生是在北京，他在師範大學肄業的時候，是北京大學同學洪炎秋兄介紹的。當時我住在北京大學宿舍，他們夫婦住在南城福建會館，一因未在同一個學校，二因相隔相當遠，所以接觸的機會並不多。

　　張先生在師範大學讀書，除了免繳學費之外，並未享受到目前臺灣各級師範學校的學生所能享受的公費待遇，因此，他一方面要籌劃學資，另一方面要養家，實在不容易，其生活之艱難，不難想像。

　　為求學，為養家，他開始翻譯工作，經某著名日本文學者的介紹，翻譯了日本夏目漱石氏著《文學論》在某書店出版，中國出版界之認識他，從這部翻譯開始。

[*]蘇薌雨（1902～1986），臺灣心理學研究者、教育家。新竹人。名維霖，以字行。發表文章時為臺灣大學心理系教授兼創系主任、圖書館館長。

　　他於民國 18 年（1929）畢業，不久張老太太亦到了北京，太太又生了小孩，家口增加，生活更加難維持，於是乎開始翻譯日本人類學者西村真次著的《人類學泛論》在某書店出版，得了一筆稿費。北京靜生生物研究所所長胡先驌博士爲他的翻譯本寫了一篇序文，而真村博士本人亦寫了一篇，兩氏對其翻譯之信達都非常稱讚。

　　我於民國 17 年（1928）畢業不久，即在北京市立第一中學任訓育主任同時在私立中國大學哲學系兼任功課；洪炎秋兄於 18 年（1929 年）畢業不久即任國立北平大學附屬高級中學的校長。我和炎秋兄彼此先後結婚成家，而洪老太太亦到了北京，於是張、洪和我三家來往非常密；三家人不斷的聚會在一起，由三家輪流作東。

　　民國 22 年（1933），炎秋兄在宣內大街經營人人書店，成績頗好，張先生編了幾種日文讀本與文法書籍在人人書店出版，在國內各地暢銷，又於夜間在家裡開辦日文補習班，因爲講解清楚，深受歡迎，學生特別多，收入相當豐富。從此以後，他的經濟非但不恐慌，而且相當寬裕。

　　因爲他翻譯了幾本書和著了幾本日文教本與文法書籍非常成功，課授日文教法非常好，其母校對他頗有認識，遂聘請他擔任日文教授，後來亦在國立北平大學法學院任兼任教授，在北平教育界顯露頭角。

　　俗語說「天下無難事，只怕有心人」，他苦學出身，經過多少年的努力奮鬥，終於成功，充分證明上面兩句話是不錯的。

　　現任民政廳長連震東先生畢業日本慶應大學之後到北京，住洪炎秋兄家裡，我們四個人每周末必聚在一起洗澡、吃小館，暢談，快活之至。後來現任紙業公司董事長游彌堅先生亦到北京住了幾個月，五個人總是玩在一起，張先生因爲手頭寬裕，付錢的地方總是搶著付，非常慷慨。

　　北京是東方著名的國都，世界各國人士去遊歷的非常多，而本省人士因懷慕前往的亦不斷的有，凡是到北京的鄉親，張先生不論認識與否，都殷勤招待，親切之情，備受稱贊。

　　我於民國 23 年（1934）將家眷送回河北省南部的故鄉，離開北京到日

本東京進東京帝國大學大學院研究，數年之間張先生每月接濟一部分學資，從無間斷，愛朋友之隆情，終生不忘。

民國 26 年（1937）七七事變前，我由東京回到北京，這時候連先生早已到陝西省西安陪都建設委員會任職去了，短期之內時常在一起的還是張先生和炎秋兄。事變後 8 月 31 日，我攜眷離開北京南行，當日張先生和炎秋兄兩人到東車站送行，那時候車站布滿日本軍隊，如臨大敵，這種非平常的別離，淒愴萬分，使人潸然淚下。

北京離別之後，我為避兵亂，輾轉華中與西南十省，終於在廣西桂林擔任國立廣西大學教授，住了六年。和張洪兩位的音信斷有十年之久。

民國 34 年（1945）抗戰勝利，臺灣光復，我於民國 35 年（1946）冬季返故鄉任臺大教授。我在祖國居住 26 年，這次回來隔了 20 年，非常歡喜，而張先生與洪、連兩位都先我返回故鄉，在臺北再聚晤，已經隔了十年以上，更是歡喜。

張先生回到臺灣之後，含光隱耀，不在政界活動，而在臺中中央書局幫忙了一個短時期，旋搬回臺北給茶業公會幫忙，後來進臺灣省合作金庫擔任金融研究室主任。他雖然不是學經濟，但其主編的《合作界》，卻有聲有色，在合作事業界放出異彩。有一次，現任農林廳副廳長羅啓源先生說，合作金庫的張主任文筆健，組織力強，資料到他手裡，即成為一篇好文章，非常歡服。羅先生不知道他是教授出身，但求有貢獻於社會，「不求聞達於諸侯」。

七、八年來在臺北，張先生和我們各為工作和家累忙碌，少晤面，但並非疏遠，每聚在一起，仍是當年在北京的味道，非常親熱。幾年來他更加好喝酒消遣，據說晚上不喝酒，睡不著覺，宋朝歐陽修氏的「一生勤苦書千卷，萬事消磨酒十分」，簡直是張先生生活的寫照。

張先生的家庭很美滿，長男光直君聰穎過人，去年在臺大考古人類學系結業，每年成績平均都在 95 分以上，為全校最優秀的學生，結業時列為全校畢業生第一名。結業後在鳳山受軍訓，今年亦以第一名完訓。該系主

任李濟博士特別賞識，給他在美國哈佛大學弄了獎學金，於九月下旬，送到美國深造。

不幸的很，張先生患了肝癌，是不治之症，開始時肚子偶然發痛，但因平素身體壯健，覺得是小毛病，毫不介意，到了 9 月間仍然天天到合作金庫辦公。9 月中旬身體已經衰弱，光直君非常憂慮，美國之行十分躊躇，張先生加以勸慰勉勵，以決其意。後來病一天比一天厲害，肚子時常痛，但為安家人的心，咬定牙根，做出毫無痛苦的樣子。

10 月 21 日（舊曆 9 月 6 日）是他的生日，我於 15 日同他商談，約幾個朋友在他家排一桌酒席給他做生日，他怕人多過度興奮辭謝。

11 月 2 日傍晚，我最後一次看他的時候，他的神志雖然還十分清楚，但已進入最嚴重的階段了。我坐在他床邊相顧默無一言者良久，不由得淚汪汪流下。他頻頻注視我，當然心裡明白自己已經站在死線上。

3 日早晨膽子破了，苦痛難捱，痛哭起來，十時左右逝世，54 歲結束一生。他的去世不但是社會的損失，張家的損失，亦是朋友間的大損失。

張先生一生刻苦，除了喝酒之外毫無享受，死後連一棟房子都沒有，而妻子的生活更發生問題，實在淒慘。所幸的朋友正在設法為其遺族解決居住問題和幼子教育問題。世態雖然炎涼，他究竟有幾個朋友，只要大家遵照他的遺囑做，我相信他會含笑於九泉的

——選自《合作界》第 19 期，1956 年 1 月

高舉五四火把回臺的先覺者

◎龍瑛宗*

一、初次晤面

我與張我軍先生的第一次晤面，是民國 31 年（1942）的深秋。經張文環兄的介紹才認識，但地點是在東京或大阪倒忘了，他以華北文學者的身分，參加在東京舉行的文學者會議，然後一同赴京都、奈良、大阪等地。

那個時候，我也看過了北京大學的錢稻村先生，他研究日本文學，尤其對於《萬葉集》的造詣頗深，到了奈良公園，他仔細觀察公園裡的植物，印證《萬葉集》所出的植物。第一次接觸祖國文學者的風采，覺得確實是和藹可親的學人，雖然他的日本語非常流利，但公眾場面發言時卻以中國語發表，給我深刻印象。

當時我一點也不知道，張我軍是什麼人？直到光復後我懂得祖國文章時，才曉得他的輪廓。早在 1924 年，他已在《臺灣民報》上發表過〈致臺灣青年的一封信〉、〈糟糕的臺灣文學界〉、〈為臺灣的文學界一哭〉。翌年並繼續發表〈請合力拆下這座敗草欉中的破舊殿堂〉、〈文學革命運動以來〉、〈新文學運動的意義〉等。

當時由於日本的殖民政策，我在鄉村根本沒有辦法接觸白話文而且也看不懂。迨至 1975 年張先生逝世 20 年後，由他的公子張光直博士編纂《張我軍文集》問世，我才有機會閱讀他的論文。他的論文不多，但覺得他將在故都北平所吸收的新文學思潮，統統搬到臺灣這個孤島來。

---

*龍瑛宗（1911～1999），小說家、評論家、散文家。新竹人。本名劉榮宗。發表文章時已自合作金庫退休，專事寫作。

孤懸於南海上的孤島的文壇，暮氣沉沉且一味摹仿唐宋古人，作品類似文字遊戲。這也鮮為殖民主義者所悅，因為臺灣的讀書人越迷離，殖民主義者便越好統治。目睹臺灣文學界的這種現狀，經五四精神洗禮過的張先生，再也不能保持沉默了。

當時他還年輕，他說：「我是一個老實不客氣的人，所以說話也不客氣，何況和我說話的都是這班蠢貨，更沒有客氣的必要了。」由此可見他的坦率，頗適合當一名啟蒙時代的先覺者，而他的意識內容則是受到胡適的影響。

他的小說更只有寥寥數篇，〈買彩票〉是個好短篇，取材於古都，描述在那裡的臺灣人留學生的生活狀態。小說裡的陳哲生（好像作者自己）是位頗有志氣的臺灣青年，在古都「自己積下的學費用盡了，既無父兄親朋供給，又不願意向所謂樂善好施的善人搖尾乞憐，⋯⋯恐不久要餓死於他鄉了！⋯⋯數日後歸鄉的盤費一到，他就要放下學業，別去最愛的人，遠遠離去北京了。」

他以純正的國語描寫，觀察深刻，不愧為臺灣新文學的先鋒作品。

至於另一篇小說〈白太太的哀史〉，是敘述一個被中國留學生騙去的日本女人的淒涼身世，並且交織著一種中國官場現形記。這篇小說的結尾：「白先生！我嫁給你之時，是這樣瘦得像鬼的人嗎？前後才十年哩，你竟把我弄成這般。是命運的惡作劇呢？還是人類的殘忍？」這是冤魂的啜泣也是作者的啜泣。這篇作品充滿著作者的人道精神。恐怕是張我軍作品群中最出色的一篇罷。

二、變成同事

我與張我軍第二次晤面，是光復後在省合作金庫。這回不但在故土相逢而且變成同一機構的同事了。民國 38 年（1949）猖獗著惡性通貨膨脹，我雖領有一百幾十萬元的薪水，但仍飢腸轆轆，只好重操舊業回到金融界。這時候我的同學在金融界已經升到副理、經理的地位，我從辦事員做

起，這也是愛好文學的惡果吧。

我擔任存款工作，當初由於通貨膨脹的關係，一張支票就幾百萬元、幾千萬元。好久沒有打過算盤，打得眼花繚亂了。於是我就央人說情希望到研究室工作，這時候我已升到課長職位，上峰說：在研究室無有課長職位，仍願意去否？我立即同意。這樣子我又降到辦事員了。

但張我軍主任大喜，宣稱生力軍來了。我在那裡編輯《合作界》月刊。這時候我對於中國文馬馬虎虎看得懂，但仍寫不出來。辦事員的我，撰寫關於農業經濟的文章，仍然用日本文。張主任親自將之譯成中國文，這使我感到惶恐之至。

雖然他以一部室主任之尊，凡事不拘泥。曾有從大陸過來的友人告訴我說：張我軍教授在大陸是有名的日本文權威。偶爾有人請他將日本文譯成中國文，而他碰到不大明瞭的日本文就每到我這裡來問個底細，這使我吃了一驚。可是，我也不知道，於是和人翻閱辭典共同研究。他的窮根究柢的態度，使我深深的感動了，嗣後我也當了主管，碰到我不擅長的法律問題，我也仿效張我軍精神去請教於年輕的同仁。此事對於辦事的效果大有裨益。這是張我軍的學究的一側面。

張我軍有個麒麟兒，就是公子張光直。他就讀於建國中學的時代即已成績優異。我軍先生曾經告訴我說：「兒子上大學的問題，絕對不違背他本人的志願。」如果張我軍想要賺大錢，以他的兒子的優異成績，考取臺大的醫學系是沒有問題的。結果他的兒子不考臺灣人視為熱門的醫學系，而去考冷門的考古系了。這麼年輕就當了中央研究院的院士，正是有其父就有其子的明證。

三、兩個臉龐

張我軍有兩個臉龐，即事業機構的主管臉龐與作家的臉龐。他為了視察城市信用合作社，南奔到屏東時，夜幕已深垂了。他不受地方經理之招待，獨自走進賣日本飯菜的露店，吃了生魚片、白片海蟹、湯麵，又獨酌

了一瓶特級酒。酒醉飯飽之後，又慢慢地繞了幾個彎回到合作金庫的辦公所去。這是因為值夜的少年同事很誠懇的留他住在那裡，同時也由於有一次在旅行中，投宿一家旅館，一夜之間被查勤的警官叫醒了兩次，這種經驗使他不願再住旅館。

在這裡我們可以發現兩個面貌的他。事業機構的主任是歇息於大飯店，而作家的他隨隨便便與少年同仁共眠於辦公處的值夜小房間。剩下來的出差旅費用在那裡呢？他非常喜歡喝酒，出差旅費往往就用在酒上。

與同仁們聚餐的時候，他常常愛飲強烈酒，譬如高粱酒。而他一個人與兩個同仁在同時進行猜拳；心血來潮時，他會唱出華北地方的小調。我只記得他以純正的國語的韻律唱出「妹妹喲……」一句罷了。

翌晨他又走到東港，這時正想小解，便朝著河岸走去，找個沒人看見的地方，望著河裡撒了一大泡尿。而視線跟著往河裡去，順流而下，一直跟著瞟到出海處，把身上排泄出來的東西送到南海去。感到一種無以名之的興奮和愉快！

事業機構的主任，不宜於在野地撒尿的，而作家的他痛痛快快地撒了一大泡尿，並且瞭望著南海的風光，在那裡風景絕佳的黑潮正在緩緩地蕩漾著。

四、關懷文環

張我軍老來，不知什麼緣故對於棒球發生了興趣。光復後不久，銀行界為了健身運動便提倡了軟式棒球，當時合作金庫與華南銀行最為熱心。各銀行組織業餘軟式棒球隊，就在新公園舉行了比賽。

合庫與華銀在新公園鏖戰時，雙方派出了大批的啦啦隊員，打鼓敲鑼大聲叫喊。張我軍為了替棒球隊作詞並由另一個同仁作曲，譜成合庫啦啦隊歌，於是張氏也變成了棒球迷。棒球風傳染給老爺們，也組織了老爺棒球隊互相比賽以取樂。張氏及後來擔任全國棒球協會理事長的謝國城氏，也成了老爺棒球隊隊員之一。

　　有一天老爺們在比賽，張我軍當了外野手守備中央，沒料到有一個大飛球凌空直奔中央外野去。頓時張氏著慌了，驚惶地走來走去想要抓球。奇怪！那個飛球竟看不見，於是張氏向四周草場尋找，還是找不到。找了半天這才想起看看自己的皮手套，哎呀！那個飛球乖乖地睡在皮手套裡與其說張氏抓到球了，還不如說球子自願投效於他的手套裡去，張氏大開笑顏了，好像戰勝百萬雄師似地高舉捕獲品，以示他的武功。同仁們鼓掌喝彩，張我軍以凱旋將軍的姿態，大搖大擺地答謝同仁們的歡呼。這恐怕是張我軍畢生的「大傑作」罷。

　　張我軍不但老來玩棒球，而且棒球隊遠征異地，他也隨隊去照顧隊員們。他對於年輕的隊員們宛如自己的兒子，愛護備至。三更半夜起來，看看隊員們會不會著涼，還會自己做料理給年青人吃。

　　張我軍對於文藝夥伴也非常關懷；看他的筆錄說：下午三點，文環君如約來訪，並且告訴我說：他已吩咐家人宰了一隻鴨子，晚上一定要上他家吃飯。我只好拒絕了他人的邀約，並且和他出去走走。他帶我到公園去散步，路上他告訴我這裡的公園簡直是一座森林。

　　我一邊和文環君且走且談，一邊斷斷續續地想著文環君的事。在臺灣光復前，他是臺灣的中堅作家，做一個文學作家正要步入成熟的境地。就在這當兒，臺灣光復了。臺灣光復在民族感情熾烈的他自是有生以來最大的一件快心事，然而他的作家生涯卻從此擱淺了！一向用日文寫慣了作品的他，驀然如斷臂將軍，英雄無用武之地，不得不將創作之筆束之高閣。

　　光復以來雖認真學習國文，但是一支創作之筆的煉成談何容易？況且年紀也不輕了，還有數口之家賴他供養哩。目前他的國文創作之筆已煉到什麼程度我不大清楚，但是他這幾年來所受生活的重壓和為停止創作的內心苦悶我則知之甚詳。我每一想到這裡，便不禁要對文環君以至所有和他情形類似的臺灣作家寄以十二分的同情！

　　論到這一點，臺灣的美術家和音樂家是萬分幸福的。文學所用以表現的工具是文字，這有國文、日文、英文等之別，但是他們所用以表現的工

具是色與音，大體上可以說是世界共通的。因此，他們在光復之後，仍舊能夠用原來的工具繼續表現下去，無須停頓，更無須另學一副工具。

關於張光環兄的事，我也曾經出差到嘉義，順便到他的保險分公司去造訪他，經理伯的他單獨一個人呆坐在店頭。

五、先進逝矣

寫到這裡不由得令人想起張我軍有一首〈孫中山先生弔詞〉，臺灣同胞聽到孫中山先生逝世的消息，無不流暗淚，臺灣的民眾團體籌備了追悼會。張我軍雖非國民黨員，但愛祖國愛民族的他，在悲痛中作了一首弔詞，本來在追悼會上朗讀，但被日本警察禁止了。茲將弔詞的最後一節抄錄如下：

中國的同胞喲！
你們要堅守這位已不在了的導師的遺訓：
革命尚未成功，
同志尚須努力哪！
先生的肉體雖和我們長別了，然而
先生的精神，
先生的主義，
是必永遠留在人類的心目中活現。
先生的事業，
是必永遠留著在世界上燦爛！

這應該就是所有臺灣人對孫中山先生崇敬的心聲罷。

張我軍是個酒豪，說不定因此得了肝病吧。到了 1955 年肝病開始虐待他了。我和同事許遠東君（現在已經當一家銀行的總經理）一起去看他，我們談了一些公事，然後他取出一本他的詩集《亂都之戀》交給許遠東留

存，並且對他說，留有遺言在那裡，若有萬一即拿出來看。當時張氏已看出這個許青年，年輕有為將來一定有成功之日，不出他所料不到 50 歲已做一家銀行的總經理哩！

第二次我們去看他時，他已經躺在床上，不堪病魔的肆虐呻吟不已，且不愛講話。第三次看見他時，他已經變成不言不語的冰涼的軀殼了。未經幾旬，我看見了由病至死的人生縮圖。

遵從他的遺言，他的軀殼被火化，經過一夜的燃燒，他已變成骨灰。我和許遠東以筷子去撿骨。結果五尺男子漢，竟納入小箱子裡了。

張我軍的軀殼已經焚化了，但是張我軍的精神未死，繼承者將吸收他的養分，總有一天，我們的文學仍然馳騁於世界文學之林。

——選自《民眾日報》1980 年 2 月 27 日，12 版

張我軍批判舊文學（節錄）

◎翁聖峰*

　　本年度新舊文學論爭相關文獻，張我軍就占了近 20 則，〈請合力拆下這座敗草欉中的破舊殿堂〉是本年度論戰的第一篇力作[1]，援引胡適的「八不主義」及陳獨秀的三大主義批判舊文學，辱罵舊文人是「無恥之徒。欲逆天背理、獸頭獸腦的豎著舊文學的妖旗在文壇上大張其聲勢」，這種情緒語言造成舊文人的以牙還牙，他所持的理由是「臺灣的文學乃中國文學的一個支流。本流發生了甚麼影響、變遷、則支流也自然而然的隨之而影響、變遷、這是必然的道理。」[2]張我軍的「中國中心觀」顯示那時代知識分子求新求變的心理，卻無視臺灣在日本統治下特殊的文化處境。他最大的貢獻是激盪問題，批判舊文學的若干弊端，讓當時的知識分子認真思考臺灣文學到底該用什麼文學形式表達，在那個複雜的文化環境，透過高分貝批判舊文學，複製中國走過的文學路，引進中國白話文到臺灣文壇，觸發新舊文學的激烈論爭，並為後來的臺灣話文論爭埋下對立的種子。

　　大正 13 年連雅堂曾在《臺灣詩薈》多次批判擊缽吟，張我軍的〈絕無僅有的擊缽吟的意義〉批評擊缽吟限題、限韻、限體、限時間、限首數拘束了文學的創作自由。[3]張我軍的〈揭破悶葫蘆〉不認同「臺灣的中國文學

---

*發表文章時為臺北教育大學臺灣文化研究所副教授兼所長，現為臺北教育大學臺灣文化研究所教授。

[1]張我軍（一郎），〈請合力拆下這座敗草欉中的破舊殿堂〉，《臺灣民報》第 3 卷第 1 號（大正 14（1925）1 月 1 日），6 版。

[2]下例亦是張我軍以中國為中心的文學觀：「文學改革的是非論戰，在中國是在七、八年前的舊事、現在已進到實行期、建設期了、所以文學改革的是非用不著我們來討論、已有人替我們討論得明明白白了。」參張我軍，〈文學革命運動以來〉，《臺灣民報》第 3 卷第 6 號（大正 14 年（1925）2 月 21 日起），11 版。

[3]張我軍（一郎），〈絕無僅有的擊缽吟的意義〉，《臺灣民報》第 3 卷第 2 號（大正 14 年（1925）1

家大都把新文學擯除於中國文學之外。」[4]這篇正式反對〈臺灣詠史‧跋〉「漢文可廢」的說法，主張「新文學當然是包含於中國文學的範圍內」，這牽涉新舊文人對「漢文」的不同定義。他反對悶葫蘆將日本天皇的漢文「詔敕」視為文學，這問題涉及廣義與狹義文學的不同主張，因為在傳統漢文觀念裡「詔敕」當然是文學，《文心雕龍》第 19 篇〈詔策〉就上溯「詔策」到先秦兩漢，可見傳統文學包括「詔策」這個觀念歷史悠久，但新文人強調「純文學」的文學觀，故鄙視固有的文學觀。舊文人有的批評新文人不讀或不懂古書，並非無的放矢。漢文「文體」的批評上，當代研究者未能了解中國「文學」觀念的變遷史，片面接受新文人「純文學」的文體觀，反過來批判舊文人所持的廣義文學觀是不懂文學，這樣的學術認知的確有待商榷。

張我軍謂舊文人「要維持舊文學、也先要明白舊文學之好處、要排斥新文學、也先要知道新文學之當斥的理由。」這個呼籲確實很重要，不過，他又說「你們（筆者：指舊文人）的動機並不是根據什麼學理、你們的維持與排斥完全是盲目的、你們是瞎著眼亂嚷幾句吧了。」[5]若放在中國文學發展史來看，他對文學的發展許多是複製中國五四的文學史觀，患了自己批評舊文人的「盲目」與「偏見」，對上下數千年的中國文學發展脈絡無法確實掌握就輕率批評。[6]

2 月 11 日所發表的〈隨感錄〉亦牽涉文學的定義問題[7]，彰顯不同的文哲觀念，傳統文人認為在文化上，思想與文學是一體兩面的，但對新文人來說是分開來看的。張我軍說「孔孟在文學史上、實在沒有三文的價值呢！（孔孟是中國的哲人、不是中國的文學者。）」他否定孔孟在中國文學

月 11 日），6 版。
[4]張我軍，〈揭破悶葫蘆〉，《臺灣民報》第 3 卷第 3 號（大正 14 年（1925）1 月 21 日），9 版。
[5]一郎，〈隨感錄〉，《臺灣民報》第 3 卷第 12 號（大正 14 年（1925）4 月 21 日），9 版。
[6]雖然他寫〈文藝上的諸主義〉，試圖引進西方文學史觀，企圖建構他認為合理的中國文學發展，但這些觀點仍以複製五四文學觀為主。《臺灣民報》第 77 號，大正 14 年（1925）11 月 1 日起連載於 14 版。
[7]張我軍（一郎），〈隨感錄〉，《臺灣民報》第 3 卷第 5 號（大正 14 年（1925）2 月 11 日），11 版。

史的地位，只承認孔孟是個哲人，這與五四以來中國反對文以載道的文學觀相同，而他罵文學家「法遵孔孟」，是「情願做孔孟的忠奴、情願永守孔孟之墓、而不思進取請你自己叫三聲『守墓犬』。」[8]這段文字以情緒性語氣批判傳統的文學觀，舊文人必然不甘示弱。張我軍的情緒性批判，無非希望大破才能大立，在他的許多論述不乏其例，他說：

> 偽學者偽詩人偽文人的天下、我想不到臺灣的文學界竟成了偽學者偽文人偽詩的天下。[9]

> 我呼舊文學為孽種、……難道「詞鋒太露」便是獨斷嗎？……老前輩之維持、不過是苟延死文學的殘喘而已、……死文學與文學相等。[10]

> 總之狂犬病如此流行、撲殺野犬的人須一齊舉起槌來！[11]

> 現在的臺灣沒有文學、歷來也許都沒有文學吧。有之、也不過是些假文學、死文學而沒有真文學、活文學。[12]

〈復鄭軍我書〉除了情緒批判之外，張我軍也否定了鄭軍我的建議：

> 臺灣原有一種平易文。支那全國皆通。如三國誌。西遊。粉粧樓。等是也。只此足矣。倘必拘泥官音。強易我等為我們。最好為很好。是多費一番週折。舍近圖遠耳。[13]

---

[8]他批判反對「非孝論」與「自由戀愛」的舊友人為狂犬，是孔孟的罪人，從爭論根源來看也牽涉文學與道德的問題，舊文人主張文以載道，以維護固有的儒教教化自居，當然不容這種新風氣。參一郎，〈隨感錄〉，《臺灣民報》第 63 號（大正 14 年（1925）8 月 2 日）12 版。

[9]張我軍（一郎），〈隨感錄〉，《臺灣民報》第 3 卷第 6 號（大正 14 年（1925）2 月 21 日），10 版。

[10]張我軍（一郎），〈復鄭軍我書〉，《臺灣民報》第 3 卷第 6 號（大正 14 年（1925）2 月 21 日），15 版。

[11]一郎，〈隨感錄〉，《臺灣民報》第 63 號（大正 14 年（1925）8 月 2 日），12 版。

[12]張我軍（一郎），〈新文學運動的意義——白話文學的建設、臺灣語言的改造〉，《臺灣民報》第 67 號（大正 14 年（1925）8 月 26 日），17 版。

[13]鄭軍我，〈致張我軍一郎書〉，《臺南新報》，（大正 14 年（1925）1 月 29 日），5 版。

　　這段話反映當時臺灣傳播北京話的窘境，鄭軍我反對「拘泥官音」，確實反映中國白話文「我手寫我口」的主張在當時臺灣難以實踐。

　　〈文學革命運動以來〉承襲胡適的五四文學進化觀，他強調橫的移植，卻未能正視當時臺灣與中國文化環境的差異性，認爲「一時代有一時代之文學。此時代與彼時代之間、雖皆有承前啓後之關係、而決不容完全抄襲、其完全抄襲者、決不成爲眞文學。」[14]他並舉歐洲與日本的文學改革爲例，認爲臺灣不該再「泥守著古典主義的墳墓」。〈詩體的解放〉主張「好詩眞詩不可不排除一切形式的束縛而使內在律能充分地表露出來。」並藉章太炎之口批評舊詩的缺點是「矯揉造作、不顧自然、……歷來的詩人大都不把土語方言入韻文、這也是個大毛病。」[15]張我軍強調詩體「內在律」的理想[16]，喚醒作家回到文學本質思考文學，不過，由於「白話」在臺灣正在起步階段，即使在中國也還在摸索新的「規律」，所以陳義固然很高，但白話詩的理想一時之間並不易達成，他「大破」的目標已然達成，但「大立」實踐尙有一段長遠的路要走。甚至到昭和十年（1935）張深切還批判：

　　　　過去的白話詩、不但形式異常粗陋、就是素質也非常拙劣、詩與散文混
　　　　然沒有分別、吟誦起來、好像不覺著有詩的味兒、莫怪舊詩人一口咬定
　　　　便罵新詩是放屁詩、這種罵法不消說是大言過火、其實現在的所謂新詩
　　　　也許還不能夠說是詩吧。[17]

張我軍強力批判舊文學，對開創臺灣的中國白話文新風氣功勞甚大，但我

---

[14] 張我軍，〈文學革命運動以來〉，《臺灣民報》第 3 卷第 6 號（大正 14 年（1925）2 月 21 起），11 版。

[15] 張我軍，〈詩體的解放〉，《臺灣民報》第 3 卷第 7 號（大正 14 年（1925）3 月 1 日），13 版。

[16] 他主張以詩的「自然律」代替「內在律」，反對僵化的文學形式。參一郎，〈隨感錄〉，《臺灣民報》第 3 卷第 18 號（大正 14 年（1925）6 月 21 日），9 版。

[17] 張深切，〈「臺灣文藝」的使命〉，《臺灣文藝》第 2 卷第 5 號（昭和十年（1935）5 月）。

們不必用現在眼光看日據時期白話文是「天經地義」，甚至對張我軍錯誤的文學觀視而不見，積非成是。張我軍說：「若說不會說中國語的人就不能以中國語寫作詩文、然則能以古文寫作詩文的都是會話古話的嗎？」[18]這段話主張白話文雖然強調言文合一，但不會中國語（筆者：即北京話）也可以寫白話文，這種觀點是無視臺灣文學的實況，本章第二節已提到賴和、鍾理和、吳濁流均曾因不熟悉北京話，創作中國白話文學時遇到語言轉譯的困境。至於反問「古文寫作詩文的都是會話古話的嗎？」更證明他對文言文「言文分離」的特性缺乏認識，才會拿文言文與白話文相類比。文言文本是「言文分離」的，雖不懂古音亦不妨礙歷代作家書寫文言文，但白話文強調「我手寫我口」，因不懂北京話，鍾理和特別強調不熟悉北京話，「使我後來的寫作嚐受到許多無謂的苦惱，並使寫出來的文字生硬而混亂。」至於張我軍批判：

　　我們日常所用的話（筆者：指臺灣語言）、十分差不多占九分沒有相當的文字。那是因為我們的話是土話、是沒有文字的下級話、是大多數占了不合理的話啦。所以沒有文學的價值、已是無可疑的了。

這段話雖道出臺灣話文的困難，也顯現他對臺灣語言充滿偏見，同時顯示那時代某些知識分子割裂「大傳統」與「小傳統」，輕視庶民文化的鮮明例證。其實，這是那個時代許多新知識分子常有的現象，臺灣知識分子也受到來自中國及世界新知識風潮的影響，故出現此種文化現象。

　　　　　　　　——節選自翁聖峰《日據時期臺灣新舊文學論爭新探》
　　　　　　　　臺北：五南圖書公司，2007年1月

[18]張我軍（一郎），〈新文學運動的意義——白話文學的建設、臺灣語言的改造〉，《臺灣民報》第67號（大正14年（1925年）8月26日），19版。

——節選自翁聖峰《日據時期臺灣新舊文學論爭新探》

臺北：五南圖書公司，2007 年 1 月

憶「亂都之戀」

◎羅心鄉[*]

　　我十歲喪父，同寡母幼弟過著寄人籬下的生活。幼時就讀於北京第一女子小學，後跳級升入尚義女子師範學校。我發憤讀書，一心想在畢業後當一名教員以供養母弟。17 歲那年，為了盡快提高學業，利用課餘到北京師範大學夜間部補習功課。

　　一天我開箱找衣服，突然從箱子上掉下一封信和一張照片，信上只寫了一首白話詩：

　　……一個 T 島的青年……在想他的愛人！他的故鄉在千里之外，……他
　　的愛人又不知道在哪裡……

　　看到這封莫名其妙的信，心中納悶，就拿去給魏姊姊看。魏姊姊說這個青年很不錯，還會作新詩，我替你查看查看。過些日子魏姊姊告訴我，這位青年就在你們補習班裡，可是我們夜間部人很多，並不曾留意到這個人。有一天，這個青年主動來找我攀談，才知道他叫張我軍，他說自己不是來這裡補習功課，而是來學北京話的。就這樣，我們彼此相識了。我在魏姊姊陪伴下，每星期到他住的泉郡會館去一次，說些話，借幾本雜誌回來看。

　　當時社會上青年男女還不能公開交往，我們只保持這樣的接觸。他還要求同我通信，我告訴他我家是封建舊家庭，不允許同男孩子來往。他說可以用女人的名字寫信，於是就用「娥君」的名字每週給我來一兩封信。

---

[*]羅心鄉 （1907～2007），原名羅文淑。湖北黃陂人。張我軍妻子。

還時常約我去公園，來去都各走各的路，躲躲藏藏地到沒人的地方才談話。經過交談，彼此才有了日漸深入的了解。

　　這樣來往了大半年，他忽然不辭而別，接到來信後才知道他回到臺灣在「臺灣民報」社工作。就在這時突然發生了一件事，是在我同魏姊姊常去泉郡會館的時候，會館裡一個福建人通過他的朋友，對我一個叔叔說了張我軍許多壞話，還自稱是大富商的弟弟，要求同我結婚等等。我那個叔父同這個人見面後，聽信了他的讒言，認為此人富有，可以養活我們母女三人，就決定包辦這樁婚事。還說一個女孩子竟敢獨自在會館和男人來往，要趕快給她訂婚，免得生事出醜。於是這位叔父並未向我了解事實和徵詢我對婚事的意見，使我根本無從分辯。

　　正當愁雲密布之時，有人把這些消息電告我軍；他立即從臺灣趕回北京，約我會面。他說事已至此，只有一起去臺灣避難，否則前途將遭危難。我想家裡沒有父親為自己作主，也只有外避一途了。就在這種情形下，只穿一身學生服，沒有攜帶任何物件，同我軍一起坐火車到上海，再乘船到廈門鼓浪嶼，住在他堂兄家，然後寫信給母親和三叔。他們接到信後，立即寄錢和衣服給我，並要我們盡快正式結婚。得到這個消息，我們非常高興。經過商量，遂一同乘船去臺灣，住在「臺灣民報」社，請林獻堂老先生作證婚人，王敏川先生作介紹人，在臺北江山樓擺了兩桌酒席，舉行了婚禮。

1986 年 8 月寫於美國紐約寓所

——選自張光直編《張我軍詩文集》
臺北：純文學出版社，1989 年 9 月

張我軍新詩創作的再探討

◎呂興昌[*]

一、前言

　　被譽為「臺灣新文學運動的奠基者」[1]、「日治時代文學道上的清道夫」[2]的板橋人張我軍（1902～1955），有關他在臺灣新文學史上的地位，評論已多，雖然其中肯定他在新舊文學論爭與白話文提倡方面功不可沒的論者佔了絕對的多數，但也有部分學者從張氏鄙視臺灣話語的角度切入，批判他在文學語言認識方面的局限[3]，例如張氏在〈新文學運動的意義〉一文中說：「『臺灣話中有沒有文字來表現？臺灣話有文學的價值沒有？臺灣話合理不合理？』實在，我們日常所用的話，十分差不多占九分沒有相當的文字。那是因為我們的話是土話，是沒有文字的下級話，是大多數占了不合理的話啦。所以沒有文學的價值，已是無可疑的了。」[4]這樣的論調，在過去獨尊「國語」、罷黜「百音」、幾近洗腦的語言政策壓迫下，缺少獨立思考的學者，往往習焉不察地視為當然，以致在強調張氏對新文學運動之貢獻的同時，無法精確地給予客觀而全面的評價。

---

[*]發表文章時為成功大學臺灣文學系教授，現已退休，為成功大學臺灣文學系兼任教授。

[1]見秦賢次，〈臺灣新文學運動的奠基者——張我軍〉，收於張光直編，《張我軍詩文集》（臺北：純文學出版社，1989 年 9 月 2 版）；又收於秦賢次，《評論集》（板橋：臺北縣文化中心，1993 年 6 月）。

[2]見葉笛，〈張我軍及其詩集《亂都之戀》——日治時代文學道上的清道夫〉，《臺灣學術研究會誌》第 3 期，1988 年 12 月；又收於葉笛，《臺灣文學巡禮》（臺南市：臺南市文化中心，1995 年 4 月）。案：「文學道上的清道夫」一詞，原係張我軍〈絕無僅有的擊缽吟的意義〉一文中的用語，前引《張我軍詩文集》，頁 82。

[3]見胡民祥，〈臺灣新文學運動時期「臺灣話」文學化發展的探討〉，《自立晚報》1992 年 7 月 19～20 日。

[4]見張光直編，《張我軍詩文集》（臺北：純文學出版社，1989 年 9 月 2 版），頁 110。

　　同樣地，作為張我軍新文學觀念之實踐的新詩創作，直到目前，也仍缺乏比較深入的評論；與張我軍同輩的黃得時，戰後回憶日據時代臺灣新文學時說：

> 他〔筆者案：指張我軍〕特別喜歡白話文與白話時……他曾經做了一本詩集叫做《亂都之戀》，……成為臺灣第一本白話詩集，其影響力很大。[5]

張氏的好友洪炎秋則說：

> 〔張我軍〕把他的戀愛經驗，出版了一薄本用新體詩寫的《亂都之戀》，為臺灣詩界引起一些漣漪。……《亂都之戀》一出，（臺灣詩界）纔知道除了文言的舊體詩以外，還有白話的新體詩，於是慢慢地也有起而仿效的。[6]

對臺灣新詩頗有研究的中國學者古繼堂亦說：

> 張我軍是臺灣新文學運動的急先鋒，是臺灣新詩的奠基者，他的處女詩集《亂都之戀》是臺灣新詩的第一塊奠基石。……張我軍創作的這一組詩，就是反映他們〔筆者案：指張氏夫婦〕當時與封建禮教搏鬥、爭取婚姻自主的精神表現。《亂都之戀》是臺灣新詩史上的寶貴的財富。……張我軍作為臺灣新文學史的奠基詩人，他的詩內容充實，感情真摯，行文明白流暢。但是過於散文化，有的作品幾乎就是散文的分行排列。表達的直露也使詩缺乏耐讀性。[7]

---

[5] 見黃得時，〈五四對臺灣文學的影響〉《評論集》（臺北：臺北縣立文化中心，1993 年 6 月），頁 175～176。

[6] 見洪炎秋，〈懷才不遇的張我軍兄〉，收於張光直編《張我軍詩文集》（臺北：純文學出版社，1989 年 9 月 2 版），頁 28。

[7] 見古繼堂，《臺灣新詩發展史》（臺北：文史哲出版社，1989 年 7 月），頁 31。

對張我軍的新詩作品，或謂「影響力很大」，或謂「引起一些漣漪」，或謂「過於散文化……有的作品……缺乏耐讀性」，凡此，都顯示有關張我軍的新詩，仍然有待進一步的爬梳與探索。緬懷張氏離開人間業已整整 40 年，其新詩創作的種種成就與問題，實在值得我們重新予以檢討與定位。本文之作，正是企圖從此一角度切入，釐清他在臺灣新詩史上比較合乎事實的位置。

二、張我軍新詩的創作背景

張我軍雖然大力攻擊臺灣舊詩壇的種種流弊，但他首窺文學堂廡的門徑仍從舊文學入手；1918 年他 17 歲任職臺北新高銀行雇員時，一邊就讀成淵學校夜間部，補習中學課程，一邊又於假日前往艋舺學習漢文，19 歲時又在永樂町（大稻埕）跟隨遜清秀才趙一山讀書學詩，1921 年，20 歲的張我軍調職新高銀行的廈門支店服務，又跟同文書院的老秀才學習中國舊文學[8]，這樣的「求學背景」使他最初發表的詩篇，仍屬古典的律詩之作；例如 1923 年他從廈門投稿《臺灣》雜誌的處女作〈寄懷臺灣議會請願諸公〉，就是兩首七律：

> 故園極目路蒼茫，為感潮流冀改良。
>
> 盡把真情輸北闕，休將舊習守東洋。
>
> 匹夫共有興亡責，萬眾還因獻替忙。
>
> 賤子風塵尚淪落，未曾逐隊效觀光。
>
> 鷺江春水悵橫流，故國河山夕照愁。
>
> 為念成城朝右達，敢同築室道旁謀。
>
> 陳書直欲聯三島，鑄錯何曾恨九州。

---

[8]據秦賢次，〈臺灣新文學運動的奠基者──張我軍〉與〈張我軍年表〉（收於秦賢次編，《張我軍評論集》，臺北：臺北縣文化中心，1993 年 6 月）二文寫成；唯歲數以虛歲為準，與原編年之足歲不同。

從此民權能戰勝，誰云奢願竟難酬。[9]

這顯然是針對 1923 年 2 月 7 日的第三次臺灣議會設置請願而作；當時請願
人數雖比前兩回驟減，但東京的臺灣留學生反應卻更為強烈，甚至臺灣出
身的飛行家謝文達還駕機散發傳單，至為轟動。主要幹部蔣渭水與蔡培火
等人更提出申請，在東京的《臺灣》雜誌社正式成立「臺灣議會期成同盟
會」[10]，朝更有組織的方式表達對日本殖民當局的抗爭，消息傳來，頗為振
奮人心，遠在廈門的張我軍遂有感而發，成此二律。詩中一方面肯定「請
願諸公」的獻替之勞，也相信「民權」必將戰勝、議會設置的「奢願」終
必可酬，另方面則深為自己的拘牽俗務，未能躬與盛會而不免憾恨，這種
感時之作，儘管出諸舊詩體裁，但其在日據時期「反帝」之文學傳統中，
仍值吾人重視。

五個月後他又在同一雜誌發表〈詠時事〉詩：

如此江山感慨多，十年造劫遍干戈。
消除有幸排專制，建設無才愧共和。
北去聞鵑空躑躅，南來飲馬枉蹉跎。
天心厭亂終思治，忍使蒼生喚奈何。[11]

這是張氏有感於中國排除專制，諦建共和政體雖已十年，但軍閥角鬥，建
設無才，舉國一直處於干戈擾攘的動亂之中，簡直形同「造劫」，因而深為
無辜的中國蒼生惋歎。

綜觀張氏 1920 年代這兩首僅見的漢詩[12]，雖非上乘之作，但字裡行間

---

[9]見《臺灣》第 4 年第 4 號（1923 年 5 月），頁 29～30。
[10]見周婉窈，《日據時代的臺灣議會設置請願運動》，（臺北：自立報系文化出版部，1989 年 10
月），頁 82。
[11]見《臺灣》第 4 年第 6 號（1923 年 10 月），頁 95。
[12]張氏另有一首漢詩〈席上呈南都詞兄〉，作於 1938 年，當時臺灣新民報記者陳逢源旅遊中國，途

所流露出來的真摯情思，仍然有其可觀之處。

　　這是我們反省張我軍新詩創作首先必須了解的情境；以他對舊詩的喜好，卻於次年開始撰文抨擊舊詩壇，譏之爲「敗草叢中的破舊殿堂」，其原因主要是由於臺灣詩壇本身的徹底墮落——一則無病呻吟，再者附會殖民統治者的風雅——這是有意藉文學表現家國關懷與民族氣節的張氏所無法忍受的；而他之嘗試新詩寫作，顯然也與他身處中國五四新文學方興未艾的環境具有密切的關係。

　　雖然我們無法確知 1923、1924 這兩年的張我軍在廈門、上海與北京等地方實際接受五四新文學運動影響的真實狀況，尤其是新詩寫作，到底淵源爲何？更是難以求索；不過，誠如學者研究所示，1923 年正是標榜民族革命文學的中國傳統詩社——南社（非臺灣「南社」）——最後一集社刊出版的一年，可視爲舊體詩完全結束的標誌，從此新詩真正取而代之；從 1918 到 1923 這六年，可算是中國新舊體詩的交替期。[13]在這期間，中國新詩有了初步的成績：胡適《嘗試集》（1920 年）、郭沫若《女神》（1921年）、俞平伯《冬夜》、康白倩《草兒》、汪靜之《湖畔》、《蓮的風》（均 1922 年）、冰心《春水》、《繁星》、聞一多《紅燭》、宗白華《流雲》（均 1923 年）等詩集紛紛出版，到了 1924 年，更有梁宗岱《晚禱》、劉大白《舊夢》等相繼問世，對於有志新詩創作的年輕人而言，自有推波之功，張我軍身處這樣的文學氛圍中，在文學改革的觀念上既完全師承胡適，並將大力介紹來臺，則其轉而從事詩作實踐，其必有所取徑，自是不在話下，只是文獻不足，難以稽考而已。

　　其次須再觀察的是，張我軍第一首新詩〈沉寂〉作於 1924 年 3 月 25日，當時他人在北京，最後一首〈《亂都之戀》的序文〉[14]則作於 1925 年 12 月 14 日，表面看起來，其寫詩的時間前後達一年九個月，然而仔細觀

經北京，張氏等友人邀飲唱和，遂有此作；南都即陳逢源。詩云：「僕僕燕塵裡，韶光逝水流；逢君如隔世，攜手共登樓。痛飲千杯酒，難消十載愁；他時歸去後，極目故園秋。」
[13]見高準，《中國大陸新詩評析》（臺北：文史哲出版社，1988 年 9 月），頁 29。
[14]這首詩是以詩代序。

察，立刻發現〈《亂都之戀》的序文〉一詩是爲了在 1925 年年底出版《亂都之戀》詩集，臨時「補寫」的，所以他「真正」的最後詩作應是該年 3 月所作的〈春意〉、〈弱者的悲鳴〉與〈孫中山先生弔詞〉等三篇。[15]由此看來，張氏真正創作新詩的時間僅僅只有一年。這說明他對新詩所擁有的強烈熱情是暫時的，他並未企圖更求精進，琢磨詩藝，他只是像引發新舊文學論戰之後不久即不再從事臺灣文學的思考一樣，終戰之前，長居中國，專注於日語教學與翻譯，與臺灣原鄉的文學發展不再有何關聯了。

再從張氏所有新詩的寫作情形來看，他總共寫了 15 首詩題，其中七題，題各一詩，其餘八題，每題或三篇或四篇或六篇，亦有十篇十五篇的，總計 15 題，共 58 篇。在這些作品中，除〈孫中山先生弔詞〉痛失中國導師，〈弱者的悲鳴〉意或抗議強權欺凌，比較有社會性外，其餘 56 篇可說全與他個人的年輕戀情有關，這點他在〈《亂都之戀》的序文〉裡交代得很清楚：

> 人生無聊極了！苦悶極了／僅僅能夠解脫這無聊、安慰這苦悶的，／只有熱烈的戀愛罷了。／實在，沒有戀愛的人生／是何等地無聊而苦悶呵！／然而戀愛既不是遊戲，也不是娛樂，／真正的戀愛是要以淚和血為代價的呀！／……這小小的本子裡的斷章，／就是我所留下的血和淚的痕跡。／我欲把這些淚痕和血跡，／獻給滿天下有熱烈的人間性的青年男女們！

足見張我軍是想透過強烈的情緒宣洩與戀愛自由的追求來完成他的理想的。此外，他的寫作目的也不只是個人情感的記錄而已，他根本就很執著地準備藉此影響普天下的熱血青年，經由戀愛此一在當時的時空背景下

---

[15]〈春意〉與〈弱者的悲鳴〉發表於《臺灣民報》第 61 號（1925 年 7 月 19 日），前者標明 3 月作，後者未標寫作時間，當亦屬前後之作，而〈孫中山先生弔詞〉則係黃季陸於《傳記文學》第 6 卷第 3 期〈國父逝世前後〉一文首次披露，黃氏謂此詩是張我軍專爲 1925 年 3 月 24 日在臺北文化講座舉行的孫中山先生追悼會而作，顯然也是 3 月之作。

仍屬禁忌的行徑，衝破封建社會的無理桎梏，所謂「血淚」並非僅是一種修辭策略，而是如實地反應敢與權威體制正面抗衡、決裂的力量來源，就好像現實中正處於熱戀中的他與女友，為了反抗傳統的婚姻體制，不惜私奔出走。因此張我軍明快地將一年之中所作的詩篇結集成冊出版，或許便含有這種不計詩藝工拙，唯視是否可能開創風氣的命意吧？這與他引進五四新文學觀念，正面挑戰既存的文學典範的作法，其實是一脈相通的。

三、張我軍新詩的一些問題

（一）張我軍的新詩處女作

　　大體而言，張我軍身處臺灣新詩發展的萌芽階段，其作品難免會有稚嫩的現象，現在先就其處女詩作進行探討。

　　一般論者常把〈沉寂〉一詩當做張氏最早的作品，如秦賢次便說〈沉寂〉是張我軍生平第一篇文學創作[16]，其實這並不完全正確，可說只對了一半，因為這首詩與另一篇〈對月狂歌〉原本就同時發表在《臺灣民報》第2卷第8期上，而且都註明「一九二四年、三、二五於北京」，可見不管寫作或發表的時間地點，全都相同，所以以若論最早的詩篇，應是二首才符合事實。

　　首先先看〈沉寂〉：

　　　　在這十丈風塵的京華，

　　　　當這大好的春光裡，

　　　　一個Ｔ島的青年，

　　　　在戀他的故鄉！

　　　　在想他的愛人！

　　　　他的故鄉在千里之外，

---

[16]同註8，頁35。

> 他常在更深夜靜之後，
> 對著月亮兒興嘆！
> 他的愛人又不知道在那裡，
> 他常在寂寞無聊之時，
> 詛咒那司愛的神！

根據張我軍夫人羅文淑的說法，這是張氏在國立北京師大附設的夜間補習班勤學北京話時，愛上與他同班的羅女士而寫的情詩，他把這首詩連同一張相片裝在信封裡，趁羅女士不注意時悄悄地塞給了她，以致要等到有一天羅女士「開箱找衣服」時才發現它的存在。[17]如此帶有傳奇色彩的浪漫故事，使這首本質上也相當浪漫的詩作頻添了幾分動人的「情境背景」。詩當然是質樸的，語言的使用也缺少特殊的經營，這是新詩草創時期的「通性」，不足為怪。筆者比較注意的是詩中「十丈風塵的京華」與「一個 T 島的青年」之間的相互對照。京華指的是 1920 年代的中國，T 島則是臺灣的代稱；一個臺灣青年置身在中國的實景之中，這個圖象頗具象徵性，蓋日據時期的臺灣知識分子，在國家主體認同上原就有「中國座標」與「臺灣座標」的彷徨與選擇，[18]張我軍顯然是選擇了中國，而且相當執著。一方面他確定地「戀」「他的故鄉」（臺灣），另方面則尚未知後果地「想」「他的愛人」（中國）！這樣的「誤」讀容或過甚其解，但未嘗不可聊備一說；更何況如果把同一天所寫的〈對月狂歌〉也視同同一心境的作品，則張氏的心靈世界當更可一窺究竟：

> 這樣黑暗的世界，
> 在這沉寂寂的夜裡，

---

[17]見羅心鄉，〈憶亂都之戀〉，《張我軍詩文集》，頁 209。
[18]見若林正丈，〈臺灣抗日運動中的「中國座標」與「臺灣座標」〉，《當代》第 17 期（1987 年 9 月）。

殷勤地展開著你慈愛的眼睛，

熟視破窗裡的窮人；

我感謝你！我讚美你！

呵呵！月裡的美人喲，

你是我僅有的知己！

你是我永遠的伴侶！

　　與〈沉寂〉一樣，這篇也充滿強烈的熱情，所謂「狂歌」也正好透露這種心境，在此值得注意的是，面對所要追求的對象，「我」自居「窮人」，卻將對方視為具有「慈愛」眼光的美人，這種仰望的角度，正流露出Ｔ島青年那種孺慕傾倒的肢體語言，而「僅有的知己」「永遠的伴侶」云云，更是情有獨鍾的表白，可以這麼大膽的說，張我軍在這兩首情詩裡，既有第一層的男女青年之愛情嚮往，亦不妨視為殖民地知青對於「祖國」情懷的潛意識歸屬表現。衡諸羅文淑與張我軍正式結婚後馬上改名「心鄉」[19]，雖然我們不知改名的真實原因為何，但從字義上揣摩，或許正印證著這位湖北女性既是張氏情感的歸宿，她所代表的祖國形象更是做為被殖民者的張我軍心靈的原鄉也說不定。

　　此外，有一點要補充的是，這兩首創作雖都寫於3月25日，但發表在《臺灣民報》時已在5月11日，而寫於4月6日、緊接著成為臺灣新舊文學論戰之導火線的〈致臺灣青年的一封信〉，卻提早在4月21日的《臺灣民報》登載出來。也就是說，就張我軍而言，他的新文學創作雖早於新文學運動的討論，但從讀者的角度看，他的新文學論辨卻是先行登場的。

（二）關於〈亂都之戀〉

　　〈亂都之戀〉寫於1924年10月14日，當時張我軍正束裝返臺，人在黃海輪船之上，念及與知心女友羅文淑千里分別，滿腔愁思油然而發，遂

---

[19]「心鄉」或作「心薌」；筆者請教張我軍公子光正先生，他表示從小便認為母親名「心鄉」。

有此作。全詩由 15 首小詩綴集而成，詩與詩之間，有前後順序發展的關係，可以說是一首由 15 個詩節串成的詩篇。

詩的首節總序一生歷經各種生離死別，唯有此番最令其依戀難捨；二至四節敘述遠離亂都，踏上火車征途；五、六兩節回敘揣想二人昔日遊憩之北京勝地已不見二人蹤跡，不勝欷歔；七至十二節，沿著火車旅程，一再抒發相思之情；13 節至末節則寫海上所見與觸景傷情。大體而言，情感豐富，用語淺白。

據張我軍在詩題下自註，亂都是指北京，當時正值「直奉開戰」，北京城內外愈頗為不安，故曰亂都。然而讀完全詩，除了第二節兩句「亂哄哄的北京／依舊給漫天的灰塵籠罩著」略有關聯外，根本無法凸顯亂都之亂與他們的愛情之間有何關係，換言之，詩題頗有點出大時代環境的企圖，可惜實質上仍只是小兒女離情別緒的反覆傾訴，缺少較為宏觀的背景意識，使得這首用來為詩集命名的作品，坐失點睛的機會。相比之下，身在臺灣的楊雲萍有所不同，他在一首同樣以亂世為背景的短詩〈妻〉中云：

> 妻呵，我們又這樣地度過了一年，
> 世界變了，日月流走了。
> 你用彈琴的手，洗了尿布，拔了蘿蔔；
> 我把沸騰的血流，埋在古書堆裡，
> 在乾涸的考證裡消磨了半生。
>
> 妻呵，你看著我，
> 微笑──但我看到了你的寂寞。
> 呵，在這街道上，風塵遍地，
> 走吧，走吧，
> 啊，一同地走吧。

楊氏與張我軍一樣也是 1924 年左右開始發表詩作，也同在臺灣新詩史上占有重要的地位。他這首〈妻〉固然是 1940 年代的成熟作品，不應拿來與 1920 年代張氏草創期的嘗試之作相提並論，但筆者要強調的，並非詩藝的高下，而是詩境切入角度的不同，由於張氏的角度比較單純，所以只呈顯個人情感的一面，相反的楊氏則採取較為多面的角度，以致除了個人的真誠情感外，我們還可以讀出整個苦悶時代的陰影：「世界變了」、「沸騰的血流埋在……」、「消磨了半生」、「風塵遍地」等等意象均委婉地烘托出日據末期那種低氣壓的時代空氣，於是「走吧，走吧／啊，一同地走吧」的邀約語氣遂有相濡以沫，攜手同歷苦難的意味。可以說，張我軍所有的新詩最不足的地方就在這裡。

（三）關於〈弱者的悲鳴〉

> 樹枝上的黃鶯兒呵，
> 唱吧！盡量地唱你們的曲！
> 趁那隆冬的嚴威，
> 還未凍你們的舌，壅塞你們的嘴。
> 唱呀！唱呀！唱破你們的聲帶，吐盡你們的積憤。
> 青空中的白雲呵！
> 飛吧！盡量地飛向你們的前程！
> 趁那惡熱的毒氣，還未凝壅你們的去路。
> 飛呀！飛呀！無論東西，無論南北，
> 你們的前程。

這首〈弱者的悲鳴〉可能是張我軍寫得較好的詩，它與另一首寫得較差的〈春意〉同時發表於《臺灣民報》第 61 號，卻未署寫作時間，不過，〈春意〉倒是註明作於 1925 年 3 月，據此推測，〈弱者的悲鳴〉可能也作於同時前後。如果此一推測可以成立，那麼這首詩便應作於臺灣本土了；

它是張氏在臺灣所寫的五篇新詩之一。

　　從詩題所示的強烈不平之氣看來，這首詩之指陳時事殆無疑義。此時，張我軍嚴詞抨擊舊文學的重要評論，大都已經寫成並發表，而且也獲得臺灣新青年的廣大共鳴，就此而言，張氏所謂的「弱者」應該不是指他們這些文學鬥士，而是泛指在日本殖民統治下的臺灣人民。但是，既以黃鶯的盡情歌唱與白雲的拚命飄飛為喻，顯然又當別有專指才對。試看詩中所強調的隆冬嚴威足以凍結、壅塞人們的嘴舌，不難體會這可能是言論自由受到無理壓迫與箝制的抗議，至於唱破聲帶、吐盡積恨一往無前，若對照隆冬終必來臨的宿命，則其明知不可為而執意抗爭到底的悲劇意志，也就躍然紙上了。至於白雲的設喻，雖有情境較為牽強的小疵，但其無論南北東西，任意飛向自己的前程之設想，也有值得注意的微意在，蓋雲之為物，原本無心，它之能東南西北任意飄飛，其實必須假借風力，所謂風起而後能雲湧，因此，詩中白雲的飛向前程，表面看來雖是雲的行動，但隱在背後的風之助力，更為重要，說白雲是弱者，正因為它們並非真的具有主動力，他們是時勢所趨的產物，就臺灣的情形而言，便是拜爭取自由、民主的先覺鬥士之賜，亦能有所覺醒的臺民了。

　　這樣的解讀，亦可呼應 1924、1925 年的臺灣社會狀況。前文提到，張我軍曾以舊詩讚揚過的第三回臺灣議會設置請願活動，招來 1923 年年底日本殖民當局的大搜捕行動，史稱治警事件。1924 年 8 月初審，10 月二審，1925 年 2 月三審，多人被判有罪入獄，是臺灣當時最為轟動的社會、政治事件。昔在廈門便已關心臺人爭取民權的張我軍，今正身處事件發生之地，其憤而為詩，自是順乎情理，然而盱衡實際情勢，向日人抗爭，固然令人慷慨不能自己，但就結果而論，成功絕非容易，所以臺灣志士的處境至為窘迫，這或者是詩題命名「弱者的悲鳴」的原因吧。

四、結語

　　經由以上簡單的討論，張我軍新詩實踐的梗概，或可略得一個大致的

輪廓，在此再補充幾點意見，作爲本文的結語。

　　張我軍的新詩創作，雖有實踐其新文學觀念的用意，而其出版臺灣第一本詩集的意義也不容忽視，然平心而論，比起推行新文學運動所扮演的重要角色，他的創作成績是遠爲遜色的。究其原因，約有三項可資反省。

　　首先，張我軍似乎不是一個具有旺盛創作力的人，這可以從他寫詩時間之短，詩作數量不多略見端倪，對他而言，並沒有一股強大的驅迫力使他長時間思考、琢磨新詩藝術。

　　其次，他的文學見識並非傑出，從他文學論爭的思辨方向看，他基本上是中國五四白話運動的翻版，殊少考慮臺灣的特殊環境，以致有輕侮臺語的言論出現；再從新詩寫作本身來看，他過分受制於年輕的戀愛經驗，缺少將之轉化成比較深刻、寬廣的文學經驗的企圖與能力，這點，如果將他與同屬新詩萌芽期之白話詩人楊華對照參看，便不難看出彼此的差異；楊華的詩觀比較寬廣，常以世界性的視野來塑造詩境，也比較長於將日常生活經驗轉化成別開生面的新詩境。[20]

　　最後，這可能也是比較值得注意的一點，從他結婚之後再定居北京來看，可以說他遠離了自己的母土，他已比較少有機會汲取來自土地的聲容動貌，再加上客居異地，處處須爲生活奔忙，尤其從事外文漢譯工作，耗時費神，創作精力自是飽受影響，以致根本就沒有機會在新詩方面有所精進了。

　　　　　　　　　　　——選自《漂泊與鄉土——張我軍逝世四十週年紀念論文集》
　　　　　　　　　　　臺北：行政院文建會，1996 年 5 月

---

[20]詳見呂興昌，〈引黑潮之洪濤環流全球：楊華詩解讀〉，《臺灣文藝》新生版，1994 年 6 月，3 版。

臺灣新文學運動的重挫
散文與戲劇創作（節錄）

◎朱雙一*

張我軍於 1925～1926 年間，在《臺灣民報》上發表了一系列〈隨感錄〉，成爲臺灣新文學雜感創作的開端，也是散文創作開創期的重要成就。這些〈隨感錄〉，顯然與魯迅先生的雜感一脈相承。它們熱情地爲五四新思潮擂鼓助威，爲新文學運動搖旗吶喊，如〈賽先生也訪到臺灣了〉表示歡迎賽先生，對科學精神大加彰揚；〈笑《臺日報》中文部記者的愚劣〉、〈狂犬病的流行〉、〈忠實的讀者〉等都肯認了戀愛自由的個性解放思想；〈糟糕的臺灣文人〉則宣揚了歷史進化觀點。與舊文人的復古趨向作鬥爭，是張我軍〈隨感錄〉最重要的內容。作者義正詞嚴地反擊舊文人對新文學的攻擊和誹謗，對他們拘守孔孟之道的迂腐落伍加以無情的揭露和嘲笑。在藝術技巧上，這些〈隨感錄〉也從魯迅那裡吸收了豐富的營養，它們短小精悍，能對社會現象做出快速及時的反應，常準確地抓住對方的弱點，如自相矛盾或邏輯不通之處加以猛擊，如匕首般一擊一中。像魯迅一樣，張我軍喜歡指出瞧不起新文學的舊文人本身的「不通」之處，使他們顏面大失，啞然遁去。〈獄中的蔣渭水會在東薈芳演說〉、〈德國康德以大詩人名〉等都是明顯例證。在〈狂犬病的流行〉等文中，還可看到諷刺筆調、反諷技巧的巧妙運用，使作品增添了幾分辛辣。這無疑得自魯迅作品之賜。這些〈隨感錄〉以其犀利的戰鬥力，在當時的新文學潮流中起了別的文體，如張我軍本人的理論文章所無法達到的特殊作用。它是張我軍文學創作的

---

*本名朱二。發表文章時爲廈門大學臺灣研究所研究員，現爲廈門大學臺灣研究中心臺灣研究院教授。

重要組成部分。

　　除了上述〈隨感錄〉外，這時期重要的散文作品尚有張我軍的遊記〈南遊印象記〉，賴和的〈無題〉、〈忘不了的過年〉，蔣渭水的〈入獄日記〉等。發表於 1926 年的〈南遊印象記〉爲作者往臺南旅途中所見所聞的據實筆錄，雖結構散漫，但內容極爲豐富，可見對階級、民族壓迫的揭示，對舊詩人、舊文人的批評等，還可明顯感受到作者不滿於封閉、停滯而嚮往於自由、進取的心靈。

　　沉匿了多年的張我軍，在這時期又有了新的創作，作品均爲散文。從 1939 年 9 月至 1945 年 1 月，先後發表了〈秋在古都〉、〈病房雜記〉、〈《黎明之前》尙在黎明之前〉、〈元旦的一場小風波〉等。他同樣將注意力轉向文化、哲理和親情。〈秋在古都〉脫出傳統「傷秋」題材，運用對比手法和層層轉進的緊湊結構，讚美北京金秋之美；〈病房雜記〉爲作者陪妻子住院期間耳聞目睹及心理波動的記載，所寫不外對於生、老、病、死等人生問題的體悟，反覆論證人對於生的必然留戀，同時表達其深厚的人道情懷。〈元旦的一場小風波〉通過對兒時的回憶，寄寓對祖母的深切懷念；〈《黎明之前》尙在黎明之前〉則通過自己因經濟困窘而影響翻譯工作的情況，反映日本統治下北京物價飛漲、民不聊生的現實問題。可以看到，這時張我軍的作品益發顯露學者散文的風格，藝術上有了長足的進步。由於作者已在北京定居多年，所寫不再是有關臺灣的題材，但這些作品所表現出的一些特徵，仍在抗戰結束張我軍返臺後寫的一些散文中顯露出來。

——選自《臺灣文學史（上）》

福建：海峽文藝出版社，1991 年 6 月

張我軍的文學理論與小說創作

◎林瑞明[*]

一、一個 T 島的青年

　　張我軍原名張清榮，1902 年出生於臺北板橋。1917 年入臺北新高銀行當「給士」（工友），一年後升任雇員，深感學歷不如人，夜間入成淵學校補習中學課程，假日則在艋舺跟一位遜清秀才趙老先生學習漢文詩詞，1921 年由新高銀行調派廈門支店服務，於是內渡中國大陸，時年 19 歲。一位正式學歷僅是板橋公學校畢業的「公學士」（王詩琅語），從此改變了生命的軌跡。張清榮改名張我軍，銀行業務之餘，跟當地的一位老秀才攻研中國舊文學，深受傳統文化之薰陶。1923 年 5 月於《臺灣》第 4 年第 4 號發表〈寄懷臺灣議會請願諸公〉：

> 故園極目路蒼茫，為感潮流冀改良。
> 盡把真情輸北闕，休將舊習守東洋。
> 匹夫共有興亡責，萬眾還因獻替忙。
> 賤子風塵尚淪落，未曾逐隊效觀光。
>
> 鷺江春水悵橫流，故國河山夕照愁。
> 為念成城朝右達，敢同築室道旁謀。
> 陳書直欲聯三島，鑄錯何曾恨九州。
> 從此民權能戰勝，誰云奢願竟難酬。[1]

---

[*]發表文章時為成功大學歷史學系教授，現為成功大學歷史學系、臺灣文學系教授。

　　這首傳統漢詩是張我軍與臺灣文化協會的機關雜誌《臺灣》產生聯繫的起始，顯示出對於臺灣議會請願運動之關切，「盡把真情輸北闕，休將舊習守東洋」一句所反映的正是日本籍臺灣人的心境。1923 年夏天，新高銀行結束營業，初冬時，張我軍離開廈門前往上海，加入「上海臺灣青年會」。北上前，於《臺灣》第 4 年第 6 號（1923 年 10 月）署名鷺江我軍，發表漢詩〈詠時事〉：

> 如此江山感慨多，十年造劫遍干戈。
> 消除有幸排專制，建設無才愧共和。
> 北去聞鵑空躑躅，南來飲馬枉蹉跎。
> 天心厭亂終思治，忍使蒼生喚奈何。[2]

　　此詩表達了張我軍上北京之前有感中國徒具共和之名的感慨，然而終究有一股更大的力量催他邁向文化古都。從上述所引兩首發表的漢詩，說明了稍後呼籲「請合力拆下這座敗草欉中的破舊殿堂」，針對臺灣當時文壇吟風弄月、無病呻吟的舊文學發難抨擊的新文學先鋒旗手，熟悉漢詩格律及操作技巧，所不滿的是臺灣老輩文人因襲故習，無法充分反映殖民地臺灣的特質，張我軍遂以初生之犢的姿態挑起新舊文學論戰。張我軍得風氣之先，與他身處中國大陸，充分感受中國新文學運動的開展與影響有絕大的關聯。尤其 1924 年年初出席於上海務本英專召開的「上海臺灣人大會」，被舉為執行委員，聲討臺灣內田總督之暴政。會後不久即前往北京，在國立北京師範大學附設之夜間補習班勤學北京話，「一個 T 島的青年」，愛上了同在補習班上課的未來夫人羅文淑，1924 年 3 月 25 日於北京，張我軍寫下了生平第一首新詩〈沉寂〉：

在這十丈風塵的京華，

當這大好的春光裡，

一個 T 島的青年，

在戀他的故鄉！

在想他的愛人！

他的故鄉在千里之外，

他常在更深夜靜之後，

對著月亮兒興嘆！

他的愛人又不知道在那裡，

他常在寂寞無聊之時，

詛咒那司愛的神！

愛神之箭觸動了 T 島青年之情懷，除了〈沉寂〉之外，同時又寫了〈對月狂歌〉，兩首詩俱發表於《臺灣民報》第 2 卷第 8 號（1924 年 5 月 11日），時間僅比楊雲萍於《臺灣民報》第 2 卷第 7 號（1924 年 4 月 21 日）發表的白話新詩〈橘子花開〉，慢一期刊出，〈沉寂〉與〈對月狂歌〉儘管話句淺白，表達感情過於直接，缺少回味之餘韻，但究竟是從文言走向白話的啓蒙之作，仍具有一定程度的歷史意義。[3]

　　尤其 1925 年 12 月 28 日於臺北出版的《亂都之戀》，計收 55 首新詩，

[3]秦賢次於〈臺灣新文學運動的奠基者——張我軍〉一文中，強調〈沉寂〉與〈對月狂歌〉是「臺灣新文學史第一次出現的二首新體白話詩」，不確。收於張恆豪主編《楊雲萍張我軍蔡秋桐》合集（臺北：前衛出版社，1991 年 2 月），頁 132。1923 年 6 月《臺灣》第 4 年第 6 號，〈詞林〉中，即有一首冰瑤所寫的〈議會請願〉：
〈議會請願〉：
　　議會請願，經過地球三轉。
　　望眼連天，請看日本普選。
　　丈夫作事重意志，急起直追好勇氣。
　　鐵鎖哪！不為羞。囹圄哪！何足憂。
　　患難艱苦，民族基礎。
　　兄弟啊！莫在臺灣守暖。
　　姐妹啊！快爭自由衣穿。
此詩已接近口語，發表時間足足提前一年。

並有序詩一首，連同封面封底共 64 頁[4]，是臺灣第一本正式出版的白話新詩集，其意義恰如五四新文學運動時期胡適的《嘗試集》，儘管後學轉精，但具有不可磨滅的意義與價值。

二、臺灣新文學運動的旗手

1920 年 7 月 16 日設在東京的「新民報」，以中日文發行機關雜誌《臺灣青年》，留學於慶應大學的陳炘發表〈文學與職務〉，強調「文學者，乃文化之先驅」、「文學者，不可不以啓發文化，振興民族爲其職務也」，並引「民國新學，獎勵白話文」，期待臺灣的文學能走向白話文之方向；1921年 9 月，甘文芳在《臺灣青年》第 3 卷第 3 號發表〈現實社會與文學〉（〈實社會と文學〉），強調 19 世紀以來，歐美多數的文學家已將社會問題直接在作品上表現出來，並在文中注意到中國新文學的改革現象；1921 年12 月陳端明在《臺灣青年》第 3 卷第 6 號，發表了〈日用文鼓吹論〉，因該期被查禁，又重刊於隔年元月的第 4 卷第 1 號，掀起了臺灣白話文運動的序幕；從這幾篇早期的理論文章，可以看出留學日本的臺灣年輕知識分子，對於彼岸中國的文學革命並不陌生；1922 年 4 月臺灣文化協會《會報》第 3 號改爲《臺灣文化叢書》第 1 號，刊有林子瑾〈文化之意義〉一文，最後一節專論「文化與文藝之關係」，強調「鄙見於臺灣文藝界，當有一番革新，以改從來古文體爲白話文體，或用羅馬白話字代之，使一般之人容易讀之，又對詩之一藝大爲推進，則臺灣文化受此之助，其向上之勢，當一瀉千里也」，殊堪注意之處在於不儘重視白話文體，而且重視羅馬白話字；1922 年 4 月東京發行的《臺灣青年》改組爲《臺灣》，8 月林攀龍以林南陽之筆名於《臺灣》第 3 年第 5 號，發表長達一萬三千餘言之〈近代文學的之潮〉（〈近代文學の主潮〉），主要取材自日本人大正年間著名的文學評論家廚川白村 1921 年出版的《近代文學十講》，並在論文的後段提

---

[4]參見黃天橫，〈臺灣新文學的鼓吹者——張我軍及其詩集《亂都之戀》〉，《自立晚報》1986 年 5 月 4 日。

及在社會主義思潮下，正在展開的普羅文學，顯示出林南陽對文學關心的全面性；1923 年 1 月曾經親自旅行中國大陸的黃呈聰、黃朝琴，分別於《臺灣》第 4 年第 1 號發表〈論普及白話文的新使命〉、〈漢文改革論〉，大力提倡白話文，並開啓了「白話漢文」研究的熱情，充分顯示臺灣白話新文學之展開，外在的機緣即將成熟；1923 年 4 月 1 號《臺灣》改題《臺灣民報》發行半月刊，即是以「平易的漢文或是通俗的白話做爲表達的媒界」，預示著臺灣白話新文學作品即將產生。[5]

　　臺灣新文學起步的階段，初期的新文學提倡者向來注意五四新文學運動的理論及其所起的作用；《臺灣民報》階段，7 月 15 日許乃昌（秀湖生）發表〈中國新文學運動的過去現在和將來〉，但尚缺乏對於臺灣舊詩社及舊詩人直接批評抨擊的文章；1924 年 4 月時在北京的張我軍發表了〈致臺灣青年的一封信〉，爲了改造臺灣社會，展開了對「不良老人」的批評，連帶的譴責：「諸君怎的不讀些有用的書，來實際應用於社會，而每日只知道做些似是而非的詩，來做詩韻合解的奴隸，或講什麼八股文章替先人保存臭味（臺灣的詩文等，從不見過真正有文學的價值的，且又不思改革，只在糞堆裡滾來滾去，滾到百年千年，也只是滾得一身臭糞。）」[6]，開啓了對傳統漢詩的批判；1924 年 10 月回臺北擔任《臺灣民報》編輯，在臺灣短短的一年當中，陸續發表了〈糟糕的臺灣文學界〉（第 2 卷第 24 號）、〈爲臺灣文學界一哭〉（第 2 卷第 26 號）、〈請合力拆下這座敗草欉中的破舊殿堂〉（第 3 卷第 1 號）、〈絕無僅有的擊缽吟的意義〉（第 3 卷第 2 號）、〈揭開悶葫蘆〉（第 3 卷第 3 號）、〈復鄭軍我書〉（第 3 卷第 6 號）、〈文學革命運動以來〉（第 3 卷第 6、7、9 號）、〈隨感錄〉（第 3 卷第 6、10、12、18 及第 63、94 等號）、〈詩體的解放〉（第 3 卷第 7、8、9 號）、〈生命在，什麼事做不成？〉（第 3 卷第 10 號）、〈新文學運動的意義〉（第 67

[5]以上之簡述不一一註解，請參閱拙文〈臺灣新文學運動理論時期之檢討（1920～1923）〉，《聯合文學》第 98 期，頁 164～173。
[6]張我軍，〈致臺灣青年的一封信〉，《臺灣民報》第 2 卷第 7 號，頁 10。

號)、〈《中國國語文作法》(一名《白話文作法》)導言〉(第 76 號)、〈文藝
上的諸主義〉(第 77、78、81、83、87、89 等號)。在這些理論文章中張我
軍或嘻怒笑罵或正氣凜然,針對那些泥古不化,不正視時代的舊式文人大
加撻伐,並積極引介中國新文學運動以來的成果。臺灣新舊文學論爭的重
點,廣泛地涉及了形式與內容,在〈糟糕的臺灣文學界〉一文裡,張我軍
列舉歐洲的文藝復興、日本的明治維新以及中國新文學運動,指責臺灣的
文學還在打鼾酣睡,強調:「臺灣的一班文士都戀著壟中的骷髏,情願做個
守墓之犬,在那裡守著幾百年前的古典主義之墓。」[7]對於以漢詩沽名釣譽
的遺老加以冷嘲熱諷、其積極目的即在於鼓勵青年朝新文學的殿堂前去。
論述不免有其矯枉過正之處,但為了使臺灣的文學不自外於世界潮流之
外,張我軍的大聲疾呼,用心良苦。從 1920～1923 年臺灣新文學運動理論
時期,雖經多人提倡白話文學,但實際的新文學創作仍極少見,這與舊詩
社蔚然成風脫不了關係。曾到過北京的張我軍親身體驗中國新文學運動以
來的成果,反觀臺灣的文學界,在他看來舊文人正是攔路虎,就社會進步
的角度觀察,張我軍的指責有其適時的必要性,他痛心陳述:

　　像臺灣那般小小的島,而且幼稚的文學界,不知自行革新也罷了。但
　　〔促〕這幾十年來,日本文學界猛戰的炮聲,和這七、八年來中國文學
　　界的戰士的呼吼,都不能打動這挾在其間的小島,欲說其是已麻木也太
　　可憐了!我們臺灣的人,識二國文學(日本和中國)的那麼多,況且此
　　二國都是最近的師表,正可借此來把陳腐頹喪的文學界洗刷一新,而事
　　實卻不如此做。一班斯文氣滿面的文士,只顧貪他們的舊夢,不思奮起
　　也來革新一下,致使我文學界還是暗無天日,愁雲暗淡,百鬼夜哭,沒
　　有一些活氣,與現代的世界文壇如隔在另一個世界似的,這是多麼可痛
　　的事呵![8]

---

[7]張我軍,〈糟糕的臺灣文學界〉,《臺灣民報》第 2 卷第 24 號,頁 6。
[8]同前註。

　　〈糟糕的臺灣文學界〉是張我軍奮戰舊文學的核心論述，其後的各篇文章或加以補充或予以反擊，無非強調舊文學的落後性以及提倡新文學的重要性。張我軍的北京留學經驗，更使他順理成章的「引率文學革命軍到臺灣來並且替它吶喊助攻」，在〈請合力拆下這座敗草欉中的破舊殿堂〉一文中，他起筆即強調云：

> 臺灣的文學乃中國文學的一支流。本流發生了什麼影響、變遷，則支流也自然而然的隨之而影響、變遷，這是必然的道理。然而臺灣自歸併日本以來，因中國書籍的流通不便，遂隔成兩個天地，而且日深其鴻溝。[9]

在這篇文章中，張我軍幾乎照抄胡適〈文學改良芻議〉裡的「八不主義」，一如中國新文學運動的臺灣代理人。1924 年 4 月為了料理婚事，一度回到了北京，在北京寫了〈新文學運動的意義〉一文，從胡適〈建設新文學〉一文裡的「國語的文學，文學的國語」之主張，摹擬出兩項主張：

　　一、白話文學的建設。

　　二、臺灣語言的改造。

總結出對於臺灣新文學發展的方向，關於前一主張普遍為臺灣的新文學創作者接受；後一主張，張我軍強調云：

> 還有一部（分）自許為徹底的人們說：「古文實在不行，我們須用白話，須用我們日常所用的臺灣話才好。」這話驟看更有道理了，但我要反問一句說：「臺灣話有沒有文字來表現？臺灣話有文學的價值沒有？臺灣話合理不合理？」實在，我們日常所用的話，十分差不多占九分沒有相當的文字。那是因為我們的話是土話，是沒有文字的下級語，是大多數占

---

[9] 張我軍，〈請合力拆下這座敗草欉中的破舊殿堂〉，《臺灣民報》第 3 卷第 1 號，頁 5。

了不合理的話啦。所以沒有文學的價值，已是無可疑的了。所以我們的新文學運動有帶著改造臺灣言語的使命。我們欲把我們的土話改成合乎文字的合理的語言。我們欲依傍中國的國語來改造臺灣的土語。換句話說，我們欲把臺灣人的話統一於中國語，再換句話說，是把我們現在所用的話改成與中國語合致的。[10]

　　關於此一看法，張我軍因身處中國新文學的核心之地——北京，並且深受胡適文學理論之影響，對於臺灣話的認知失之客觀，張氏認爲「我們的話是土語，是沒有文字的下級語，是大多數占了不合理的話。」這反映了一個有北京生活經驗的人，從中國的核心視野來看問題，忽略了各族群的語言皆是文化之根本，看不起母語，乃是被強勢的語言、文化所同化導致異化了母語之本質，「土語」雖未必能充分文字化，但張我軍所言「十分差不多占九分」顯然是極端誇大之言，十之一、二，才合乎實情，即使缺乏文字的表現，仍不能貶爲「下級語」，文學之核心乃是源於語言，文字則是表現的媒介，即使不充分，亦有變通之辦法，輕視與生俱來的母語——臺灣話，試圖改造臺灣的土語以接近中國的國語（北京話），在日本殖民統治下的臺灣，缺乏北京話的官方義務教育機關，單憑文人、作家的「祖國憧憬」，無論如何無法在殖民地臺灣普及北京話之寫作與閱讀。此一現實環境之場域制約，張我軍完全排除，其主張無異緣木求魚，終究是一廂情願之空想。就臺灣文學發展的實際成果而言，並未獲得普遍的認同。以 1920年代的新文學創作而言，臺灣作家因抗拒日本文化，初期除了少數如謝春木（追風）、林南陽選用日文創作，在新文學理論時期的鼓吹白話文以及張我軍展開針對舊文學的強力抨擊之後，白話文學創作形成風氣，以臺灣新文學之父賴和的作品而論，創作初期，文脈以中國白話文爲基調，這顯示了五四新文學運動的確對於漢文化同源的臺灣新文學有所影響，但賴和顧

---

[10]張我軍，〈新文學運動的意義〉，《臺灣民報》第 67 號，頁 20～21。

及現實環境，同時亦摻雜臺灣的日常用語、日式漢語，這樣的表現方式，才是 1920 年代臺灣文學創作的主流。初期雖然亦有林子瑾、蔡培火等人提倡羅馬字（白話字）的寫作，但一則羅馬字向來的使用範圍局限於教會人士，在以漢文化為主體的臺灣社會，相對的僅是少數人使用；二來則是臺灣的文學運動，帶有文化向上的使命，殖民地臺灣的文化人，以文學做為文化的表現核心，既要表現臺灣漢文化的特質，以區別殖民帝國的大和文化，以及隨著政治勢力而來的同化政策，臺灣人更不會排斥漢字漢文，反以使用漢字漢文做為責無旁貸的任務，以之與漢字假名並用的日文做為區隔與相抗；選用中國白話文為基調，當然含有親近母體文化之用心，並且避免了母語無法充分文字化之現實困境，但從他們隨時摻雜臺灣的日常用語、諺語、俗語、俚語，恰恰補充了「臺灣味」，也更接近寫實文學的形式表現，內容則更是以土地與人民為表現的核心，這一套臺灣式中國白話文之辦法，主導了 1920 年代的文學創作。如張我軍一樣操作中國白話文創作的文學作品，在整個創作群中僅有鄭登山、繪聲、朱點人等少數人，這說明了殖民地臺灣，新文學創作，現實場域之考量，不能視而不見。臺灣式中國白話文在推動初期，符合了臺灣作家心理上以及表現上之需要，也形成了臺灣新文學的特色。

　　隨著臺灣文化、社會運動的日漸激進、深刻化，臺灣文化界即使是臺灣式中國白話文也無法滿意其形式表現，更遑論張我軍所提倡的改造臺灣的語言以接近中國話之理念了。文學的發展有其內在與外在之規律，非能以主觀意識逆轉，尤其殖民地文學，更是迫切需要走出自己的路子。檢討張我軍 1925 年提出的「臺灣語言的改造」，究竟是否切合臺灣實際之需要，必然得放大時間的距離，觀察臺灣文學的流變，方能確實衡量張我軍之主張是否合情合理？是否矯枉過正？因此，必要一併觀察 1930 年代的鄉土文學論爭、臺灣話文論爭，才能釐清在臺灣文學思潮中，張我軍的主張及其所受到的挑戰。

三、鄉土文學論爭、臺灣話文論爭及其義蘊

　　「沒有言語則沒有思想，沒有思想則沒有批判，沒有批判則不能達到事物的真相，……人是歷史的、社會的存在，是『時代之子』，所以民族精神受著二方面的支配。一方面是世界精神即是絕對的一般的原理；他方面是時代精神，即是相對的特殊的原理。理想和現實是互相照洽漸漸接近的，其演進的過程即是歷史。勿論什麼歷史的諸形態未曾脫出思想的批判範圍。歷史的諸文化形態，一受了思想的批判，就要生分裂，各歸趨其構成的諸要素。……要之，要大眾有思想的批判力，要給他們自由驅使的言語。」[11]以上引文是洪耀勳在 1932 年 1 月發表於《臺灣新民報》，表示贊成提倡臺灣話文的言論。文中濃厚的黑格爾色彩，以「精神辯證法」論證了臺灣話文的合理性。較之他類討論臺灣話文的文字，自是另有天地。當時臺灣話文的爭論已近消歇。以現有的資料而言，日後僅有莊遂性（負人）的〈臺灣話文雜駁〉持續發表議論，洪耀勳的這番言論，恰巧可用以說明鄉土文學論爭向臺灣話文論爭過渡的狀況。鄉土文學論爭誠如日本學者松永正義所言，其中涵括了種種複雜的方向，它除了「本土化」外，卻缺乏明晰的集結軸[12]，但實際發展的結果卻被推向臺灣話文的趨向。之所以如此，黃石輝顯然扮演了重要的角色。導致黃石輝議論重點的變化，有種種可能性。[13]若依照黃石輝自言，則主要原因是「說話無自由」。儘管此點遭到莊遂性的反駁，但黃氏卻有五篇文字未被刊登。[14]因此對於黃石輝議論的變化，我們更形不易掌握，然而貫串黃石輝的議論確有主線，即提倡鄉土文學，臺灣話文是基於大眾的要求產生。同樣的改良主義者莊遂性也有此

---

[11]引文見洪耀勳，〈創造臺人的言語，也算是一大使命〉，《臺灣新民報》第 400 號，頁 11。
[12]松永正義著；葉笛譯，〈關於鄉土文學論爭（1930～1932），《臺灣學術研究會誌》第 4 期，頁 91。松永正義針對鄉土文學論爭、臺灣話文論爭，以及相關的文藝大眾化問題，利用充分的資料，建構出具有深刻見解的論文。
[13]其間原因推測見松前引文，頁 80～82。或黃石輝〈答負人〉，《南音》第 1 卷第 8 號，頁 26。
[14]黃石輝，〈答負人〉，《南音》第 1 卷第 8 號，頁 26。

認知。[15]因此導致議論變化間的情形便和對「大眾的要求」的認知直接互涉。那麼「大眾的要求」是什麼呢？這又和洪耀勳的言論有何干涉？洪氏在議論中明白的反省了「文學革命」以來的狀況，亦強調「各社會有各社會的特殊性，各地方有各地方的□□的色彩，各時代有各時代的思想」，仍然深感中國式的白話文不能滿足臺灣人的語言之需要。[16]我們追溯洪氏的思考，不難明白，臺灣話文的被提倡，是因為它是現實上的多數臺灣人所使用的共通語。要使臺灣民眾有自由驅使語文的能力，臺灣話文是最好的選擇，這當中實潛存了民眾取向的思考。表面上看來此一取向顯然和洪耀勳所言民族精神是處於對立矛盾的狀況，然洪氏卻由黑格爾哲學中得到啓示，以辯證的方式，加以統一，在較高的層次上重新認知臺灣話文。換言之，白話文學運動中的民族、民眾契機的矛盾狀況與臺灣話文係屬於不同層次的問題，至少對洪氏來說是如此。那麼洪氏是異乎常人呢？還是別有所見？回顧 1930 年代初期一般大眾的文化生活狀況不難理解。此時期文化運動的推展已近十年，新文學活動創作也早有成果，但一般大眾最風行的卻是歌仔戲，1930 年代正是歌仔冊廣為傳布的時代。顯然處於啓蒙地位的新興知識分子和一般大眾間存在著溝渠。文化運動者不能不正視此一問題，一味的將歌仔戲貶為淫戲，非為正道；因勢利導，是為良法。兩者間的複雜狀況，非僅為近代文明之精神差距的問題。若說歌仔戲的流行，對鄉土文學論爭、臺灣話文論爭，全無啓示作用，不太可能。「鄉土文學」的名稱，即是取自舊文學陣營可見一斑。而 1931 年 10 月《三六九小報》與《臺南新報》因「芎蕉」、「弓蕉」字眼引發王開運、張淑子等人間的論戰（主將均為舊文人）[17]，更說明了臺灣話文論爭的若干問題，已非僅為新文學發展的內部問題，反是深深的根植於臺灣社會的文化生活中。這也是左翼的黃石輝與改良主義者莊遂性能擺脫意識形態的糾纏，均能認定鄉土文

---

[15]負人，〈臺灣語文雜駁〉（五），《南音》第 1 卷第 7 號，頁 23～24。
[16]洪耀勳，〈創造臺人的言語，也算是一大使命〉，《臺灣新民報》第 400 號，頁 11。
[17]參見〈三六九小報與興南報的論戰——謾罵攻擊有何價值？〉之報導，《臺灣新民報》第 386 號，1931 年 10 月 17 日。

學、臺灣話文均屬於「超階級」性的問題[18]的原因所在。這樣一來，洪耀勳所提的解決之道，顯然有其社會根源。這也正和葉榮鐘自文學論的角度，論證「第三文學」成立的合理性[19]，有著異曲同工之妙。事實上黃石輝的「鄉土文學」，葉榮鐘的「第三文學」，洪耀勳的議論有著共同的指涉對象——臺灣土地上的人民。這種情況實是殖民地社會的特殊情況使然。透過政治關係的歸屬狀態，使得在 1930 年代文學論的主流上，民族與大眾同一化，而以「臺灣民眾」的面目出現。因此做為「臺灣民眾取向」對立面的「鄉土文學」、「臺灣話文」的反對者，被認為無視於客觀情勢，也被譏為奴隸根性的抱殘守闕，依賴民族的劣心理、憨大頭。[20]

如上所論，由鄉土文學論爭向臺灣話文論爭過渡，顯然是臺灣民眾取向思考邏輯的合理發展的結果。它和臺灣社會的現實情況相涉。黃石輝前後兩篇文字議論重點的變化，是長期有感於現實情勢之需要。同時也是臺灣文學發展的內在需求——即「大眾的要求」所致。文藝大眾化，空有其名，未見其實，反倒不如考慮如何誘發群眾的文學趣味，教導其識字。[21]郭秋生的臺灣話文建設的提議，儘管自啟蒙的角度出發，但實是深刻反思後的產物，在某種意義上，何嘗不是與黃石輝的「鄉土文學論」殊途同歸。其目標均在於解放臺灣民眾（首先是文化意義的解放）。郭秋生迅速將其提議實現，在《南音》雜誌上開闢了「臺灣話文嘗試欄」，以漢字表記的方式記錄了許多臺灣歌謠，良有以也。1930 年代郭秋生的嘗試僅是一個開始，臺灣話文派更進一步的把他們的主張在文學創作中表現出來。新文學之父——賴和便以純粹的臺灣話文寫出作品。就文學的表現或許不算成功，但確實充分實踐了 1930 年代文學界對於「言文一致」的共同要求。其歷史

---

[18]黃石輝，〈答負人〉；負人，〈臺灣話文雜駁〉（五）。

[19]葉榮鐘，〈第三文學提唱〉，《南音》第 1 卷第 8 號，卷頭言。

[20]對反對臺灣話文者之譏諷中以周定山（一吼）的〈拍賣民眾〉最為深刻。《南音》第 1 卷第 6 號，頁 22。在文中周定山激情言道：「『向來臺灣文學，是中國文學』的奴隸根性的徒抱殘闕！恐怕才是永不超生呵？這種依賴民族劣心理，不是『已經不顧大眾而走入反動的路上』去跪〔跑〕磕他人嗎？呸！蠢也廣告！」

[21]黃石輝，〈沒有批評的必要，先給大眾識字〉，《先發部隊》頁 1～2。

意義不僅在於臺灣話文學的確立，更在於臺灣文學主體性意識的充分表達。類似這樣的作品，正是 1930 年代上述所及（即黃石輝「鄉土文學」，葉榮鐘「第三文學」）文學論的共同交集點。它的創作意圖，不單回應了文藝大眾化的要求，更坐實了 1930 年代兩次論爭的主軸——本土化的企盼，正是不折不扣的屬於臺灣民眾的文學，亦即臺灣民眾取向的文學論成品。甚且 1932 年 7 月郭秋生於〈再聽阮一回呼聲〉一文中，強烈批判中國話文派的人是「望洋失海的事大主義者」是「引底里先生」（インテリゲンチア intelligentsia），充分表達臺灣左翼運動者的立場，在文中郭秋生痛切呼籲：

> 四百外萬的兄弟姐妹！過再細詳聽阮一回呼聲！「建設臺灣話文的確是臺灣人凡有解放的先行條件」，無解開掩滯目睭的手巾，什麼光明都是黑暗，同樣無基礎滯臺灣話文的一切解放運動，都盡是無根的花欉。[22]

郭秋生的論點代表受左翼運動影響的作家以臺灣大眾為對象，為了爭取廣大群眾的共感同鳴，必然強調臺灣話文的創作，因而排斥了「貴族化」新興知識分子提倡的脫離臺灣現實之中國式白話文。臺灣話文派的挑戰的結果，甚至顛覆了 1925 年 8 月張我軍在〈新文學運動的意義〉中，一味倒向中國語之主張，臺灣文學的發展與流變恰恰說明了不以土地與人民為思考核心，單單移植外地的文學理論，即使是文化同源的中國新文學主張，移植日本統治下的臺灣，亦是無法滿足臺灣文學發展的內外在條件，尤其 1930 年代臺灣在抵抗日本殖民統治的過程中，從文化戰線加以觀察，臺灣主體性的思考，更加速了文學的理論與創作，往臺灣話文的方向移動，顯示出經過鄉土文學論爭、臺灣話文論爭之後，臺灣文學已獨樹一幟，既非日本文學的支流，也非中國文學的亞流。[23]

---

[22]郭秋生，〈再聽阮一回呼聲〉，《南音》第 1 卷第 9～10 合刊號，頁 36。
[23]請參閱拙作〈自序〉，《臺灣文學與時代精神——賴和研究論集》（臺北：允晨出版社，1993 年 8 月），頁 319。

　　回顧戰前臺灣文學的發展歷程，由於殖民地的特殊處境，逼使文學工作者常受到現實羈絆。在思考文學內容時，連帶的不能不思考大眾的要求，因而使得文學工作者的文學論帶有強烈的臺灣民眾取向，此一取向又和啓蒙、教養相干涉。在此關照下的文學創作也就有濃厚的現實批判色彩，其結果導致其他類型的作品價值遭到扭曲、排擠。徐坤泉（阿 Q 之弟）的大眾文學作品如《可愛的仇人》，安排主人翁最後協力於社會運動；軟性文學不受一顧正是最好的例證。[24]然總體而論在此一臺灣民眾取向的內在邏輯下，1920 年代中國式白話文漸向 1930 年代臺灣白話文推移，完成了文學本土化的工作。設非政治力的干擾，1937 年以後日本殖民政府強力推行皇民化運動，純粹的臺灣文學或將已較成熟的面貌問世。

　　又純就文學語言而言，這一段歷程，也正是白話文學中心理念「我手寫我口」（言文一致）不斷解構，再解構的歷程。然就實際的創作成果而言，那些受完整日文教育的文學工作者的白話文卻同時含括日文、臺語。這種情形在 1930 年代時，因著鄉土文學、臺灣話文贊同者，困擾於臺文寫作的技術性問題時（由於文字表達的不充分，或標羅馬音，或創造新字），日文反倒成了 1930 年代後文壇新出發的創作者的主要文學語言。這是殖民地作家莫可奈何的宿命。

　　總之，1920、1930 年代的三次論爭，雖有不同的歷史結構與意義，但其背後確有著共同的取向，尤其是後二者，雖然在概念上容易加以區分，但在 1930～1932 年間多數人卻將之等同，《南音》雜誌一再的被誤解爲提倡鄉土文學的雜誌，事出有因。就其最極至的形式而言，鄉土文學與臺灣話文學實是等同的，葉榮鐘的「第三文學」亦復如此。這種臺灣民眾取向的文學，若就辯證的角度加以考慮，不就是「臺灣民族文學」。而臺灣民族文學論的出現，也正式宣告了臺灣文學主體性論述的完全確立。

　　在此一臺灣話文派強力挑戰的階段，張我軍在北京教授日文，翻譯日

---

[24]陳鏡波，〈軟性文學與拙作〉，《臺北文物》第 3 卷第 3 期，頁 69。

文作品，1924、1925 年掀起新舊文學論戰，並且是火力十足的戰將，在鄉土文學論爭、臺灣話文論爭中完全缺席、沉默；「T 島的青年」以祖籍福建南靖的身分，在北京生活，遠離臺灣本土的張我軍，也早已失去創作的動力了。[25]

四、小說創作及其評價

張我軍是臺灣新文學運動的旗手之一，以他留學中國的經驗，將中國五四新文學的理論，尤其是胡適的主張比較全面的帶回臺灣，透過《臺灣民報》也先後轉載了魯迅、馮沅君、冰心、郭沫若的小說，鄭振鐸、焦菊隱等的新詩，在臺灣新文學運動的草創期，起了示範的作用。張我軍爲了實踐理論，發表詩作，1925 年 12 月也出版了臺灣第一本白話新詩集《亂都之戀》，並且於 1920 年代發表了三篇小說，依次如下：

〈買彩票〉，《臺灣民報》第 123～第 125 號（1926 年 9 月～10 月）[26]

〈白太太的哀史〉，《臺灣民報》第 155 號（1927 年 5 月）

〈誘惑〉，《臺灣民報》第 255～第 258 號（1929 年 4 月）

這三篇都是以北京的生活體驗爲素材，從行文敘述中完全看不到臺灣的影象，倒是反映了張我軍苦悶的北京經驗，圍繞著愛情、婚姻與社會結構的關係，揭露了 1920 年代舊中國社會制度下的畸態，經濟乏力者的掙扎與無奈，做爲對立面的則是紈褲子弟與官僚階級的腐敗氣息。

〈買彩票〉發表時，於文末作者附記：「一九二六‧九‧六北京這篇是

---

[25]張深切 1955 年在〈弔張我軍〉一文中曾說：「作家的生命是精神和靈感。捨此，作家便沒有藝術生命，作品也沒有生命。我軍自知他的精神和靈感已失去了生命，所以他不想創作，只求作一個翻譯〔釋〕人，使別人家的作品藉屍還魂，聊以自慰，這確是件悲哀寂寞的心緒。」此文收於張深切，《我與我的思想》（自印，1965 年 7 月再版），頁 211。

[26]〈買彩票〉一文原刊《臺灣民報》第 123～125 號。遠景版「光復前臺灣文學全集」，《一桿稱子》合集中錯印爲 103～105 號，以後選本一路錯。

我的處女作。」[27]是在當年八月晤見魯迅之後的作品,當時張我軍 24 歲,9月,結婚已滿一年,剛考入中國大學國學系肄業。〈買彩票〉描寫臺灣留學生陳哲生在北京的生活艱苦與濃厚的思鄉之情,帶有一些本身的影象。小說裡,陳哲生是個勤學的青年,學費用盡無以為繼,為了強化,文中並插寫了即將與情侶遠別的困境;與陳哲生對比的則是富有的同鄉紈褲子弟,花天酒地的生活。

全篇無奈的語調中,敘述了窮困的留學生迫於經濟的壓力,前去買彩票,寄望發財,對於買彩票的心理過程有著細膩的描寫,「明知九分九九是空想」,開獎日,期待的大獎落空,「他就要放下學業,別去最愛的人,遠遠離去北京了。」這是一篇結構簡單的作品,算不得是成功之作,但張我軍以靈活的中國白話文一路寫來,對於草創期的臺灣文壇,多少仍起了示範的作用。

〈白太太的哀史〉,則是反映本名水田花子,在東京受到老家已有妻室、子女的中國留學生白先生欺騙、背信的感情悲劇。張我軍仍是以對比的手法,勾勒出回中國任職官僚的白先生逛窯、打牌、喝酒、作樂的腐敗。白太太年輕時的豐貌與死前的「一副白菊將萎般」蒼白,也是一種對照;尤其透過白太太婚前的日記,將敘述觀點轉變,直探白太太的內心世界,使得作品更形豐富。全篇分成十小節,每一小節各有表現的重點,而且轉折自然,只有第十節的結尾,作者添了個蛇足:

> 白太太臨終時,別無遺言,只叫白先生拿一面鏡子照著伊,伊以微微的聲音嘆息地說:「白先生!我嫁給你之時,是這樣瘦得像鬼的人嗎?前後才十年哩,你竟把我弄成這般。是運命的惡作劇呢?(還)是人類的殘忍?」

---

[27]張我軍,〈買彩票〉,《臺灣民報》第 125 號,頁 15。

其實整篇小說，就是透過敘述的技巧，在表現這主題，費心經營，已充分傳達了效果，證明張我軍有寫作的能力，但最後的畫蛇添足，約略也反映了年輕的作家仍將小說藝術停留在說故事的階段。草創期的文學作品，這是一般的通病。

〈誘惑〉表現的手法與〈買彩票〉類似，寫出了青年的失業之苦以及青春之徬徨。來今雨軒的鋼琴聲促成的青春遐想，很能反映青年人的心境，雖然作品的表現力仍稍嫌不足，但在煙霧與茶氣之中，帶出了青年的困境，家庭的負擔，使得「我想努力往前走，他們卻在背後拖我回去！」掉了錢的青年最後乾脆去打麻將，在時髦女人的脂粉氣味中，又開始了浪漫的青春遐想。這一篇作品是相當好的心理小說，青年詛咒的「萬惡的家庭制度！」、「撲滅個人的家庭制度！」都是青年在青春誘惑之下墮落的藉口。忽略人物的心理分析刻劃，而去強調「受祖父之蔭和社會制度之蔭，享受著萬惡的遺產的東西！」這一社會面的控訴，其實忽略了〈誘惑〉的主要題旨。

張我軍是有創作的能力的，可惜 1929 年 7 月自北師大國文系畢業之後，即以講授日文、翻譯日文為主，而淡出了文學者角色。以 1920 年代張我軍這三篇小說而言，他所傳達的都是北京經驗，並且是用純熟的中國白話文寫作，絲毫看不出臺灣作家的色彩，雖然是在《臺灣民報》發表，起了示範性的作用，但張我軍的文學表現，到底應該放在中國的文壇還是日據時代的臺灣文壇來考察呢？這恐怕還需要一番斟酌。逐漸遠離臺灣本土滋養的張我軍，終究只能以他的北京生活經驗為素材，在寫了這三篇小說之後，逐漸淡出臺灣文壇，某一意義下，他已完成了在臺灣文壇的使命，因之 1930 年代繼新舊文學論戰之後的鄉土文學論爭、臺灣話文論爭，他沒有聲音了。從 1926 年 6 月與新婚的太太回到北京之後，張我軍一直於北京生活，抗戰時期，亦在北京淪陷區，1942 年 11 月、1943 年 8 月兩度以華北作家的身分，出席了在東京舉行的「大東亞文學者大會」。在東京與臺灣代表見面的心情如何，不得而知。以其早期創作的三篇小說而言，評論家

葉石濤指出：

> 由於張我軍只能以北京生活為其題材，跟臺灣現實不發生關係，所以這三篇小說給臺灣新文學的影響不大；倒是跟八○年代留美的臺灣作家的寫作方向有一丁點兒類似，這證明被「鏟根」的作家很難表達出本土民眾的心聲。[28]

這樣的評論相當不客氣，但此刻倒是值得我們再一次深思。

五、結論

　　張我軍在臺灣文壇起過作用，沒有他對舊文學的批評火力，不足以摧枯拉朽，舊文學的勢力還會盤據相當的時刻。雖然「文學沒有新舊，只有好壞」，張我軍的批評誠然也有過火之處，但逼使暮氣沉沉的舊文壇勢力讓出一條路來，新文學的發展才在文化界中取得了正當性，其後白話文學作品源源不絕，奠定了臺灣新文學的基礎。這方面理應給予肯定的評價，不會因時過境遷而有所改變，當時他才是 23、24 歲的青年，以他生活於中國大陸的所見所得，掌握了契機，充分回饋了臺灣，在臺灣文學史上占有不可磨滅的地位，很少人能夠有這種機運，因此儘管只是胡適文學理論在臺灣的代理人，對於陳獨秀一系所代表的更激進的想法，有意避過不談[29]，這使得他對於萌芽中的左翼文學理論缺乏足夠的認知，顯現對於中國半封建社會的性質，尚未有足夠的理解，思想性亦不夠深刻；尤其 1926 年 6 月以後選擇仍到北京求學、生活，對於劇烈變化中的臺灣社會、文化界亦缺乏深刻的體驗，1930 年代臺灣左翼文學興起，張我軍已全然淡出臺灣文壇了。臺灣文學的發展逐漸挑戰了他先前「依傍中國的國語來改造臺灣的土

---

[28]葉石濤，《臺灣文學史綱》（高雄：文學界雜誌社，1987 年 2 月），頁 42。
[29]張我軍在〈揭破悶葫蘆〉中提及陳獨秀，評「陳為輕薄無行思想危險之人物，姑從別論。」《臺灣民報》第 3 卷第 3 號，頁 10。

語」之主張，臺灣話文派的健將黃石輝、郭秋生、周定山等人在論戰階段，臺灣話文的創作已逐漸興起，甚至老將賴和也受到影響，以臺灣話文寫作〈一個同志的批信〉以及〈富戶人的歷史〉，這說明臺灣作家在掙扎走出一條具有臺灣主體性特色的文學。張我軍則早已完成他的使命了。

　　抗戰時期一度與張我軍同在北京生活的臺灣文藝聯盟的主幹張深切，對在北京生活的他有深刻的了解，戰後張深切在〈弔張我軍〉一文說：

　　吾友張我軍，在臺灣文學界是最值得紀念的一位。

　　他，雖然不能說是臺灣新文學的首創人，卻可以說是最有力的開拓者之一。

　　他，雖然不能說是臺灣白話文的發起人，卻可以說是最有力的領導者之一。

　　他，在臺灣文學史上應該占有一個很重要的地位。[30]

這是持平之論，既不過分誇大張我軍的貢獻，也不刻意磨損他的業績，在歷史的一定時刻，張我軍起了一定程度的作用，某一階段被取而代之，這是社會的進步性使然，張我軍地下有知，應可坦然的接受禮讚與批評。

　　經過瑣碎的扒梳，本文以此做結。

——選自《臺灣文學的現實考察》

臺北：允晨出版社，1996 年 7 月

---

[30]同註 25，頁 209。

文學典律、種族階級與鄉土書寫
張我軍與臺灣新文學的起源

◎彭小妍[*]

一、「支流」對「主流」的認同

> 臺灣的文學乃中國文學的一支流。本流發生了什麼影響、變遷，則支流
> 也自然而然的隨之而影響、變遷，這是必然的道理。然而臺灣自歸併日
> 本以來，因中國書籍的流通不便，遂隔成兩個天地，而且日深其鴻溝。[1]

　　1925 年 1 月張我軍在《臺灣民報》上發表〈請合力拆下這座敗草欉中的破舊殿堂〉一文，此段引文是其開頭，也是開宗明義的段落。張我軍之所以要強調臺灣文學是中國文學的一「支流」，必須放在當時臺灣的政治、文化、社會情境中解讀。歸根究柢，最重要的因素之一是中國和臺灣的「分治」：1895 年甲午戰後臺灣淪為日本殖民地，中國人與臺灣人同為漢族，卻由兩個敵對政權統治，文化上的「認同」問題自然不可避免。至於「本流」發生了影響、變遷時，「支流」是否「自然而然」地隨之影響、變遷，則有無限討論空間。

　　文化／國族認同究竟是出於個人意志「選擇」的有意識活動，還是由血緣「決定」的無意識活動？這是 19 世紀末歐洲民族國家問題鼎沸之際，

---

[*]發表文章時為中央研究院中國文哲研究所副研究員，現為中央研究院中國文哲研究所研究員。
[1]張我軍，〈請合力拆下這座敗草欉中的破舊殿堂〉，張光直編，《張我軍詩文集》（臺北：純文學出版社，1989 年 9 月），頁 74。原載於《臺灣民報》第 3 卷第 1 號（1925 年 1 月 1 日）。見《中國期刊五十種》（臺北：東方文化書局，1973 年重刊），《臺灣民報》，卷 2。

所發展出的兩種理論，主張前者的以何農（Ernest Renan, 1823～1891）爲代表，主張後者的以巴黑斯（Maurice Barrés, 1862～1923）爲主。何農認爲民族／國家的要素是「遺忘」，只有遺忘建國時的暴力，甚至母語、族群差異，才能出於個人意願（la volonté）達到族群共容。何農強調文化／國族認同是個人意志主導的「選擇性」行爲。和何農之「選擇論」相對的，則是巴黑斯的「決定論」。他認爲人天生受到「種族原則」支配，這是一種個人「無意識」的「依賴被動、不自由狀態」；換言之，這是一種「必須的奉獻，個人性才能消失在民族／國家的形成中」。何農和巴黑斯的理論都是1870 年普法戰爭衝激下的產物。由於法國戰敗後，割讓阿爾薩斯和洛林兩省給德國，爆發了文化／國族認同問題。[2]我們在討論日據時代知識分子面臨的認同問題時，究竟是何農的「選擇論」或是巴黑斯的「決定論」比較能幫助我們了解問題的複雜性？

　　鑑於臺灣、中國因長期分治而在文化上「日深其鴻溝」，1920 年代張我軍在臺灣文壇積極扮演傳承、銜接中國新文學運動的橋梁角色。1924 年10 月下旬張我軍由北京回到臺北故鄉，擔任《臺灣民報》編輯，於 1924、1925 年大力推介大陸五四新文學理論及作品，除了在〈破舊殿堂〉一文中詳細介紹胡適的「八不主義」、陳獨秀的「三大主義」等文學革命理論（第3 卷第 1 號）之外[3]，更轉載名噪一時的五四作家作品，如魯迅的〈狂人日記〉（第 3 卷第 18 號）、〈阿 Q 正傳〉（第 81～第 91 號），淦女士（即馮沅君）的〈隔絕〉（第 3 卷第 5、7 號），冰心的〈超人〉（第 3 卷第 12 號）、郭沫若的新詩〈仰望〉（第 3 卷第 18 號）等。[4]他不但「爲臺灣新文學的播

---

[2]參考彭小妍:〈族群書寫語民族／國家──論原住民文學〉,《當代》第 98 期（1994 年 6 月）,頁 48～62; Ernest Renan, "Qu'est-ce qu'une nation?" 1882, in *Qu'est-ce qu'une nation? et autres essais politiques* （Paris: Presses Pocket, 1992）, pp. 39～40; Maunce Barrès,"Scènes et doctrines du nationalisme," 1902, in *L'oeuvre du Maurice Barrès*, Tome V （Paris: Club de Honnête Homme, 1966）, pp.85, 92, 26.
[3]見張我軍,〈請合力拆下這座敗草欉中的破舊殿堂〉一文。
[4]秦賢次,〈臺灣新文學運動的奠基者──張我軍〉,同註 1,頁 33～36。

種、催生起了最大的作用」，而且「撒播五四新文學」火種。[5]在日本殖民政府高壓統治之下，張我軍敢公然發表「臺灣的文學乃中國文學的一支流」言論，而且大量傳播中國新文學，對殖民政府而言，顯然是蓄意「反動」。事實上他由於參加反抗日本殖民政府的「臺北青年讀書會」，在《臺灣總督府警察沿革誌》的黑名單榜上有名，與積極分子蔣渭水、連溫卿等人同列。[6]

　　以上在在說明：張我軍所言「支流」對「主流」的「傳承」絕非理所當然或「自然而然」的演變，而端賴有心人（或統治機器）的強力介入、引導。換言之，「支流」對「主流」的文化認同是意識主導的活動，必須重複喚醒、呼籲民眾，需要策略性的長期書寫、宣導、教育；因此，「支流」對「主流」的認同，並非因天生血緣影響而自然產生的無意識活動，而是出自個人意志的選擇性活動。

　　日據時代的臺灣是多重文化薈萃之地，從另一個角度而言，也是異文化（或不同文化背景人士）必爭之文藝地盤。1920 年代張我軍提出臺灣文學是中國文學之一支流，以認同漢民族的新文學典律作為抵制殖民統治階級的策略（詳見下節）；1930 年代則有日籍左翼人士呼籲臺灣文壇放棄「排他主義」、「獨善主義」和「國家主義的保守性或布爾喬亞性」。1931年 3 月井手薰、上清哉、藤原千三郎等人作成〈臺灣文藝作家協會創立主旨書〉，指出：

---

[5]同前註。

[6]見《臺灣總督府警察沿革誌》（東京：綠蔭書房，1986 年複刻版），第 2 編，中卷，第 4 章「無政府主義運動」第 3 節「黑色青年聯盟」，頁 882～883。根據《警察沿革誌》，第 2 編，中卷，頁 188 記載，日據時期反抗總督府彈壓政策的「臺北青年會」遭查禁後，另立名義為「臺北青年體育會」及「臺北青年讀書會」從事活動，兩者間經常沒有明確的區別。尤其，如體育會者，完全不顧本身之體育活動，卻巧妙利用其合法性而開始其他活動。自大正 12 年（1923）9 月 30 日起，連日於文化協會讀報社內，集合三十餘名青年會員，以文化協會幹部為講師，研究社會問題，共產主義及其他社會思想，討論臺灣的諸項問題。」錄自《警察沿革誌》中譯本，王乃信等譯，《臺灣社會運動史（1913～1936）》（臺北：創造出版社，1989 年），卷 1，頁 248～252。《警察沿革誌》中，筆者並未查到張我軍為「臺北青年體育會」會員的證據。但張我軍曾於 1925 年 3 月 16 日為「臺北青年體育會」演講，題目為〈生命在，什麼事做不成？〉有關其演講日期，請參考〈獎勵體育之大講演會〉，「島內時事」，《臺灣民報》第 3 卷第 11 號（1925 年 4 月 11 日）。〈生命在〉一文發表於《臺灣民報》第 3 卷第 10 號（1925 年 4 月 1 日）。

　　……看臺灣的文藝理論及文藝運動……在過去的日子裡它們是太過於排
他主義，也太過於主觀化了。極端而言，它無異於在「自我陶醉」。於茲
吾人計劃糾合臺灣的文藝作家，以期探究並確立臺灣文藝。在那個境域
裡沒有排外主義，也沒有獨善主義。把文藝表現於大眾面前，俾讓他們
來批判以達吾人所期望的目的。這就是以此來提倡臺灣文藝作家的一大
團結的所以然。[7]

　　臺灣文藝作家協會以殖民國人身分，企圖領導臺灣的「普羅列塔利亞
文化」，本著普羅文藝運動的一貫策略，其宗旨為消除臺灣人的民族主義意
識。1931 年 6 月創立大會後，有以 J. G. B 書記局名義從東京寄來的一封賀
電，指出「……在殖民地的民族需要，已到了無法和勞動者階級的階級需
要游離無關的地步了。這關係正是決定整個普羅列塔藝術和殖民地藝術之
間的關係的動因。」作者認為「如果藝術要把民族的心理、思想、感情
等，用國家主義的保守性或布爾喬亞性來加以體系化的話」，是會與勞動者
階級的利益相對立的。[8]

　　1940 年代在臺灣的日本帝國大學講師島田謹二則提倡「外地文學」的
理論，相對於日本本國文學，他認為臺灣文學是「外地文學」；日本是「內
地」，殖民地則是「外地」。島田根據法國學界研究的「外地文學」（Etude
de littérature coloniale；即殖民地文學）為藍本，認為外地文學以殖民地的
異國風情為特色。他所謂「外地文學」是以在臺的日本人的文學作品為
主。島田在西川滿主編的《文藝臺灣》第 2 卷第 2 號發表〈台湾の文學的
過現未〉一文，把臺灣文學定位如下：

　　臺灣文學作為日本文學之一翼，其外地文學——特別以之為南方外地文

---

[7]見《臺灣總督府警察沿革誌》，第 2 編，中卷，頁 296。錄自王乃信等譯，《臺灣社會運動史》，卷 1，頁 408〜409。
[8]見《臺灣總督府警察沿革誌》，第 2 編，中卷，頁 299〜302。引自王乃信等譯，《臺灣社會運動各》，卷 1，頁 413〜416。

學來進行。就在這點上有意義吧。跟內地（按：指日本本土）風土、人和社會都不同的地方——那裡必然會產生和內地不同特色的文學。將表現其特殊性的文學名之為外地文學。[9]

　　臺灣文學應該如何定位？「中國文學的一支流」、國際「普羅列塔藝術」的一環和「殖民地藝術」、「日本文學的一翼」等主張爭相較勁的同時，異文化紛紛於臺灣文壇爭取主導權之際，臺灣意識逐漸浮出檯面、臺灣文學爭取主體性似是必然的發展。1920 年代起，有關臺灣「特種文化」、臺灣話文、「鄉土文學」的討論日盛，臺灣新文學運動衍生的本土化議題紛至沓來，成為日據時代知識界的核心議題之一。

二、文學典律與語言

　　張我軍的〈糟糕的臺灣文學界〉（1924 年 4 月）顯示出，在他的詮釋下，舊文學和新文學代表了兩種階級的對立。他詬病「古典文學」代表「陳腐衰頹」，舊詩已淪為「遊戲」、「器具」、「詩玩」，除了排遣酸氣以外，就是乞求「總督大人」的「秋波」。換句話說，他點名批判的「詩伯」、「詩翁」之流，和殖民者互通聲氣，儼然形成一班「自以為儒文典雅」的階級。就張我軍而言，這批詩伯詩翁更大的罪惡是養成沽名釣譽的「惡習」，戕害了「活活潑潑的青年」。也就是說，舊詩是臺灣人自甘奴隸性格的象徵，而新文學才能改造臺灣人的奴性，讓青年展現改革社會的活力和清新性格，臺灣社會才有光明。[10]於是在張我軍的文論中，舊文學／新文學、附庸殖民者／創造臺灣光明社會、劣等國民性／優等國民性的劃分

[9]錄自葉寄民，〈日據時代的「外地文學」論考〉，《思與言》第 33 卷第 2 期（1995 年 6 月），頁 307～338。島田其他有關「外地文學」的文章發表於《文藝臺灣》的有〈外地文學研究の現狀〉（第 1 卷第 1 號）；〈領台役に取材せる戰爭文學〉（第 2 卷第 6 號）；〈外地文學雜話（1）——ジアン・マルケエの佛印小說〉（第 3 卷第 1 號）；〈外地文學雜話（2）——臺灣に於ける寫生派俳句先達〉（第 3 卷第 2 號）；〈外地文學雜話（3）——ロベエル・ラソドオの第二世小說〉（第 3 卷第 6 號）等。見葉寄民文。
[10]張我軍，〈糟糕的臺灣文學界〉，《臺灣民報》第 2 卷第 24 號（1924 年）。

對立於爲成立。(有關「種族階級」論將不同人種分爲優等、劣等階級,見下文)

　　有關日據時代漢詩成爲來臺的日本人和某些特殊階級的臺灣人共同的「文藝地盤」,可參考葉寄民的〈日據時代的「外地文學」論考〉。根據他的研究,早期日本爲了使臺灣成爲向南西太平洋躍進的基地,在文化上對臺灣採取懷柔政策,來臺的「統治階層都認爲文藝就是賦漢詩、讀漢文,而臺灣其時的知識分子都以舊詩文爲主,所以來臺的日本人和臺灣人便以漢詩文爲共同的文藝地盤。」日本人的漢詩文作品主要發表在《臺灣新報》和 1898 年創刊的《臺灣日日新報》。日本總督府一方面鎮壓抗日運動,一方面於 1898 年在臺北舉行「饗老典,揚文會等與臺灣舊詩人唱和,藉以懷柔。」[11]1925 年左右,即「大正十四、五年,全臺舊詩社有數百,每年都有全臺擊鉢吟大會。」[12]由此可見,張我軍提倡新文學、批判當時主導漢詩風氣的「總督大人」和「詩伯、詩翁」,顯然是藉由對文學「典律」的挑戰,折射出對殖民階級的挑戰,企圖創造出一個對立的新典律。

　　其實在張我軍掀起新舊文學論戰之前,1920 年 7 月在東京創刊的《臺灣青年》月刊(1922 年 4 月改稱《臺灣》)[13]稍早已開始提倡白話文。《臺灣青年》1921 年 12 月號「漢文之部」有陳端明的〈日用文鼓吹論〉一文,雖然提倡白話文,作者行文仍爲文言。要旨是臺灣雖爲日本殖民地,但爲求在「華南呂宋」的海外發展,同時臺灣又身繫「東亞平和之任」及「日中之親善」之職,故而漢文不可廢。但「漢文浩瀚。如約而簡之。革爲白文。使人人皆易學易知。據可以表其真意。庶幾天下無虛僞之文。而文化亦可以速普及。」因此作者主張效法中國之白話文運動。[14]此篇文章雖是臺灣留學日本學生所發起的「文化抵抗運動」之一環,企圖「把文字的

---

[11]葉寄民,〈日據時代的「外地文學」論考〉,頁 307～328。

[12]同前註,頁 308。

[13]彭瑞金,《臺灣文學運動 40 年》(臺北:自立晚報社文化出版部,1991 年),頁 8。

[14]陳端明,〈日用文鼓吹論〉,原載「漢文之部」,《臺灣青年》第 3 卷第 6 號(1921 年 12 月),頁 31～34。見《中國期刊五十種》,《臺灣青年》,卷 5。

改革向上引伸到社會文化、民族意識的醒覺」，[15]但篇幅單薄而且單獨出現，週邊沒有應和的言論，因此並未營造出足夠的氣勢。《臺灣》1923 年 1 月號「漢文之部」有兩篇專文，一是黃呈聰的〈論普及白話文的新使命〉，[16]一是黃朝琴的〈漢文改革論〉。[17]由這兩篇文章的辯證模式，可以看出張我軍編輯《臺灣民報》期間推展白話文和新文學的立論基礎，以及其運用的整體文化運動策略。

　　黃呈聰指出胡適已於四、五年前在中國提倡白話文，如梁啓超、章炳麟等「老漢學家」也已經用白話文著書立說。黃氏認爲古典漢文是「貴族的」，屬於「特權階級」；白話文則屬於民眾，是「文化普及的急先鋒」。黃呈聰固然承襲五四白話文運動的話語，例如古典／現代，落後／進步、貴族／民眾等的二元對立辯證模式，但身爲臺灣知識分子，他的關懷和理論架構也展現臺灣本島人獨有的眼界和歷史觀：臺灣的祖國是中國，「母子」的「關係情濃」，加上地利之近便，利用淺顯易懂的白話文更容易「吸收他的文化、來助長我們的社會」。臺灣另一個可資借鏡的是日本殖民國，日本的文化根源也是中國，但自明治維新後放棄「古來的陋習吸收歐米的文明、建設現代的文化」，經過五十多年已是舉世公認的強國；而日本自歐戰後一般的文化普及，則得力於「言文一致體」的改革，免除「普通文、白話文、書信文的分別」，減輕了學習的困難。由於民眾知識的普及，「各人很有自決、無論人格上、政治上、經濟上的要求也很增加，人的權利和義務都很明白了。」他認爲臺灣公學校固然應該教日本話，也應該用臺灣話來教科學和一般的知識，用中國白話文取代漢文自小學教到六年，以便文化的普及。

---

[15]同註 13，頁 5～10。彭瑞金此語指的是《臺灣》所提倡的白話文運動，他認爲「《臺灣青年》雜誌，尚未暇觸及『新文學』的問題，只是就文化自覺開了端而已。」（頁 8）
[16]黃呈聰，〈論普及白話文的新使命〉，原載「漢文之部」，《臺灣》1923 年 1 月號，頁 12～25。《中國期刊五十種》，《臺灣》，卷 4。
[17]黃朝琴，〈漢文改革論〉，原載「漢文之部」，《臺灣》1923 年 1 月號，頁 25～31。見《中國期刊五十種》，《臺灣》，卷 4。

　　至於爲何不以臺灣的「白話用漢文」取代中國的白話文？黃呈聰認爲臺灣話文「使用的區域太少」，而且「臺灣不是一個獨立的國家，背後沒有一個大勢力的文字來幫助保存我們的文字，不久便就受他方面有勢力的文字來打消我們的文字了」。因此他主張不如研究中國白話文，如此不但把臺灣的範圍「擴大到中國的地方」，也方便到中國行事，有這樣的眼界，「就我們臺灣是孤島，也有了大陸的氣概了！」[18]文學語言的運用攸關認同和民族尊嚴，1920、1930 年代的知識分子面對中國、殖民國和本土的認同問題，漢文、中國白話文、臺灣話文的討論浮出檯面並非意外。

　　黃朝琴的〈漢文改革論〉介紹到中國訪問的「俄國盲詩人愛羅西阿」（Eroshenko；提倡世界語 Esperanto），主張簡化漢文，便利學習。黃氏又介紹「漢民族的文化運動」，指出宋衡、譚嗣同、梁啟超等鼓吹製拼音新字，後來編成注音字母。他認爲必須要簡化文字，才能達到普及化。[19]他的〈續漢文改革論〉除了繼續鼓吹中國的白話文運動，並指出「臺灣自割給日本以來、一般的讀書人、仍然照著八股作法來教後輩、所以到如今、全島新聞雜誌、社會應酬、無不仍用這種言文不一致的漢文」。[20]更有些自封「新學」的臺灣老派讀書人，知道自己所學漢文不夠專精，所學日文又無把握，「爲著欲假作一個的文明人、便馬馬附附的、做出一種的和漢折衷的新式文體」，倒不如改用白話。

　　黃朝琴認爲臺灣話和北京話口音雖不同，「言語的組織大都相同」，學習上有方便之處。而且「做臺灣的人，將來欲做實業諸事、非經過中國不可、所以學中華的國語、實在人人都必要的！」[21]他認爲臺灣雖然「做日本的百姓」，不應喪失漢民族的民族性，而漢文是臺灣民族「個性」、「習

---

[18]黃呈聰，〈論普及白話文的新使命〉，《臺灣》1923 年 1 月號，頁 12～25；《中國期刊五十種》，《臺灣》卷 4，頁 12～25。
[19]黃朝琴，〈漢文改革論〉，《臺灣》1923 年 1 月號。見《中國期刊五十種》，《臺灣》，卷 4，頁 25～31。
[20]黃朝琴，〈續漢文改革論〉，「漢文之部」，《臺灣》1923 年 2 月號，頁 21～28。見《中國期刊五十種》，《臺灣》，卷 4。
[21]同前註，頁 25。

慣」、「言語」命脈所繫。因此他主張臺灣的公學校不但要保存漢文必修
科，而且應該進一步將所教的漢文改爲白話文。[22]他說道：「臺灣是臺灣人
的臺灣、萬不可以少數的內地〔兒童〕做標準、來犧牲大多數的臺灣兒
童」。[23]「內地」指的是殖民國日本。

　　新典律牽涉到新的語言，白話文的運用曾在 1920、1930 年代的臺灣掀
起激烈的討論。《臺灣民報》第 2 卷第 4 期有兩篇專論，一是施文杞的〈對
於臺灣人做的白話文的我見〉，一是逸民的〈對在臺灣研究白話文的我
見〉。[24]施文杞指出《民報》刊登的「臺灣人做的白話文」常有文法錯誤、
難以讀懂的地方，用了許多「啦」和泉漳的方言「鳥仔」、「狗仔」等，而
且用日本語的名詞如「開催」、「都和」等，經常文言和白話不分。作者主
張應該參考中國的白話文，他認爲以地方的方言寫作白話文會「鬧笑話」。
[25]逸民採取類似的意見，他認爲「臺灣的方言」、「昨中國的方言」、「變形的
臺灣方言」不但別省人看不懂，連泉漳人都看不懂。作者最後又批判張洪
南所著的臺灣話文羅馬拼音法，認爲某種程度的漢學根底加上多研究「中
國國語」，白話文才能推廣。[26]

　　《臺灣民報》有關白話文的辯論並沒有既定的立場，也發表支持臺灣
話文的文章。連溫卿的〈將來之臺灣語〉於第 2 卷第 20 號、第 2 卷第 21
號、第 3 卷第 4 號分三次刊完。[27]他主張「臺灣人須要改造我們的臺灣話、
以應社會上生活的要求」。[28]他特別指出臺灣語言的流動性，因爲「先受了
宗教上用羅馬字宣傳的影響……後來受了日本教育的影響，及交通便捷的

---

[22]黃朝琴，〈續漢文改革論〉，「漢文之部」，《臺灣》1923 年 2 月號，頁 26～27。見《中國期刊五十
　種》，《臺灣》，卷 4。
[23]同前註，頁 27。
[24]施文杞，〈對於臺灣人做的白話文的我見〉；逸民，〈對在臺灣研究白話文的我見〉，《臺灣民報》
　第 2 卷第 4 號（1924 年 3 月 11 日）。
[25]同前註。
[26]逸民，〈對在臺灣研究白話文的我見〉。
[27]連溫卿，〈將來之臺灣語〉，《臺灣民報》第 2 卷第 20 號、第 2 卷第 21 號、第 3 卷第 4 號（1924
　年 10 月 11 日；10 月 21 日；1925 年 2 月 1 日）。
[28]連溫卿，〈將來之臺灣語〉，《臺灣民報》第 2 卷第 21 號。

緣故、臺灣言語每說了一句話便有新名詞在」。且臺灣住民泉、漳、客等發音各異，新名詞的翻譯自然有別，發音未必與中國本土相同。他認為如果要有效的表達思想，應該改良臺灣話，步驟是「第一要考究音韻學以削除假字」、「第二要一個標準的發音」、「第三要立一個文法」。他比較拉丁語系、印度語系、獨逸語系、梵語發音的轉變，最後列表說明臺灣話的動詞、否定詞、疑問詞、人稱代名詞、前置詞、分類語、接尾語、比較級、接續詞等，是系統性的研究。[29]

　　由上述可看出 1920 年代新文學運動在臺灣發起時，知識分子對「白話文」定義和內涵的關切。張我軍本人寫作固然選擇用北京話文，他認為北京話和臺灣話都是中國方言，都可以是白話文。在〈復鄭軍我書〉一文中他說道：

> 我們之所謂白話文乃中國之國語文，不僅僅以北京語寫作。這層是臺灣人常常要誤會的，以為白話文就是北京話，其實北京話是國語的一部分、一大部分而已……不僅是北京話寫作的才能叫做白話文。[30]

他認為「如我們能造出新名詞、新字眼而能通行也可以，何必拘泥官音呢？」[31]張我軍事實上主張白話文可以運用臺灣語言，但是他認為臺灣語言必須經過改造後，才適合用為白話文。

　　在〈新文學運動的意義〉一文中，張我軍首先借用胡適的話，說明為什麼要建設白話文，然後闡釋改造臺灣語言的必要。他認為中國人不會說國語的人大都會寫白話文，主因是「各地方言的組織和國語相差不遠，所用的文字又同一樣，不過字音有一點不同罷了，所以念過書的人都會看會寫。」但是臺灣日常所用的話，多半是土話，是「沒有文字的下級話，所

---

[29]連溫卿，〈將來之臺灣語〉，《臺灣民報》第 3 卷第 4 號。
[30]張我軍，〈復鄭軍我書〉，《臺灣民報》第 3 卷第 6 號（1925 年 2 月 21 日）。
[31]同前註。

以沒有文學的價值」。因此他認為：

> 我們的新文學運動有帶著改造臺灣言語的使命。我們欲把我們的土話改
> 成合乎文字的合理的語言。我們欲依傍中國的國語來改造臺灣的土語。
> 換句話說，我們欲把臺灣人的話統一於中國語，再換句話說，是用我們
> 現在所用的話改成與中國語合致的……倘能如此，我們的文化就得以不
> 與中國文化分斷，白話文學的基礎又能確立，臺灣的語言又能改造成合
> 理的，這豈不是一舉三四得的嗎？[32]

　　臺灣語言是否應「統一於中國語」的說法，牽涉到國家認同和臺灣意
識的問題，和個人的意識形態及政治現實息息相關，因此見仁見智，也因
時代的不同而會產生解讀上意義的變化。而張我軍主張改良臺灣語言，使
其成為適合白話文書寫的語言，這點和連溫卿的觀念是相同的，當年（即
使是今天）嘗試把臺灣話融入白話文中的作家，想必也贊同這種想法。
1920、1930 年代臺灣白話文的多樣性，呈現出作家勇於創新。有張我軍的
純粹北京話文，有賴和、楊守愚、蔡秋桐、楊逵等人的臺灣話文，也有雜
用日語借詞的。運用臺灣話文時，作家的「創意」特別突出。例如賴和以
「永過」代替「以前」，楊守愚自創「漸時」（暫時）、即暗（這麼晚）等辭
彙。由於各自有一套用語，就讀者的角度而言，難免產生解讀上的問題。[33]
而以臺灣話文寫歌曲、童謠的作家不在少數，成果豐碩，例如楊逵等。
　　作家在臺灣話文創作方面的理論和實踐在 1930 年代達到高潮，而臺灣
話文的討論又和鄉土文學論爭同時展開，引起極大回響。黃石輝自 1930 年
8 月 16 日起在《伍人報》第 9 至第 11 期陸續發表〈怎樣不提倡鄉土文
學〉，[34]郭秋生自 1931 年 7 月 7 日起在《臺灣新聞》連載 33 回〈建設臺灣

[32]張我軍，〈新文學運動的意義〉，《臺灣民報》第 67 號（1925 年 8 月 26 日）。
[33]參考許俊雅，〈呂赫若〉，中央研究院中國文哲研究所編，《民族國家論述——從晚清、五四到日
　　據時代臺灣文學》（臺北：中央研究院中國文哲研究所，1995 年）。
[34]彭瑞金，《臺灣文學運動 40 年》，頁 31，註 31；陳明柔，《日據時代臺灣知識分子的思想風格及

話文一提案〉。[35]1931 年 12 月《南音》創刊後有「臺灣話文討論欄」和「臺灣話文嘗試欄」[36]，其中用意不言自明。這是臺灣文學史上第一次大規模的臺灣話文／鄉土文學論爭，搖指 1977 年的鄉土文學論戰。臺灣話文創作的實驗和「本土化」衍生的錯綜複雜問題，從日據時代到今天仍綿延不絕；無論「本土」或「鄉土」的內涵、表現形式及抗爭辯證的對象是延續歷史傳承或因時勢而異，在不斷接受外來文化衝激之下，「本土化」的意識和強烈訴求已成為臺灣文化的特色。

三、國民性與種族階級

上述陳端明、黃呈聰、黃朝琴及張我軍諸人提倡白話文的文章，顯示出日據時代臺灣文學和報刊雜誌內容的一大特色：即臺灣和「內地」、中國之間的政經關係和語文發展、國民性的對比。臺灣知識分子在這方面的關懷並非偶然發生的獨特現象。

國民性的討論在世紀之交是跨國際的核心議題，歐洲、日本、中國的政論家、社會學家、心理學家等，曾對所謂「國民性」（"national character"）作過廣泛的研究討論。[37]此類論述蔚為風氣，主要的因素之一是 19 世紀末全球的殖民主義達到高峰，民族／國家的形成要素究竟是以血緣、地域或歷史為基礎，文化及國族認同究竟是出自個人意志的「選擇性」活動還是由血緣控制的「決定性」活動，成為普遍的論爭；如前所述，如何農、巴黑斯等，在這方面都有專論。[38]國民性的討論更引發種族階級理論的產生。這一類理論把不同民族或人種分類成不同的種族階級（racial scale），因而有高等種族與次等、劣等種族之分，著名的理論家如

其文學表現之研究》（臺北：淡江大學中國文學研究所碩士論文，1993 年），頁 271，註 60，61。

[35]彭瑞金，《臺灣文學運動 40 年》，頁 31，註 31。

[36]同前註，頁 19。

[37]最先提出 national character 這個概念的是休姆 （Hume） CF: Henry Louis Gates, Jr. ed., *"Race," Writing, and Difference* （Chicago: University of Chicago Press, 1985, 1986），p.10.

[38]同註 2。

呂滂（Gustave le Bon, 1841～1931）就把人種區別如下：（一）原始種族；
（二）劣等種族，即黑種人；（三）一般種族，如中、日、蒙古、閃米族；
（四）高等種族，即印歐民族，而其中日耳曼民族和安格魯撒克森民族的
優勢取代了拉丁民族。[39]這類理論和體質人類學理論密不可分，在 20 世紀
上半葉造成極大影響，成為殖民主義和種族迫害的理論依據。

　　同時期日本在人類學、人種學方面的研究也十分興盛。張我軍翻譯的
《人類學泛論》（1929 年）作者西村真次在發表此書之前，曾出版過《文
化人類學》及《體質人類學》兩本著作。[40]大和民族的驕傲自信在日本成為
一種意識形態（ideology），是支持海外殖民的理論基礎。對日本而言，大
和民族當然優於朝鮮、臺灣、中國等民族，因此大和民族發展海外殖民，
「教化」亞洲各族是理所當然的；而日本在亞洲的擴展更可限制西方殖民
勢力的發展，確保亞太地區東西方勢力的均衡。[41]日本的殖民政策因此是種
族階級論的產物：一方面恐懼西方（優等）民族的入侵，一方面企圖掌握
亞洲「劣等民族」以制衡西方。1894 到 1895 年甲午戰爭期間，日本的報
章雜誌不斷詆毀「支那人」的怯懦和道德淪喪，把這次戰爭描寫成「文明
與野蠻」之戰；中國是文明的敵人，攻打中國是「正義之戰」。[42]到 1930 年
代，日本的軍國主義者還散發〈告全日本民族書〉這樣的傳單，指出「日
本的使命是散布和榮耀帝國的精神，以達於四海。」[43]

　　《臺灣青年》常有日本學者文章討論國民性問題。1921 年 11 月號有
一篇早稻田大學教授崎作三郎的〈日本國民性與臺灣統治策〉。文中指出日

[39]Gustave le Bon, *La psychologie des foules*, 47th edition （Paris: Presses universitaires de France, 1939）. 孫隆基對此有詳細的討論，參考 Lung-kee Sun, "Social Psychology in the Late Qing Period," in *Moderm China*, no. 3 vol. 18, pp. 235～262; 楊澤，〈邊緣的抵抗──試論魯迅的現代性與否定性〉，《民族國家論述──從晚清、五四到日據時代臺灣文學》。

[40]西村真次著；張我軍譯，《人類學泛論》（上海：神州國光社，1934 年）。

[41]參考《日本的現代神話：明治的意識形態》；Carol Gluck, *Japan's Modern Myths; Ideology in the Late Meiji Period* （Princeton, N. J.: Princeton University Press, 1985）, pp. 127～132.

[42]同前註，頁 135～138。

[43]參考《菊花與劍》；Ruth Benedict, *The Chrysanthemum and the Sword: Patterns of Japanese Culture*, 1946 （Cleveland: Meridian Books, 1967）, p. 23.

本國民性的長處是「受地勢氣候食物等之影響。性殊恬淡。應止即止毫無固執」；缺陷則是「日本人殊不知中國人之慢慢的主義。」因此他主張「對臺灣朝鮮統治策（殊如總督府對生蕃）……欲唱討伐莫若懷柔。藉時之功緩進與彼均分利益。」他主張內地人與臺灣人「雜婚」，敦促日人一如對沖繩人一般，對臺灣朝鮮人亦要有「雅量」，並鼓勵臺灣人「持堅忍不拔之精神，正正堂堂而奮鬥之。」[44]此文固然對臺灣懷抱同情，日本人自居殖民國高等國民的心態表露無遺。這篇文章反映出 19 世紀末到 1920 年代在日本風行的國民性論述和殖民政策的密切關係。

國民性的討論在中國同時期也相當盛行，有關國民性的文章可說是梁啓超《新民叢報》的主力之一。「新民說」開宗明義便指出「凡一國能立於世界，必有其國民獨具之特質」[45]，目的是說明，欲新中國不能不新中國之國民性。鼓吹改造國民性以建立新中國的文論在《新民叢報》中俯拾皆是，往往引用西方理論卻別有所指。例如梁啓勳的〈國民心理學〉介紹法國呂滂於普法戰後發展出的國民心理學（La Psychologie des peuples）理論。呂滂的用意是警告政治家必須了解各民族的個性差異，以便掌握甚至控制群眾，免得民主淪為如同法國大革命時期的暴民政治。[46]但梁啓勳的〈國民心理學〉目的卻是要改造中國人的好逸惡勞等「劣等」國民性，以使中國搖身一變，由弱轉強。[47]當然這主要是晚清以來文人的「新中國情結」在作祟。日據時代的臺灣刊物對國民性的討論固然受到日本和中國影響，卻有其獨特的邏輯和用意。「臺灣人」、「內地人」、「中國人」等字眼的反覆出現，反映出種族階級、認同問題和民族尊嚴的交錯情結。

1921 年 4 月蔡培火的〈漢族之固有性〉（《臺灣青年》第 2 卷第 3 號）說明寫作此文的動機是因造訪東京的「內地篤志家」而起。日本主人以朝鮮與臺灣兩殖民地比較，聲稱「日鮮兩族」之間的「乖離」是因兩族「不

[44]崎作三郎，〈日本國民性與臺灣統治策〉，《臺灣青年》第 3 卷第 5 號（1921 年 11 月），頁 24～28
[45]中國之新民，〈新民說一〉，《新民叢報》1902 年 2 月 8 日，頁 1～10。
[46]Gustave le Bon, *La Psychologie des peuples.*
[47]梁啓勳，〈國民心理學與教育的關係〉，《新民叢報》第 25 號（1903 年 2 月 11 日），頁 49～57。

相理解」；作者乃居住臺灣、入籍日本之「漢族之裔」，因此主人要求作者說明漢族「所有之良風者何、其優秀之固有性者何、又曰其所應盡之使命者何」。作者於是指出漢族之「固有性」爲「愛和平、尊祖先、重質實、善忍耐」，並逐段分析。

　　〈漢族之固有性〉全文最重要的觀點，是企圖打破種族階級（racial scale）的陷阱。他先區別種族性格或國民性之「先天性」及「後天性」，「先天之性、則爲人類所共通、分毫不能移者、如男女之性然」；後天之性則因時勢環境而變遷，「具有共通之歷史者、其後天性中、必具有共通點也明矣、是謂之民族性、今云漢之固有性、即指漢族固有後天之民族性也。」[48]蔡培火特別聲明，他所指出的漢族性格無所謂「優劣」，優劣之別全看時代背景而定；如果是「弱肉強食武力萬能之世」，漢人必敗，如果是「人道主義之時代」，漢族「正堪爲世界之撰民歟」。他認爲漢族須要加強的是革新進取的精神，同時必要有「情的教養」、「美的生活」。[49]蔡培火以日本殖民地的漢族後裔身分，指出在「弱肉強食」之世漢人必敗，當然別有所指。

　　醒民的〈提倡要求機會均等〉（《臺灣》，1923 年 2 月號）亦對種族階級說提出質疑。他首先提出盧梭的名言「人之生也皆平等」，認爲優秀劣等的差別是其間「機會不均等」所造成的，例如政治、經濟、教育上的不均等。在政治方面，他認爲臺灣人三百多年間缺乏「政治的訓練」，是政治現實造成的；「臺灣人沒有政治的能力」的說法值得商榷，若是給臺灣人均等的機會，「未必做不來」。作者鼓勵同胞繼續爲臺灣議會請命。經濟方面，他指出殖民國對殖民地的剝削，使得臺灣的經濟得不到均等發展的機會。在教育上他指出臺灣在東京留學的青年「比較日本的學生成績不劣、又更有一出頭地」，因此他要求給與臺灣人和日本人均等的機會，公學校的教科

---

[48]蔡培火，〈漢族之固有性〉，《臺灣青年》第 2 卷第 3 號（1921 年 4 月），頁 34～39。
[49]同前註，頁 37～38。「情的教養」、「美的生活」是五四時代流行的改造國民性概念。例如蔡元培、張競生等人均有提倡美育和情感教育之說。

不應比小學校較低。這篇〈提倡要求機會均等〉是殖民統治下的臺灣人對種族階級論直接的挑戰。[50]

　　日據時代文學作品也經常反映對這個議題的關懷。《臺灣文學叢書》第1號有署名「鷗」的短篇小說〈可怕的沉默〉（1922年4月6日），描寫東京街頭一名車夫鞭打拖車的老馬，兩名臺灣留學生目擊後，其中一人指出這情景像家鄉「巡警牽犯人」，兩人開始展開辯論，討論種族的差異和國民性問題。臺灣人、日本人、東洋人、西洋人，是否應有差別待遇？白種人、有色人種，有色人種中又分漢民族、大和民族，這是「地理上、歷史上、自然必到的結果」？「臺灣人第一也是應該要先打算臺灣的問題」，還是「這是個人類全體的問題」？文中涉及進化論、生滅競爭的討論，可見作者對日本和中國的種族論述、國民性論述並不陌生。中國這類論述因列強欺凌而產生，日據時代臺灣知識分子因承受殖民統治的不平等待遇也思考這個問題，實有以也。[51]

　　對臺灣知識分子而言，種族階級說是種族歧視的陷阱，他們一方面參與種族論述，致力於打破種族階級說的迷思，一方面企圖以「重建歷史」的論述積極建立民族的尊嚴。

四、重建歷史與鄉土書寫

　　「重建歷史」的主題顯示臺灣報章雜誌文學的種族論述所獨有的辯證模式。1921年1月《臺灣青年》有李黃海的〈臺灣之沿革與臺灣人之可敬〉，藉「重建歷史」建立臺灣人的尊嚴。文中首先探討中國古籍中「臺灣」名稱由來，指出臺灣數百年來的移民史和被殖民經歷，臺灣人篳路襤褸以啓山林的艱困過程。「內與生蕃爭存亡。外與荷蘭西班牙諸國人前後相持。至於數年之久。始得賴以存立。」（當然，作者以漢族本位出發，並未

---

[50] 醒民，〈提倡要求機會均等〉，《臺灣》1923年2月號，頁1～8。
[51] 參考陳萬益，〈于無聲處聽驚雷——析論臺灣小說第一篇《可怕的沉默》，附錄〉，《民族國家論述》，頁333～336；彭小妍，〈導言〉，《民國國家論述》，頁1～8。

意識到從中國移民來的漢族對「生蕃」而言，也是「侵略者」的事實）。作者感念鄭成功在臺灣的建設，但指出清廷「治臺之官惡劣」，使得臺灣人「因迫壓而生反動」。最後說道：「臺灣一島。三百年來。與諸國之間。極有關係。最初如荷蘭如西班牙。其後如中國如日本」。

〈臺灣之沿革與臺灣人之可敬〉一文作者將中國與其他殖民國並列，與「臺灣一島」對立，凸顯他在認同問題上的立場。[52]臺灣知識分子對殖民史的探討不遺餘力，黃天民的〈近世植民史概要〉開宗明義便說明探討各國殖民史的目的，是「俾我臺人得以了解臺灣今日之地位」。全文由 1921 年 8 月～11 月在《臺灣青年》第 3 卷第 2 號～第 3 卷第 5 號分三部分刊完（第 3 號、第 4 號重複刊登第 2 部分）。作者探討亞洲、美洲、非洲、歐洲各國的殖民歷史，分析國際殖民政治的權力較勁始末。[53]作者以殖民地一介知識分子，無力扭轉局勢，只能正視現實，從世界殖民史了解本身的處境。書寫歷史成為掌握、傳播「知識」的途徑。

張我軍的「重建歷史」意識在他的鄉土書寫篇章中浮現。他的國家認同和鄉土情懷，是時代和個人際遇的產物。他 1921 年 19 歲時，第一次渡海到廈門，「接受祖國『五四』新文學運動薰陶」[54]，以後即往返於臺灣大陸之間。1926 年 6 月他再度到北京後，便在中國求學、教書、譯作，一直到 1946 年才又回臺定居，至 1955 年辭世為止。[55]他在 1926 年初的〈南遊印象記〉中說道，「我對於漂泊他鄉這件事，恆感著很大的興味，所以就是蟄居故鄉之日，也時景慕異鄉，幻想一種異鄉的情緒。」[56]板橋是他的故鄉，北京應該是第二故鄉吧。

日據時代臺灣知識分子曾旅居中國、日本、歐美等異地者，不知凡

[52]李黃海，〈臺灣之沿革與臺灣人之可敬〉，《臺灣青年》第 2 卷第 1 號（1921 年 1 月），頁 4～8。
[53]黃天民，〈近世植民史概要〉，《臺灣青年》第 3 卷第 2 號～第 3 卷第 5 號（1921 年 8 月～11 月）。
[54]秦賢次，〈張我軍年表〉，《張我軍評論集》（臺北：臺北縣立文化中心，1993 年）。
[55]張我軍的生平事跡可參考秦賢次，〈臺灣新文學運動的奠基者——張我軍〉，同註 1，頁 33～56。
[56]張我軍，〈南遊印象記〉，《臺灣民報》第 90～96 號（1926 年 2～3 月）。

幾。1918 年東京臺灣留學生成立的「啓發會」於 1920 年發展爲「臺灣新民會」後，會員由 20 人左右增至一百餘人，以林獻堂爲首，著名人物例如林呈祿、蔡培火、黃朝琴、陳炘、吳三連、王敏川等均在名冊上。[57]另有「東京臺灣青年會」（1915 年，原名爲「高砂青年會」，於 1920 年發刊機關雜誌《臺灣青年》)、「臺灣青年會社會科學研究部」（1926 年）、「東京臺灣學術研究會」（1928 年）、「臺灣左翼文化聯盟」（1930 年）等組織，爲數可觀。[58]這些「啓蒙運動」社團，宗旨是「順應世界民族自決潮流所趨，志在甦醒臺灣人的民族意識，提升鍛鍊民族的情操和智能，以反抗臺灣總督府的專制統治。」[59]1929 年東京臺灣學術研究會和東京臺灣青年會的聯合「宣言」甚至呼籲「臺灣獨立萬歲！」[60]1920 年代遊學中國大陸的臺灣青年在上海、北京、廈門、南京、廣東等地都有青年會或同志會，人數由二十至五十餘人不等，人數最眾的可能是「廈門尚志社」（1923 年 7 月留學廈門的臺灣學生總數高達 195 名）。在中國的臺灣留學生社團和日本的臺灣學生社團一樣，懷抱類似的宗旨。[61]這些青年留學生雖遠遊他鄉，仍然心繫臺灣。

張我軍是當年漂泊異鄉的臺灣遊子之一，長年羈留北京後 1924 年回鄉，對故鄉忽焉有新體認。〈南遊印象記〉中他承認「四、五年來，南船北馬，總不下萬里。但是這萬里之路，統是在島外跋涉的，至若島內呢？諸位請勿笑，我活了二十幾年，只北至小基隆，南至新竹而已。」這篇遊記描寫他因爲得到《民報》的免費車票，決心一遊南臺灣的經過。這次南遊在火車上看見大海，又興起他「乘長風破萬里浪，跳出臺灣，到海的彼方

---

[57]《臺灣總督府警察沿革誌》，第 2 編，中卷，頁 24～36。見王乃信等譯，《臺灣社會運動史》，卷 1，頁 20～37。

[58]《臺灣總督府警察沿革誌》，第 2 編，中卷，頁 37～68。見王乃信等譯，《臺灣社會運動史》，卷 1，頁 38～81。

[59]同註 13，頁 14。

[60]見王乃信等譯：《臺灣社會運動史》，卷 1，頁 59。

[61]《臺灣總督府警察沿革誌》，第 2 編，中卷，頁 69～137。見王乃信等譯，《臺灣社會運動史》，卷 1，頁 62～81。

去」的慾望，但幾天行程下來，卻是他的發現臺灣之旅。大甲溪南北天候
的差異，八卦山的歷史，臺南的「中古式」風味，在在讓他神往，而最振
動他的是古蹟與歷史的關聯。看見安平古堡，他說道：「看了一片蒼古頹然
的古城堡，以及穿著窟窿的傾頹的古牆，立刻使我聯想到數百年前荷蘭人
的故事。」拜訪開元寺，他說道：「此刻又訪到我們臺灣人的開基祖鄭成功
之廟。荷蘭人正和鄭國姓的兵馬在我腦海中打起仗來了。」[62]由發現鄉土到
歷史的追溯，應該是許多性喜（或被迫）漂泊的人的共同經驗。

　　對日戰爭結束後，張我軍於 1946 年回到臺灣定居。1948、1949 年他
主編《臺灣茶葉》季刊，在第一期上發表〈採茶風景偶寫〉[63]，第 2 期上發
表〈山歌十首〉[64]、〈在臺島西北角看採茶比賽後記〉[65]，第 3 期上發表
〈埔里之行〉[66]，這些篇章都是清新可人的鄉土書寫。〈山歌十首〉中他一
開始即寫道：

> 話說那一年老童生逃出了日本治下的老家臺灣，遠遠到了北方故鄉之
> 地，住了二十有餘年之後，回到了光復不久的故土一看，真是一草一木
> 都覺得可愛可親！連他過去以為是極鄙俚的「歌仔戲」，聽起來也覺得新
> 鮮有味……。[67]

聽膩了歌仔戲以後，他南遊臺中時，無意間發現了客家山歌之美。這篇
〈山歌十首〉花了許多篇幅解說歌謠中客語詞彙的含義，例如「愛」是
「要」、「窗門」是「窗戶」等。在臺灣各族群意識高張、紛紛探討或「重
建」族群史的今天，讀到這篇寫於 1940 年代末的〈山歌十首〉，猶覺饒富

[62]同註 56。
[63]張我軍，〈採茶風景偶寫〉，《臺灣茶葉》第 1 期（1948 年 6 月 3 日）。
[64]張我軍，〈山歌十首〉，《臺灣茶葉》第 2 期（1948 年 10 月 1 日）。
[65]張我軍，〈在臺島西北角看採茶比賽後記〉，《臺灣茶葉》第 2 期（1948 年 10 月 1 日）。
[66]張我軍，〈埔里之行〉，《臺灣茶葉》第 3 期（1949 年 1 月 1 日）。
[67]同註 64。

意義。

　　〈採茶風景偶寫〉記錄下臺灣採茶風俗的今昔之比，作者最難忘懷的
是採茶男女互相挑逗的歌聲。生動地描寫了記憶中採茶歌的情境後，作者
提醒自己，「但是 30 年前僅僅看過一次而印在心坎中的記憶，究有百分之
幾的現實性，我自己也不敢擔保。或者大部分是耳聞而來的資料，經過長
期間的整理，而且加以想像化而成的也說不定。」[68]但他遠離家鄉 20 年後
重遊茶園，看見的景緻只是「幾個老老小小的婦女」爲生活勞碌而已。他
大失所望，理解到「鄉愁」可能替記憶蒙上了「神祕羅曼絲」的色彩。茶
園主人卻說這種舊時情景要在深山裡沒有新式製茶工廠的地方才可能找
到。所以也許是「記憶」、「想像」中的「鄉土」才能恆久不變，反而比現
實中的鄉土更「真實」。在歷史變遷、政治經濟轉型等錯綜複雜衝激之下，
鄉土的再現須要強烈的意識來「重新建構」。企圖重建鄉土，系統化的大量
宣導、書寫是重要的策略。

　　漂泊他鄉後發現鄉土、緬懷歷史，從而珍惜鄉土。這是許多自認爲身
處「邊緣」、嚮往「中心」文化的人所可能重複的經驗。某一時期「中心」
（他鄉）的召喚難以抵擋，另一時期「邊緣」（故鄉）的牽引千絲萬縷；不
斷在「中心」與「邊緣」間徘徊掙扎，也許是流連於他鄉與故鄉間的人共
同的體驗。「漂泊他鄉」或「流落異鄉」（"Diaspora"）描寫猶太人自巴勒斯
坦放逐後的心態。這個字眼可用來形容舉世歷來所有移民他鄉的族群的共
同經驗。地理上和精神上的遷徙，無論自願或被迫，都可能導致適應、懷
舊、族群文化斷層移植的焦慮和危機感（或享有更開闊的「解放」空
間？）[69]張我軍同時代的臺灣知識分子，無論是實質上的漂泊他鄉或精神上
的「景慕異鄉」，都面對類似的焦慮（或解放）。常年漂泊的遊子或景慕異
鄉的人，到生命轉機時刻經常會回歸鄉土、肯定鄉土，進而意識到重建歷

---

[68]同註 63。
[69]見彭小妍，〈族群書寫與民族／國家──論原住民文學〉，《當代》第 98 期（1995 年 6 月），頁 48
　　～63。CF. Meyer Reinhold, *Diaspora, the Jews among the Greeks and Romans*（Sarasota, Fla.:
　　Stevens, 1983）。

史、重建鄉土的迫切及認同的危機。張我軍也不例外。

　　由於血緣、歷史、文化的交集，日據時代臺灣知識分子的中國情懷和臺灣情懷錯綜複雜。《臺灣民報》第 3 卷第 1 期黃呈聰的〈應該著創設臺灣特種的文化〉就是針對殖民政府的同化政策，主張臺灣應發展不同於日本、中國和西洋的文化特色。他指出：

> 凡文化是要創造、模仿、或將模仿來改造……文化若接觸異種的文化便會受到刺戟感化、其理性常常要求比自己向來的文化更好的……能創造建設特種的文化始能發揮臺灣的特性、促進社會的文化向上、此種文化的建設是要大家努力、如不這樣努力、只憑著東西各種的文化所翻弄、或有傾於中國、或有傾於日本、或有傾於西洋、為二重生活或三重生活、這是無利益的。[70]

「為二重生活或三重生活」是現代人不可避免的「命運」，還是「誘惑」？

　　「臺灣特種的文化」面貌應該如何？到今天臺灣民眾、知識分子和主政者仍摸索試探，企圖建構臺灣的獨特文化。數百年來由於歷史和政治的特殊情境，臺灣文化的駁雜多樣已是事實，而臺灣文化的「建構」也因政治現實而動見觀瞻，一直是敏感議題。文化的形成受到歷史、政治環境所影響，也許是「無意識」、被動的狀態，但建構文化就是出於有心人意識、積極主導的活動。[71]在整體建構臺灣文學、文化聲浪的同時，尊重個別差異和獨創性，開創多元、包容的發展空間，是每個個體都應思考的議題。

──選自《中國文哲研究集刊》第 8 期，1996 年 3 月

---

[70]黃呈聰，〈應該著創設臺灣特種的文化〉，《臺灣民報》第 3 卷第 1 期（1925 年 1 月 1 日）。
[71]參考註 2 及本文起首時有關民族／國家形成要素的部分。

兩端之間
論 1920 年代張我軍新舊文學意識與文化民族認同（節錄）

◎劉恆興[*]

一、前言

　　張我軍（1902～1955），板橋人士，臺灣新文學運動先驅。[1]其少年時代即從前清秀才學習，接受中國傳統文化教育。1921 年至廈門襄助銀行業務，接觸五四運動思想，至 1946 年二十餘年多停居北京。[2]除返臺及定居臺灣時期作品，創作泰半據中國經驗。又對新文化運動頗為傾倒，屢引胡適及陳獨秀主張，陳述臺灣文壇改革意見，提出「臺灣的文學乃中國文學的一支流」說法。[3]因此學者以為中國（族）意識在張氏思想觀念中占重要地位。亦因政治立場差異，分別給予不同評價。[4]

　　但循此脈絡，能否正確解讀張氏文學理念及認同情感，仍有待檢驗。

---

[*]暨南國際大學中國語文學系副教授。

[1]見張深切，〈弔張我軍〉，載於《我與我的思想》（臺中：中央書局，1965 年），頁 209；林瑞明，〈張我軍的文學理論與小說創作〉，載於彭小妍編，《漂泊與鄉土──張我軍逝世四十週年紀念論文集》（臺北：行政院文建會，1996 年），頁 138～139。

[2]以上俱參見張光正原作；秦賢次增訂，〈張我軍年表〉，載於《漂泊與鄉土──張我軍逝世四十週年紀念論文集》，頁 33～45。

[3]見張我軍，〈請合力拆下這座敗草欉中的破舊殿堂〉，原載 1925 年《臺灣民報》，亦見張光正編，《張我軍全集》（臺北：人間出版社，2002 年），頁 15～21。按：此書為張氏哲嗣所編，以下簡稱《全集》，凡所用引文若有出入，以原刊為準。

[4]如白少帆等以為：「張我軍這種認同母體的愛國主義思想，貫穿在他所有的文章裡。也正是這種深沉的牢固的愛國情懷和故鄉淪為異族統治的悲憤心境，決定了他毫不含糊的民族進步立場與遠見。」葉石濤則以為：「由於張我軍只能以北京生活為其題材，跟臺灣現實不發生關係，所以這三篇小說給臺灣新文學的影響不大；……這證明被『劇根』的作家很難表達出本土民眾的心聲。」見白少帆等編，《現代臺灣文學史》（瀋陽：遼寧大學出版社，1987 年），頁 61；葉石濤，《臺灣文學史綱》（高雄：文學界雜誌社，1987 年），頁 42。

全以西潮影響下的國族主義者理解張氏，恐於其時代背景及文本，形成不少矛盾。張我軍批判舊文學態度並非不可動搖，當時臺灣傳統文人更非全然無知守舊，面對局勢變化，努力在文化、文學乃至社會國族等議題，以現代性爲目標做出回應。[5]在此基礎上，張氏批判舊文學，建立新文學，不免僅餘白話／文言典律堅持，及新學／漢學、西洋／東洋等二元對立文化思維的意義。若此難免使人質疑：若臺灣新舊文學論爭，乃意識形態或觀點歧異，甚至陣營間相互誤解的結果[6]，是否足以產生十餘年對立論爭風潮？新文學如何發展茁壯，與古典文學分庭抗禮？並由此衍生所謂臺灣傳統文人「清朝遺民」式與新知識分子近代國族主義，二者間轉化乃至分裂，能否在此思想性薄弱基礎上成立的問題。

　　隨當前研究論述深化，做爲日治時期革新發展主要動力，臺灣新文學的主體脈絡有重新釐定必要。本文嘗試循不同思考脈絡進程，重新檢視張我軍文學理念及相關文本。在正視殖民環境下，臺灣文學文化存在特殊歷史發展的主體特徵，與不務求推翻前說等前提下，以客觀務實角度，理解張氏文學觀念義涵與內心認同圖譜，並探索臺灣新文學運動發展中新舊文學衝突的可能解釋。

二、新舊抉擇

　　張我軍受新文化運動影響，批判傳統文人及文學毫不留情爲不爭事實。但將之定位爲反傳統革命派文人，並不適當。其屢引胡、陳等人說法，然回應「悶葫蘆生」攻擊時，並未力挺二人，僅稱：「中國的新文學決

---

[5]見陳昭瑛，〈啓蒙、解放與傳統──論二〇年代臺灣知識分子的文化省思〉，載於黃俊傑、何寄澎編，《臺灣的文化發展：世紀之交的省思》（臺北：臺灣大學出版中心，2002 年），頁 19～58；黃美娥，《重層現代性鏡像──日治時代臺灣傳統文人的文化視域與文學想像》（臺北：麥田出版社，2004 年），頁 81～106。

[6]黃美娥以爲：「新舊文學論戰發生後，新文學家似乎對於論戰前舊文人曾經思考並進行的文學革新之路，毫無所悉，這或許是因張我軍等人的年齡較輕（如張氏掀起論戰時年僅 22 歲），對於舊文學的變化實際上未能徹底掌握的緣故；當然，在想要全盤去舊迎新的文學革命企圖下，也有可能對於舊文人的改造之路視若無睹。」見《重層現代性鏡像》，頁 93～94。

不是陳、胡二人的私產，是時勢造成的中國的公產，不過是他們兩個人較可代表罷了。」[7]對革命派文人意見有所保留，實已透端倪。

　　五四起源固有國族主義性質，但思潮發展則不能如此簡單定位。其改革思想源自西方，但參與人數最多、影響力強大的留日學生團體[8]，卻普遍接受無政府及左翼社會主義洗禮。[9]張氏當時尚未曾履日，但以背景論，與留日學生生活思想較為接近。因此介紹新文化運動理念時，已有左翼傾向。不僅行動加入左翼「青年讀書會」，在警察機關黑名單榜上有名[10]，言論亦明顯左傾。[11]1930 年起，更積極加入革命文學與無產階級文學理論建設與宣揚。探討張氏思想發展脈絡，左翼觀念實不可忽略。[12]但此非指張氏完全理解並接受左翼改革理念。其觀察及思考角度與左翼異同，尤其接受傳統文化教育造成的影響，仍值得關注。

　　不同於西方現代性思維，左翼觀念中，文學雖是社會「上層建築」一部分，反映某種意識形態，但非機械式反映經濟基礎結構。[13]文學藝術由此

---

[7]張我軍，〈揭破悶葫蘆〉，原刊 1925 年《臺灣民報》，亦見《全集》，頁 28～29。

[8]郭沫若指出：「中國文壇大牛是日本留學生建築成的。創造社的主要作家都是日本留學生，語絲派的也是一樣。」見〈桌子的跳舞〉，載於李何林編，《中國文藝論戰》（香港：華夏出版社，1957年），頁 344。

[9]五四所受相關影響，見 Ching-mao Cheng,"The Impact of Japanese Literary Trends on Modern Chinese Writers,"Douwe W. Fokkema,"Lu Xun: The Impact of Russian Literature,"in Merle Goldman, ed., *Modern Chinese Literature in the May Fourth Era*（Cambridge, London: Harvard University Press, 1977）, pp.63～88; 89～102. 留日學生對運動所造成思潮影響，見周策縱，《五四運動史》（臺北：桂冠圖書公司，1989 年），頁 44～50。

[10]其於 1925 年被推選為臺北青年讀書會委員。見林書揚等編輯，王乃信等譯，《臺灣社會運動史：1913～1936》第 4 冊（臺北：創造出版社，1989 年），頁 12～13。按：據《警察沿革志》記載，當時青年讀書會成員，多研究「社會問題、共產主義及其他社會思想，討論臺灣的諸項問題。」見《臺灣社會運動史》第 1 冊，頁 252。又按：彭小妍指出，張我軍非但加入青年讀書會，亦曾於「臺北青年體育會」演講，即《臺灣民報》第 3 卷第 10 號之〈生命在，什麼事做不成？〉。見彭小妍，〈文學典律、種族階級與鄉土書寫：張我軍與臺灣新文學的起源〉，載於《漂泊與鄉土——張我軍逝世四十週年紀念論文集》，頁 173，註 6。

[11]如〈致臺灣青年的一封信〉言道：「馬克思甚至說：『人類一切的歷史，都是階級鬥爭的事跡。』」原刊 1924 年《臺灣民報》，亦見《全集》，頁 3。

[12]見張我軍，〈從革命文學論到無產階級文學〉，《全集》，頁 139～148。按：據其譯序所言，1925年張氏對日本左派文論及作家已有接觸，見《《賣淫婦》作者葉山嘉樹小傳》，《全集》，頁 135

[13]誠如恩格斯（Friedrich von Engels）1890 年所言：「根據唯物史觀，歷史過程中的決定因素歸根到底是現實生活的生產和再生產。無論馬克思或我都從來沒有肯定過比這更多的東西。如果有人在這裡加以歪曲，說經濟因素是唯一決定性的因素，那末他就是把這個命題變成毫無內容的、抽象的、荒誕無稽的空話。」見〈致約瑟夫·布洛赫〉，馬克思、恩格斯著，《馬克思恩格斯全集》第

自意識形態中獲得解放。傳統與現代定位非由單一量尺決定，馬克思（Karl Heinrich Marx）已然做出提示：

> 關於藝術，大家知道，它的一定的繁盛時期決不是同社會的一般發展成比例的，因而也決不是同仿佛是社會組織的骨骼的物質基礎的一般發展成比例的。（中略）例如史詩來說，甚至誰都承認：當藝術生產一旦作為藝術生產出現，它們就再不能以那種在世界史上劃時代的、古典的形式創造出來；因此，在藝術本身的領域內，某些有重大意義的藝術形式只有在藝術發展的不發達階段上才是可能的。[14]

偉大藝術未必依賴高度發達社會生產力，而在自然與人類心靈的「協調」。封建與資本主義高度分工結果，破壞古代社會關係和諧，但社會主義能夠在另一高度再現。正統左翼主張文學進化觀，但並未因此反對古典文本閱讀與學習，甚至著重批判現代社會文本。[15]

張我軍思考反映此基本傾向。當時學者批評張氏造成新與舊文學對立，排斥後者。張氏對此很不以為然。回應連橫質疑時，指出新文學家非謂不通古典文藝者：

> 然而我最不滿意的，是他把「漢文可廢」和「提倡新文學」混作一起。不但如此，若照他的意思是「提倡新文學」之罪甚於「漢文可廢」。一笑！
> 請問我們這位大詩人，不知道是根據什麼來斷定提倡新文學，鼓吹新體詩的人，便都說漢文可廢，便都沒有讀過六藝之書和百家之論、離騷樂

---

37 卷（北京：人民出版社，1971 年），頁 460。
[14] 馬克思，〈《政治經濟學批判》導言〉，《馬克思恩格斯全集》第 12 卷（1962 年），頁 760～761。
[15] 見 Terry Eagleton, *Marxism and Literary Criticism* （Berkeley: University of California Press, 1976），p.18.

府之音。而你反對新文學的人，都讀得滿腹文章嗎？[16]

　　攻擊舊文人最烈〈糟糕的臺灣文學界〉，不滿亦是其「僞（古典）學者」本質：「他們腹內半部唐詩合解也沒有，只管搜盡枯腸，一味的吐，幾乎把腸肚都吐出來。」[17]語言問題上，張氏更未主張新文學應以白話做標準：

> 新文學不一定是語體文（白話文），不過文學革命家所以主張用語體文的，是語體文較文言文易於普遍，易於活用。（中略）而語體文（白話文）未必全是新文學，新舊文學的分別不是僅在白話與文言，是在內容與形式兩方面的。[18]

　　所謂「語體文未必全是新文學」，乃胡適文學史觀影響下說法。然而「新文學不一定是語體文」，及「新舊文學的分別不是僅在白話與文言，是在內容與形式兩方面」等意見，不能不說已超越原說，顯示當時左翼知識分子辯證式思想的共同特色。

　　若文體語言並非兩派真正衝突點，張我軍對舊文人及其文學，始終不願假以辭色，主因何在？葉石濤及彭小妍等指階級或爲問題核心。[19]某些舊詩人「遺老」氣味與殖民政權間曖昧關係，確是張氏諷刺批判焦點。但只有偏狹馬克思主義批評者，才以爲文學作品單純反映統治階級意識形態。[20]

---

[16]張我軍，〈爲臺灣的文學界一哭〉，原刊 1924 年《臺灣民報》，亦見《全集》，頁 12～13。
[17]張我軍，〈糟糕的臺灣的文學界〉，原刊 1924 年《臺灣民報》，亦見《全集》，頁 7。按：張氏批評舊文人爲「僞學者、僞詩人、僞文人」，亦可見其〈隨感錄〉，原刊 1925 年《臺灣民報》，亦見《全集》，頁 62～64。
[18]張我軍，〈揭破悶葫蘆〉，《全集》，頁 28。
[19]彭小妍以爲「在他的詮釋下，舊文學和新文學代表了兩種階級的對立。（中略）換句話說，他點名批判的『詩伯』、『詩翁』之流，和殖民者互通聲氣，儼然形成一斑『自以爲儒典雅』的階級。」見氏著，〈文學典律、種族階級與鄉土書寫〉，《漂泊與鄉土──張我軍逝世四十週年紀念論文集》，頁 176。按：葉氏說法詳下。
[20]參見恩格斯，〈路德維希‧費爾巴哈和德國古典哲學的終結〉，《馬克思恩格斯全集》第 21 卷（1965 年），頁 301～353。

張我軍雖接受左翼影響，態度並不偏狹。其未將附和當權者視爲舊文學代表，以爲嚴格說來，此類人不能稱爲文學者：

> 他們不但不能脫卻舊文學的迷夢，踏入新文學的路上，而懂得文學是什麼的人，恐怕也而百中不能求一，（照這樣結論起來，他們死守古典主義也難怪的。老實說一句，他們或許不自知其是守在古典主義罷。）試問一問，他們爲什麼要做詩？詩是什麼？……那麼是同問著啞巴一樣的了。[21]

因此，張我軍與連橫等嚴肅古典文人文學觀念衝突所在，顯然需自階級觀念，推進一層加以深究。

自與張我軍時代接近西方左翼學者文論，可見出階級雖爲探討文學與社會文本關係時重要參照，實際追求的卻是文學反映現實。如班雅明（Walter Benjamin, 1892～1940）比較古代的說故事（storytelling）與現代小說，以爲前者根植人們生活經驗，說故事者與聽眾分享、傳遞記憶和智慧。中產階級出現及出版業繁興造就小說興起及故事衰亡，但小說作者與讀者相互隔絕：作者離群索居，無法通過關懷生活以表達自我，而讀者縈困敘事懸念，追索文本結局（或人物死亡？）意義。班雅明以死亡爲例，說明此者：

> 在 19 世紀，資產階級社會透過衛生和社會的、私有和公共的制度造成了一個第二性的效果（中略）：使人們避諱死亡惟恐不及。死亡曾是個人生活中的社會過程，最富典型意義。遙想中世紀的繪畫，死榻升爲王座，人們穿過死屋敞開之門趨前敬弔死者。在現代社會，死亡越來越遠地從生者的視界中被推移開。[22]

---

[21]張我軍，〈糟糕的臺灣文學〉，《全集》，頁6。
[22]Walter Benjamin, "The Storyteller: Reflections on the Works of Nikolai Leskov, "in Hannah Arendt, ed.,

　　但班雅明並未反對科技工藝進步之現代文明，以為作家應批判地推展文學藝術生產模式。雖古典文藝氣息（aura）逐漸遠去，革命的現代文藝卻應帶來震驚感受，從而深入認識生活事物本質。[23]

　　自承「不是一個文學者」，「對文學上的知識是非常之膚淺」的張我軍，自然無法如此透晰思考文學發展，但亦表露重視生活現實態度。論及「真正的文學和臺灣文人的錯誤」時，指出：「詩，和其他一切文學作品的好壞，不是在字句聲調之間，乃是在有沒有徹底的人生觀和真摯的感情。」臺灣傳統文人錯誤也在於此：

　　　歷來我臺灣的文人……因為太看重了技巧和形式，所以把內容疏忽去，
　　　即使不全疏忽去，也把內容看得比技巧和形式輕低。於是流弊所至，寫
　　　出來的詩文，都是些有形無骨，似是而非的。既沒有徹底的人生觀以示
　　　人，又沒有真摯的感情以動人。（中略）而和現代的所謂文學相去萬里
　　　了。[24]

　　囿於時代與專業素養，張氏文學形式、內容關係理解，相較於班雅明甚至可謂膚淺偏頗[25]，「徹底的人生觀」一語，若指掌握生活現實，亦過於籠統。但以古典、現代文學本質的思考傾向論，二人實有共通處。因此，如引述胡適文學改良「八事」時，便非全文逐條照搬。除按己意重組外，[26]

Illuminations: Essays and Reflections（New York: Schocken Books, 1968），p.94.中譯文見王斑譯，
　〈講故事的人：論尼古拉・列斯克夫〉，載於張旭東等譯，《啓迪──本雅明文選》（香港：牛津
　大學出版社，1998 年），頁 86～87。
[23]見 Walter Benjamin, "The Work of Art in the Age of Mechanical Reproduction, "in *Illuminations: Essays and Reflections*, pp.217～253.
[24]張我軍，〈絕無僅有的擊缽吟的意義〉，原刊 1924 年《臺灣民報》，亦見《全集》，頁 23。
[25]左翼班雅明等以形式做為理解文學作品的核心，見 Terry Eagleton, *Marxism and Literary Criticism*, p.19.按：張我軍未否定形式重要，以為內容反映人生為前提，趣味及表現仍不失應經營之「美點」，亦即擊缽吟「絕無僅有的意義」。見同上註，頁 25。
[26]胡適八事依次為：一、須言之有物，二、不摹倣古人，三、須講求文法，四、不作無病之呻吟，五、務去爛調套語，六、不用典，七、不講對仗，不避俗字俗語。張氏八事則按一、四、六、五、七、三、二、八次序排列。胡氏說法見〈文學改良芻議〉，《文學改良芻議》（《胡適作品集》第 3 冊，臺北：遠流出版公司，1986 年），頁 5～6；張氏說法見〈請合力拆下這座敗草欉中的破

更增刪原說。以「不做『無病呻吟』的文章」爲例，便提出：「夫藝術最重要的是誠實，文學也是藝術的一種，所以不說誠實話的文學，至少也可以說不是好的文學」的主張。[27]

　　此時舊文人，不能說未慮及文學與現實關係，但仍停留在社會風俗做爲文學題材功能的理解。如中州逸民〈論小說家宜注重遊歷〉，強調社會小說重要，稱「它種小說之造意，或有時而窮，唯社會小說，則雖萬卷千帙，亦可紀述不盡」，及「無論何種小說，必有敘地點，寫風景之處，著作既多，需材愈廣。」[28]因此嚴格說來，張氏批評非無的放矢。然而其概念亦不明晰，無法形成有力批判論點。雙方對現實概念理解皆處於各自表述階段，故可推測對立亦不在此。[29]

　　值得注意者，反是與人生觀並舉「真摯情感」說法，此或爲與舊派文人意見真正相左處。且縱觀張氏文論發展，本項重要性恐較前者有過無不及。在討論「人爲什麼要做詩」問題時，以情感爲論述主體，具體引述歌德（Johann Wolfgang von Goethe）與〈詩大序〉、朱熹〈詩集傳序〉，闡釋詩歌表現個人情感的意見：

> 這兩段話（按：指〈詩大序〉「情動於中」至「足之蹈之也」，及〈詩集傳序〉「人生而靜」至「此詩之所以作也」二段文字）不待說明，是很明白的，和歌德所說是沒有兩樣。都是有所感於心，而不能自己，所以自然而然的寫出來，決不是故意勉強去找詩來做的。[30]

舊殿堂〉，《全集》，頁 16。
[27]張我軍，〈請合力拆下這座敗草欉中的破舊殿堂〉，《全集》，頁 17〜18。
[28]中州逸民，〈論小說家宜注重遊歷〉，載《臺灣文藝叢誌》第參年第七號（1921年），頁 8〜9。
[29]王德威指出，中國作者未被「寫實主義律令」操控前，現實觀念自由開放。時期結束並在寫實觀念上形成對立，王氏未給出明確時間點，卻暗示應在轉向革命文學後。臺灣文學寫實觀念進程應略與此相當。見王德威著，宋偉杰譯，《被壓抑的現代性：晚清小說新論》（臺北：麥田出版社，2003年），頁 70〜73。
[30]張我軍，〈絕無僅有的擊缽吟的意義〉，《全集》，頁 23〜24。

張氏以「聖人」稱〈詩大序〉作者與朱熹，顯示對古典文學一定尊重態度。陳昭瑛以為其回歸儒學傳統，誠屬確然。但以為至此「新舊文學之爭在文學原理上已無可爭之處」[31]，則顯非如此。

尊重傳統為張我軍一貫態度，陳昭瑛等說法足供參考。但不意味在繼承傳統與創新文學意義上，張氏與傳統文人分享相同的價值理念。強調文學需有真實情感，首見引介胡適八事說法中「言之有物」條下。其言謂：「這裡所謂物，乃指思想與情感二者，並不是古人之所謂『文以載道』之『道』。情感是文學的生命，思想是文學的血液。」[32]

論述與原說類似。反對「文以載道」說法，反映中國現代文學強調包含個人主觀意念及情感。張氏認同此一追求，因此在〈詩體的解放〉文中，增加個體感情聯繫：「有了高潮的感情更醇直地把它表現出來，便自然而然地有緊迫的節奏，便是詩了。」[33]

但欲追索張氏何以執著文學情感，及其與臺灣舊文人、五四理念之差異，必須先一步理解其思想脈絡發展根源。普實克（Jaroslav Prusek）循左翼思考路線，首先提出中國現代與傳統文學差異解釋，以為差別主要在文學「抒情性」（"lyrical"）與「主觀性」（"subjective"）層面：

簡而言之，我們可以說，現代文學，在一定的意義上，在一種新的形式和主題原則上以及在不同的環境中，都繼承和發揚了當時統治中國人民的晚清集團中有教養的知識分子的文學傳統。（中略）如果我們要尋找一種把舊時代的文人集團為自己消遣而進行的創作同為人民而寫的作品明顯地區別開來的主要特徵，我們肯定會發現，這種特殊就在於：（中略）它更多強調的是文學作品的抒情性和主觀性。[34]

[31] 陳昭瑛，〈啓蒙、解放與傳統——論二〇年代臺灣知識分子的文化省思〉，《臺灣的文化發展》，頁50。
[32] 張我軍，〈請合力拆下這座敗草欉中的破舊殿堂〉，《全集》，頁17。
[33] 張我軍，〈詩體的解放〉，原刊1925年《臺灣民報》，亦見《全集》，頁39。
[34] Jaroslav Průšek, "Subjectivism and Individualism in Modern Chinese Literature."*Archiv Orientalni* 25 （1957）: 267; 283. 中譯見〈中國現代文學中的主觀主義與個人主義〉，載於普實克著；李燕喬等

清楚標示傳統與現代文學關聯，同篇論述指出「中國社會所發生的巨
大變化是始於明朝，其動力主要是中國內部的力量，而且其淵源也在中國
國內。」確實帶給後來學者重要深刻啟發。而對文學抒情傾向重視，或恐
亦是張氏在〈復鄭軍我書〉，堅持「老前輩之維持不過是苟延死文學的殘喘
而已……所以我人愈不可不改革了」[35]的主因。

但現代與傳統文學側重面之差異，究竟代表何種社會文化意義？
自左翼立場觀之，應同時包括顛覆與繼承意義。普實克卻以反封建社會道
德的對立模式解釋，下面的論述說服力便較為薄弱：

> 如果說革命時代的文學反映的是中國人民對舊的封建制度的反抗，那我
> 們必須承認，我們在清代文學中發現的類似傾向則是封建制度將產生危
> 機的第一個先兆，我們在其中發現的主觀主義和個人主義證明了個人從
> 傳統思維方式中得到了一定程度的解放，它們也是表明封建制度強加於
> 個人的束縛已經鬆弛的一個標志。它們預示著，個人開始使自己從過去
> 所有的清規戒律中解放出來──至少是在思想上解放出來。[36]

白芝（Cyril Birch）在 1970 年代發表類似論文，承繼普實克論點，唯
對左傾庸俗化結論立場稍事修正。以為中國現代文學出現大量個人化、反
映作者主體意識人物（individualized authorial persona）文本，是對傳統社
會價值觀與信念崩毀而蕩然無存的回應，企圖以個人主觀知覺情感，重新
掌握現實世界運作規律法則。[37]換言之，中國現代文學確實具有強烈自我主
觀色彩，但不同於西方個人主義文本發展歷史法則，是其本身僅是一種傾

譯，《普實克中國現代文學論文集》（長沙：湖南文藝出版社，1987 年），頁 10、29。

[35]張我軍，〈復鄭軍我書〉，原刊 1925 年《臺灣民報》，亦見《全集》，頁 32。按：鄭軍我為鄭坤五之筆名

[36]見 Jaroslav Prusedk, "Subjectivism and Individualism in Modern Chinese Literature," p.283; 引文見李燕喬譯文，頁 29。

[37]見 Cyril Birch, "Change and Continuity in Chinese Fiction," in *Modern Chinese Literature in the May Fourth Era*, pp.390～394.

向，而非具體追求的目標。[38]東方文學作品做為表彰社會倫理文本，有自先秦以降的發展傳統，無論就理論及作品任一層面，中國現代文學並未背離此一傳統。

臺灣現代文學發展亦然，但理念卻不盡相同。如果說中國現代文學內在思維邏輯，是創建新社會道德規律內涵，臺灣則是充實傳統價值信念的另一版本。張我軍在此分流改道過程中，實扮演重要積極角色。前述諸文，雖強調主觀情感，卻並未步中國同儕利用主體情感，建構新道德規範後塵。張氏理想與其說是創新，毋寧說是回歸傳統社會倫理觀念法則。在1925 年發表〈至上最高道德──戀愛〉，便可見出此一見解：

> 一班可憐的人，對於兩性關係，只知道有性交和生殖作用，而不知有尊貴的神聖的戀愛。（中略）如一班道學者流，開口便誹罵戀愛，他們看見一些青年所做，而與戀愛無干的淫蕩之事，便拉戀愛來痛斥，說自由戀愛是畜生的行為，對於這班人已無須吾人去罵他。（中略）但我們一方面不得不知道學者流與受其所惑之人打戰，一方面又不得不防禦一部分慣於掛自由戀愛的招牌，而行淫蕩的等於畜生的假新人的污濁戀愛。[39]

其分離情、欲，明顯以前者為價值核心。這並非說張氏排斥欲望，只是需以情做為節制，甚至以情做為道德精神主體：

> 單只是兩性間的戀愛發源於性欲的事，是今人任誰都沒有疑問的。不過與動物不同，跟著人間的進化，（按：疑缺性欲二字）同時被淨化，被醇化，而變成了最高至上的道德，成了藝術。如一談到男女間的事，便欲把這以色情啦、劣情啦……的名詞一筆勾銷去的古風的道學者流，不過

<hr>

[38]林毓生就曾對五四反傳統主義研究中證明此一觀點。參見 Lin Yu-sheng, "Radical Iconoclasm in the May Fourth Period and the Future of Chinese Liberalism, "in Benjamin Schwartz, ed., *Reflections on the May Fourth Movement*（Cambridge, Mass.: Harvard University Press, 1972），p.25.
[39]張我軍，〈至上最高道德──戀愛〉，原刊 1925 年《臺灣民報》，亦見《全集》，頁 102。

在表示他們自己的腦筋還未從畜生之域進一步罷了。[40]

　　基本立場受中國新派學者，如周作人「欲是本能，愛不是本能，卻是藝術，即本於本能而加以調節者。」[41]觀念影響，卻偏向愛情一方論述，對於本能欲望與文學關係不願多提。與周作人兼重性欲「力」的發洩及情「理」的調節，所謂「自然人性」[42]追求不同。表現於作品，〈買彩票〉、〈白太太的哀史〉及〈誘惑〉，風格便與郁達夫〈沉淪〉、丁玲〈莎菲女士的日記〉等大膽剖白情欲之中國作品大異其趣。

　　但與五四革新派文人最大不同，在張氏重視傳統道德精神，並以此做為節制個人自我實踐規範。如說明「戀愛的神聖」，以為提供「自己（我）犧牲」動力：

> 歷來受了學校的先生什麼忠啦、孝啦、社會奉仕啦⋯⋯種種形式說教，尚且不能十分體驗「自己犧牲」這件事，能夠切身感得的，是開始識了「戀愛」之時罷。（中略）單只說什麼是「人間之道」，開口就是仁義，談論就是忠孝，所未曾夢想到的熱烈的自己犧牲的最高的道德性，只有在戀愛中最美麗地出現。[43]

　　忠孝仁義等傳統倫理道德，原與戀人們犧牲自我精神相通，一旦淪為說教形式表現，便失去感人力量。與中國革新派如陳獨秀等，以為「忠孝節義，奴隸之道德也」。[44]激烈排斥傳統道德的立場正好形成對比。

　　張我軍對臺灣傳統文人不滿，亦在於此。即舊文人非不講情，但往往

---

[40]張我軍，〈至上最高道德──戀愛〉，《全集》，頁 105。
[41]周作人，〈結婚的愛〉，《自己的園地》，載於《周作人全集》第 2 冊（臺中：藍燈文化公司，1982年），頁 88。
[42]周作人，〈人的文學〉，《藝術與生活》，《周作人全集》第 3 冊，頁 565～566。
[43]張我軍，〈至上最高道德──戀愛〉，《全集》，頁 105。
[44]陳獨秀，〈敬告青年〉，《獨秀文存》（上海：亞東圖書館，1934 年），頁 3。按：陳氏反傳統意見，亦可見〈新青年罪案之答辯書〉，《獨秀文存》，頁 362。

以文人騷客情感為理想標準，排斥耕農牧豎質樸感受，甚至以情為人為之文章。如樵隱言道：

> ……牧豎朝夕徘徊其地，而不能領略其趣。是知天然之文章，寄則奇矣。苟不遇文人韻士，宣之於口，筆之於書，播之於歌謠，乘之於久遠，則其埋沒而不彰者，何可勝數。（中略）質而言之，天然者景也，人為者情也。[45]

　　情感只為文章生色而設，又特別標明非「文人韻士」不足以形容，無怪乎張稱其「糟糕的臺灣文人」，痛斥：「你們的景，你們的情，跳不出詩韻合璧佩文韻府之外，所以做出來的詩都是糟糕的詩也是難怪的！」[46]

　　但最令張氏痛心者，應是舊文人挾古自重，動輒以「背本忘根」、「蕩滅倫常」責人[47]，卻不願深思傳統道德禮法精神內容究竟為何。受傳統文學文化啟蒙的張我軍，不願直斥其非，仍給予極辛辣調侃諷刺：

> 近日孔聖人的孝子賢孫們群起而倡建文廟了，於是一班「之乎也者焉矣哉」的老先生們的大文章洋洋乎千言登在報上。但我以為他們並不是孔聖人的孝子賢孫，因為他們正坐在「欺下罔上」之罰啦。（中略）依他們之意，青年所想的事都是錯的。他們以進化為惡化，並且說我人的行為非「遵古法制」不可，所以嘆世風之不古。卻不知道這正背著孔聖人的

---

[45]樵隱，〈天然之文章與人為之文章〉，載於《臺灣文藝叢誌》第 1 年第 6 號（1919 年），頁 1。
[46]張我軍，〈隨感錄〉，《全集》，頁 62。按：對此張氏有更明顯說法：「因為他們（按：臺灣舊文人）執著著死守著已成的法則形式，奉先人偶定的形式法則為天經地義，實不知他人已定的形式只是自己的監獄。他們把自己的思想感情輸入監獄裡頭，故不能自由奔放，自由表現，而且久而久之，遂變作一種習慣牢不可破。」見〈詩體的解放〉，《全集》，頁 37。
[47]如彰化文人王臥松反對新學，以為：「有二三面毛蹄足之士，因噎廢食，背本忘根，謗毀先聖，蕩滅倫常。我臺遂有一二效尤，倡非孝，說戀愛，喪心病狂，毒流島內。」見王臥松，〈崇文社百期文集序（三）〉，收入林維朝、陳景初編，《崇文社文集》（1927 年）（《全臺文》第 32 冊，臺中：文听閣圖書公司，2007 年），頁 18。

話:「生乎今之世,反古之道,(朱熹曰:反,復也)災必逮夫身。」[48]

但對食古不化,企圖藉東、西文化對立以獲得個人利益如辜鴻銘者流,張氏便顯得義正嚴詞,以為前者既已陷入形式僵化,不應再退縮保守,排斥後者:

> 我們雖然不可無條件容納西洋的精神或文明,但也不當固守著東洋的精神或文明來頑拒它。須知世間事沒有絕對的好,也沒有絕對的壞。東洋文明有東洋文明的好處,而西洋文明也自有它的好處。我們處今日之時世,當取長補短,不該拘執一方,以致此失彼,誤己誤人,誤了社會。

言詞確有過激處。如指「東洋文明的缺點比比皆是,而其不合現代人的生活,也是眾人所公認而且痛感著的。」[49]易予人排斥舊學,力倡新學感受。但統觀其思想,實不難理解過激原因。

張我軍不能說是五四新文化運動的臺灣代言人,至少不能以單純意義新思想提倡者視之,至此已可概見理由。張氏傾心五四運動,根本理念卻與五四革新派文人迥異。甚至就社會文化思想來說,雖然關注現代性態度有類似處,亦與西方左翼知識分子理想內容大相逕庭。對比二者,張氏論述基調與其說是顛覆性,毋寧說是折衷的。此態度對臺灣新文學發展影響甚大,因此不容扭曲,甚或模糊。延續傳統為基礎,追求文化自體更新,在探索張氏新文學論述之文化根源及時代意義時,將不可避免成為思考關注焦點。此外,亦影響其國族認同的表述與定位。

——選自《漢學研究》第 27 卷第 2 期,2009 年 6 月

---

[48] 張我軍,〈隨感錄〉,《全集》,頁 64～65。
[49] 俱見張我軍,〈歡送辜博士〉,原刊 1924 年《臺灣民報》,亦見《張我軍全集》,頁 9～10。

民族的幽靈‧現代化的追尋
論張我軍《臺灣民報》的魯迅思潮引介（節錄）

◎楊傑銘*

權力的張力：魯迅著作在臺傳播與臺灣文學場域的「力」的流動

如前所述，有關此時期魯迅思潮的引介，基本上集中於留學中國，並具有強烈中國意識的臺灣知識分子身上，像是許乃昌、蔡孝乾、張我軍皆是這一類的人物。他們在《臺灣民報》上轉載了與魯迅相關的篇章，以下我們可以分成「著作」、「譯作」、「論述」三方面來討論。並按時間順序茲羅列如下：

【一】魯迅的作品：

時間	作品名稱	期數
1925 年 1 月 1 日	〈鴨的喜劇〉	《臺灣民報》第 3 卷第 1 號
1925 年 4 月 1 日 1925 年 4 月 11 日	〈故鄉〉	《臺灣民報》第 3 卷第 10～11 號
1925 年 5 月 1 日	〈犧牲謨〉	《臺灣民報》第 3 卷第 13 號
1925 年 5 月 21 日 1925 年 6 月 1 日	〈狂人日記〉	《臺灣民報》第 3 卷第 15～16 號
1925 年 11 月 29～ 1926 年 2 月 7 日	〈阿 Q 正傳〉	《臺灣民報》第 81～85 號、第 87、88、91 號

*發表文章時爲中興大學臺灣文學研究所碩士班研究生，現爲香港嶺南大學中文所博士班研究生。

【二】魯迅的譯作：

時間	論述名稱	期數
1925 年 6 月 11 日	〈魚的悲哀〉	《臺灣民報》第 3 卷第 17 號
1925 年 9 月 6 日～ 1925 年 10 月 4 日	〈狹的籠〉	《臺灣民報》第 69、70、71、72、73 號

【三】談及魯迅的論述：

時間	論述名稱	作者	期數
1923 年 7 月 15 日	〈中國新文學運動的過去現在和將來〉	許乃昌（秀潮）	《臺灣民報》第 1 卷第 4 號
1925 年 2 月 4 日	〈研究新文學應讀什麼書〉	張我軍	《臺灣民報》第 3 卷第 7 號
1925 年 4 月 21 日～ 1925 年 6 月 11 日	〈中國新文學概觀〉	蔡孝乾	《臺灣民報》第 3 卷第 12 號 ～第 17 號

　　前面我們已經提及了張我軍擔任編輯這樣的「守門人」角色，成功地將中國新文學、新文化的著作與思潮引進到臺灣文壇，其無非有兩個意義。第一、反封建、反傳統的抵抗色彩，特別是針對臺灣的傳統文學提出抨擊，進而建構臺灣的新文學、新文化。第二、民族性的抵抗，希冀引進中國新文學、新文化，作爲：「世界」→「中國」→「臺灣」的現代化文化路徑的建構，藉以抵抗日本殖民政府殖民政策所導致的「殖民性」與「現代性」雙重糾雜的困境。而張我軍有意識的在《臺灣民報》上刊載魯迅的相關著作，也正是爲此兩點而來，以下會有更爲詳細的說明。

　　必須再次說明，當時候的日本殖民政府對臺灣設有中國圖書、刊物的檢查與管制制度，所有海外的中國書籍在運入臺灣時，海關會依照書籍的內容、性質有所審核。此外，在臺灣發行的報章雜誌之內容亦必須接受嚴格的檢視，確認沒有問題之後才得以發行。也就是說，當時的文學體制是在一個政府公權力凌駕一切的時代環境，也因此，張我軍爲了在《臺灣民

報》上呈現與日本官方相異的論述時，是必須在內文上有所隱藏、包裝才得以突破日本殖民政府的管控。換句話說，魯迅思潮或是中國新文學在臺的傳播，或多或少也會受到日本殖民政府的干預與禁止，為了使中國新文學能順利在臺灣傳播，張我軍在選擇刊載的作品時是與日本殖民政府有所妥協。從其選擇的作品內容裡，我們可以看見雙方的對峙與文化領導權的爭奪，以及他所欲在「魯迅思潮」的傳播裡展現的意識形態與文學觀。

　　我們可以發現魯迅在臺灣所轉載的作品中，有四篇文章是出自於《吶喊》一書，很有可能是編輯取自於同一本書的轉載。此時期魯迅作品的轉載，共有〈鴨的喜劇〉、〈故鄉〉、〈犧牲謨〉、〈狂人日記〉、〈阿 Q 正傳〉五篇，唯〈犧牲謨〉不是出自於《吶喊》文集，其他四篇皆蒐錄於《吶喊》中。魯迅的著作與當時其他中國作家最大的差異，在於許多中國作家都將著作的重心放在批判西方帝國主義、資本主義對中國的侵略；於此相反的，魯迅則著重描繪、諷刺當時代中國人的醜陋國民性，力求破除中國保守文化的腐敗。而魯迅在《吶喊》時期的創作，多以批判中國「守舊」、「封建」的保守習氣，與當時臺灣的社會現況有相當程度的雷同。

　　以魯迅的創作歷程來看，1921 年以前魯迅的作品具有強烈對國民性格的批判，可說是啟蒙成分較為大的著作時期，與之後受到世界思潮的浸染開始對知識分子抱持懷疑的態度，是有明顯創作風格上的不同。早期魯迅的著作極具「啟蒙意識」、「批判意識」，像是〈藥〉、〈阿 Q 正傳〉、〈狂人日記〉等即是著眼於對中國國民性的批判；另外像是〈祝福〉、〈在酒樓上〉、〈孤獨者〉、〈故鄉〉等作品則多為以知識分子角度出發的內心自剖。到了 1922 年後，魯迅對於知識分子階層的懷疑是更加全面與明顯的，像在〈為「俄國歌劇團」〉（1922 年 4 月 9 日）、〈無題〉（1922 年 4 月 12 日）、〈端午節〉（1922 年 6 月）一系列著作，皆反映出魯迅對自身存有中國醜陋的國民性格進行批判，進而思考到知識階級與無知階級的關係，一反過

去批判中國庶民的愚昧性格，開始在作品中給予平民較為正面的形象。[1]

從魯迅在創作上的改變可以看到，魯迅除了了解中國封建的迂腐文化之外，也深切的體悟到部分的知識分子在取得權力後，便拋棄理想轉變為唯利是圖自私心態。在中國的「啟蒙思想」發展到一定的程度後，魯迅開始反思所謂「知識分子」的理想性的問題，站在庶民與知識分子的兩端上，魯迅不斷的檢視這兩階層的愚昧與虛偽，也因此創作出一系列批判兩者文化階層的作品。這些作品在中國的傳播當然有其特殊的時空環境與社會文化氛圍，然而，不論是批判鄉土的愚昧性格，或是眷戀鄉土的純真生活，魯迅在寫作位置上，是流動於啟蒙者／一般庶民、城市／鄉村的差異之中，並藉此製造出包含了批判「鄉土」文化，以及對鄉土生活浪漫回憶的兩種共存情感。[2]

總結來看，魯迅的作品在不同的解讀情況下是具有不確定性、多義性、開放性的，並成為臺灣作家們程度不一的吸收與解讀。特別是張我軍作為《臺灣民報》「守門人」，在選材具有相當程度的主導位置，為了配合臺灣社會發展現況，不免具有張我軍個人的獨特意識，使得引介魯迅的作品成為有著異於中國的義涵。這其中更包括了與日本殖民政府的角力與妥協，使兩者對於傳播魯迅的作品有著不一樣的解讀。有關於日本殖民政府與張我軍在傳播魯迅思潮時能達到妥協的平衡點，這部分的關鍵在於臺灣與日本站在不同的位置詮釋魯迅的作品，繼而對魯迅作品中的「現代化」有不同的解釋。我想，這也是臺灣社會在日本殖民政府嚴密的審查制度下，能夠在臺灣的報章雜誌中看到魯迅的作品最大的原因。

在譯作方面，張我軍於《臺灣民報》上轉載〈魚的悲哀〉、〈狹的籠〉兩篇。《愛羅先珂童話集》共蒐錄了魯迅、胡愈之、汪馥泉三人分別對愛羅先珂童話的翻譯，但在《臺灣民報》上的〈魚的悲哀〉、〈狹的籠〉是魯迅

---

[1] 彭明偉，〈愛羅先珂與魯迅 1922 年的思想轉變——兼論〈端午節〉及其他作品〉，《政大中文學報》第 7 期（2007 年 6 月）。

[2] 詳見丁帆等著，〈第一章 魯迅與「五四」鄉土小說作家群〉，《中國鄉土小說史》（北京：北京大學，2007 年 1 月）。

所翻譯的。魯迅所翻譯的愛羅先珂童話多半是動物的寓言體故事,在內容中一方面呈現人間的真與美之外,亦利用動物的寓言方式諷刺世俗醜態。

　　從上述兩篇譯作,不免有著疑問值得我們深思:張我軍為何要轉載愛羅先珂的兩篇寓言的童話故事?除了故事具有「寓言」性之外還有其他的因素嗎?我想,從《臺灣民報》的第 59、60、62 號有愛羅先珂的自敍傳〈我的學校生活的一斷片〉,其後有張我軍以筆名「一郎」作了為何轉載愛羅先珂作品的動機的說明:

> 我讀了他的文章,非常感動,我尤其愛他的文字之優美,立意之深刻。譯筆又非常之老練,實在可為語體文之模範。我此後想多轉載幾篇,以補救我荒漠的文學界。[3]

我認為,張我軍轉載愛羅先珂的童話最主要的原因是魯迅譯筆的老練,可補強中文創作在臺灣尚未成熟的文壇,這是張我軍從中國白話文學中轉載大量作品的最重要原因。但從文學作品的內容來看,反傳統文化的束縛的意義也是張我軍所欲在小說中「教化」讀者的地方,不論是〈魚的悲哀〉或〈狹的籠〉在張我軍的轉載下也都使當時的臺灣社會有著深刻的省思。

　　由於童話故事的語法淺白、故事性較強,作為臺灣作家學習白話文的閱讀文本是非常合適的。關於此點,從張我軍〈研究新文學應讀什麼書〉一文中,張氏將《吶喊》與《愛羅先珂童話集》都名列在書單裡即可以作為證明。但若從另一個層面來看,這兩本書皆是張我軍在《臺灣民報》上傳播魯迅思潮所使用的書籍,且同樣出現於介紹給臺灣讀者認識中國文學的書單裡,由此更可確定張我軍在轉載與魯迅相關作品時的主導地位。在張氏的認知裡,閱讀其羅列的書籍是有助於臺灣新文學建設的。也就是說,張我軍承襲自五四文化運動的核心思想,旨在透過淺白的文學形式啟

---

[3]張我軍,〈我的學校生活的一斷面〉「識語」,《臺灣民報》第 62 號,大正 14 年(1925)7 月 26 日。後收錄於《張我軍全集》(臺北:人間出版社,2002 年 6 月),頁 353。

發廣大人民對新文化、新思維的了解，並與八股的傳統文學作區隔。而不論是《吶喊》或是《愛羅先珂童話集》的啓蒙思想，反帝、反封建的自由主義理念對於改造中國傳統社會邁向西化／現代化的思想是具有正面的幫助，這亦成爲張我軍轉載此兩本書給臺灣民眾認識的最大目的。

　　從另一個層面來推測，張我軍在選取應刊載哪一些魯迅的作品時，是有參考中國教科書而作選擇的。根據中國於 1923 年到 1924 年所發行的《新學制國語教科書》（初級中學用，全六冊），魯迅的相關作品共蒐錄了〈魚的悲哀〉、〈鴨的喜劇〉、〈故鄉〉三篇，這共占了張我軍所轉載的魯迅作品的一半。[4]若以張我軍的生平背景來看，他 1921 年到中國廈門工作，並開始接觸中國白話文，1922 年北上進入中國北平師範大學國文系讀書，我想，他要接觸到這一套初級中學所使用的《新學制國語教科書》應該是不難。加上張我軍正式引介魯迅的相關作品到臺灣，是自 1925 年才開始的，這更顯示了張氏在「補救我荒漠的文學界」的時候，是有參考中國教科書的取材篇章，並提供給臺灣讀者作爲學習中國白話文的範文。雖說張我軍在選擇轉載魯迅作品時參考《新學制國語教科書》這一說法僅止於我個人的推測，亦有可能是張我軍選取材料時巧合的選到與中國教科書完全相同的三篇文章，但這樣的巧合性也值得我們在未來的研究繼續探尋新的史料作更嚴謹的考證。[5]

　　延伸來說，張我軍在引介中國新文學的理論時，援引的是胡適「八不主義」、陳獨秀的「三大主義」，而文本的引介亦多爲「五四文化運動」健將胡適、魯迅等的作品。這顯示了張我軍是透過引介「中國五四新文化」的理論與臺灣的傳統文學、文化進行對話，並以二元對立的方式，將傳統

---

[4]參考自藤井省三著；董炳月譯，〈第二章　教科書中的《故鄉》──中華民國時期（下）〉，《魯迅《故鄉》閱讀史》（北京：新世界出版社，2002 年 6 月），頁 49。
[5]感謝匿名審查老師的意見，讓筆者在論述時不至於陷入太過於武斷的說法。確實，目前尚無明確的證據證明張我軍參考了中國《新學制國語教科書》。但，〈魚的悲哀〉、〈鴨的喜劇〉兩篇可說是魯迅文章中較爲冷僻的兩篇，加上張我軍留學中國的時間點與此教科書的發行時間重疊。因此，出現了如此的巧合，不免令筆者有較多的聯想空間。

文學看作是保守、守舊的文學觀念，進而批判臺灣的傳統文學。也就是說，「魯迅」作為中國新文學、文化的「再現」符碼，被引進臺灣是有特定的意義存在的，不但是在民族上與中國進行接連，也試圖在新舊的對立中建構起臺灣新文學的文化陣地，透過複製中國新文學對舊文學批判的模式，作為對臺灣傳統文學批判的基調。

　　也就是說，張氏其實是站在改革臺灣封建、迂腐的傳統文化位置上與日本殖民政府是進行合作的，為的是加速臺灣邁向現代化的潮流，邁向現代文明之列。然，雙方對於魯迅解讀方式的不同，造成魯迅思潮呈現了各自解讀的情形：以日本殖民政府來說，傳播魯迅對中國國民性批判的作品，有助於日本殖民政府形塑臺灣人民體內「中國性」劣等的說法，使日本更具正當性的「改造」臺灣人民，並接受「日本化」成為邁向「現代化」的說法。此外，日本殖民政府也透過「現代性」挾帶而來的「殖民性」，更加鞏固了日本殖民政府對臺的殖民統治。不同於日本殖民政府的思考方式，張我軍則是以中國民族主義立場來詮釋魯迅的作品。雖說張我軍在傳播魯迅作品時，同樣也希冀透過引介魯迅的作品作為改造臺灣傳統陋習。但，在張我軍的認知中，轉載魯迅的著作是有助於臺灣人民了解中國新文學、新文化，透過與中國新文學的接軌建構「世界」→「中國」→「臺灣」的現代化文化路徑，藉此抵抗日本殖民政府的「殖民現代性」文化教育。從上述雙方對魯迅作品的不同解讀，反映了彼此以自己的位置賦予魯迅作品不同的義涵。

　　必須注意到當時代不論是中國或是臺灣，在追求現代化的過程裡都呈現時間落後的創傷。特別是臺灣的「現代化」卻又夾藏日本殖民政府教育下的「殖民現代性」，使臺灣不但落入了落後的現代性範疇中，更被迫吸收日本的殖民化教育。這使臺灣的知識分子陷入既要現代化，卻又無法脫離殖民化的難題。面對如此棘手的問題，張我軍另闢蹊徑，為了讓臺灣能夠與世界接軌，卻又不會受到殖民化政策的壓迫，轉而自中國引介現代化的火種，刻意避開日本殖民化對臺剝削的文化教育，試圖阻絕日本殖民政策

下「現代化」的傳播路徑，藉由同文同種的中國新文化來汲取足以抵抗日本殖民主義與傳統文化的力量。

但由於中國與臺灣在文化交流上受到日本殖民政府的刻意打壓，造成兩岸文化圈存在著一定程度的隔閡。也因此，在《臺灣民報》上刊載與中國相關的作品與論述，是臺灣讀者理解中國新文學、文化的重要方式。張我軍在擔任《臺灣民報》編輯時期，共有三篇與魯迅相關論述刊載於報刊上，分別是：許乃昌〈中國新文學運動的過去現在和將來〉、張我軍〈研究新文學應讀什麼書〉、蔡孝乾〈中國新文學概觀〉。雖說這三篇文章都非專論文章特別介紹魯迅，但相較於當時中國其他的作家來說，魯迅的文章在臺灣文壇出現的比例算是相當頻繁的了。

回過頭來說，不論是對傳統封建制度的批判，或是隱喻性的將臺灣與中國民族的串連，張我軍皆透過文化傳播的方式有意藉由製造：傳統文化／新文化、日本／臺灣的兩組論述，利用差異化的論述希冀在臺灣取得文化領導權。其所欲爭奪的，除了文學形式、文學內涵、文學源流在臺灣的合法性之外，也在爭取「中國」符碼在臺灣代言人的地位。

不僅如此，中國新文學的引介更是帶有抵抗日本同化政策的意圖。臺灣由於過去的宗主國是中國，因此在受到日本殖民統治時常常被賦予「具有支那民族的陋習」[6]的說法，在殖民者與被殖民者的架構劃分下，似乎永遠擺脫不了日本殖民論述所建構的「疆界」，並畫上懶惰、不守時、野蠻等本質化的說法，用來映襯日本殖民者的勤奮、具時間觀念、現代文明。也就是說，在日本殖民者的眼中，「臺灣人」是沒有姓名、沒有臉孔的「複數符號」，是被本質化爲日本殖民屬地的「他者」。一切的說法只是爲了更加凸顯日本殖民帝國的偉大，以及合理化殖民者對被殖民者的統治與壓迫，使得臺灣在不知不覺中逐漸形成日本殖民者所想像的既定形象。借用敏米

---

[6]舉例來說，日人佐倉孫三在《臺風雜記》就曾提及：「臺島者是清國之新開地耳，故其風尙或本土相異者亦多，唯至殖利勤勞，愛錢惜死之風，或出於自然，是亦宜深察其所由來矣。」日人諸如此之說不勝枚舉，在此一例可供參考。詳細資料請參見：佐倉孫三，〈兒戲〉，《臺風雜記》（臺北：臺灣書房，2007 年），頁 36。

（Albert Memmi）的話：

> 在殖民地的各種關係中，宰制源自於一個民族加諸另一個民族之上，可是模式也是一樣。這種把受殖者定型，以及他們此中扮演的角色，乃是殖民主義意識形態最精妙的一環。依此描繪的形象既不符事實，又自相矛盾，但卻是這個意識形態中不可或缺、不可分割的一部分。受殖者苦惱地、半推半就地，然而卻又無可否認地接受了這一形象。[7]

從殖民者的「論述」中建構起自己的形象，是將「自我他者化」的二元對立架構的陷溺，被殖民者常在此架構下陷入兩種回應的不同立場。[8]

　　第一種，是被殖民者會以殖民者作爲模仿的對象，「成爲殖民者」變成他們突破二元對立架構的方式。在他們的認知中，唯有學習殖民者的一切，將自己變成與殖民者一樣，才能脫離被殖民的命運。但，這種說法卻無視於「論述」是由殖民者所創造的盲點，因此，被殖民者有意藉由模仿殖民者來跨越此鴻溝是永遠不可能達成。「論述」作爲一種語言的暴力是沒有標準可言的，一切的標準就是殖民者的認知，在殖民者沒有任何許可的情形裡，被殖民者是永遠無法跨越這一道鴻溝的。

　　第二種，是爲了抵抗殖民者的論述所發展出來的二元對立的抵抗，在殖民者的界分之中自成一體。班納迪克‧安德森（Benedict Anderson）在《想像的共同體：民族主義的起源與散佈》中沿用人類學家特納（Victor Turner）的說法，將被殖民者所受到的歧視作爲新興民族崛起的重大原因。吳叡人爲其譯之序言如此解釋安德森的說法：

> 他（安德森）引用人類學家特納的理論，指出這種歧視與殖民地邊界的

---

[7] 敏米（Albert Memmi）著；魏元良譯，〈殖民者與受殖者〉，收錄於《解殖與民族主義》（北京：中央編譯出版社，2004 年），頁 69。

[8] 這兩種立場並未有先後的問題，不能以本質的二元對立方式來看待，而是同時存在於臺灣的社會之中。

重合，為殖民地的歐裔移民創造了一種「受到束縛的朝聖之旅」
（"cramped pilgrimage"）的共同經驗——被限定在個別殖民地的共同領
域內經驗這種被母國歧視的「旅伴」們於是開始將殖民地想像成他們的
祖國，將殖民地住民想像成他們的「民族」。[9]

這種民族概念可謂是「自衛式的民族」[10]，在被迫抵抗的時候所形塑共同體
的意識，藉以抵抗殖民者以語言、文化上的壓迫。

　　然而，在當時日本殖民統治的劃分上，並沒有將臺灣獨立劃為一個的
殖民地個體，反倒藉由論述強調臺灣是「具有支那民族陋習」的次等民
族。如此的論述，除了藉著比較中國／日本在亞洲的地位，來為自己的
「脫亞入歐」進入文明帝國之林感到自豪之外，甚而認為自己的殖民統治
是比歐洲更有能力、更具人道主義對待殖民地。[11]換句話說，日本殖民政府
改造殖民地——臺灣是為了證明自己（大日本帝國）有能力管理殖民地，
以自己「脫亞入歐」的經驗教導亞洲各國邁向進步的現代化道路，為建造
「大東亞共榮圈」的遠景作準備。由此可知，在日本殖民者的視角裡，臺
灣不僅是臺灣，更是中國甚或是亞洲各民族的範本。當管理、治理臺灣的
成功，更意味著日本殖民帝國的進步與偉大。

　　而張我軍認為，若要對抗日本殖民暴力的壓迫，引進中國五四文化的
新觀念、新的形式來建構臺灣新文學，可謂是對抗日本殖民者論述的最佳
方式。從中國五四文化中引進西方的現代化，不但建構起臺灣接收西方文
明的新路徑，並與祖國——中國在文化上有所交流外，更可破除日本殖民
者在形容臺灣時將臺灣冠上「野蠻」、「懶惰」、「需要被教化」的說法。換

---

[9]班納迪克・安德森（Benediet Anderson）著；吳叡人譯，《想像的共同體：民族主義的起源與散
佈》（臺北：時報文化出版公司，1999 年 4 月），頁 xii。
[10]此為敏米之語，詳細內容請參見：敏米（Albert Memmi）著；魏元良譯，〈殖民者與受殖者〉，收
錄於《解殖與民族主義》，頁 48。
[11]詳細論述請參見：荊子馨（Leo T. S. Ching）著；鄭力軒譯，〈第一章殖民臺灣：日本帝國主義・
去殖民化・殖民研究的政治學〉，《成為日本人》（臺北：麥田出版社，2006 年）。

句話說，臺灣在接受中國五四文化的新思想，不但意味著臺灣可有能力拒絕日本殖民統治的「現代化」教育，並藉由中國新文化來脫離臺灣的「前現代」社會結構，瓦解了日本將中國與臺灣打入待解放的「他者」的論述，也進一步突破了日本殖民統治「同化政策」上的虛幻。

臺灣引介中國新文學、新文化雖說帶有中國民族主義的成分，希冀藉此抵抗日本殖民政權的壓迫。但是，作爲民族成形的「共同體」的意識，卻並未在當時的中、臺兩地形成共識。也就是說，以「中臺一體」的中華民族共同體概念來抵抗帝國主義的侵略，並未在兩岸之間取得共識。中國知識分子面對中國軍閥割據、民生凋敝、西方帝國入侵等問題時，無暇顧及臺灣人民的需求。等待中國援助，幫助臺灣脫離日本殖民統治的想法，也成爲部分臺灣知識分子「一廂情願」的嚮往。

就以張我軍來說，張我軍曾經拜會過魯迅本人，與他有所交談有關臺灣與中國的問題。此次的會面，魯迅在日記中有所提及：「十一日　曇，午後晴。欽文來。寄季市信。寄張我軍信。下午往公園。寄半農信並朋其稿。夜遇安來。張我軍來贈臺灣《民報》四本。」[12]而魯迅在〈寫在《勞動問題》之前〉一文裡，更加深入的描述到張我軍的拜會過程：

> 還記得去年夏天住在北京的時候，遇見張我權君，聽到他說過這樣意思的話：「中國人似乎忘記臺灣了，誰也不大提起。」他是一個臺灣青年。我當時就像受了創痛似的，有點苦楚；但口上卻說道：「不，那倒不至於的。只因爲本國太破爛，內憂外患，非常之多，自顧不暇了，所以只能將臺灣這些事暫且放下。……」[13]

---

[12]引文中「臺灣《民報》」本應爲《臺灣民報》才是，但按《魯迅全集》之寫法保留。魯迅，〈寫在《勞動問題》之前〉，《魯迅全集》第 15 卷（北京：人民文學出版社，2005 年 11 月），頁 633。
[13]本篇寫作於 1927 年 4 月 11 日，並爲張秀哲所翻譯的《國際勞動問題》一書的序文，後收錄在魯迅，〈寫在《勞動問題》之前〉，《魯迅全集》第 3 卷（北京：人民文學出版社，2005 年 11 月），頁 444。

從文中我們可以發現到張我軍求援於中國希冀得到「祖國」援助。但從回答裡，顯然張我軍只得到魯迅語帶沉痛的認爲中國自身難保，無法顧及臺灣問題的回絕。由此更可印證了當時代臺灣知識分子的中國認同其實是具有「一廂情願」的自我幻想，試圖利用祖國文化或引介祖國的力量來抵抗日本殖民統治，並凝聚被日本殖民化教育所逐漸瓦解的漢民族意識。對此，荊子馨說道：

> 這裡強調的重點是，臺灣與中國的關係不是想像的（imagined）共同體而是幻想（imaginary）的共同體，源自於對「祖國」以及漢民族茫無頭緒的求助。之所以用幻想來形容，是因為這比較像是臺灣單方面的投射，而不是中國政府或組織為了堅持中臺之間的親近關係或達成任何的政治回歸的方法而做出的審慎企圖。例如，眾所皆知的，梁啟超與戴季陶兩位中國政治人物，就曾建議臺灣政治領袖在從事反殖民鬥爭時不要指望中國的協助。[14]

荊子馨將日治時期的臺灣與中國之間的認同關係解釋爲單方面的「一廂情願」，並列舉梁啓超、戴季陶兩位文化人士之說可作例證。[15]而這裡魯迅的說法，無疑是更加解釋了臺灣與中國要成爲共同體的虛幻。從這些中國知識分子的說法中，我們可以了解到中國知識分子對中國改革的失望，並無暇、也沒有將臺灣問題納入思考。

必須再次說明的是，張我軍引介魯迅相關著作確實是具有將中國民族意識在臺灣繼續傳播之意，但這僅能代表傳播者——張我軍一人的看法而

---

[14]荊子馨（Leo T. S Ching）著；鄭力軒譯，《成爲日本人》（臺北：麥田出版社，2006 年），頁113。

[15]1910 年林獻堂前往橫濱會晤梁啓超時，梁啓超談及中國與臺灣的問題，他提到：「三十年內，中國絕無能力可以救援你們，最好仿效愛爾蘭抗英。」另外，1913 年林獻堂的祕書甘得中在東京會見戴季陶時，戴季陶說：「祖國現在因爲袁世凱行將竊國，帝制自爲，爲致力討袁，無暇他顧，滅袁以後，仍須一番整頓，所以在十年以內無法幫助臺人。」見葉榮鐘等著，《臺灣民族運動史》（臺北：自立晚報社文化出版部，1983 年 10 月），頁 4。

已，而非當時所有的臺灣人民都具有這樣的意識。也就是說，即便魯迅思潮在張我軍的意志下帶有中國民族主義的色彩傳播來臺，但是，臺灣讀者在接收、轉譯的過程中並不一定會承續張我軍的意圖來觀看魯迅。這也顯示了編碼者與解碼者的不同位置，對於魯迅的解讀也會不盡相同，張我軍所帶有的傳播意圖，不見得代表著臺灣民眾觀看魯迅的方式。

——選自《臺灣學研究》第 7 期，2009 年 6 月

張我軍的處女作及其
在廈門之文學活動新考

◎黃乃江*

　　從《張我軍文集》、《張我軍選集》、《張我軍全集》等已經出版的集子
來看，臺灣新文學運動的「開拓者」[1]與「奠基者」[2]——張我軍最早創作的
作品，莫過於 1923 年 4 月 10 日發表在《臺灣》月刊第 4 年第 4 期的〈寄
懷臺灣議會請願諸公〉（七律二首）。但從筆者最新發現的史料看來，其處
女作應當是他在 1922 年 9 月創作的〈壬戌七月既望鷺江泛月賦〉，它比
〈寄懷臺灣議會請願諸公〉（七律二首）創作時間要早半年多。通過對該文
的進一步考察可以發現：張我軍的文學創作並非從寫作《亂都之戀》「這種
新體詩開始」，而是從寫作傳統的古詩文辭開始的；張我軍在開始創作新文
學作品之前即已改名，張我軍的改名與其接受「五四」新文化運動影響之
間沒有直接的、必然的聯繫；1920 年代初，張我軍在廈門期間，與號稱
「我國文人詩社之最」的傳統詩文社團——鼓浪嶼菽莊吟社有過密切的往
來，它對於提高張我軍的古典文學修養、培養其傳統詩文的寫作習慣、增
強其「抗日復臺」的責任心與使命感等都很有幫助，同時也爲張我軍後來
開展對臺灣舊文壇的抨擊作好了文體上、思想上等方面的準備。尤其值得
深味的是，與許多臺灣新文學史撰寫者所描述的決然態度不同，張我軍始
終保持著寫作傳統詩文的習慣，而且與舊文人集團——菽莊吟社的吟侶們
始終保持良好的聯繫，即使在他猛烈抨擊臺灣舊文壇、成爲「臺灣新文學

*福建師範大學閩臺區域研究中心文化研究所研究員。
[1]張深切，〈三百年來臺灣作家與作品〉，見劉登翰等著，《臺灣文學史》（上卷），（福州：海峽文藝
出版社，1991 年），頁 407。
[2]張光正編，《張我軍全集》（北京：臺海出版社，2000 年），頁 1。

運動急先鋒」以後也是如此。

一、

　　1922 年 9 月 6 日（夏曆壬戌年 7 月 15 日）爲廈門鼓浪嶼菽莊花園「壬秋閣」落成之日。這一天，久雨新霽，菽莊花園主人林爾嘉「主賓九人，泛月鷺江。覽鄭延平之故壘，追蘇長公之勝遊；……擁真樓於海山，擴陳遨於弦酌」[3]，然後以「壬戌七月既望鷺江泛月」爲題，向海內外徵集賦文。這次徵賦活動，得到各地詩友的熱情響應，福建、江蘇、安徽、湖北、江西、浙江、上海、北京、山東、河南、河北、廣東、廣西等省詩人都紛紛投稿，其中江蘇、福建、安徽三地所投稿件尤多，《藝林》月刊總編陶巽人、《邗江雜誌》主編吳承烜、揚州惜餘春社主人高乃超等文化名人均參與其間。特別值得一提的是，儘管臺灣當時尚處在日本殖民統治之下，但曾吉甫、鄧旭東、洪介夫等眾多臺灣詩友，都敢於衝破日殖當局的嚴密文網，通過各種方式積極投稿。所以，本次徵賦所得作品，「鴻篇巨制，滿目琳琅」，經林爾嘉招集菽莊吟社社侶「從事披讀」，共評選出「甲選二十名，各贈書券銀十元；乙選八十名，各贈書券銀五元；丙選二百名，各贈書券銀一元」[4]。林爾嘉還將「甲選」20 名作品編輯成冊，名曰《壬戌七月既望鷺江泛月賦選》，並把所有獲獎的 300 名作者的姓名及籍地附錄於後，由華洋印務書館代爲印行。檢視《賦選》所附名錄，其中「丙選」第 181 名所載爲「張我軍漳州」。張我軍雖然出生於臺灣省臺北縣板橋市，但「據考證，他是『清河堂』張姓族人從祖籍福建南靖移民臺灣的第七代人」[5]，而「福建南靖」歷來均由福建省漳州府（今漳州市）管轄，所以，張我軍內渡廈門後，把自己的籍地填寫成「漳州」。可見，當時在廈門新高銀行工作的張我軍參加了這次徵賦活動，並得到了一個銀元的獎金。

---

[3] 林爾嘉，《壬戌七月既望鷺江泛月賦選》，華洋印務印書館，民國 13 年（1924）鉛印本。
[4] 同前註。
[5] 張光正編，《張我軍全集》（北京：臺海出版社，2000 年），頁 543。

　　由於林爾嘉所輯《壬戌七月既望鷺江泛月賦選》僅收錄「甲選」20 名的作品，而張我軍所作賦文僅列「丙選」，未能進入編選範圍，所以我們從中無法看到張我軍這篇賦作的具體內容。但從《賦選》附錄所述「以上贈品希將勘合，寄至福建廈門鼓浪嶼菽莊吟社支領。原稿恕不奉還」[6]等語可知，與其它所有參賽稿件一樣，張我軍這篇賦作的原稿，在這次徵文評選活動結束後，全部都留存在「福建廈門鼓浪嶼菽莊吟社」。不無遺憾的是，1945 年臺灣光復後，菽莊主人林爾嘉遷回臺北板橋別墅居住，時過境遷，這些稿件從此不知下落。

　　2006 年底，我從臺灣文學史家汪毅夫先生那裡獲悉，廈門市博物館收藏有一個「菽莊皮箱」，是菽莊主人林爾嘉先生流傳下來的，鑰匙分由多人保管。懷著好奇與僥倖的心理，我於 2007 年 8 月赴廈門拜訪了文史專家、廈門市博物館原副館長何丙仲先生，得知廈門市博物館已確定由該館現任副館長陳娟英副研究員專門負責「菽莊皮箱」的整理工作，我隨即又走訪了陳娟英副研究員。據陳娟英副研究員介紹，「菽莊皮箱」內所藏主要有兩類資料：一類是菽莊家藏契約文書；一類則是菽莊家族信件及菽莊吟侶所作詩詞文稿。但經檢視菽莊吟侶之詩詞文稿，裡面並沒有張我軍所作的那篇〈壬戌七月既望鷺江泛月賦〉，不免有幾分悵然。儘管時隔 85 年後的今天，已經很難再找到張我軍當年創作的原稿，也無從了解到該賦作的具體內容，但〈壬戌七月既望鷺江泛月賦選〉附錄所載「張我軍漳州」一條，對於張我軍的研究，仍然具有相當重要的史料價值。

　　首先，〈壬戌七月既望鷺江泛月賦〉是目前所知道的張我軍最早創作的作品。它比 1924 年 3 月 25 日創作、5 月 11 日發表在《臺灣民報》第 2 卷第 8 號的新詩〈沉寂〉，創作時間要早一年半；比 1923 年 4 月 10 日發表在《臺灣》月刊第 4 年第 4 期的舊體詩〈寄懷臺灣議會請願諸公〉（七律二首），創作時間也要早半年多。以往研究認為，張我軍的文學創作是從寫作

---

[6]林爾嘉，《壬戌七月既望鷺江泛月賦選》，華洋印務印書館，民國 13 年（1924）鉛印本。

〈亂都之戀〉「這種新體詩開始」[7]；從〈壬戌七月既望鷺江泛月賦〉及
〈寄懷臺灣議會請願諸公〉（七律二首）等作品的創作時間看來，張我軍的
文學創作並非從寫作新體詩開始，而是從寫作傳統的古詩文辭開始的。

其次，〈壬戌七月既望鷺江泛月賦〉還是目前所知道的最早以「張我
軍」署名的作品。〈張我軍年表〉嘗載：1921 年，時年 19 歲的張清榮，因
「協助林木土到福建省廈門市創設新高銀行支店。在廈門同文書院習漢
文，……接受祖國『五四』新文化運動熏陶。改名張我軍。」[8]許多論者據
此認為，張我軍來到大陸後，便接受了「五四」新思想、新文化的洗禮，
並因此而改名，開始對日本占據下的臺灣舊文壇進行猛烈抨擊。廈門同文
書院創辦於清光緒 24 年（1898），是一所教會學堂性質的學校，先後由美
國人韋榮霶、吳祿貴擔任院長，直到民國 17 年（1928）才「遵部令以華人
為校長」，「改聘」菽莊吟社吟侶之一──周殿薰「接充」。[9]歷史上，該校
曾因校方「賤視華人」、拒絕增設漢文課程、無理責打學生而發生過退學風
潮，兼之 1920 年代初，「五四」新文化運動興起未久，而廈門地處東南一
隅，在這樣一所教會學堂中學習，所接受新思想、新文化的影響應當說是
相當有限的。關於張我軍的改名，《臺灣近代名人志》另述及：「張我軍來
到廈門後，除了做林木土的得力幫手外，開始接觸到中國文化，並將名字
由清榮改為我軍，業餘跟當地一名老秀才攻讀中國舊文學。『我軍』兩字即
係這位秀才使用過的筆名之一。」[10]這段話雖然說得閃爍其辭，不足據信，
但從張我軍所作〈壬戌七月既望鷺江泛月賦〉一文至少可以斷定，張我軍
在開始創作新文學作品以前即已改名，張我軍的改名與其接受「五四」新
文化運動影響之間並不存在直接的、必然的聯繫。

第三，最重要的還在於，從〈壬戌七月既望鷺江泛月賦選〉附錄所載

---

[7]張光正編，《張我軍全集》（北京：臺海出版社，2000 年），頁 544。
[8]同前註，頁 512。
[9]廈門市地方志編纂委員會辦公室，《民國廈門市志》（北京：方志出版社，1999 年），頁 337。
[10]秦賢次，《臺灣新文學運動的奠基者──張我軍》，張炎憲、李筱峰、莊永明，《臺灣近代名人志》
　　（第五冊）（臺北：自立晚報社文化出版部，1990 年），頁 208。

「張我軍漳州」一條，我們可以解讀到張我軍這位臺灣新文學運動的「開
拓者」與「奠基者」，1920 年代初在廈門期間的交遊範圍、思想狀況，參
加文學活動的主要形式，及創作作品的主要類型等諸多信息。

二、

　　〈張我軍年表〉另載：1921 年張清榮（張我軍原名）來到廈門新高銀
行工作，「並在一文社當文書」。[11]這裡的「一文社」究竟是指民國期間廈門
的哪個文學社團，張光正先生未曾註明，而歷來論者往往也都含糊敷衍，
不作深究。

　　考察廈門社會發展的歷史，清代以前這裡的人文並不怎麼發達。只是
到了乙未（1895 年）割臺以後，由於臺灣名士林鶴年與林景商父子、施士
洁、汪春源、王人驥、蔡谷仁、盧蔚其、盧乃沃等相繼寓廈，廈門人文才
驟然興起。先是林鶴年與林景商父子經常邀集文人騷侶在其鼓浪嶼怡園別
墅觴聚吟詠；其次，則有 1913 年林爾嘉在鼓浪嶼菽莊花園創設菽莊鐘社
（後改名「菽莊吟社」）；嗣後，廈門的文學社團遂紛然而立，僅民國期間
就有海天吟社、梅社、蓮社、鷺江吟社、未社、東社、聲社、星社、虎溪
吟社、簀簧吟社等之設。這些社團中，林鶴年父子所設之「怡園聚詠」雖
然沒有正式得名，但已經具備了文學社團的性質、特點，所以可稱為廈門
文學社團之「嚆矢」；不過，隨著 1901 年怡園主人林鶴年的謝世，該社聚
詠活動逐漸歸於沉寂。海天吟社由錢丕謨（文顯）倡設於「丁巳（1917
年）夏」，「得施師耐公主講其中，每周一集，月凡四課，先後閱十月，得
課四十」，但「未幾，閩粵事起，風鶴告警，吟朋星散，因是中輟」[12]，可
見該社到 1918 年春閩粵軍閥交戰[13]前夕業已停止活動。東社、聲社、星
社、虎溪、簀簧諸社，均創自 1924 年以後。張我軍是 1921 年來到廈門，

---

[11]張光正編，《張我軍全集》（北京：臺海出版社，2000 年），頁 512。
[12]錢丕謨，〈海天吟社唱和詩‧跋言〉，《海天吟社詩存》，民國壬戌（1922 年）秋八月鉛印本。
[13]廈門市地方志編纂委員會辦公室，《民國廈門市志》，頁 60～61。

並於 1923 年底離開廈門去上海的，所以張我軍在廈門期間參加的文學社團，只可能在菽莊吟社、梅社、蓮社、鷺江吟社與未社之中。

通常我們把專門創作詩歌的文學社團稱作「詩社」，把專門創作散體文章的文學社團稱作「文社」。臺灣文史專家賴子清在《古今臺灣詩文社》中，即據此把日據時期臺灣的二百餘個文學社團分成「詩社之部」與「文社之部」。當然，這只是相對而言，歷史上許多文學社團都不是單純只創作某一種文體類型，而往往是多管齊下的。以菽莊吟社為例，該社最初以創作詩鐘為主，稱「菽莊鐘社」；其後則各體兼備，除常見的七律、七絕、七古、七排、五律、五絕、五古、五排外，尚有詩鐘、對聯、詞、賦、回文詩、序文，以及特定場中才使用的壽言、婚慶帳詞等。其中，賦、序文都屬散體文章，詩鐘、對聯與詞也是獨立於律詩、絕句之外的文學體裁，「菽莊鐘社」後來改稱「菽莊吟社」大概就是其創作文體類型拓展的緣故。比較而言，梅社、蓮社、鷺江吟社以及未社，創作的文體類型就顯得單純多了，所作不外乎是七律、七絕、五律、五絕。因此，如果說張光正先生所說之「文社」，並非泛指一般性的「文學社團」，而是特指有創作「賦」、「序文」等其它「古文」體裁的社團，那麼張我軍所在「文社」就非菽莊吟社莫屬了。

從本質上講，菽莊吟社是一個日據時期以流寓大陸的臺灣文士為主體所組成的臺灣流亡文學社團。許南英所作〈菽莊鐘社即事〉一詩就曾詠道：「相逢淪落劫餘灰，一輩文人盡散材。獨自不忘風雅事，招邀名士過江來。」[14]記述了菽莊吟社形成的社會歷史背景及其人員構成的基本情況。甲午（1894 年）海戰，中方戰敗，腐敗無能的清朝政府與日本侵略者簽訂了喪權辱國的《馬關條約》，臺灣被迫割讓給日本，由此進入了長達 50 年之久的日本殖民統治時期。日人入據前後，眾多臺灣文士「恥為異族之奴」，紛紛離臺內渡，由於相同的命運遭際、一樣的家園之思、對文學藝術的共

---

[14]許南英，〈菽莊鐘社即事〉，《窺園留草》（臺北：文海出版社，1974 年），頁 205。

同志趣與追求，以及親情、鄉情、友情、師生之誼等天然的聯繫，又使這
些飄零大陸各地的流寓之士在與臺灣隔海相望的鼓浪嶼島上重新聚首，從
而在中國近現代歷史上形成了這樣一個內涵豐富、意義獨特的文學社團——
—菽莊吟社。該社雖然地處廈門，「然係臺賢所設，詞宗社侶，又多臺士」
[15]，所以「歷來也被視為『臺灣詩社』之一」。[16]菽莊吟社的創設者林爾
嘉，出身臺灣板橋望族，富甲一方而慷慨好義，因此晚清到民國期間凡是
經由廈門往來兩岸的臺灣人士都樂於造訪鼓浪嶼菽莊花園，而菽莊主人總
是熱情款待，還不時贈送差旅盤資，菽莊花園實際上也成為晚清、民國期
間廈門的「臺灣會館」。菽莊吟社的主要成員，如被尊為「社中三老」[17]的
施士洁、許南英、汪春源，均為清代臺灣進士，是清末臺灣重要文學社
團——斐亭吟會與牡丹詩社的核心成員，在臺灣文學史上曾經開創過「東
海文章」[18]一派，許南英還另創有崇正社與浪吟詩社；林景商則是著名儒商
林鶴年之子，清末在臺灣創設有海東吟社；其他如臺南進士陳望曾、舉人
王人驥、貢士蔡谷仁等，也都是清末臺灣名士。菽莊吟社中的大陸詩人，
如著名翻譯家林紓、著名詩論家陳衍以及蘇大山、施景琛、蘇鏡潭、莊棣
蔭、王貽瑄等，也都曾經寓居臺灣，與清末及日據時期的臺灣詩壇有著密
切的關聯甚至是重要的影響。張我軍與菽莊吟社的創設者及主持人林爾嘉
是同鄉，都為臺灣省臺北縣板橋市人；巧合的是，張我軍祖籍漳州南靖，
林爾嘉祖籍漳州龍溪（今龍海市），兩地歷來均屬福建省漳州府（今漳州
市）管轄。1921 年張我軍初到大陸時，人生地不熟，去找林爾嘉這位板橋
老鄉，應該是情理中的事情；其間，出於對文學的興趣愛好，參與到菽莊
吟社這個臺灣流亡文學社團的活動中來，也就順理成章了。相對而言，同
時期的梅社、蓮社、鷺江吟社以及未社，均為大陸人士所設，其成員也悉

[15]賴子清，〈古今臺灣詩文社〉，《臺灣文獻》第 10 卷第 3 期（臺北：成文出版社，1983 年），頁
　2025。
[16]汪毅夫，《臺灣文學史‧近代文學編》（福州：海峽文藝出版社，1991 年），頁 341。
[17]汪毅夫，《臺灣近代文學叢稿》（福州：海峽文藝出版社，1990 年），頁 4。
[18]汪毅夫，《臺灣文學史‧近代文學編》，頁 243。

爲大陸文士，相形之下，張我軍就少了許多在菽莊吟社所具備的天時、地利、人和等優勢條件。

　　菽莊吟社「一開始就有吟侶 300 多人，幾乎囊括了廈臺術有專攻的飽學之士，酬唱不止，後來發展到將近 1000 人」。[19]該社先後延請陳衍、林紓、施士洁、許南英、汪春源、陳海梅、沈琛笙、周殿薰、蘇大山等名家宿望主持壇坫，並九次向海內外徵集詩詞賦文，曾經轟動一時；又將所得作品匯編成冊，印行「菽莊叢刻」八種，另有「菽莊叢書」六種等刻，由此韻事風流，傳播益廣。論者以爲，菽莊吟社「人才之眾、佳作之多、影響之大，可與辛亥革命時期的上海南社相媲美，而其存在時間之長則創下了我國文人詩社之最」。[20]張我軍在廈門期間，正是菽莊吟社的鼎盛時期，社務特別繁忙。以張我軍初到廈門的 1921 年爲例，是年菽莊吟社先後就舉辦了「菽莊主人 48 壽慶」、「菽莊主人結婚 30 週年慶」、「菽莊三九雅集」等重大徵詩活動。這些活動有大量具體而瑣碎的事務，如稿件的簽收、拆封、登記、整理等，不大可能由社中的耆儒宿望來完成，需要「文書」來專門進行負責，而張我軍其時風華正茂，辦事幹練且上進肯學，無疑是個非常適合的人選。與菽莊吟社的規模、聲勢、影響相比，同時期廈門的其它文學社團則顯得單調而遜色多了，據《廈門軼事》所載，其中最大之東社，1924 年在融合了海天吟社、梅社、蓮社、鷺江吟社諸社以後，成員也不過百人[21]，所以應該沒有配備專門「文書」的必要。

　　當然，到目前爲止，能夠證明張我軍參加菽莊吟社的最直接、最有力的證據，還是他曾經撰有〈壬戌七月既望鷺江泛月賦〉一文。張我軍出生於日人入據臺灣以後的 1902 年，從小就入臺北板橋公學校學習日語，接受日殖當局的民族同化教育，按理說他的漢文沒有什麼根基。但是，張我軍一心嚮往祖國文化，而且向來勤勉好學，孜孜以求。他在臺北新高銀行工

---

[19]彭一萬，〈林爾嘉和「菽莊吟社」〉，《廈門晚報》（2005 年 1 月 19 日），18 版。
[20]同前註。
[21]廈門市圖書館，《廈門軼事》（廈門：廈門大學出版社，2004 年），頁 38。

作期間，就利用「星期假日到萬華學習漢文」，並「在臺北永樂町（大稻埕）市場邊劍樓書房，隨前清秀才趙一山老師讀書學詩」。[22]臺北萬華是日據時期臺灣詩壇三大「重鎮」[23]之一的瀛社及鶴社、高山文社等傳統漢文社團經常活動的地方；趙一山先生則與林述三、張純甫、顏笏山齊名，是日據時期北臺四大名儒之一[24]，所設劍樓書房，為其在課授經書之餘進行詩學指導的活動場所。所以，儘管 1920 年代初，日本占據臺灣將近三十年，日語教育在臺灣也已經相當普及，但張我軍在來廈門以前，他的傳統漢文還是有一定基礎的。1921 年，張我軍到廈門以後，又「在廈門同文書院習漢文，並在一文社當文書」[25]，古典文學修養得到進一步提高。所以，當張我軍看到菽莊吟社的徵賦啟事時，自然就很想牛刀一試了。事實上，張我軍不但參加了這次徵賦活動，而且作品還列入丙選第 181 名，並得到過一個銀元的獎金。在同時參賽的其他三名臺灣作者中，除洪介夫列丙選第 62 名、名次比較靠前外，出身龍潭「一門三秀才」的鄧旭東僅列丙選第 199 名，新竹宿儒曾吉甫也僅列丙選第 192 名，均排在張我軍之後。可見，張我軍這篇賦作的確寫得相當不錯，同時也說明張我軍在經過萬華、劍樓書房、同文書院的學習及與菽莊吟侶的切磋砥礪後，古文功底確乎大有進益。

　　在廈門鼓浪嶼期間的生活以及「鷺江泛月」這一景象給張我軍留下的記憶是美好而且深刻的，以致於事隔多年以後他還不時地留戀和回想起它們。1926 年 1 月，張我軍在其〈南遊印象記〉中寫道：「自今五年前，我從基隆搭船到廈門，這是與海接近的第一次。自是，在廈門、鼓浪嶼輾轉過了兩年。這兩年之間，我受了海的感化和暗示不少。早上，太陽將出未

[22]張光正編，《張我軍全集》，頁 512。
[23]見〈騷壇紀事〉，《臺灣詩薈》1924 年第 1 期。見九州出版社、廈門大學出版社，《臺灣文獻匯刊》第 4 輯第 15 冊（2004 年），頁 190。
[24]臺北市詩社座談會（1955 年 10 月 27 日下午），見《臺北文物》第 4 卷第 4 期（1983 年），臺北：成文出版社，頁 1730。
[25]張光正編，《張我軍全集》，頁 512。

出之時，我站在岩仔山腹的洋樓的欄杆之傍，兩眼注視那蒼茫的大海，一直到盡處——是海是天已分不出的地步——凝視著、放歌、馳想……晚上，月亮剛上了山頭，照得一面白亮亮的銀海，我站在山腹，兩眼注視那白茫茫的銀世界，一直到盡處，凝視著、放歌、馳想……」[26]「岩仔山」就是鼓浪嶼日光岩的俗稱，而菽莊花園所在地——港仔後即在日光岩東南麓的山腹之間，內中有「觀潮樓」，是菽莊花園十大美景之一，站在上面可以欣賞到海上月出時「春江潮水連海平，海上明月共潮生」的恢宏壯闊景象，在天地悠悠間給人以無窮的靈感與遐思。〈南遊印象記〉從另外一個側面也印證了張我軍在廈門期間曾經經常出入鼓浪嶼菽莊花園，並飽覽其中勝景，而記中所描繪的本身就是一幅活脫脫的「鷺江泛月」圖。

張我軍在廈門期間，還撰有〈寄懷臺灣議會請願諸公〉（七律二首）、〈詠時事〉（七律一首）等傳統詩文，這說明寫作傳統詩文已經逐漸成為張我軍的一種愛好與習慣。其實，與許多臺灣新文學史撰寫者所描述的決然態度不同，張我軍始終都保持著寫作傳統詩文的習慣。直到 1938 年秋，張我軍還作有〈席上呈南都詞兄〉（五律一首）：「僕僕燕塵裡，韶光逝水流。逢君如隔世，攜手共登樓。痛飲千杯酒，難消十載愁。他時歸去後，極目故園秋。」[27]以此來表達在北京見到闊別了「十載」的臺灣老友陳逢源時的欣喜之情及對時局的慨歎與擔憂。另外，「據張我軍的次子張光直回憶，張我軍當時還有一本舊體詩集，叫做《劍華詩稿》，收錄了他寫的舊體詩，可惜的是這本詩集已經遺失了，我們無法再見到它的真面目。」[28]

不僅如此，張我軍的思想觀念與態度傾向也深受菽莊吟侶的影響。張我軍所作〈寄懷臺灣議會請願諸公〉（七律二首）之一有詠：

故園極目路蒼茫，為感潮流冀改良。

[26]張光正編，《張我軍全集》，頁 300。
[27]同前註，頁 228。
[28]田建民，《張我軍評傳》（北京：作家出版社，2006 年），第 236 頁。

盡把真情輸北闕，休將舊習守東洋。

匹夫共有興亡責，萬眾還因獻替忙。

賤子風塵尚淪落，未曾逐隊效觀光。

鷺江春水悵橫流，故園河山夕照愁。

為念成城朝右達，敢同築室道旁謀。

陳書直欲聯三島，鑄錯何曾恨九州。

從此民權能戰勝，誰云奢願競難酬。

　　詩中之「右達」，以往一般理解成臺中霧峰望族林獻堂，但考察張我軍的行蹤，他在 1926 年以前，「北只至小基隆，南到新竹而已」[29]，並沒有到過臺中，與林獻堂先生也從未謀過面，況且其時臺灣真正可以稱之為「右達」者，僅有林爾嘉一人而已。林獻堂雖然擔任過所謂的「臺灣總督府第一屆評議員」，那只不過是日殖當局用來籠絡臺灣士紳的幌子而已；另外擔任的新民會會長、臺灣文化協會總理、臺灣民報社長等，也全部都是民間社團組織，並不是什麼權力機關或要害部門的緊要職位。林爾嘉則不一樣，早在清末，他就得到滿清王朝參議王清穆的賞識，被薦用為道員，後又晉升為侍郎；光緒 30 年（1904）以後，他擔任廈門保商局總辦兼廈門商務總會總理、鼓浪嶼「公共租界」工部局董事會董事；民國建立後，他被推舉為參議院候補委員，並先後擔任福建省行政討論會會長、廈門市政會會長等職。從詩中可以看出：張我軍在廈門期間不但拜訪過林爾嘉，而且兩人還共同謀劃過臺灣的前途等家國大事。與林獻堂等「臺灣議會請願諸公」把臺灣的希望寄托在日本殖民統治者身上不同，張我軍則把臺灣的出路寄托在孫中山先生所領導的、倡導「民族、民權、民生」的民國政府身上。在張我軍看來，林獻堂先生所領導的「臺灣議會設置請願運動」，與其去向日本殖民侵略者討價還價，爭「自由」、謀「平等」，無異於是與虎謀

---

[29] 張光正編，《張我軍全集》，頁 297。

皮（按：「臺灣議會設置請願運動」14 年的結果就是最好的證明），所以他在詩中規箴他們「休將舊習守東洋」，並且表達了「從此民權能戰勝，誰云奢願竟難酬」的美好願景。張我軍這一思想觀點與態度傾向同菽莊吟社所標舉的「抗日復臺」這一中心主題是一脈相承的，正是在「抗日復臺」這一旗幟的召喚下，菽莊吟社才將海峽兩岸數以千計的仁人志士凝聚其中，從而成爲民國期間兩岸詩人同聲相應、同氣相求的紐帶與橋樑。然而，民國期間由於大陸軍閥混戰，造成民不聊生的社會局面，又使得張我軍的美好願景很快就幻滅了。張我軍在隨後發表的〈詠時事〉（《臺灣》月刊第 4 年第 6 期，1923 年 10 月）一詩中惋歎道：「如此江山感慨多，十年造劫遍干戈。消除有幸排專制，建設無才愧共和。北去聞鵑空躑躅，南來飲馬枉蹉跎。天心厭亂終思治，忍使蒼生喚奈何。」其中「南來飲馬枉蹉跎」一句，也隱約透露出作者不想再「每日只知道做些似是而非的詩，來做詩韻合解的奴隸，或講什麼八股文章替先人保存臭味」，而要「讀些有用的書來實際應用於社會」[30]，可見其時張我軍反叛舊文學的思想即已初露端倪了。

1923 年底，張我軍離開廈門到上海，隨即又從上海到了北京，進入國立北京師範大學夜間部補習班學習，接受「五四」新思想、新文化的洗禮，並得到愛情力量的激發，寫下了〈沉寂〉、〈對月狂歌〉、〈無情的雨〉、〈亂都之戀〉等新詩作品，以及〈致臺灣青年的一封信〉、〈糟糕的臺灣文學界〉、〈爲臺灣文學界一哭〉、〈請合力拆下這座敗草欉中的破舊殿堂〉、〈絕無僅有的擊缽吟的意義〉等抨擊臺灣舊文壇的「檄文」，由此成爲「臺灣新文學運動急先鋒」。鮮爲人知的是，這場被許多新文學史撰寫者描述成「不是你死，就是我活」的臺灣新舊文學之爭，其作爲新文學主將的張我軍與作爲舊文學主將的連橫，都曾經是廈門舊文人集團——菽莊吟社中的吟侶之一，這就顯得非常富有意味了。以往許多臺灣新文學史撰寫者都把臺灣新舊文學之爭描寫成新文學對舊文學的壓倒性勝利，但是他們忽視了

---

[30]同前註，頁 326。

一個細節，就是張我軍在〈揭破悶葫蘆〉中所說的：「我的〈糟糕的臺灣文學界〉一文發表了以後，到現在已有兩個月之久了。……然而在這兩個月中間，卻聽不到什麼反響來，我滿以爲我的炸彈是擲在爛泥中去了。」[31]事實上，日據臺灣時期，日本殖民統治者「恨不得臺灣人個個立刻變成日本人，個個講日本話。所以在學校裡，照規矩是禁止使用臺灣話，何況對於教學上又絲毫沒有幫助的『官話』（按：指漢語普通話）」，臺灣人民「心裡想要學習祖國的國語」，但是又「不得其門而入」[32]，相反，日語卻在臺灣橫行肆虐，到光復之初「臺灣民眾通曉日語者亦約占七成之譜」。[33]毫無疑問，日據臺灣時期，首先要打倒的，應該是日本侵略者用以維護其殖民統治的工具——日語及其日語文學，而不是漢民族具有幾千年歷史傳統的漢語舊文學。日據後期，「皇民化」運動對臺灣漢文化的禁絕與毀滅告誡我們：在淪爲殖民地的臺灣，只要日本殖民統治不被推翻與驅除，不管是舊文學，還是新文學，只要是漢文學，就不可能獲得生存與發展。其實，就在臺灣新舊文學論爭戰罷方酣、愈演愈烈的 1925 年 5 月，張我軍還「偕羅文淑（張我軍之未婚妻）到廈門鼓浪嶼」[34]，在那裡拜望了昔日的文朋詩侶。可見，即使在張我軍猛烈抨擊臺灣舊文壇、成爲「臺灣新文學運動急先鋒」以後，他也還與舊文學陣營——菽莊吟社的吟侶們保持著良好的交流和密切的往來。這些都是很值得我們去作進一步深味的。

張光正先生曾把張我軍「成年後的經歷」大致分爲三個階段：「接受『五四』影響，作爲臺灣新文學運動急先鋒的年代；定居北京從事教學和譯作的年代；臺灣光復返回家鄉後的年代。」[35]從上述分析看來，張我軍在「接受『五四』影響，作爲臺灣新文學運動急先鋒」以前，還經歷過一個與舊文人集團——廈門菽莊吟社「爲伍」的階段。張我軍真正由舊文學陣

---

[31]張光正編，《張我軍全集》，頁 515。

[32]陳君玉，〈五十滄桑話國語〉，《臺北文物》第 7 卷第 1 期（1983 年），頁 3062～3063。

[33]薛綏之，〈旅臺雜記〉，《北方雜誌》1947 年第 6 期。

[34]張光正編，《張我軍全集》，頁 516。

[35]同前註，頁 544。

營中走出，進入新文學陣營，應當是在 1924 年 1 月到北京後，之前他雖然間有用日語寫作，但還是以漢語舊文學爲主，唯獨就沒有見到他創作過任何漢語新文學作品。所以，以 1924 年爲界，可以把張我軍的創作劃分爲前後兩個階段，前期是張我軍的舊文學創作階段，後期是張我軍的新文學創作階段。其中，前一階段對於提高張我軍的古典文學修養、培養其傳統詩文的寫作習慣、增強其「抗日復臺」的責任心與使命感等都是很有幫助的，同時也爲他後來開展對臺灣舊文壇的抨擊作好了文體上、思想上等方面的準備。像陳獨秀、胡適等「五四」新文化運動領導者一樣，張我軍也並非橫空出世，一開始就成爲臺灣新文學運動的「開拓者」與「奠基者」的，而是經歷了一個從舊文學陣營向新文學陣營逐步轉化的過程。

——選自《福州大學學報》2008 年第 3 期，2008 年 5 月

張我軍與「新野社」

◎何標[*]

　　八年前，在北京舉辦「臺灣作家張我軍逝世 30 週年座談會」上，當年 82 歲的北師大教授葉蒼岑老先生，滿懷深情地朗讀了〈悼摯友張我軍〉七絕四首，其中有「樂育堂中建筆社，命名『新野』拓荒原」句。後葉老先生又補寫詩序說：

> 1927 年，余於北京師範大學識同窗張我軍兄，彼此志趣相投，遂成莫逆。又與師大愛好文學學友組成「新野社」，取開拓荒原之意，旋於「樂育堂」（筆者註：北京和平門外老師大舊址內一座兩層簡易樓房）樓上覓得一室為社址。入社同仁每隔數周各交一篇習作，文中常針砭時弊，彼此傳閱，讀至擊中要害之句皆為撫掌。

　　繼葉老先生重提早已不為人知的新野社之後，臺灣現代文學史料研究學者秦賢次先生，在〈臺灣新文學運動奠基者——張我軍〉[1]文中披露，新野社曾在 1930 年出版過《新野月刊》。為查訪這本 60 多年前的出版物，我遍尋北京各大圖書館，這本「神祕」刊物卻一直杳如黃鶴。直到 1991 年末，秦賢次先生來京與我相見後，才得知在日本的東京圖書館保存著僅出版過一期的《新野月刊》，於是拜託秦先生在他方便時，能取回這本稀世刊物的複印本相贈。時隔一年半左右，秦先生果然把複印本託人從臺灣捎來，使我得以目睹它的廬山真面目。

---

[*]本名張光正。現為中國作家協會會員。

[1]秦賢次，〈臺灣新文學運動奠基者——張我軍〉，《張我軍詩文集》（臺北：純文學出版社，1989 年版）。

　　《新野月刊》爲鉛印 32 開本，封面上半部有橫幅墨筆寫意畫一幅，爲一裸女仰臥樹下，身邊有本翻開的書，背景爲三個站立的女孩和騎在牛背上的女娃。封面中部印有粗體仿宋字刊名和「創刊號」字樣，下署「北平新野社出版」。全書共 66 頁，除「卷頭語」和「編後」外，共有文章十篇。出版日期爲 1930 年 9 月 15 日，文章作者共九人：張我軍、葉鳳梧、周柳門、戚維翰、俞安斌、遠紹華、陳季哲、楊獨任、何秉儀。

　　張我軍夫人羅心鄉女士現珍藏一張已發黃的照片，是 12 名男性大學生的集體留影，照片底部有張先生遺墨一行：「星星社會全體社員第一次合攝，後改名新野社前二星期，一九二九。」這張珍貴照片證實，新野社有社員 12 人，《新野月刊》創刊號供稿者爲 9 人，另 3 人的姓名現已無從查考了。在那張照片裡，張我軍立於諸人中央位置；《新野》創刊號又注明訂購處於張先生當時的住宅──北平西城察院胡同 47 號。這些都證實葉蒼岑先生說的：張我軍是新野社的創辦者和《新野月刊》的主編；1929 年他在師大畢業前後，已在母校及其它學校擔任日語講師，並出版了不少譯作，所以新野社的經費也都是由他籌措提供的。

　　《新野》創刊號的「卷頭語」，表明了這本刊物的主張和立場。它說，1930 年的中國人自由被剝奪，生機已沒有，生存無保障，文學不能反映現實，新野社是爲了開拓文學界荒蕪的新野，而正視現實、表現現實和改造現實。這期刊物有兩篇文章比較突出地表達了這一主張和立場：

　　一是刊在首篇的張我軍論文：〈從革命文學到無產階級文學〉，文章認爲無產階級文學才是真正的革命文學，並闡述了對無產階級文學的種種見解；同時表示也並不反對爲藝術之藝術的存在。從這篇文章的視角、語氣和用辭來看，張先生在青年時代繼接受祖國「五四運動」反帝反封建思潮和文學革命的影響，而成爲臺灣新文學運動的奠基者之後，又受到 1920 年代末、1930 年代初風行日本的社會主義思潮和普羅文學的感染。那時，他曾翻譯出版過一些日本社會主義政論家和無產派作家的書籍和文章，同著名無產派作家葉山嘉樹有過通信往來。張我軍這篇僅有的關於革命文學的

論文，對研究他一生文學思想的階段性發展，具有重要價值。

另一篇是遠紹華寫的小說〈這是他們的責任〉。文中揭露當時的軍警在窮人面前作威作福，而在洋人面前俯首帖耳。當英國軍車肇禍後，英國軍官蠻不講理，圍觀群眾發出憤怒抗議，中國軍警竟鎮壓群眾，放走肇禍者。此時，一個洋教士卻在一旁贊揚軍警說：「這是他們的責任。」而被軋死的中國兒童，卻躺在地上無人過問。《新野》編者在「編後」中對這篇作品做如下評價

> 我們以為現代中國文學最好的主顧，就是表現弱小民族的悲哀、民眾的痛苦，和所謂打倒帝國主義、軍閥、官僚。本期石泉君所作的『這是他們的責任』，我們相信是一篇不壞的打倒帝國主義的作品，請讀者注意。

從這兩篇代表性的文章中，可以窺見新野社同仁們的主要思想傾向和《新野月刊》的辦刊宗旨。眾所周知，1930 年代初期，面對日寇侵華國難當頭，當時的政府卻推行「安內重於攘外」的政策，全力進行反共的軍事圍剿和文化圍剿，言論自由日漸喪失。處這種情勢，新野社這樣的弱勢學生小團體，是很難獲得生機的。所以《新野月刊》僅出過一期，新野社只有短短兩年的壽命，這也就不足為奇了。

——選自《臺聲雜誌》1994 年 2 月

張我軍與淪陷時期的中日
文學關聯

◎張泉*

　　張我軍（1902～1955），臺灣新文學發軔期的重要作家。1920～1940
年代中期居北京，求學，從事日語教學和著述、編譯工作。曾與魯迅有過
交往。1936 年，出任北平社會局秘書，協助市長秦純德處理十分棘手的對
日交涉事務。「七七事變」後，北平市官員隨軍隊祕密撤退。由於市政當局
不信任臺灣人，張我軍未接到離平通知。[1]這樣，作為一名背負著日本國
籍，受到日本總動員法約束的臺籍人，張我軍被迫開始了長達八年的淪陷
生涯。

一、文學和社會活動

　　有人認為，淪陷時期，張我軍一直困守教師職業，編纂日文學習讀
物，兼以翻譯和創作，用來彌補生活費之不足。[2]這樣的概括並不準確。實
際上，他在華北文學、文化界相當活躍，有的時候，還發揮了比較重要的
作用。其主要活動涉及以下幾個方面。

第一：支持創辦文學刊物

　　1939 年 9 月，同是臺灣籍的作家張深切在北京創辦大型文藝月刊《中
國文藝》。張我軍積極參與，並在創刊號上同時發表三篇文稿：〈秋在古
都〉、〈京劇偶談〉和〈關於中國文藝的出現及其它——隨便談談〉。在後一

---

*北京社會科學院文學研究所研究員。
[1]據洪炎秋，〈懷才不遇的張我軍〉，《張我軍詩文集》（臺北：純文學出版社，1989 年），頁 31。
[2]參見秦賢次，〈臺灣新文學運動的奠基人——張我軍〉，《張我軍詩文集》，頁 48。

篇文章中,他提出,要辦好刊物,必須「讀者編者作家」三位一體。具體
到作家,由於「老牌的作家——既成作家」寥若星辰,需要「努力製造新
的生產機關——新進作家」。三四年後,此話得到了應驗:以洋洋十冊「新
進作家集」的出版爲標誌的青年作家的成長,促成了華北淪陷區文學的繁
榮。在張深切因奔父喪離京期間,張我軍還代編一期刊物。由張深切任主
編時期的《中國文藝》,刊登了一些流露出民族意識和反日情緒的言論。

第二:參與組織文藝團體,參加文藝、文化界的活動。

華北淪陷區第一個具有一定規模的文藝團體華北文藝協會,成立於
1941 年 1 月。作爲主要發起人之一,張我軍擔任協會組織部的工作。由於
種種原因,該會活動近半年之後便自行解體了。

1942 年 9 月成立的華北作家協會,比華北文藝協會的規模要大得多,
組織較嚴密,與日僞當局的關係更密切。一個爲人忽略了的事實是,張我
軍參加了華北作家協會主辦的許多活動,卻不是該會的成員。在華北作家
協會評議員會、幹事會乃至會員名單中,均無張我軍的名字。[3] 又,參加第
一屆大東亞文學者大會的華北代表是錢稻孫、沈啓無、尤炳圻和張我軍。
1942 年 10 月 26 日,華北作家協會設宴爲代表餞行,「歡送錢、沈、尤評
議員東渡參加東亞文學者報國大會」[4],唯獨少了張我軍。可見,他不是評
議會的成員。1944 年 9 月,華北作家協會在第三次全體會員大會上,通過
了新的機構和新人事安排。在執行委員、部門委員、評議員會的名單中,
也見不到張我軍的名字。但一個有點奇特的現象是,他卻經常參加華北作
家協會組織的活動,而且有的時候,還以評議員的身份出現。比如:

1943 年 5 月 13 日,出席華北作家協會在北京飯店歡迎日本文學報國
會代表河上徹太郎、林房雄的招待會。

1943 年 6 月 4 日,與龜谷利一共同列席華北作家協會第 11 次幹事
會。這次會議第五項決議,是在北京各雜誌報紙上闢「學術講座」。其中,

---

[3] 見《華北作家協會月報》第 1~2 期,1942 年 10 月 12 日。
[4] 《華北作家協會月報》第 2 期,頁 15。

在《國民雜誌》上設立的「日本事情講座」，由張我軍主講。

　　1943 年 6 月 24 日，日本協會在北京飯店設宴歡迎小林秀雄。林房雄和華北作家協會全體幹事、書記到場，並請「本會評議員」七人出席，其中有張我軍。

　　1943 年 8 月 12 日，張我軍以「本會評議員」的名義，與尤炳圻一起，列席第 13 次華北作家協會幹事會。

　　1944 年 1 月 3 日，華北作家協會在雅敍園招待報導部關係人物。該會出席者有「柳龍光、張我軍、袁犀」等 12 人。[5]

第三：兩度去日本參加大東亞文學者大會

　　日本文學報國會炮製的大東亞文學者大會，共舉辦過三次，第一次（1942 年 11 月 3 日~10 日）、第二次（1943 年 8 月 25 日～27 日）均在日本東京召開，第三次（1944 年 11 月 12～14 日）在中國南京。張我軍參加了前兩次大會。對此，有種種揣測。有人認為，主要是周作人、錢稻孫等前輩的邀請；他本人希望通過遊歷日本以補身為日語教員卻未曾去過日本的缺憾（洪炎秋，出處同前）。也有人認為，張我軍是為了造訪心儀已久的日本作家（秦賢次，出處同前）。總之，沒有政治目的

　　當年，張我軍就曾談起過他出席第一次大會的原因：「本人一向在文學界也沒有什麼貢獻，而且年來已經成了一個書呆子，所以知道此次即使參加大會也不會有什麼用處，無奈邀請者十分誠懇，而周作人先生也極力勸本人參加……。」[6]實際上，早年他數次往返於臺灣、北京，曾途經過日本。譯文《弱少民族的悲哀》的一部分，就是在日本九洲島的門司港完成的。[7] 1941 年 2 月，他還因事去過東京。但逗留的時間看來都不長。此外，兩次大會，張我軍會見了小說家島崎藤村、武者小路實篤等人，並參加了詩人北原白秋（1885～1942）的追悼會；也在會前或會後發表過他們

---

[5]《民眾報》1944 年 1 月 3 日。
[6]《晨報》1942 年 11 月 18 日。
[7]〈譯者附記〉，《臺灣民報》第 105 號（1929 年 7 月）。

作品的中譯文。因此，上述揣測，大體上是成立的。

　　張我軍本人對大東亞文學者大會的態度，以及在大會上的表現，也說明了他的立場。在〈北原白秋的片鱗〉一文中，張我軍劈頭寫到：「去年11月2日，現代日本詩壇的巨星北原白秋氏與世長辭了。這也不知是哪一世的宿緣，生前和他未獲一緣的我，居然為了意想不到的機會恰好旅居東京，得參加於5日舉行的追悼會，瞻仰遺容。」[8]這裡所說的「旅居東京」，是指參加第一次大東亞文學者大會。張我軍不願提到它，而用「意想不到的機會」將其一筆帶過。另外，當年參加過大會的巖谷大四，記下了這樣一個場面：

> 一行人當中，只有張我軍一人扭過臉去，不向皇宮鞠躬哈腰，給我的印象很深。此人日本語講得非常漂亮，也曾擔任過翻譯，但是好像是一個不好對付的人。[9]

這是真情的流露，足以表明他對大會的態度。在第二次大東亞文學者大會華北代表的行前筆談中，張我軍以〈出席之辨〉為題，再次說明「無奈推辭不開，今年只好再勉為其難」的處境。[10]他僅在會上提出了無關痛癢的設立島崎藤村獎金案，在被否決後，仍固執己見：「假如文報礙難接受，則希望日本文學者另組機關進行其事。」[11]這番「博得了全場的掌聲」的發言，是在有意避開大會的政治內容，專注於文學問題。更有甚者，「希望日本文學者另組機關」之語，無疑是對全國一體化的文學控制組織日本文學報國會的不恭。會後，張我軍的一篇短文〈擊滅英美文學〉，被收入「第二屆大

東亞文學者大會中國（華北）代表鱗爪集」專輯（《中國文學》1944 年 1
期）。該文僅僅重複太平洋戰爭爆發後官方的宣傳套語，一字未提英美文學
乃至一般文學問題。

可以從兩個方面作參照，來判斷張我軍這篇短文的價值取向。一個方
面，是收入專輯的其他代表的言論。沈啓無、陳綿、徐白林、柳龍光、蔣
義方的文章，大都在不同程度上擁護和宣傳大會。當然，可以想見的是，
無論作者內心是親日的或反日的，由於受大環境的制約，這類文章一般很
難脫離日僞的宣傳軌道。但相比較而言，張我軍的短文較爲抽象，離現實
更遠。

另一個方面的參照，是張我軍刊在同一期《中國文學》上的另一篇文
章〈日本文學介紹與翻譯〉。文章說：「研究文學的人都知道英國有莎士比
亞……」；日本新文學運動受到西洋文學的影響；「近代日本文學和歐洲現
代文學」都師從傑出的歐洲前輩作家，因此，可以說是「師兄弟」。這類學
術層面上的探討，分明與日僞的思想戰口號相悖。略加對比便可反諷地顯
現出，前文只是例行公事的套話，後者才表達了作者的文學觀。在探討張
我軍的文學主張時，應當主要依據後一類文本。

第四：介入籌組淪陷區統一文學團體的活動

淪陷區統一文學團體的籌組，是淪陷後期中國日本占領區文壇的一件
大事。日本文學報國會、汪僞政府宣傳部以及各個淪陷區的文學藝術界都
曾捲入其中。張我軍也是一位非常活躍的人物。根據柳龍光的陳述，在與
日本、南京方面進行了一系列的接觸之後，華北作家協會於 1944 年 3 月
9、10 兩日舉行第 19 次幹事會，公推該會評議員及幹事七人，承擔把華北
作家協會改組爲中國文學協會華北總會的任務。張我軍的名字，列在評議
員中。後因沈啓無不能參加，換成傅芸子。接著，在 3 月 22 日、28 日，4
月 7 日、18 日，召開了四次籌備會議。張我軍出席了其中第一次和第四
次。前三次會議決定把組織名稱定爲「中國文學協會華北分會」，通過了預
算草案、理事會人選以及在 4 月 23 日召開成立大會的日程安排。張我軍、

柳龍光將這份由八人簽名的報告，面呈華北政務委員會情報局及教育總署
備案。可是，在最後一次籌備會議上，張我軍突然提出兩點建議：成立大
會延期；華北作家協會須在成立大會之前解散。結果，「中國文學協會華北
分會」的籌備工作停頓，爾後不了了之。籌備中的「中國文學協會」南京
總會和上海分會，也因故推遲。[12]從現象上看，華北地區籌組全國統一文學
組織的活動，因張我軍的突然發難而中止。但實際上，造成這種結局的原
因很複雜，有許多因素在起作用。起決定作用的，還是當時的大環境。[13]

二、譯介日本文學：自然主義

　　早在 1920 年代，張我軍就開始發表內容廣泛的翻譯作品，包括文學作
品、文學史、文藝理論、政論、社會學、醫學、漢學著作等，但日本文學
始終是他翻譯活動的主要內容。據粗略統計，抗日戰爭爆發前，在他所譯
的著作中，文學和社會科學大體上各占一半。而在淪陷時期，幾乎全部集
中在文學方面。這種有意回避政論的轉變，表明了張我軍對中日文化傳通
現狀的態度。其中，日本自然主義文學元老島崎藤村和德田秋聲，是他翻
譯比較多的兩位作家。

　　1941 年下半年，因生活入不敷出，張我軍找到周作人「指點迷津」。
周作人建議他翻譯日本名著。最後商定，翻譯島崎藤村 72 萬字的小說《黎
明之前》（1929 年 4 月在日本《中央公論》上發表），並由周作人以「個人
資格」介紹給國立華北編譯館。計畫從 1942 年 1 月至 1943 年 12 月每月交
稿三萬字，兩年完成。日本各報曾對此舉做了廣泛報導。實際上，張我軍
的譯事到 1942 年 10 月便中止了，只完成了全書的三分之一，分九次刊登
在《國立華北編譯館館刊》（第 1 卷第 1 期～第 2 卷第 10 期）上。直接原
因是，張我軍先是去日本參加大東亞文學者大會，接著又於 1943 年 1 月長
途跋涉南京、上海等地做謀職旅行，耽誤了一些時間。最主要的，還是譯

---

[12]參見柳龍光，〈編輯後記〉，《中國文學》第 5 期（1944 年 5 月），頁 72。
[13]參見張泉，〈談談淪陷區文學研究的歷史感問題〉，《中國現代文學研究》1997 年第 2 期。

《黎明之前》千字 8 元的稿費不足以補貼家用的虧空。他公開宣布「擇肥則食」，停止翻譯《黎明之前》，轉而選擇收入較高的譯、作、編。爲此，他特地寫了〈《黎明之前》尚在黎明之前〉（《藝文雜誌》第 1 卷第 3 期，1943 年 9 月）一文，加以表白。這個過程說明了以下幾個問題。

第一，文學交流受到功利目的的影響。具體到張我軍，他翻譯這部小說，是爲了解決生活上的困難；半途而廢同樣出於物價已經漲到使他「感覺到危機重臨」的地步。

第二，在譯事上，張我軍有自己的標準，並且持十分嚴謹的態度。他希望翻譯「可以留到後世」名著；譯《黎明之前》這樣的作品，他每日只能譯一千字，而要維持生計，須日譯三千。他果斷採取了這樣的做法：寧願暫時不譯也不願粗製濫造，「以免悔之於將來」；爲了譯好該書，幫助讀者理解，準備先撰寫介紹江戶末年政治、經濟、社會狀況的文章，及簡明日本維新史，同時，還準備設法統一解決作品中的官職名、器具用品名。

第三，張我軍雖然不迴避與日僞的頭面人物打交道，但注意在政治上掌握適當的分寸。例如，在找周作人時，他特別說明，「我所求的是周老師，並不是周督辦」。在不得已以稿費的多少爲標準選擇譯、寫、編的題材時，爲自己規定了「不違背天理良心」這個大前提。

張我軍沒能譯完島崎藤村的巨著，爲中日文學交流史留下了遺憾。但是從中可以見出，在淪陷區這個特定社會狀態中，中國文人的生存狀態和心理狀態。

除了這部長篇外，張我軍還翻譯過島崎藤村的其它作品。兩人曾在第一屆大東亞文學者大會上會面。待到第二次大會時，島崎藤村突然去世。張我軍的感傷和懷念溢於言表：「哪裡想得到竟是這樣沒有緣分！自今而後，遇有疑問的時候我將拿去和誰商量呢！『藤村先生仙逝了』一句話，當時我的耳朵裡震得比五雷齊下還要響！」[14]爲了紀念他，張我軍翻譯並發

---

[14]〈關於島崎藤樹〉，《日本研究》第 1 卷第 2 期，1943 年第 10 期。

表了他的小說〈淒風〉及其續篇〈分配〉，以及〈燈光〉。此前還翻譯過〈常青樹〉、〈秋風之歌〉等。可以說，島崎藤村是張我軍淪陷時期翻譯得最多的一位作家，對他的評價很高：「近代日本文學像島崎藤村的長篇小說以及志賀直哉的短篇和歐洲的作品比較也不見得稍遜」。[15]

在得到德田秋聲逝世的消息之後，張我軍翻譯了德田秋聲的兩個短篇〈勛章〉和〈洗澡桶〉，並撰寫了〈關於德田秋聲〉（《藝文雜誌》第 2 卷第 2 期，1944 年 2 月），對這位 40 年一直「孤壘獨守」自然主義創作風格的前輩作家，表達了沉痛的哀悼之意。文章扼要介紹了德田秋聲的生平和代表作，並將他與島崎藤村作了比較，引發出對於作家與時代關係的言論和感喟。

島崎藤村和德田秋聲有過 50 年以上的純文學生涯，並且在同一年逝世。但他們在日本文壇的境遇卻迥然相異。島崎藤村一直是日本文壇上的風雲人物，而德田秋聲雖也曾紅極一時，但還是不得志的時候居多。張我軍認為，這是因為，前者「隨著社會的環境和時代的風潮，清算自己的內部，使自己的作風步步推進」。後者「三四年之間不發生內部的發展，始終守著一種作風」。對這兩位作家，張我軍都表達了敬重之意，特別是對後者，有更深刻的理解：

……然而，缺少平面的發展的秋聲，卻有立體的發展，他的作品一篇比一篇深刻而老練，這也就是他所以能繼續了五十年純文藝生活的一個大原因。這種作家，他自己雖然吃虧，從整個文學界來說，卻也非常需要。

尤其是在空談主義而朝三暮四的作家占多數的時代，像秋聲這樣四十年如一日孤壘獨守的作家，著實值得我們痛惜他的逝世。

我接到秋聲逝世的消息，覺得仿佛像是看見一棵老松的凋落。

---

[15] 〈日本文學介紹與翻譯〉，《中國文學》第 1 期（1944 年 1 月）。

這是張我軍獨具特色的見解，從中使人隱約感受到時代的投影。

三、譯介日本文學：白樺派

　　白樺派是日本近代文學史上的一個重要文學流派。早在五四時期，魯迅、周作人、郭沫若、郁達夫等作家，就與白樺派發生了密切的關聯，對中國新文學的成長，產生了重要影響。這種影響一直延續到淪陷時期的華北，主要體現在張我軍的翻譯和評價之中。

　　對於白樺派和白樺派的代表作家武者小路實篤，張我軍有著自己的看法。他認為，籠統地將其稱作新理想派或人道主義派，並沒有抓住實質。因為白樺派的所謂重理想，只是對自然主義重物質的反駁，並不明確；所謂重人道，只是由於信奉托爾斯泰的人道主義，以及「拿整個生命來生存」（武者小路實篤語）。在他看來，白樺派的特色表現在內容和形式兩個方面。從內容方面看：

> 他們極端尊重整個的性命和人的精神力，信仰人類的本性和良心，所以他們忠實於自己的個性，同時又尊重他人的個性。假如說，他們的理想也有個目標那便是徹底地一味盼望著每個人的個性成長。

從形式上看：

> 可以一言以蔽之，是文藝上的徹底的自由主義。他們不顧以往的一切藝術上的制約，他們只知道「拿自由的毫無束縛的心情，把想要寫的事一樣一樣寫下去」（武者小路實篤語）。[16]

張我軍對於武者小路實篤在語言和敘事格式上的我行我素和隨心所欲，推崇備至，甚至叫喊出：「武者小路的文章渾身都是膽！」

---

[16]以齋，〈武者小路實篤印象記〉，《藝文雜誌》第 1 卷第 2 期（1943 年 8 月 1 日），頁 15。

　　這是張我軍對武者小路實篤所作的鋪墊。他真正想探究的問題在於，一向以執著和始終如一著稱的武者，是如何對待日本發動侵華戰爭這個嚴酷現實的：「及至七七事變發生，我們華北的文壇陷於苦悶的沉滯，我的關心又馳騁於東京，繞住了武者小路先生和白樺派的人們。我很想知道他們懷著什麼態度。」實際上，這是張我軍在渲洩自己的苦悶，以及在找尋解除苦悶的答案。在他看來，大膽的武者小路一派，在這個問題上是不應該膽怯的。

　　對於這個很難得到明確答覆的問題，張我軍自己站出來做了說明，並進一步大膽地暗示，日本的國策是違反人道的：

　　日本的國民是不會反對日本政府的國策的，這事我充分知道。然而，一向被稱為人道派的他們，對於這次的戰爭，拿著什麼方法來使自己的信念和政府的國策兩相調和呢？一向徹底主張個性的自由的他們，拿著什麼方法來使個人主義或自由主義和全體主義或統治主義融洽下去呢？

終於，在大東亞戰爭（太平洋戰爭）爆發之後，張我軍從武者小路和志賀氏發表的文章中知道，他們「由於這個拿日本國運去打賭的戰爭，發現了調和與融洽的途徑」。而對於為什麼太平洋戰爭使他們發現了調和與融洽的途徑以及他們是怎樣調和融洽的，張我軍卻隨便地找個藉口隻字不提：「我這裡因為怕行文混亂，恕從略。而且這事，讀者大抵也可自行設想得出」。

　　由此可以推想出兩點。第一，對於武者小路一派在太平洋戰爭爆發以後的言論，張我軍是不滿的。第二，由於法西斯高壓進一步強化，他們不得已發表這種言論，是可以理解的。在軍國主義煽動起的整個民族大瘋狂時期，少數清醒的個體又能有多大的作為呢？

　　張我軍翻譯的《黎明》於 1944 年由上海太平書局出版。這是武者小路 1942 年的新作。小說的主人公是一位畫家。他專心於自己的本職工作，待人和善，對妻女和朋友愛護有加。作品洋溢著親情友情，遠離當時的社會

現實。

　　抗日戰爭時期，特別是太平洋戰爭爆發後，武者小路表現出兩面性。一方面，他墮落成大東亞戰爭的吹鼓手，主張「滅己奉公」，「天皇至上」，「忠君報國」。這主要體現在他的言論集《大東亞戰爭私感》（河出書房，1942 年）之中。另一方面，他畢竟曾是白樺派的中堅，奉行新理想主義的文藝思想，以及「自我中心論」。張我軍看重和選擇的是他的後一方面：「白樺派雖已成了文學史上的名詞，然而她所留下的足跡既大且深，所以他們的作品，無論是當時的作品或是後來發表的作品，直到現在仍然爲日本的讀者所愛讀……掏出良心說著話的作品，生命是絕不會那麼短的。」[17]具體到《黎明》，張我軍做了這樣的評價：

　　　　這篇小說的主人翁老畫家，雖說是假設的人物，依譯者說來，卻恰恰可
　　　　以藉來看出武者小路的爲人。

武者小路在應譯者的要求而寫的序言中，完全摒棄擁護戰爭的政治言論，強調中日文化交流中美好的方面：「日本在既往，由中國學了著實多的事物。其中最大事物之一便是文學。」並且表示，把他的小說介紹給中國，感到非常高興。

　　處在那樣一個非常時期，爲了既要謀生又要堅持自己的行爲準則，張我軍力圖把他能夠做的事情和他想要做的事情，調合在一起。於是，文學翻譯成了他調和兩者的接合點。這樣，通過純文學，張我軍的文學翻譯納入了不正常年代裡的正常的中日文化交流的範疇。

四、譯介日本文學：其他作家

　　張我軍曾聲稱：之所以中止《黎明之前》的翻譯，是爲了尋找一些掙

---

[17]張我軍，〈譯者的話〉，收入《黎明》。

錢快、收入高的東西來譯。但在實際操作時，仍堅持這樣的標準：日本文
學史上的名作名篇；中國介紹得比較少的作家。他翻譯的短篇小說〈歧
途〉，就屬於後一種情況。他在譯文的〈小引〉（《藝文雜誌》第 2 卷第 1
期，1944 年 1 月 1 日）中介紹說，作者樋口一葉在短短 20 年的生命歷程
裡成長為日本明治時代的一流作家，是世界文學史上的一個奇蹟。由於在
中國似乎還沒有人介紹過她的作品，特選譯篇幅較短的〈歧途〉，並計畫將
來有機會的時候再譯另外兩篇代表作〈爭長〉和〈濁江〉。在翻譯技巧上，
張我軍做了一些嘗試：原作者是文言文，對話不另起一行，譯文則變更為
現代白話小說的格式；對原文中某些不便直譯的段落，採用意譯的方法。

　　菊池寬的《日本文學指南》（《日本文學案內》，1938 年）也是張我軍
淪陷時期的一部比較重要的譯作，分 18 次，在《華文大阪每日》連載（第
7 卷第 1 期～第 8 卷第 9 期，1941 年 7 月 1 日 ～1942 年 5 月 1 日）。他之
所以選擇這本書，是因為它的內容「包羅萬象，應有盡有，不愧為一部極
簡明而扼要的文學入門良書──不限於日本文學」。的確是這樣。該書在寫
法上比較獨特，包括了一些文學常識方面的內容，如「文學是什麼」；「必
讀之書」，其中有「外國文學」一節；世界「文學思潮上的各種主義」；「小
說的分類」；「小說的形式」等。

　　早在 1939 年，張我軍就發表過〈評菊池寬近著《日本文學案內》〉
（《中國文藝》第 1 卷第 3 期，1939 年 11 月 1 日）一文。文章雖然不長，
但提出了自己的獨到看法。當時有人認為，日本文學在明治以前移植中
國，明治以後移植西方，因而，可以不予重視。只注意中國文學和西方文
學就可以了。張我軍則明確指出，這種態度是膚淺的。從社會生活來說，
日本文學作品是了解日本不可或缺的窗口。從「理論的文學」來說，日本
文學有其獨自的系統，而且，中國的或西洋的文學理論，都可以從日本文
學中見出，同樣應當了解、研究日本文學。菊池寬的新著是學識和經驗都
相當豐富的作家寫的文學史，最適合作日本文學的入門讀物，不但可以使
讀者知曉日本文學發展的基本輪廓，還可提高他們的文學修養。至於菊池

寬本人的文學成就，張我軍不人云亦云，不同意日本一些人把他尊為當代日本的大文豪，只承認他是一位作品頗豐的大作家。由此可以看到，張我軍視野廣闊，具有敏銳的判斷力，能盡可能排除政治因素的干擾，因而，他的日本文學翻譯，是建立在對翻譯對象的深入研究和總體把握之上的。

　　除此之外，對日本文學翻譯和翻譯技巧問題，以及日本文化和中日文化關係問題，張我軍都發表過值得研究的見解。限於篇幅，這裡不能展開。但上述幾個方面已經證明，目前尚未引起學術界足夠注意的張我軍，是淪陷區時期中日文化交流史上的一位重要人物。

　　　　　　──選自《中國現代文學研究叢刊》2000 年第 1 期，2000 年 2 月

中國日語教育史視閾中的
張我軍論

◎王升遠[*]
◎周慶玲[**]

作爲「臺灣新文學運動的開創者」、「奠基者」，近年來，文學視閾中的張我軍（1902～1955）研究有了長足的進展，並取得了一系列令人矚目的實績；同時作爲一位傑出的翻譯家，張我軍在中國日本文學翻譯史上的斐然業績也得到了應有的重視和評價。[1]然而，作爲中國日語教育史上無法忽略的重要存在，對張我軍的日語教育思想和實踐進行系統的實證性挖掘、整理研究卻至今乏人問津，不能不使人歎爲憾事。中國日語教育史視閾中的張我軍研究不僅是日本語言文學學科史整理、研究的當務之急，同時，對豐富張我軍研究、臺灣新文學研究乃至中國現代文學史研究也具有重要的學術意義。

張我軍的日語學習始於 1910 年，在其就讀的板橋「公學校」（日人創辦）裡，日語作爲消泯臺灣人民族認同、強化殖民統治的手段之一，被予以強制推行。六年的日語學習，爲張我軍日後的學業、事業奠定了堅實的基礎。[2]青年時代的張我軍便對日本研究興致濃郁，21 歲即在日文刊物發表

---

[*]發表文章時爲上海師範大學外國語學院日語系講師，現爲上海師範大學外國語學院日語系任講師與北京師範大學文學研究所博士班研究生。

[**]發表文章時爲浙江林學院外國語學院日語系講師，現爲浙江農林大學外國語學院日語系講師。

[1]王向遠，〈日本文學漢譯史〉，《王向遠著作集》第 3 卷（銀川：寧夏人民出版社，2007 年 10 月）。

[2]張光正，〈悲、歡、離、聚話我家———一個臺灣人家庭的故事〉，見張光正編，《近觀張我軍》（北京：臺海出版社，2002 年），頁 61。

文章。[3]1925 年秋，23 歲的張我軍考入中國大學國文系，後轉入北京師範大學。1929 年 6 月畢業後，他被師範大學延為日文講師，以時間論，是臺人在大陸講授日文的第一人。其後張氏又先後於北平大學法學院、中國大學、淪陷時期的偽「北京大學」文學院日本文學系、偽「北京大學」工學院等校講授日文，並從事日本文學翻譯，至 1946 年返臺，在京從事日語教育、翻譯和研究凡 16 年，「日本話說得和日本人一樣的自由」。[4]有論者認為「在北京除了周作人外，我軍是個『日本通』，他的日語很了不起」[5]，此說雖不無過譽之嫌（至少忽視了錢稻孫的地位），但青少年時代的學習經歷和多年的教育、研究積澱確是日語教育史上「張我軍時代」到來的美好前奏。

一、作為編者之張我軍——《日語與日文》的學科史意義

在張我軍日語教育生涯開始的 1930 年代初，隨著日本帝國對外擴張的加速，我國各界在亡國滅種的危機下對日本再次給予了高度的關注。開我國定期日本研究雜誌的風氣之先的《日本研究》就曾邀約馬相伯、陳立夫、蔣夢麟、戴季陶、蔡元培等名流撰寫「日本研究談」，27 位要人大都指陳中日間嚴重的信息不對稱，呼籲「恥何自雪，先求知彼，研究精神，勿懈勿止。」[6]張我軍也站在教育家的立場表達過類似的不滿，他認為「國人未聞有研究、正視、認識日本者」的原因有二：「根本原因是在具有幾千年歷史的『自大性』，其次便是研究精神的缺乏」，呼籲「改歷來的消極、被動的地位為積極的主動的立場」，「促進國人正視、研究、認識日本的最切實的方法」便是「養成國人閱讀日本書報的能力」[7]，而閱讀日文書報的必然途徑便是學習日文。「他們對我們表示真摯的親善，我們固須研究他們

---

[3]張我軍，〈排日政策在華南〉，《臺灣》第 4 卷第 7 號（1923 年 7 月）。

[4]張我軍編著，《日本語法十二講》（北平：人文書店，1932 年），頁 1。

[5]盛成，《心中的一個傷痕——張我軍之死》，見張光正編，《近觀張我軍》，頁 38。

[6]陳立夫，〈陳立夫先生日本研究談〉，《日本研究》第 1 卷第 3 期。

[7]張我軍，〈《日文與日語》的使命〉，《日文與日語》創刊號（1934 年），頁 2。

的語言文字；他們對我們表現凶猛的侵略，我們尤不得不研究其語言文字，借以研究其國情，以爲抵抗的準備。」──這便使張氏日語教育的著眼點迥然別於前人的「功利心態」。[8]關於「爲什麼要研究日文」，張我軍給予了蔡元培[9]式的自答：「一是大家已覺悟有研究我國厲害關係最密切的日本的必要；二是日文在中國較易學習；三是日本書籍價錢最賤而且最易入手；四是依據日文可以研究世界各國的學術文化。」[10]

　　張我軍的教育企望與以「日本學術文化」爲特色的北京人人書店一拍即合。1934 年 1 月 1 日，在該書店的支持下，張我軍在京創辦了《日文與日語》月刊，並自任主編。刊稿以內稿爲主，「酌登外稿」。[11]實際上，「除正式署名者外，迷生、野馬、廢兵以及不署名的文字，均出自我（張我軍──引者注）一人的手筆」。[12]通覽《日文與日語》，洪炎秋撰寫的極少量稿件難掩該刊鮮明的「張氏色彩」。在創刊號上，張氏首先站在「欲明了一國的文化，不可不學習該國的語言文字」[13]的文化立場上，標榜「以日本國民性爲中心」之旨趣，同時也宣告了它「大體上具有函授日語的性質」。[14]而「原預定對於日本的語言文字和文化兩方面進行」介紹的張我軍，至第 2 期，便因「紙數不敷應用」及「讀者的要求之故」，調轉船頭，「將文化方面暫時擱下，專心致力於語言文字」，將該刊變爲「純粹的語學雜誌」。[15]在 1930 年代初「日本熱」與「雜誌熱」的夾擊中，《日文與日語》似乎並不起眼，但獨樹一幟的辦刊思路使其在創辦伊始，便引起了知識界的注目和熱烈呼應，其中包括周作人和錢稻孫等「日本通」。二人以編輯顧問的身

---

[8]王升遠，《中國近代外語觀之嬗變──對清末同文館之爭的反思》，《上海師大學學報》2008 年第 5 期。

[9]王升遠，〈蔡元培的東文觀與中國日語教育──從紹興中西學堂到南洋公學特班〉，《中國大學教學》2008 年第 3 期，頁 86。

[10]迷生，〈爲什麼要研究日文〉，《日文與日語》創刊號（1934 年），頁 3。

[11]張我軍，〈編者的話〉，《日文與日語》創刊號（1934 年）。

[12]張我軍，〈別矣讀者！〉，《日文與日語》第 3 卷第 6 期（1936 年），頁 1。

[13]同前註。

[14]張我軍，〈編者的話〉，《日文與日語》創刊號（1934 年）。

[15]張我軍，〈編輯室的話〉，《日文與日語》第 1 卷第 2 期（1934 年）；〈卷頭語〉第 2 卷第 1 期（1935 年），頁 4。

分，在該刊發表了〈關於日本語〉、〈日文叢談〉（五則）（周）等專稿及譯文（錢），以示提攜。《日文與日語》的成長極爲迅速，刊物規模由創刊時的 32 頁迅速成長到每期 90 頁；到第 3 期時，5、6000 的印量尙供不應求，讀者遠達廣州[16]，且每期均多次再版（筆者參照者爲第三版），其影響力使業界注目。我們似可將《日文與日語》定性爲一份以日本語言文學的講釋爲主要手段，以培養、提高國人日文閱讀力爲宗旨的日本研究專門刊物。較之「民國以來國人創辦的第一份研究日文期刊」[17]之過言，以讀者之衆、傳播空間之廣、影響之大而將其定位爲「民國以來國人創辦的第一份有影響的日語研究期刊」似更穩妥。

「扯虎皮，做大旗」固有光耀篇幅之意，但對該刊的影響具有決定性作用的還是其自身的品質。作爲一個日語學人，張我軍提出了日語學習過程的「三層次說」：「徹底了解日文語法」──「多看多讀」──「至少也要誦記幾百個單語之類」，簡言之，即語法─閱讀─會話。在〈怎樣學習日文〉中，張氏在系統批判了「囫圇呑棗式」、「由語入文式」、「會話、文法並學式」及「死記硬背公式的方法」後，提出「我國學生學習日文，應由文法入手」的主張。[18]1930 年代，從普通百姓到大中專學生，日語受教育群體的語言程度和接受能力參差不齊，張我軍意識到「普適性」對刊物生存之重要。在語法講解方面，按難易程度分爲初、中、高級語法講座三大板塊，以期不同程度的日語學習者可各取所需。考慮到中日兩國「言文一致」運動對人們言語生活的影響，初、中、高級語法均講授口語文。初級講座側重「單語性質的分解討究」，屬於分析性質的基礎課程；中級語法重在「以單語與單語的關係爲主題的研究」，通過綜合研究，使學習者學會單

---

[16]張我軍，〈編輯室的話〉，《日文與日語》第 1 卷第 3 期（1934 年），頁 32；〈編者的話〉，《日文與日語》第 1 卷第 4 期，第 35 頁；〈編者的話〉，《日文與日語》第 1 卷第 12 期，頁 48。

[17]秦賢次，〈臺灣新文學運動的奠基者──張我軍〉，《張我軍詩文集》（臺北：純文學出版社，1989 年），頁 47。據林昶先生的調查統計，1932 年 9 月，北平同學會學校日語研究室創辦的《日語研究》是我國最早出現的、專門性的日本語學期刊，但筆者遍尋全國數十家大圖書館，並未見其書，其存在時間之短暫、傳播範圍之小，影響之微可見一斑。

[18]迷生，〈關於日文課程的另一忠告〉，《日文與日語》第 1 卷第 6 期（1934 年），頁 2。

語運用規範；在此基礎上，高級講座則強調「連詞成句」，講授「使用那些材料構成思想發表的原則」。[19]另一方面，由於當時一些專門書籍仍有以文語書寫者，加之研究日本古典書籍等需要，該刊對文言文的講釋也未偏廢。由假名發音至詞法、句法再至篇章分析，由口語到文語，由簡而繁，循序漸進，這種科學的、全面的、體系化的語法講座在當時的日語教育界無疑是處於領先地位的。在張我軍看來，語法講解與文本閱讀相互依存，主張「依讀本講授文法」。[20]對語法點的講授和篇章的講解，張氏更多的是採用「翻譯法」，其編譯的《日本童話集》成為教材正是出於此因。名家的譯文及「名著譯注」既可深化學習者對已學語法的理解、對日本文學經典的理解，其譯文自身又可作為學習者進行日漢對譯時的理想範本。自第 1 卷第 6 期起，《日文與日語》連續以懸賞翻譯的形式，鼓勵讀者嘗試翻譯，促進了編讀間的良性互動：語法優則勵譯，翻譯優則勵讀。當然，對閱讀和翻譯的偏重也有讀者實際需求的催動。對於一些生活困窘的大中學生和社會人員而言，能讀懂日文並尋到中日翻譯之門徑、翻譯日籍不失為糊口的好手段，包括張我軍本人在內的不少文化人都有以此謀生的經歷，這也是 1920、1930 年代中國（特別是上海）日語翻譯空前發達的一個基本背景。該刊「作文初步」講座則是張我軍引導讀者動筆實踐的另外一途——「寫」。這一作文法與現今學界通行的作文導引書籍略異其趣，其所要講的作文和文法重複的地方很多，盼望在讀者不生厭的範圍內，給一個作文的基礎概念，俾讀者能找出門徑[21]，強調的是「句的主要成分」、「修飾成分」、「修飾語之構成」等——是一種立足於語法的作文講授法。顯然，這與張我軍自身的學養和知識結構不無關係。

　　相對於「讀」和「譯」在張我軍日語教育思維中的重要地位，「說」則

---

[19]參見〈初級日語講座・口語法第一講〉（第 9 頁），〈中級日語講座・單語連用之研究第一講〉（第 15 頁），〈文語文講座・文語文法講座第一講〉（第 17 頁），〈高級日語講座・句之組織的研究第一講〉（第 26 頁），均載《日文與日語》創刊號（1934 年 1 月）。
[20]張我軍，《日語基礎讀本自修教授參考書・導言》（北京：人人書店，1935 年），頁 1。
[21]張我軍，《日語作文基礎》，《日文與日語》第 1 卷第 6 期（1934 年 6 月），頁 17。

被置於邊緣地位。筆者認爲其因有三：其一，客觀上，在 1930 年代的歷史文化語境下，相對於與日人實際語言交流的訴求，人們更多地希冀通過閱讀日文書報了解敵情，了解日本和世界先進國家的文化、科技。其二，儘管除了某次短暫的逗留外，張氏「在出席『大東亞文藝者』大會（應爲『大東亞文學者大會』之訛——引者注）以前，足跡未曾踏入過日本本土一步」[22]之說不無誇張、謬誤之處，但在我看來，由於缺乏長期在日生活的體驗，處事謹慎的張我軍在欲講授會話時捉襟見肘的窘境不難想象。或由此因，張我軍對「會話」的介紹也僅停留在日常「口頭語」的層面，這種最低程度的介紹也僅僅是由於「既已學到有相當看書的能力，卻連做普通的幾句口頭語也不會說，甚至於聽不懂，這又似乎有點可笑」的想法，而實際的「會話講座」則交由有過一年留日經驗的洪炎秋主持，「書簡文講座」之類強調「實用性」的講座也莫不如此。其三，張我軍的個人偏見，亦可理解爲其對自家短板的辯解。他認爲：「除了有特別任務或特種需要的人們，止於能閱讀也就行了，本無須乎學說話。」而在涉及如「具象數的讀法」等等較難的問題時，甚至認爲「但目的不在說話的人，即使不會讀也無關大體」。[23]雖然從個人的角度來說，張我軍並不掩飾其「重讀輕說」的傾向，但卻不堅持個人好惡，本著「不知爲不知」的學術精神，仍視「說」爲日語學習不可或缺之一環，其對讀者負責的態度由此可見一斑。

　　當然，外語者，即便「同文」也自有異處。作爲中國學者，張我軍並不迷信權威、定說，而以中國日語教育者特有的眼光重新檢視日語語法體系，具有強烈的本土意識。課堂教學的實際體驗使他頗知中國學習者的思維方式及其日語學習的短長，並強調「同是教授日文，須隨其學者而異其方法」，「必須明白教中國人以日文，應該用什麼方法」。[24]與這種本土意識

---

[22]張泉，《張我軍與淪陷區時期的中日文學關聯》，見張光正編，《近觀張我軍》，頁 250。另，「大東亞文學者大會」曾先後在東京和南京召開過三次，均爲 1940 年代之事，而張我軍辦刊與編書活動的主要活躍期爲 1930 年代，由其編寫教材之時間可得到印證。

[23]迷生，〈怎麼樣學習日文〉（二），《日文與日語》第 1 卷第 3 期（1934 年 3 月），頁 1。

[24]迷生，《關於日文課程的另一忠告》，《日文與日語》第 1 卷第 6 期（1934 年 6 月），頁 2。

直接關聯的是日語研究、教學中自覺的中日語言文化比較意識。在講授單詞學習法時，這一意識展現得尤爲明顯，如在論及名詞和動詞時，他指出「日人所用漢字，與我國之解釋異者須特別記誦之」，「動詞也有不用漢字，也有雖用漢字而含義異於我國者，這兩種數目不少。須隨時隨地搜集而熟記之」；在談及助詞時，提醒學習者「助詞是我國所沒有的，學時不可問其等於中國何字，須問其在此有何作用？表示什麼意思」，「國人學日文，總是認定『の』是『的』、『之』，而不管其他，這種觀念須切實打破」。[25]

　　但就是這樣一份在「說、讀、寫、譯」並舉、且備受讀者青睞的雜誌，終因「種種關係，使編者不得不忍痛停刊」。論及「不得不與親愛的讀者話別」之原因時，張我軍將矛頭指向 1930 年代惡劣的文化、出版環境：「環境不容不如是耳，夫復何言？」[26] 據筆者目前掌握的資料，所謂「環境」是否潛含著政治意味不得而知，據編者稱：「歸根結底起來，一切的一切都繫於經濟問題。」[27]

二、作爲著者之張我軍──體系化、個性化的日語教材編纂

　　《日文與日語》能在雜誌病態繁榮的上世紀 30 年代獲得成功，還得益於「互動」二字。所謂「互動」又有二解：其一，編讀間的良性互動。除上述「懸賞翻譯」外，《日文與日語》還開設「答問欄」，動輒以數頁的篇幅爲讀者答疑解惑，這就在客觀上爲雜誌贏得了讀者。其二，主編雜誌與編纂教材間的互動，亦可理解爲張我軍「編者」與「著者」雙重身分的互動。在辦刊的同時，張我軍在這份個人色彩濃厚的刊物上爲其編纂的各類日語教材做足了宣傳，教材的訛誤之處則在雜誌上登載勘誤表──從刊物起步階段，張氏走的便是「書刊並舉、相輔相成」的路線，這在當時無疑是一種極爲成功的營銷策略，刊物停辦後，在按計畫出版的《標準日文自

---

[25] 迷生，《怎麼樣學習日文》（二），《日文與日語》第 1 卷第 3 期（1934 年 3 月），頁 1。
[26] 張我軍，〈編者的話〉，《日文與日語》第 3 卷第 6 期（1935 年 12 月），頁 539。
[27] 張我軍，〈別矣讀者！〉，《日文與日語》第 3 卷第 6 期（1935 年 12 月），頁 1。

修講座》序言中,作者坦陳:「我曾再三研究,經過一個月有餘的思考,最後決定,將爲《日文與日語》所用的時間和苦心,移用於這方面。」據筆者調查,張我軍所編著的教材至少有以下十種:

書名	出版社	出版時間
《日本語法十二講》	北京人文書店	1932 年 9 月
《日語基礎讀本》	北京人人書店	1932 年 9 月,前後發行過 9 版
《日漢對譯詳注高級日文自修叢書》	同上	一、二冊 1934 年 3 月出版,第三冊 1935 年出版
《現代日本語法大全:分析篇》	同上	1934 年 8 月,前後 4 次再版
《日語基礎讀本自修教授參考書》	同上	1935 年 1 月,後又再版
《現代日本語法大全:運用篇》	同上	1935 年 3 月
《高級日文星期講座》	同上	第一冊 1935 年 4 月出版,第二冊 12 月出版
《標準日文自修講座》(共 5 冊)	同上	1936 年 7 月
《日語模範讀本》(卷 1、卷 2)	同上	1939 年
《日本童話集》	新民印書館	1943 年 5 月

上表參考國內各大圖書館藏書,《日文與日語》的圖書廣告和張我軍年表(載秦賢次編,《北臺灣文學》(臺北:臺北縣立文化中心,1993 年 6 月))等製成。除《高級日文星期講座》(在《日文與日語》的書刊廣告上有此書,暫作存目處理)外,筆者均查閱到了實物。其中,張我軍編譯的《日本童話集》一書是作爲日語教學的教材使用的。

論及教材的編寫初衷時,張我軍坦言:「在編輯《日語與日文》的兩年之間,還有一件事要提出來說的經驗,就是學日文的學生,對於日本文法

的了解太淺薄，對於日文的了解太籠統」[28]，而當其時，作為二外（1930年代，我國高校獨立的「日語語言文學」學科尚不多見，日語課程多為二外），學校日語教育的失敗引起了張我軍的焦慮：「我不敢說，北平一市的學生，每年只能十個以內的人能學成日文的看書能力，事實上也不只此數，然而他們之所以有此成績，並不是學校當局賜給他們的，乃是他們自己掏腰包到校外補習得來的。換言之，學校當局所設的日文課程，簡直就等於白設！」[29]學校課堂教學既已失敗，拋除營利方面的考慮，日語教材編寫、刊行的不足似乎是張我軍親自操刀編書的又一重要原因：

> 我國近年來，研究外國語文之風甚盛，尤以日本語文為然。但是試看關於日本語文法的著作，究竟有幾部出世？又有幾部實在於學者有益的？想到這一點，實在只有長歎而已！現在我們所見到的，十指可屈。而其內容，或漫無頭緒，使學者讀來如入茫茫大海，莫知所從；或者是誤謬百出，貽誤學者；或者是程度過淺，究其所說而猶嫌不足以應用；或者是繁簡不別，讀者所難者，彼乃語焉不詳，讀者所易者，彼則千言萬語滔滔不絕。總之，沒有一部可以達到我們所認定的目的。
>
> 著者從事日本語言文字教育垂五年，目睹此狀，乃奮而從事課本之編著……。[30]

張我軍系列語法教材的編寫是以《日文與日語》的相關講座為藍本的，而這種關聯性是自覺的，有計畫性的。《日文與日語》的語法講座本「預定續講一年，一年後合訂起來可以成一部《日語自修全書》」[31]，在雜誌的第 2 卷第 1 期中，編者聲稱「唯基礎講座取消了，因為這在已讀過一年的讀者是無用的，應排泄出去。至於初學者，可以讀《日語基礎讀本》、

---

[28]書刊廣告，《日文與日語》第 2 卷第 2 期（1935 年），頁 2、4。
[29]張我軍，〈為日文課程事告學校當局〉，《日文與日語》第 1 卷第 5 期（1934 年），頁 1。
[30]張我軍，《現代日本語法大會：分析篇·序》（北京：人人書店，1934 年），頁 1～2，頁 4。
[31]張我軍，〈編者的話〉，《日文與日語》創刊號（1934 年）。

《現代日本語法大全》、《日語基礎讀本自修教授參考書》」。由此，雜誌講
座與部分教材的內在關聯不難得知。一如《日文與日語》中的日語語法講
座的系統性、全面性，張氏系列日語教材由初級至高級，由分析而至運
用，形成了一個結構謹嚴，個性獨具的語法理論體系。著者並不諱談其對
日本文法學家語法著作的參引，甚至明言《日本語法十二講》和《現代語
法大全：分析篇》「皆係以山田孝雄氏的《日本文法》講義，《日本日語
法》講義為藍本」，「不過有幾個地方，我有我個人的見解。至於說明的繁
簡，也大不相同，因為他是給日本的學生講的，我卻是給中國學生講的
呵。」實際上，「著者雖以由田氏的書為藍本，卻只是取其次序、定義以及
引例的部分而已，至於說明的方法，卻是用自己的方法——原書上當然有
可取者，當然可以用。如果作者由本書之於日本語言文字的教學上有什麼
貢獻，而只在取材與說明方面而已，其他不敢掠美也。」[32]張我軍對日語語
法理論和教學法的「中國化」使其著作始終閃耀著個性之光。儘管張氏也
承認「編者的教授法，大部分是受了前輩錢稻孫教授的明教與暗示」[33]，但
從將中國化的日語教學法以系列教材的形式應用於實踐的視角而言，張我
軍的工作無疑具有更為重要的開創意義。除應對正規課堂教學之用，為
「使學者能一如在講堂裡面聽講似的，以達到自修的目的」[34]，又有系列自
修教材的面世。語法理論書籍與自修教材、參考書合為一處，構成了立足
於中國，兼顧語法理論的體系性、讀者受眾範圍及其接受程度的「張氏日
語教學法體系」，並以此「在國內各地暢銷」。[35]單《日語基礎讀本》一種就
先後發行九版。第四版發行前，已見「由本書學成閱讀日文書籍能力者，
不下千人」、「修訂版銷售不出半年，已銷售三千餘部」之盛況[36]，影響力之
大可知一二。有論者甚至認為「抗戰之前，張我軍在國人學習日文、日語

---

[32]張我軍，〈序〉，《現代日本語法大會：分析篇》（北京：人人書店，1934年），頁1～2，4。
[33]張我軍，〈序〉，《日語基礎讀本》（北京：人人書店，1931年），頁2。
[34]張我軍，〈導言〉，《日語基礎讀本自修教授參考書》（北京：人人書店，1935年），頁1。
[35]蘇薌雨，〈懷念張我軍先生〉，見張光正編：《近觀張我軍》（北京：臺海出版社，2002年）頁9。
[36]書刊廣告，見《日文與日語》第2卷第4期（1935年）。

的貢獻，是無人曾出其右的」。[37] 若單從受眾廣度而言，張氏在日語教育界的實際影響確然已超越了注重精英教育的周、錢等前輩。[38]

三、作為師者之張我軍——日語教育家的責任感

張我軍有中國特色日語系列教材的刊行，與其個人的日語課堂教學密不可分。張氏自身在數所高校擔任日文教員，從 1926 年到 1934 年《日文與日語》創刊的八年間，長期在自家開設日文補習班（註：其子張光正先生親自告訴筆者），課堂教學得到了學生們的高度評價。據其當年的學生宿白先生回憶，張我軍「對島崎藤村和武者小路實篤等人的作品的分析能給人以細膩深入的感受」[39]，能得到師範大學的教席也是因為其「課授日文教法非常好」；就連補習班也「因為講解清楚，深受歡迎，學生特別多」，「名士之中，有雷季尚、成舍我諸先生」。[40] 上文提及諸書有的就是在日語教學講義的基礎上修訂刊行的（如《日本語法十二講》就是其在北京師範大學和華北學院授課的講義）。課堂教學使張我軍意識到教員個人語言水平的高下與其教學水準的高低未必成正比：「當初頗以為以我的日文程度，擔任初級日文的功課是絕無問題的；不意開課以後，問題接踵而至。……我到此才明白懂得日文的人未必就能教日文了」，為此，「我就開始研究日本文法的教授法，而將我自己專門的文學方面而完全放下不顧」。[41] 相形之下，張我軍系列自修教材編寫的緣由之一，便是其對北京日語教員水平的不滿：「現今北平各大學的日文教員，我們對於他們的各自的專門學科雖然佩服，但對於他們的日文教授法卻不敢佩服，著實不少。」為防庸師「毀人不倦」，使無法親聆教誨的學子通過讀其書「與在課堂上聽講，能收到同樣

[37] 秦賢次，《臺灣新文學運動的奠基者——張我軍》，《張我軍詩文集》（臺北：純文學出版社，1975年），頁 47。
[38] 王升遠，〈從本體趣味到習得訓誡：周作人之日語觀試論〉，《魯迅研究月刊》2009 年第 5 期。
[39] 宿白，〈北平淪陷期間張我軍先生的二、三事〉，見張光正編，《近觀張我軍》（北京：臺海出版社，2002 年），頁 44。
[40] 蘇薌雨，〈懷念張我軍先生〉，見張光正編，《近觀張我軍》，頁 9。
[41] 張我軍，《日本語法十二講》（北平：人文書店，1932 年），頁 1。

效果」[42]，「冀借此將學生的日文基礎打造堅固；同時，使成千上萬的學生，得到自修日文的指針」[43]，讀其書「勝似請教於一知半解的日文教師」[44]，張我軍提出了日語教員須具備的兩種資格：「一是對於日本的語言文字先要下一番功夫加以研究，而且已有心得者；第二，以其研究之心得爲基礎，進一步研究教授方法，而獲有使學生能達到目的之把握者」，「勿以日文教席爲一時避難所，或將其作爲坐領乾薪的機關」[45]；相應地，在管理方，「學校當局之聘請日文教員，純粹是取安插主義」，「至於他會不會教授日文，則非學校當局所問，因爲反正留學日本回來的，沒有不會教日文的。其實大謬不然，豈但他們未必都會教日文，便是到日本去聘請一位文學博士來，他也未必就會教中國學生以日文的」。他要求校方本著對學生、對社會負責的原則，在師資聘任上杜絕「安插主義」。外語師資標準的問題至今還是困擾日語乃至整個外語教育界的一大難題，張我軍提出的問題至今在各高校仍普遍存在，其之建言當引起日語教育工作者、管理者的重視和深思。

以上種種言說固然包含著作者捨我其誰、揚己抑他的自信與輕狂；但同時，作爲一名師者，張我軍對日語教育事業的「匹夫之責」不容否認。包括以上對教員素質和師資聘任問題的批評和檢討在內，他作爲教育家之責任感直接體現在〈爲日文課程事告學校當局〉與〈關於日文課程的另一忠告〉二文之中。如果說對日語教材編寫情狀的批評是對日語教育界「非指向性」發難的話，這次他則將問難的炮口直接對准了「學校當局」的課程標準、教師的人事聘任、學生的學習方法與態度等非從事學校日語教育而無法深刻體認的具體問題。二文指出了高校二外課程「以選修日文者爲最多」的客觀狀況與學校日文課程教學失敗間的矛盾。在張我軍看來，教學失敗不能歸因於某一個方面，而是「學校、教師、學生」三方共同釀就

---

[42] 書刊廣告，《日文與日語》，第 2 卷第 2 期（1935 年），頁 2、4。
[43] 張我軍，《標準日文自修講座‧前期第一冊》（北平：人人書店，1936 年），頁 2。
[44] 張我軍，「編者的話」，《日文與日語》第 2 卷第 1 期（1935 年），頁 79。
[45] 此處及以下未標注者均引自〈爲日文課程事告學校當局〉和〈關於日文課程的另一忠告〉。

的。前者主要追究的是校方的管理責任：「學生學習日文失敗的原因之在學校當局者，約有三點，即：一、沒有一定的課程標準；二、師資之選擇不審慎；三、對學生之考勤不嚴格。」而後者則論述了教師與學生需具備的基本素質和態度問題。可以說，二文相互關聯，談的是同一個問題的兩個側面。分而言之，首先是：

> 以日文為第二外國語之學校，大都沒有一定的課程標準，例如第一年每周應授課幾小時，所授課程之內容或程度如何，第二年又應該怎麼樣？關於這樣的問題，試問學校當局有沒有顧到？據我們素知道的，有的學校是使三個教員分擔六個小時三級（每級二小時）的日文，有的學校是一級四小時使兩個教員分擔。至於教授內容與程度是否銜接，學校一概不顧，而且也不予規定。

提出問題的同時，張氏也給出了對策：「課程必須有一定的標準。第一年每週六小時，盡一年之間使學生集中精力，學到能自閱參考書為止。第二年每週再授二小時，指導其看書方法也可以，但是這兩小時不要也可以。若每週六小時辦不到，也可以減為四小時，授以語法基礎，至自己能查字典，且略能閱讀參考書為止，第二年再授二小時，方為妥當。」在中國學校日語教育的起步階段，張我軍就已提出了「課程標準」制訂的問題，極具前瞻性，堪稱我國學校日語教育的規範化、課程標準化的先聲。

教師素質和課程標準的制訂終究是日語學習過程中的外因，同時，「學生本身之努力不足，應分其一」。「無論學校當局把鐘點分配得怎樣好，或教員有怎樣確實的把握，若學生本身不發憤用功，特是無補於事的」，「學生方面若安於被動的地位，還是不能舉充分的效果」。即便是自修，「第一須預備相當長的時間」，「需要時間和恒心」。因此，作為學習的主體——學生如不發揮主觀能動性，則日語能力的提升無異於夢囈。張我軍認定如此多數的學生選修日文作為二外的部分原因在於該課程「最易對付考試」，為

此，作爲師者，雖然張氏「對學生的學習並不勉強」，但仍殷切地希望學生能變爲應付考試的被動學習爲「自動地要選習」，在心態上做出調整：「第一便須認清目的，第二須有堅強恆久的熱意」，並再次強調了語法學習的重要性。而作爲監督，他呼籲校方「對學生之上課情形隨時查考，請教師隨時查考學生的習作，取而爲平時成績，決不可僅以學年考試爲定分數的標準。此外尚須多多預備日文書報雜誌，使學生隨時發揮應用其所學的知識。」70 年前先賢之語，又何嘗不是我輩日語學習者及日語教育從業者至今仍須認眞思量的問題？

四、結語

綜上，作爲我國現代史上具有劃時代意義的重要日語教育家，張我軍日語教育的成功得益於其「編者、著者、師者」加之其本有的「研究者」四重身分的互動：作爲一位日本研究學者，他在日本語言、文學方面的精深造詣爲其創辦個性化刊物、教材貼上了有中國特色的「張氏」標籤，也使其課堂教學取得了巨大的成功，並以《日文與日語》雜誌和各種教材培養了爲數眾多的弟子；張我軍主編的「民國以來國人創辦的第一份有影響的日文研究期刊」──《日文與日語》在我國「日語語言文學」學科史上具有重要意義，作爲教材編著者，張氏系列教材、教輔書籍的編寫具有重要的開創意義，而「編者」與「著者」身分之間互動所產生的「廣告效應」大大拓寬了刊物與教材的銷路和日語教育的受眾範圍；身體力行的學校課堂教學和業餘補習班在直接培養出一批精英的同時，也爲其辦刊、編書積累了必要的課堂教育經驗，使「張氏語法體系」、「張氏日語教學法」能最大程度地適應中國人的思維，提高了日語學習者的學習效率；作爲一位具有強烈社會責任感的教育家，張我軍還積極撰文，爲糾正日語教育領域存在的現實問題，將日語教育引入正軌做出了自己的努力。張我軍在日語教育領域的理論與實踐不僅具有重要的歷史意義，而且對今日的日語教育也具有現實的指導意義。

——選自《臺灣研究集刊》2009 年第 3 期，2009 年 9 月

魯迅在臺灣文壇的影響

◎中島利郎*
◎陳弘譯**

一、前言

我們所以要紀念偉大的人物，當然是為了要繼承其未盡的意志並盡後人的責任。也就是要以他們的決心為自己的決心，以他們的勇氣為自己的勇氣，以他們的憎惡為自己的憎惡，以他們的行動為自己的行動來實踐。不言而喻，我們紀念魯迅也是為了這個目的。……

民國 12、13 年（1923 年、1924 年）前後，本省（指臺灣省）雖在日本帝國主義的分割統治下，也湧來「啟蒙運動」的大浪。對這一運動產生直接或間接影響最大的人物，正是魯迅先生。他創作的《阿 Q 正傳》等，早就被本省的雜誌轉載，有關這些評論和感想的文章無不受到當時的青年所喜愛閱讀。

我們至今仍記憶當時的興奮心情，其原因之一是因為我們當時所處的環境所致；另一個原因是當時的本省青年，大多數都通過日語，接觸了世界最高的文學和思想，具有相當的批評和鑒賞能力。因此，在理解魯迅先生的真正價值上，比起當時我國國內的大部分人，相當正確和準確。

上述文章是民國 35 年（1946）11 月 1 日發行的《臺灣文化》第 1 卷第 2 期「魯迅逝世四十週年特輯」，卷頭刊載的楊雲萍〈紀念魯迅〉中的一

---

*岐阜聖德學園大學外國語學部教授。
**發表文章時為中央編譯局文獻部譯審，現為華東師範大學澳大利亞研究中心主任。

個段落。[1]民國 35 年即 1946 年，中華人民共和國尚未成立，大陸正處在國共內戰當中。爲什麼在這個時期，《臺灣文化》出魯迅的「特輯」？正如楊雲萍所說，首先也許可以指出，魯迅是對臺灣的「啓蒙運動」影響最大的文學家、思想家；其次也許是《臺灣文化》第 2 期的〈編後記〉所說的：「在日本人時代，我們沒能夠公開追悼魯迅」，而如今日本人走了才能夠悼念，即從時代的制約解放的原因吧。但是對居住在臺灣的知識分子，恐怕還有比上述理由更迫切的事情。那就是從楊雲萍在上面引用的文章中的另一處中可以想像個中原因，即「我們相信，魯迅先生一定會在九泉下，爲臺灣的光復而高興。只是如果他知道本省近來的現狀，我們雖不知他會有什麼感想，卻擔心他的『高興』會變成哀痛，變成悲憤。但是我們堅信，讓魯迅先生在九泉下永遠高興，才是我們的責任」。就是說，光復後一年的當時，日本人的身影已從臺灣消失，臺灣人對代之而來島的國府軍隊的施政不滿，已達到極爲深刻的狀態（這一不滿爆發成爲第二年的二・二八事件）。如借用該文中的雲萍的話，也就是處在如下狀態：「真理的尊嚴和正義的力量尚未完全回復，魯迅所疾惡的『正人君子』，仍在舞臺上得意；魯迅所痛恨的『英雄豪傑』，仍在磨刀準備第幾次的大屠殺。但是魯迅最關心和最熱愛的中國民眾，仍然過著顛沛流離的黑暗生活。至於魯迅竭盡一生的血淚，欲奪取的政治、經濟、文化的『民生』，還在遙遠的彼岸」。雲萍的這一段話，可以說並不僅限定於臺灣的狀況，也許是從大陸形勢範圍看的。當然也可以認爲是對從大陸來的、以陳儀爲首的國府軍隊統治的「本省現狀」的批判。——與臺灣的現實直接聯繫的「魯迅特輯」，可理解爲是親眼目睹不幸現實的臺灣知識分子的決心的具體表現的「特輯」。

---

[1]《臺灣文化》第 1 卷第 2 期，發行人游彌堅，編輯人和出版社臺灣文化協進會。該魯迅的特輯，除楊雲萍外，刊載〈魯迅的精神〉許壽裳作、〈斯茉特萊記魯迅〉高歌譯、〈魯迅先生與中國新興木刻藝術〉陳煙橋作、〈漫憶魯迅先生〉田漢作、〈他是中國的第一位進步思想家〉黃榮燦作、〈在臺灣首次紀念魯迅先生感言〉雷石楡作、〈魯迅先生舊詩錄〉等。另外，聽說《臺灣文化》也編了魯迅的特輯，但沒有機會閱讀。此次，下村作次郎先生爲我提供在美國哈佛大學燕京圖書館閱覽時的複印件，並准許使用，在此特表示深切謝意。

　　楊雲萍如何讀魯迅的書，如何理解魯迅並不詳細了解。但是僅從上述的引用文看，可以說他（們）對魯迅的理解是準確的。但是他（們）的決心是枉然的，此「特輯」以後，魯迅的名字從臺灣知識分子的嘴裡，至少公開地聽不到了。魯迅的文學對知識分子是現實行動的指南的時代，可以說是不幸的時代。但是該談魯迅而又不能談的時代，是黑暗的時代，也許不是言過其實吧。

　　本稿試圖僅從表面上觸及，而又非常概括地探索在臺灣的知識分子同魯迅的關係。

二、魯迅與張我軍

　　1895 年（光緒 21 年、明治 28 年），臺灣的日清講和條約（編者按：此「條約」應爲日本強占我臺灣的《馬關條約》簽定後，劃入日本的統治下，擔負臺灣新文學的人們，幾乎都是在日本統治的幾年後出生的。例如：生於 1894 年的賴和，生於 1898 年的周定山，生於 1900 年的吳濁流、蔡秋桐，生於 1902 年的王白淵、張我軍，生於 1904 年的張深切、郭秋生，生於 1905 年的楊松茂（守愚），生於 1906 年的楊雲萍、楊逵，生於 1907 年的吳新榮，生於 1908 年的陳火泉、王詩琅，生於 1909 年的張文環等，比比皆是。而他們在日本統治的比較安定的時期，儘管它孕育著各種矛盾，過著他們的青春時期。但是有志於文學的青年面臨的是語言問題。在私人方面講臺灣話（含閩南語以外的語言）也就夠了，但在公事方面非得用日本話和中國話，而且做爲文學的語言恐怕需要任選其中之一。通過這樣的語言的問題，他們各自注視著自己的存在來決定自己前進的道路。他們前進的道路是多種多樣的，有的致力於只用中國語的創作，有的立志寫日文小說，有的渡海去大陸感受新興文學的氣息。總之，他們都有在殖民地下的臺灣青年的苦惱。這一批人當中，張我軍（1902～1955），前往「五四新文化運動」後的大陸，把新文學的理論和作品介紹給臺灣的文學

界，並且自己也是在其影響下開始創作的初期的一個人。[2]他在北京與魯迅接觸，並把魯迅的文學介紹給臺灣的文學界。

《魯迅日記》（以下簡稱為《日記》）1926 年 8 月 11 日和 1929 年 6 月 1 日的條目如下：

> 十一日　曇，午後晴。欽文來。寄季市信。寄張我軍信。下午往公園。
> 寄半農信並朋其稿。夜遇安來。張我軍來並贈《臺灣民報》四本。
> 一日　晴。上午寄小峰信。寄廣平信。張我軍來，未見。（次下略）

張我軍，本名為張清榮，臺北縣板橋鎮人。因家貧，「公學校」畢業後，在臺北市內日本人經營的鞋店為學徒，後因故改當新高銀行的勤雜工，後任雇員。爾後新高銀行在廈門開設分行，我軍因此去了大陸。但是，受 1922 年的不景氣的影響，廈門的新高銀行關閉，於是他攜帶解雇津貼前往北京，而不是返回家鄉的臺灣。他到達北京後，在高等師範學校經營的升學補習班學習，不久錢用完後，只好回臺灣。回臺灣後，在臺灣民報社工作，並介紹大陸的新文學運動，還激烈批判臺灣的舊文學派，掀起新舊文學爭論，給予臺灣知識青年很大影響。[3]1926 年，我軍再度赴北京，

---

[2] 不能認為臺灣的新文學運動可以同臺灣新文化運動分割開來。如同大陸的文學革命被視為五四新文化運動的一環，臺灣的新文學運動也被認為是臺灣新文化運動的內涵。而且也有人如廖漢臣認為：「臺灣的新文化運動曾經受過日本的民主主義思想的影響，新文學運動卻受了中國的五四運動的影響」（《臺灣文物》季刊第 3 卷第 2 期第 5 頁，1954 年 8 月）。再者，張我軍介紹大陸的新文學運動等，以前的《臺灣民報》第 4 號（1923 年 7 月 15 日）上刊載過秀湖（筆名為秀潮，潮可能是湖之誤，秀湖即許乃昌）的〈中國新文學運動的過去和將來〉，這恐怕是最早介紹中國新文學的文章，但這並不是把臺灣文學的現狀放在心頭的介紹。而且該報第 2 卷第 10 號也刊載過蘇維霖的題為《二十年來的中國文學及文學革命的略遊》的「評論」，這也是簡單地介紹了胡適的《中國五十年來之文學》。還有，黃呈聰《論普及白話文的新使命》（《臺灣》第 4 卷第 1 號，1923 年 1 月）和黃朝琴〈漢文改革論〉（《臺灣》第 4 卷第 1、2 號 1923 年 1～2 月）介紹了大陸的白話運動，據說對臺灣的知識分子產生很大影響。但是他們介紹和提出的，主要是關於用語的問題，倒不是關於文學本身的問題。

[3] 有關張我軍的資料。在過去臺灣出版的新文學資料類中，有過以關於新舊文學爭論為中心而匯集的，但沒有過專著。但是，最近臺灣的純文學出版社出版了我軍的次子張光直編的《張我軍文集》（1975 年 8 月），大陸的時事出版社出版了長子張光正編的《張我軍選集》（1985 年 11 月）大致可以瀏覽他的有代表性的評論和創作類。臺灣的東方文化書局也出版了《臺灣民報》和《臺灣新

入中國大學國文系，二年級時插入師範大學。他同魯迅的會面正好是這個
時候。

　　張我軍怎樣會見魯迅不大清楚。魯迅從 1925 年 9 月至 1926 年 5 月，
兼任中國大學的小說學科的教師，1926 年 9 月，入中國大學的張我軍恐怕
沒有機會直接聽魯迅的講課。很難想像我軍在 8 月突然會訪問魯迅宅，很
可能是在此之前在其它什麼地方見過面的。那麼，這還是同中國大學有關
的事吧。但是，魯迅原預定在張我軍來訪的月末前往廈門，在《日記》範
圍內能夠確認的只有這一次會面。1926 年 6 月 1 日的《日記》記載，是從
廈門經廣州到達上海的魯迅，在同年 5 月 13 日，為探視家屬，去北京時，
寫我軍來訪的事。

　　至於我軍見魯迅時主要談了些什麼，那就有收錄在《而已集》的〈寫
在「勞動問題」之前〉（寫於 1927 年 4 月 11 日廣州中山大學）如下魯迅的
文章做參考：

　　還記得去年夏天住在北京的時候，遇見張我權君[4]，聽他說過這樣意思的
　　話：「中國人似乎都忘記了臺灣了，誰也不大提起」。他是一個臺灣的青
　　年。

　　我當時就像受了創痛似的，有點苦楚，但口上卻道：不，那倒不至於
　　的，只因為本國太破爛，內憂外患，非常之多，自顧不暇了，所以只能

民報》的複印本，可以看到其主要的文章。再者，最近大陸發行的雜誌《臺聲》上，張光正等斷
斷續續寫文章回憶張我軍。（〈魯迅先生與臺灣青年張我軍〉何標作，《臺聲》1985 年 5 月；〈盼
「春雷」——憶父親張我軍〉張光正作《臺聲》1986 年 1 月；〈《亂都之戀》僅剩下的七首詩〉周
青作，《臺聲》1986 年 5 月；〈喜迎《亂都之戀》歸來〉張光正作《臺聲》1986 年 9 月）。關於張
我軍的經歷，「從臺灣經過早稻田大學到北京留學」（尾崎秀樹《決戰下的臺灣文學》，1971 年 6
月，勁草書房《舊殖民地文學的研究》，頁 175）的記述和「從師範大學休學後到東京的臺灣民報
社工作的張我軍，悲嘆臺灣的文壇依舊被舊文學所侵蝕，而在《臺灣民報》發表〈糟糕的臺灣文
學界〉，鄭重地著手攻擊舊文學」（河原功〈臺灣舊文學運動的展開——在日本統治下的臺灣的文
學運動 1〉，《成蹊論叢》第 17 期（1978 年 12 月））等說法，但是正如在純文學出版社《張我軍文
集》卷頭上刊載的洪炎秋〈懷才不遇的張我軍兄〉的回憶中所說，張我軍沒有去過日本，這一說
法才是正確的。

[4] 「張我權」是魯迅把「張我軍」誤寫成的。但「張我權」這個人物是存在的，此人是廣東籍，畢
業於廣東武備學堂的武官。從年齡考慮，這裡應為「張我軍」。

　　將臺灣這些事情暫且放下。⋯⋯

　　但正在困苦中的臺灣的青年，卻並不將中國的事情暫且放下，他們常希望中國革命的成功，贊助中國的改革，總想盡些力，於中國的現在和將來有所裨益，既使是自己還在做學生。（井口晃譯，以下同）

　　此「前言」，是留學廣州的岑南大學的臺灣人張秀哲，在出版日本的淺利順次郎著《國際勞動問題》的中文譯本之際，向魯迅約稿的。魯迅雖「不擅於寫序文」，「也不贊成寫序文」，但體諒這一位「總想盡些力，於中國的現在和將來有所裨益」的臺灣青年，並且懷著前些日子自己對張我軍的悲嘆回答時的反省，而以「只是這一次願意在譯書前寫一短文」的心情執筆的。而魯迅對這一位臺灣青年張秀哲的感情當然也是對曾經帶著《臺灣民報》訪問魯迅宅的張我軍所表達的，這從上面引用的「前言」也可以判斷。而且從上述文章可以了解，魯迅與張我軍之間交談的內容似乎是日本統治下的臺灣的現狀和祖國大陸的知識分子們對臺灣的關心為中心。——張我軍是以「日本人」踏上大陸的土地的，儘管不像後來吳濁流到大陸時[5]那樣的程度，但大陸的人們的眼光對已成了日本領土上的人的他們這些臺灣人，他也許感覺到對臺灣的不關心或者空白感，甚至是排斥感。這暫且不管，張我軍送給魯迅的《臺灣民報》是 1926 年 7 月 11、18、25 日和 8 月 1 日發行的第 113 號至第 116 號的四本。張我軍為何把這些《臺灣民報》帶到魯迅處呢？這大概是因載有我軍本身親自翻譯的《弱少民族的悲哀》。[6]這個《弱少民族的悲哀》是 1926 年在日本的雜誌《改造》5 月號刊

---

[5]例如，吳濁流《亞洲的孤兒》（昭和 48 年 5 月 25 日新人物出版社）的第三篇〈能看見紫金山的房子〉中，對到達上海的胡太明，友人曾有下列一段忠告：「我們到哪裡都不被信用。像宿命的畸形兒似的。儘管我們本身沒有什麼罪，但要受到如此般待遇是不當的。不過，總是沒有辦法。始終不要有繼子稟性，只好不僅在語言上，而且在行動上來證明自己清白，至於要為中國建設而犧牲的熱情，我們是決不甘落於人後的啦。⋯⋯太明自身——因為是番薯仔（臺灣人的別稱），為何要如此忍受屈辱。想到這裡，心情就會暗淡」。

[6]張我軍的該譯文，刊載在該雜誌第 105 號（1926 年 5 月 16 日）至 110 號，112 號～115 號為止而完畢。因此 116 號沒有此刊載。

載的馬克思主義者山川均的〈弱少民族的悲哀——《一視同仁》《內地延長主義》《醇化融合政策》下的臺灣〉的中文譯本。在文中，山川使用當時的統計和文獻資料，帶著諷刺口吻批判揭露了臺灣人在日本統治下，在經濟、政治、精神上如何被統治的。[7]而且張我軍上述對魯迅的話，被山川以此譯文所證實，或許就這樣才使魯迅在心中更像受了創痛似的，「有點苦楚」。還有，魯迅如眾所知，在過去（1909 年）翻譯出版了《域外小說集》，曾經致力於介紹斯拉夫系民族和被壓迫民族的文學，而且如果了解魯迅的文學基調在於對被壓迫者即對弱者的親切關懷，對這一位成了「日本人」的「正在苦惱中的臺灣青年」，懷有多麼大的感慨是可想而知了。

　　如上，從《日記》中見到的唯一條目以張我軍與魯迅的邂逅，敘述了他們的關係，但從張我軍方面找不到同魯迅的邂逅和直接談到魯迅文學的文字。但是，他是第一個正式地介紹魯迅給臺灣的人這一事實，從許許多多情況可以推測。首先，他是去大陸留學的少數（臺灣）人當中，更是少數對文學懷有興趣的人。這從他在《臺灣民報》上介紹北京新文學，大部分是在最初的北京之行回臺後不久，通過他的筆所進行的，就可以知道。而且從第二次去北京時，在大學選擇了國文系的事也可以了解（因此 1925 年 2 月，成了臺灣民報社臺灣分社的社員後負責「文藝欄」）。其次自從他開始在《臺灣民報》發表文學爭論和有關文學的報導以後，頻繁地刊載了魯迅的小說。比如，1924 年 4 月 21 日發表的〈致臺灣青年的一封信〉，回臺後執筆，並發表了成為新舊文學爭論濫觴的〈糟糕的臺灣文學界〉（第 2 卷第 24 號，1924 年 11 月 21 日）之後，《臺灣民報》上刊載了〈鴨的喜劇〉、〈故鄉〉、〈犧牲謨〉、〈狂人日記〉等作品（詳細參照文末）。還刊載了魯迅翻譯的愛羅先珂的童話〈魚的悲哀〉、〈狹的籠〉，並刊登了與此有關的胡愈之翻譯的愛羅先珂的自傳《我的學校生活的一斷面》並附了張我軍的

「識語」，這些都可證實。再有，李獻璋編《臺灣小說選》卷頭上的楊雲萍的〈序〉（1940 年 1 月 12 日）中有如下記載：「我軍氏（在《臺灣民報》上）……發表了〈詩體的解放〉，介紹了〈研究新文學應讀什麼書？〉並轉載了胡適氏的〈文學革命運動以來〉，魯迅氏的〈故鄉〉，冰心女士的〈超人〉和其他中國新文學的作品」。楊雲萍是認識張我軍的（原委如下：1925 年 11 月末，我軍曾去他家訪問；「體現臺灣新文學運動的理論」[8] 的最初的創作〈光臨〉就在《臺灣民報》上刊載），此話是信得過的。另外，和張我軍同年代的廖漢臣等也寫下了同樣的事。從以上情況看，張我軍是最初的魯迅文學在臺灣的傳入者是不會錯的。但是他始終是大陸文學的正式的介紹者，給臺灣介紹了魯迅的文學。魯迅的文學也是做為介紹大陸的新文學的一環進行的，特別是既沒有因受魯迅文學的影響，而成為自己創作的血肉；也沒有論述魯迅文學的本質。不過，這是開啓時代先端的啓蒙家常背負的宿命，是不可避免的。

最後，將張我軍在《臺灣民報》上介紹魯迅的作品列表如下：

〈鴨的喜劇〉3～1（1925 年 1 月 1 日）

〈故鄉〉3～10、11（1925 年 4 月 1 日～4 月 11 日）

〈犧牲謨〉3～13（1925 年 5 月 1 日）

〈狂人日記〉3～15、16（1925 年 5 月 21 日～6 月 1 日）

〈魚的悲哀〉3～7（1925 年 6 月 11 日）愛羅先坷原著，魯迅譯。

〈狹的籠〉69～73（1925 年 9 月 6 日～10 月 4 日）愛羅先坷原著；魯迅譯。

〈阿 Q 正傳〉81～85、87、88、91（1925 年 11 月 29 日～12 月 27 日，1929 年 1 月 10 日、1 月 17 日、2 月 7 日第 6 章為止）

〈雜感〉292（1929 年 12 月 22 日）

---

[8] 下村作次郎〈臺灣新文學的一斷面〉，《咿啞》第 21、22 號（1985 年 12 月）。

〈高老夫子〉307～309（1930 年 4 月 5 日～4 月 10 日）

原載於日本大阪《臺灣文學研究會日報》第 11、12 合編號，1987 年 3
月 31 日出版

——選自張光正編《近觀張我軍》

北京：臺海出版社，2002 年 2 月

輯五◎
研究評論資料目錄

作家生平、作品評論專書與學位論文

專書

1. 彭小妍主編　漂泊與鄉土——張我軍逝世四十週年紀念論文集　臺北　行政院文建會　1996 年 5 月　194 頁

本書為張我軍逝世四十週年紀念文集，共收錄 8 篇相關評論文章：彭小妍〈張我軍的漂泊與鄉土〉、張光正，秦賢次〈張我軍年表〉、秦賢次〈張我軍及其同時代的北京臺灣留學生〉、張光正〈張我軍與中日文化交流〉、呂興昌〈張我軍新詩創作的再探討〉、林瑞明〈張我軍的文學理論與小說創作〉、陳明柔〈新與舊的變革：「祖國意象」內在意涵的轉化——試以張我軍文學理論為中心的探索〉、彭小妍〈文學典律、種族階級與鄉土書寫——張我軍與臺灣新文學的起源〉。

2. 張光正編　近觀張我軍　北京　臺海出版社　2002 年 2 月　558 頁

本書收錄張我軍文友親人對他的回憶與悼念、張我軍文集各種版本之序文和編者話，以及海內外關於張我軍的學術文章和評論。本書共 3 部分：1.回憶與悼念，收錄 14 篇文章：張深切〈悼張我軍〉、春暉〈張我軍逝矣〉、蘇薌雨〈懷念張我軍先生〉、洪炎秋〈懷才不遇的張我軍兄〉、龍瑛宗〈高舉五四火把回臺的先覺者〉、蘇子蘅〈懷念老友張我軍先生〉、葉蒼苓〈悼摯友張我軍〉、盛成〈心中的一個傷痕——張我軍之死〉、甄華〈甄華覆何標函〉、宿白〈北平淪陷期間有關張我軍先生的二、三事〉、葉平子〈懷念我軍伯伯〉、張光直〈父親可以放心了〉、〈父親把我的「罪證」藏了起來〉、張光正〈悲、歡、離、聚話我家——一個臺灣人家庭的故事〉；2.文集序文及編者話，收錄 11 篇文章：張光直〈《張我軍文集》編者的話〉、〈增訂本後記〉、張光正〈《張我軍選集》編後話〉、〈《張我軍全集》編後話〉、〈《亂都之戀》出版說明〉、武治純〈張我軍先生在現代臺灣文學史上的不朽功績——《亂都之戀》重版代序〉、張恆豪〈苦悶的北京經驗——《張我軍集》序〉、秦賢次〈《張我軍評論集》編者的話〉、彭小妍〈《漂泊與鄉土——張我軍逝世四十週年紀念文集》序〉、張克輝〈《張我軍全集》序言〉、蘇世昌〈《追尋與回歸——張我軍及其作品研究》增修版自序〉；3.海內外研究和評論，收錄 34 篇文章：駱賓基〈紀念張我軍先生〉、周青〈臺灣新文學運動的先覺者張我軍〉、張仲景〈張我軍〉、劉登翰，黃重添〈張我軍的理論貢獻與創作實踐〉、蔡子民〈臺灣新文學運動的急先鋒——張我軍〉、古繼堂〈臺灣新文學理論批評的奠基人張我軍〉、趙遐秋〈張我軍在臺灣拉開新文學的大幕〉、趙遐秋，呂正惠〈臺灣新文學思潮史綱（節錄）〉、張光正〈略論父親的鄉土性格和開放性格〉、〈張

我軍與中日文化交流〉、張泉〈張我軍與淪陷時期的中日文學關聯〉、楊曼〈臺灣
新文學運動的健將——張我軍〉、陳少廷〈臺灣新文學運動的開始——新舊文學的
論戰〉、葉石濤〈新文學搖籃代表性作家張我軍〉、〈張我軍與臺灣新文學運
動〉、〈「五四」與張我軍〉、〈張我軍與魯迅〉、中島利郎〈魯迅在臺灣文壇的
影響〉、葉寄民〈張我軍及其詩集《亂都之戀》——日治時代文學道上的清道
夫〉、趙天儀〈作家的創作與愛情〉、〈臺灣新詩的出發——試論張我軍與王白淵
的詩及其風格〉、秦賢次〈臺灣新文學運動的奠基者——張我軍〉、〈張我軍及其
同時代的北京留學生〉、林海音〈臺灣新文學的先鋒〉、葉石濤〈為新舊文學論爭
點燃戰火——張我軍對臺灣文學的貢獻〉、陳明柔〈把臺灣人的話統一於中國話—
—張我軍的新文學理論〉、莫渝〈血淚的表現——張我軍的詩觀〉、彭小妍〈文學
典律、種族階級與鄉土書寫——張我軍與臺灣新文學的起源〉、陳明柔〈新與舊的
變革:「祖國意象」內在意涵的轉化——試以張我軍文學理論為中心的探索〉、林
瑞明〈撐起臺灣新文學運動的大旗——張我軍和他的文集〉、〈張我軍的文學理論
與小說創作〉、何標〈對釐清臺灣新文學運動一些問題的思考〉、呂興昌〈張我軍
新詩創作的再探討〉、蘇世昌〈張我軍文學理論之建構〉。正文後附錄〈《張我軍
全集》〉補遺 3 篇、〈張我軍研究論著登錄表〉。

3. 田建民　　張我軍評傳　北京　作家出版社　2006 年 7 月　294 頁

本書論述張我軍的生平及其於文學運動上的表現,生平部分論及張我軍輾轉的求學
歷程正為他日後投身新文學運動奠基,在文壇上的表現著重論述張我軍在《臺灣民
報》時期的活動,是發展新文學運動最活躍的時期。而後記載張我軍的日語教學以
及在北平時期、臺灣光復後的文學動向。全書共 8 章:1.從臺灣到廈門;2.輾轉萬里
的情緣;3.《臺灣民報》時期的張我軍(一)——臺灣新文學道路上的「清道夫」;
4.《臺灣民報》時期的張我軍(二)——臺灣新文學建設的「導路小卒」;5.重圓大
學夢;6.日語教學與譯介活動;7.北平淪陷時期的張我軍;8.桑梓情深。

4. 鄧慧恩　　日治時期外來思潮譯介研究:以賴和、楊逵、張我軍為中心　臺南
**　　臺南市立圖書館　2009 年 12 月　327 頁**

本書為學位論文出版,探討日據時期知識分子面對外來新思潮的翻譯活動,追尋新
式知識分子以及留學生理解外來思潮的過程中,進行翻譯活動的目的與對象。全書
共 6 章:1.緒論;2.日據時期報刊雜誌的翻譯概況;3.賴和的翻譯:與尼采的接觸;4.
文化的擺渡:楊逵譯作的意義與詮釋;5.三地橋樑:張我軍的翻譯事業;6.結論。正
文前有許添財序〈邁向文化大城〉、劉怡蘋序〈在府城,文學的果實纍纍〉、呂興
昌總評〈繼續創造文學的歷史〉、龔顯宗編輯序〈搖曳的稻穗〉、陳萬益序〈打開

一扇窗〉、作者自序〈閱讀一種花季的可能〉，正文後附錄〈日據時期重要報刊翻譯文章列表（初稿）〉、〈賴和尼采譯稿與原著的對照（初稿）〉、〈張我軍譯著、譯書列表〉。

學位論文

5. **蘇世昌**　追尋與回歸：張我軍及其作品研究　中興大學中國文學系　碩士論文　賴芳伶教授指導　1998 年 6 月　188 頁

本論文透過研究臺灣新文學運動的奠基者——張我軍，以瞭解臺灣新文學運動的風貌，以及臺灣作家在政治情勢更迭下的心境與處境。全文共 5 章：1.生平；2.張我軍的社會參與；3.省思轉化的文學進程；4.文學理論之建構；5.創作實踐部分。正文後附錄〈張我軍研究論著表〉、〈增補張我軍年表〉。

6. **鄧慧恩**　日據時期外來思潮的譯介研究：以賴和、楊逵、張我軍為中心　清華大學臺灣文學研究所　碩士論文　陳萬益教授指導　2006 年 6 月　245 頁

本論文探討日據時期知識分子面對外來新思潮的翻譯活動，追尋新式知識分子以及留學生理解外來思潮的過程中，進行翻譯活動的目的與對象。全文共 6 章：1.緒論；2.日據時期報刊雜誌的翻譯概況；3.賴和的翻譯：與尼采的接觸；4.文化的擺渡：楊逵譯作的意義與詮釋；5.三地橋樑：張我軍的翻譯事業；6.結論。正文後附錄〈日據時期重要報刊翻譯文章列表（初稿）〉、〈賴和尼采譯稿與原著的對照（初稿）〉、〈張我軍譯著、譯書列表〉。

7. **蔡佩臻**　張我軍文學及翻譯研究　東海大學中國文學系　碩士論文　趙天儀教授指導　2008 年 1 月　143 頁

本論文探討張我軍對於臺灣新文學理論發展的貢獻，以及將日本的文學與文化理論譯介到中國，並對戰後臺灣文學重建工作盡一份心力。全文共 6 章：1.緒論；2.張我軍與臺灣新文學運動；3.張我軍的新文學創作；4.轉換文學的跑道——張我軍的翻譯研究；5.落葉歸根：結束漂泊的種子——鄉土的關懷；6.結論。正文後有附錄〈張我軍著作年表〉、〈張我軍年表〉。

8. **王　申**　淪陷時期旅平臺籍文化人的文化活動與身分表述——以張深切、張我軍、洪炎秋、鍾理和為考察中心　北京大學中國語言文學系中國現當代文學　博士論文　陳平原教授指導　2010 年 12 月　123 頁

本論文以張深切、張我軍、洪炎秋、鍾理和為代表，研究此 4 位成長於日治時期的

臺灣，而處於淪陷時期北平的臺籍文化人，探討其彷徨於政治現實與歷史處境的尷尬。全文共 4 章：1.「孤獨的野人」；2.尷尬的「橋」；3.人海易藏身，書城即南面；4.想像的「原鄉」與「原鄉」的想像。正文前有〈導論〉，正文後有〈結語〉、〈後記〉，附錄〈1937—1945 年在北平的臺灣人〉。

作家生平資料篇目

他述

9. 陳漢光　悼臺灣新文學運動的先鋒張我軍　聯合報　1955 年 11 月 11 日　6 版

10. 春　暉　張我軍逝矣　臺北文物　第 4 卷第 3 期　1955 年 11 月　頁 143

11. 春　暉　張我軍逝矣　近觀張我軍　北京　臺海出版社　2002 年 2 月　頁 7

12. 蘇薌雨　懷念張我軍先生　合作界　第 19 期　1956 年 1 月　頁 68—69

13. 蘇薌雨　懷念張我軍先生　近觀張我軍　北京　臺海出版社　2002 年 2 月　頁 8—12

14. 〔合作金庫〕　本金庫研究室張故主任我軍逝世　合作界　第 19 期　1956 年 1 月　頁 69

15. 劉心皇　抗戰時代落水作家論述〔張我軍部分〕　反攻月刊　第 389 期　1974 年 8 月　頁 30

16. 張光直　編者的話[1]　張我軍文集　臺北　純文學出版社　1975 年 8 月　頁 3—5

17. 張光直　編者的話　張我軍詩文集　臺北　純文學出版社　1989 年 9 月　頁 3—5

18. 張光直　《張我軍文集》編者的話　近觀張我軍　北京　臺海出版社　2002 年 2 月　頁 78—79

19. 張光直　《張我軍文集》編者的話　張光直文學作品集　臺北　海峽學術出版社　2005 年 3 月　頁 57—58

20. 洪炎秋　懷才不遇的張我軍兄　傳記文學　第 167 期　1976 年 4 月　頁 69

---

[1]本文簡介張我軍生平及其寫作生涯。

—72

21. 洪炎秋　　懷才不遇的張我軍兄　風簷展書讀　臺北　純文學出版社　1985 年
　　　　　　　1 月　頁 309—315

22. 洪炎秋　　懷才不遇的張我軍兄　張我軍詩文集　臺北　純文學出版社　1989
　　　　　　　年 9 月　頁 21—32

23. 洪炎秋　　懷才不遇的張我軍兄　閑話與常談：洪炎秋文選　彰化　彰化縣立
　　　　　　　文化中心　1996 年 7 月　頁 94—104

24. 洪炎秋　　懷才不遇的張我軍兄　近觀張我軍　北京　臺海出版社　2002 年 2
　　　　　　　月　頁 13—22

25. 吳俊雄　　殖民地時代的臺灣新文學運動〔張我軍部分〕　星島日報　1976 年
　　　　　　　7 月 9 日　9 版

26. 黃武忠　　「臺灣新文學運動」的先鋒——張我軍（光復前臺灣作家小傳）
　　　　　　　聯合報　1979 年 3 月 12 日　12 版

27. 黃武忠　　「臺灣新文學運動」的先鋒　日據時代臺灣新文學作家小傳　臺北
　　　　　　　時報文化出版公司　1980 年 8 月　頁 54—56

28. 王詩琅　　張我軍——臺灣新文化運動的先鋒　臺灣時報　1979 年 5 月 4 日
　　　　　　　12 版

29. 王詩琅　　臺灣新文化運動的先鋒張我軍　王詩琅全集・三年小叛五年大亂
　　　　　　　高雄　德馨室出版社　1980 年 3 月　頁 175—180

30. 王詩琅　　臺灣新文化運動的先鋒——張我軍　王詩琅全集・三年小叛五年大
　　　　　　　亂——臺灣社會變遷　臺北　海峽學術出版社　2003 年 4 月　頁
　　　　　　　147—151

31. 龍瑛宗　　張我軍之死——高舉五四火把回臺的先覺者　民眾日報　1980 年 2
　　　　　　　月 27 日　12 版

32. 龍瑛宗　　高舉五四火把回臺的先覺者　近觀張我軍　北京　臺海出版社
　　　　　　　2002 年 2 月　頁 23—30

33. 龍瑛宗　　張我軍之死——高舉五四火把回臺的先覺者　龍瑛宗全集・詩・劇

本・隨筆集　臺南　國家臺灣文學館籌備處　2006 年 11 月　頁 344—351

34.〔劉紹唐主編〕　民國人物小傳——張我軍　傳記文學　第 216 期　1980 年 5 月　頁 141—148

35. 劉心皇　華北偽組織的文藝作家——張我軍　抗戰時期淪陷區文學史　臺北　成文出版社　1980 年 5 月　頁 274—275

36. 葉石濤　五四與臺灣新文學運動〔張我軍部分〕　臺灣新聞報　1983 年 5 月 4 日　9 版

37. 葉石濤　五四與臺灣新文學運動〔張我軍部分〕　葉石濤全集・隨筆卷一　臺南，高雄　國立臺灣文學館，高雄市文化局　2008 年 3 月　頁 356－357

38. 王晉民，鄺白曼　張我軍　臺灣與海外華人作家小傳　福建　福建人民出版社　1983 年 9 月　頁 9—10

39. 何標〔張光正〕　愛祖國，愛家鄉——臺灣省籍文學家張我軍　人物　1984 年第 3 期　1984 年 5 月　頁 66—71

40. 翁光宇　割不斷的民族臍帶——臺灣新文學運動與張我軍　文學報　1985 年 2 月 28 日　頁 3

41.〔編輯部〕　張我軍　中國文學家辭典・現代第 4 分冊　成都　四川文藝出版社　1985 年 8 月　頁 287—288

42. 張光正　編者後記　張我軍選集　北京　時事出版社　1985 年 11 月　頁 220—226

43. 張光正　《張我軍選集》編者後記　張我軍全集　北京　臺海出版社　2000 年 8 月　頁 543—550

44. 張光正　《張我軍選集》編者後記　近觀張我軍　北京　臺海出版社　2002 年 2 月　頁 82—89

45. 張光正　盼「春雷」——憶父親張我軍　臺聲　1986 年第 1 期　1986 年 1 月　頁 34

46. 包恆新　　　臺灣新文學的開拓者——張我軍　福建論壇　1986 年第 2 期　1986
　　　　　　　　年 4 月　頁 77—81

47. 武治純　　　張我軍先生在現代臺灣文學史上的不朽功績——《亂都之戀》重版
　　　　　　　　代序　亂都之戀　瀋陽　遼寧大學出版社　1987 年 6 月　頁 3—6

48. 武治純　　　張我軍先生在現代臺灣文學史上的不朽功績——《亂都之戀》重版
　　　　　　　　代序　近觀張我軍　北京　臺海出版社　2002 年 2 月　頁 94—96

49. 遼寧大學出版社資料室　　　張我軍先生傳略　亂都之戀　瀋陽　遼寧大學出版
　　　　　　　　社　1987 年 6 月　頁 62—64

50. 張仲景　　　鄉國之情，血淚之華——寫在《亂都之戀》重版前夕　亂都之戀
　　　　　　　　瀋陽　遼寧大學出版社　1987 年 6 月　頁 65—74

51. 葉石濤　　　張我軍與魯迅　臺灣時報　1987 年 9 月 15 日　8 版

52. 葉石濤　　　張我軍與魯迅　走向臺灣文學　臺北　自立晚報　1990 年 3 月　頁
　　　　　　　　74—77

53. 葉石濤　　　張我軍與魯迅　近觀張我軍　北京　臺海出版社　2002 年 2 月　頁
　　　　　　　　287—289

54. 葉石濤　　　張我軍與魯迅　葉石濤全集・隨筆卷三　臺南，高雄　國立臺灣文
　　　　　　　　學館，高雄市文化局　2008 年 3 月　頁 57—59

55. 莊永明　　　首舉文學革命之旗[2]　自立晚報　1987 年 11 月 3 日　10 版

56. 葉石濤　　　五四與臺灣新文學〔張我軍部分〕　聯合文學　第 43 期　1988 年
　　　　　　　　5 月 1 日　頁 29—30

57. 葉石濤　　　五四與臺灣新文學〔張我軍部分〕　葉石濤全集・隨筆卷三　臺
　　　　　　　　南，高雄　國立臺灣文學館，高雄市文化局　2008 年 3 月　頁 103
　　　　　　　　—104

58. 秋　泉　　　張我軍大戰連雅堂——臺灣新舊文學論戰之關鍵一役　作品與爭鳴
　　　　　　　　1988 年第 5 期　1988 年 5 月　頁 77—78

59. 葉石濤　　　五四與張我軍　自由時報　1988 年 6 月 14 日　11 版

---

[2] 本文為感念張我軍之悼文。

60. 葉石濤　　五四與張我軍　葉石濤全集・隨筆卷三　臺南，高雄　國立臺灣文
　　　　　　　學館，高雄市文化局　2008 年 3 月　頁 113—116

61. 王志健　　張我軍　文學四論（上）　臺北　文史哲出版社　1988 年 7 月　頁
　　　　　　　223—224

62. 秦賢次　　臺灣新文學運動的奠基者——張我軍　張我軍詩文集　臺北　純文
　　　　　　　學出版社　1989 年 9 月　頁 33—56

63. 秦賢次　　臺灣新文學運動的奠基者張我軍　傳記文學　第 331 期　1989 年
　　　　　　　12 月　頁 125—132

64. 秦賢次　　臺灣新文學運動的奠基者——張我軍　中國現代文學研究叢刊
　　　　　　　1990 年第 3 期　1990 年 6 月　頁 222—240

65. 秦賢次　　臺灣新文學運動的奠基者——張我軍　楊雲萍、張我軍、蔡秋桐合
　　　　　　　集（臺灣作家全集）　臺北　前衛出版社　1991 年 2 月　頁 129—
　　　　　　　153

66. 秦賢次　　臺灣新文學運動的奠基者——張我軍　臺北縣作家作品集・評論集
　　　　　　　臺北　臺北縣立文化中心　1993 年 6 月　頁 32—57

67. 秦賢次　　臺灣新文學運動的奠基者——張我軍　復活的群像　臺北　前衛出
　　　　　　　版社　1994 年 6 月　頁 103—124

68. 秦賢次　　臺灣新文學運動的奠基者——張我軍　臺北人物誌（二）　臺北
　　　　　　　臺北市新聞處　2000 年 11 月　頁 106—113

69. 秦賢次　　臺灣新文學運動的奠基者——張我軍　近觀張我軍　北京　臺海出
　　　　　　　版社　2002 年 2 月　頁 332—351

70. 張光直　　增訂本後記　張我軍詩文集　臺北　純文學出版社　1989 年 9 月
　　　　　　　頁 7—8

71. 張光直　　《張我軍文集》增訂版後記　張光直文學作品集　臺北　海峽學術
　　　　　　　出版社　2005 年 3 月　頁 59—60

72. 葉石濤　　張我軍與臺灣新文學運動　走向臺灣文學　臺北　自立晚報　1990
　　　　　　　年 3 月　頁 64—68

73. 葉石濤　　張我軍與臺灣新文學運動　近觀張我軍　北京　臺海出版社　2002
　　年2月　頁279—282

74. 葉石濤　　張我軍與臺灣新文學運動　葉石濤全集・評論卷三　臺南，高雄
　　國立臺灣文學館，高雄市文化局　2008年3月　頁395—398

75. 葉石濤　　「五四」與張我軍　走向臺灣文學　臺北　自立晚報　1990年3月
　　頁69—73

76. 葉石濤　　「五四」與張我軍　近觀張我軍　北京　臺海出版社　2002年2月
　　頁283—286

77. 魯　迅　　張我軍　人物評估　臺北　天元出版社　1990年4月　頁135—
　　136

78. 〔王晉民編〕　　張我軍　臺灣文學家辭典　廣西　教育出版社　1991年6月
　　頁293—295

79. 王景山　　魯迅和臺灣新文學〔張我軍部分〕　中國論壇　第31卷第12期
　　1991年9月　頁12—18

80. 王景山　　魯迅和臺灣新文學〔張我軍部分〕　臺灣香港澳門暨海外華文文學
　　論文選　福州　海峽文藝出版社　1993年3月　頁101

81. 秦賢次　　魯迅與臺灣青年〔張我軍部分〕　國文天地　第76期　1991年9
　　月　頁11—12

82. 岡崎郁子著；涂翠花譯　　二二八事件與文學——二二八事件前後的臺灣文學
　　——從臺灣新文學誕生到終戰〔張我軍部分〕　臺灣文藝　第135
　　期　1993年2月　頁7

83. 岡崎郁子著；涂翠花譯　　文學中的二・二八事件：向禁忌挑戰的作家們——
　　二・二八事件前後的臺灣文學——從臺灣新文學誕生到終戰　臺灣
　　文學——異端的系譜　臺北　前衛出版社　1996年9月　頁31

84. 張光正　　父親張我軍二三事　新文學史料　1993年第1期　1993年2月
　　頁161—163

85. 張光正　　父親張我軍二三事　臺灣研究集刊　1993年第2期　1993年5月

頁 77—80

86. 張光正　父親張我軍二三事　中國淪陷區文學研究　哈爾濱　黑龍江人民出版社　2007 年 1 月　頁 1099—1102

87. 胡俊媛　臺灣新文學的急先鋒——張我軍　臺北縣立文化中心季刊　第 35 期　1993 年 3 月　頁 35—40

88. 莊永明　住進新文學殿堂　臺灣紀事——臺灣歷史上的今天（下）　臺北　時報文化出版公司　1993 年 4 月　頁 974—975

89. 張光正　張我軍與北師大　北師大校友通訊　第 17 期　1993 年 9 月　頁 139—172

90. 何　標　張我軍與北師大　明月多應在故鄉　臺北　海峽學術出版社　2008 年 1 月　頁 50—54

91. 何　標　張我軍與新野社　臺聲　1994 年第 2 期　1994 年 2 月　頁 46—47

92. 何　標　張我軍與新野社　番薯藤繫兩岸情　北京　臺海出版社　2003 年 1 月　頁 258—261

93. 張光正　張我軍與「新野社」　番薯藤繫兩岸情　臺北　海峽學術出版社　2003 年 9 月　頁 246—249

94. 張光正　賴和先生與先父張我軍　海峽評論　1994 年第 6 期　1994 年 6 月　頁 48—50

95. 何　標　賴和先生與先父張我軍　番薯藤繫兩岸情　北京　臺海出版社　2003 年 1 月　頁 249—252

96. 張光正　賴和先生與先父張我軍　番薯藤繫兩岸情　臺北　海峽學術出版社　2003 年 9 月　頁 237—240

97. 岡田英樹著；郭富光譯　在淪陷期北京文壇的概況——關於臺灣作家的三劍客〔張我軍部分〕　賴和及其同時代的作家：日據時期臺灣文學國際學術會議論文　新竹　清華大學　1994 年 11 月 25—27 日

98. 岡田英樹　淪陷時期北京文壇の台湾作家三銃士〔張我軍部分〕　よみがえる台湾文学——日本統治期の作家と作品　東京　東方書店　1995

年 10 月　頁 179—184

99. 張　　超　　張我軍　臺港澳及海外華人作家辭典　北京　人民文學出版社
　　　　　　　　1994 年 12 月　頁 675—676

100. 邱　　婷　　探溯臺灣新詩源頭，以史論詩——焦點集中張我軍，剖析臺灣新
　　　　　　　　文學的中國血緣與多元趨勢　民生報　1995 年 3 月 5 日　15 版

101. 葉石濤　　新舊文學論爭與張我軍　臺灣新聞報　1995 年 9 月 2 日　9 版

102. 葉石濤　　新舊文學論爭與張我軍　臺灣文學入門：臺灣文學五十七問　高
　　　　　　　　雄　春暉出版社　1997 年 6 月　頁 17—19

103. 葉石濤　　臺灣文學入門——臺灣文學五十七問——新舊文學論爭與張我軍
　　　　　　　　葉石濤全集・評論卷五　臺南，高雄　國立臺灣文學館，高雄市
　　　　　　　　文化局　2008 年 3 月　頁 209—210

104. 張光正　　純粹臺灣人——我的父親張我軍（上、中、下）　中央日報
　　　　　　　　1995 年 12 月 8—10 日　19 版

105. 林海音　　臺灣新文學的先鋒　中央日報　1995 年 12 月 10 日　19 版

106. 林海音　　張我軍逝世四十周年紀念專輯——臺灣新文學的先鋒　近觀張我
　　　　　　　　軍　北京　臺海出版社　2002 年 2 月　頁 379—381

107. 林炳熙　　論張我軍與臺灣文學運動　廣東社會科學　1996 年第 3 期　1996
　　　　　　　　年 5 月　頁 125—130

108. 張光正　　張我軍與中日文化交流　漂泊與鄉土——張我軍逝世四十週年紀
　　　　　　　　念論文集　臺北　行政院文建會　1996 年 5 月　頁 83—102

109. 張光正　　張我軍與中日文化交流　臺灣研究集刊　1996 年第 2 期　1996 年
　　　　　　　　5 月　頁 73—81

110. 張光正　　張我軍與中日文化交流　新文學史料　1996 年第 4 期　1996 年 11
　　　　　　　　月　頁 109—118

111. 張光正　　張我軍與中日文化交流　近觀張我軍　北京　臺海出版社　2002
　　　　　　　　年 2 月　頁 226—246

112. 秦賢次　張我軍及其同時代的北京臺灣留學生[3]　漂泊與鄉土——張我軍逝世四十週年紀念論文集　臺北　行政院文建會　1996 年 5 月　頁 103—117

113. 秦賢次　張我軍及其同時代的北京臺灣留學生　近觀張我軍　北京　臺海出版社　2002 年 2 月　頁 352—378

114. 秦賢次　張我軍及其同時代的北京臺灣留學生　老北京臺灣人的故事　北京　臺海出版社　2009 年 12 月　頁 17—44

115. 葉石濤　張我軍的民族認同　臺灣日報　1996 年 11 月 24 日　23 版

116. 葉石濤　張我軍的民族認同　葉石濤全集・評論卷四　臺南，高雄　國立臺灣文學館，高雄市文化局　2008 年 3 月　頁 399—401

117. 吳騰凰　臺灣新文學運動的急先鋒——張我軍　臺灣新生報　1997 年 6 月 15 日　14 版

118. 吳騰凰　臺灣新文學運動的急先鋒——張我軍　文訊雜誌　第 142 期　1997 年 8 月　頁 54

119. 張光直　父親、母親和他們的朋友們　番薯人的故事　臺北　聯經出版公司　1998 年 1 月　頁 7—13

120. 張深切　悼張我軍　我與我的思想　臺北　文經出版社　1998 年 1 月　頁 267—269

121. 張深切　悼張我軍　近觀張我軍　北京　臺海出版社　2002 年 2 月　頁 4—6

122. 秦賢次　張我軍傳[4]　許南英，張我軍合傳　南投　臺灣省文獻委員會　1998 年 6 月　頁 1—22

123. 傅光明　張我軍　中國文學通典・小說通典　北京　解放軍文藝出版社　1999 年 1 月　頁 755

---

[3] 本文從張我軍北京求學的經過及原因開始敘述，並介紹五四之前北京的二位臺灣留學生——林飛熊與許地山，兼及日本在臺灣施行的殖民地教育、臺灣學生留學大陸的背景、風潮與人物簡介，文末更列出當時在北京的臺灣留學生名單。

[4] 本書闡述許南英、張我軍二人生平傳記，為《臺灣先賢先烈專輯》之一。全書分「許南英傳」及「張我軍傳」，張我軍傳記部分不分章節，依時序詳述傳主生平事蹟及其創作。

124. 瘂　弦　　新詩這座殿堂是怎樣建造起來的——從史的回顧到美的巡禮〔張我軍部分〕　天下詩選 1：1923—1999　臺灣　臺北　天下遠見出版公司　1999 年 9 月　頁 8—9

125. 趙遐秋　　張我軍在臺灣拉開新文學的大幕　臺灣鄉土文學八大家　北京　臺海出版社　1999 年 11 月　頁 21—30

126. 趙遐秋　　張我軍在臺灣拉開新文學的大幕　近觀張我軍　北京　臺海出版社　2002 年 2 月　頁 182—189

127. 張　泉　　張我軍與淪陷時期的中日文學關聯　中國現代文學研究叢刊 2000 年第 1 期　2000 年 2 月　頁 223—236

128. 張　泉　　張我軍與淪陷時期的中日文學關聯　近觀張我軍　北京　臺海出版社　2002 年 2 月　頁 247—262

129. 彭瑞金　　揭開新舊文學論戰序幕的張我軍　民眾日報　2000 年 5 月 12 日 17 版

130. 彭瑞金　　張我軍——揭開新舊文學論戰的序幕　臺灣文學 50 家　臺北　玉山社出版公司　2005 年 7 月　頁 129—135

131. 李祖琛　　發現張我軍，發現少年臺灣　臺灣日報　2000 年 7 月 31 日　35 版

132. 張克輝　　序言[5]　張我軍全集　北京　臺海出版社　2000 年 8 月　頁 1—3

133. 張克輝　　《張我軍全集》序言　近觀張我軍　北京　臺海出版社　2002 年 2 月　頁 103—105

134. 張克輝　　序言　張我軍全集　臺北　人間出版社　2002 年 6 月　頁 1—3

135. 張光直　　父親可以放心了[6]　張我軍全集　北京　臺海出版社　2000 年 8 月　頁 7—8

136. 張光直　　父親可以放心了　近觀張我軍　北京　臺海出版社　2002 年 2 月　頁 51—52

---

[5] 本文後改篇名爲〈《張我軍全集》序言〉。

[6] 本文爲張光直於 1985 年 12 月 17 日在北京「張我軍逝世 30 週年紀念座談會」上的書面發言稿。後另改篇名爲〈父親可以放心了——紀念父親逝世三十週年〉。

137. 張光直　父親可以放心了　張我軍全集　臺北　人間出版社　2002 年 6 月　頁 7—8

138. 張光直　父親可以放心了——紀念父親逝世三十週年　張光直文學作品集　臺北　海峽學術出版社　2005 年 3 月　頁 61—62

139. 李祖琛　城市靈魂學的考古之旅——我與張我軍的隔空承諾　臺灣日報　2001 年 1 月 29 日　7 版

140. 應鳳凰　新文學運動的先鋒——張我軍　國語日報　2001 年 5 月 4 日　5 版

141. 史揮戈　筆路藍縷薪盡火傳——臺灣新文學開拓者張我軍漫筆　世界華文文學論壇　2001 年第 2 期　2001 年 6 月　頁 73—77

142. 李懷，桂華　挑起新舊文學論戰的先驅者——張我軍　文學臺灣人　臺北　遠流出版公司　2001 年 10 月　頁 59—60

143. 臺灣省合作金庫　關於張我軍逝世的報導　近觀張我軍　北京　臺海出版社　2002 年 2 月　頁 2—3

144. 蘇子蘅　懷念老友張我軍先生　近觀張我軍　北京　臺海出版社　2002 年 2 月　頁 31—32

145. 葉蒼芩　悼摯友張我軍　近觀張我軍　北京　臺海出版社　2002 年 2 月　頁 33—37

146. 盛　成　心中的一個傷痕——張我軍之死　近觀張我軍　北京　臺海出版社　2002 年 2 月　頁 38—39

147. 甄　華　甄華覆何標函　近觀張我軍　北京　臺海出版社　2002 年 2 月　頁 40—43

148. 宿　白　北平淪陷期間有關張我軍的二、三事　近觀張我軍　北京　臺海出版社　2002 年 2 月　頁 44—46

149. 葉平子　懷念我軍伯伯　近觀張我軍　北京　臺海出版社　2002 年 2 月　頁 47—50

150. 張光直　父親把我的「罪證」藏了起來　近觀張我軍　北京　臺海出版社

2002 年 2 月　頁 53—55

151. 張光正　悲、歡、離、聚話我家——一個臺灣人家庭的故事　近觀張我軍　北京　臺海出版社　2002 年 2 月　頁 56—76

152. 何　標　悲、歡、離、聚話我家——一個臺灣人家庭的故事　番薯藤繫兩岸情　北京　臺海出版社　2003 年 1 月　頁 3—36

153. 張光正　悲、歡、離、聚話我家——一個臺灣人家庭的故事　番薯藤繫兩岸情　臺北　海峽學術出版社　2003 年 9 月　頁 1—31

154. 駱賓基　紀念張我軍先生　近觀張我軍　北京　臺海出版社　2002 年 2 月　頁 110—112

155. 駱賓基　紀念張我軍先生　張我軍全集　臺北　人間出版社　2002 年 6 月　頁 4—6

156. 蔡子民　臺灣新文學運動的急先鋒——張我軍　近觀張我軍　北京　臺海出版社　2002 年 2 月　頁 156—163

157. 張光正　略論父親的鄉土性格和開放性格　近觀張我軍　北京　臺海出版社　2002 年 2 月　頁 214—225

158. 楊　曼　臺灣新文學運動的健將——張我軍　近觀張我軍　北京　臺海出版社　2002 年 2 月　頁 263—270

159. 許俊雅　日據時期臺灣文化人與上海〔張我軍部分〕　臺灣文學評論　第 2 卷第 2 期　2002 年 4 月　頁 32

160. 許俊雅　日據時期臺灣文化人與上海〔張我軍部分〕　中華現代文學大系（貳）‧臺灣一九八九—二〇〇三評論卷（二）　臺北　九歌出版社　2003 年 10 月　頁 1121

161. 孫康宜　浮生至交[7]　聯合報　2002 年 5 月 15 日　39 版

162. 樊洛平　五四運動影響下的臺灣新文學運動——臺灣新文學初期的文學理論和它的奠基人張我軍　簡明臺灣文學史　北京　時事出版社　2002 年 6 月　頁 77—80

---

[7] 本文敘述張我軍與作者一家的交往。

163. 李祖琛　一條連結張我軍與李遠哲的橋樑（上、下）　臺灣日報　2002 年 8 月 28—29 日　25 版

164. 〔蕭蕭，白靈編〕　張我軍簡介　臺灣現代文學教程：新詩讀本　臺北 二魚文化公司　2002 年 8 月　頁 44

165. 林政華　出版第一部新詩集的本土詩人——張我軍　臺灣新聞報　2002 年 9 月 19 日　12 版

166. 林政華　出版第一部新詩集的本土詩人——張我軍　臺灣古今文學名家 桃園　開南管理學院通識教育中心　2003 年 3 月　頁 19

167. 張光正講；陳宛萱記　亂世浮生——張我軍家庭的兩岸之旅[8]　聯合文學 第 216 期　2002 年 10 月　頁 80—94

168. 〔杜文靖編輯〕　臺灣新文學先鋒張我軍　臺北縣鄉土人物群像　臺北 臺北縣文化局　2002 年 11 月　頁 26—39

169. 劉　睿　臺灣新文學的開拓者張我軍　統一論壇　2003 年第 2 期　2003 年 2 月　頁 62—64

170. 張光正　《張我軍全集》（臺灣版）出版感言　臺聲　2003 年第 2 期　2003 年 2 月　頁 33

171. 張光正　《張我軍全集》（臺灣版）出版感言　番薯藤繫兩岸情　臺北　海 峽學術出版社　2003 年 9 月　頁 230—232

172. 何　標　《張我軍全集》（臺灣版）出版感言　明月多應在故鄉　臺北　海 峽學術出版社　2008 年 1 月　頁 45—47

173. 張　放　張我軍二三事　人間福報　2003 年 3 月 7 日　11 版

174. 王景山　張我軍　臺港澳暨海外華文作家辭典　北京　人民文學出版社 2003 年 7 月　頁 807—809

175. 楊　菁　張我軍在中國　臺北文獻直字　第 145 期　2003 年 9 月　頁 139 —169

---

[8]本文描述張我軍生平及文學經歷。全文共 7 小節：1.初到北平；2.亂都之戀；3.旅居北平；4.同鄉情誼；5.淪陷區裡求生；6.分隔的兩岸；7.手足重逢。正文前有〈張我軍家族小檔案〉。

176. 張　放　　　張我軍及其他　雜花生樹　臺北　詩藝文出版社　2004 年 5 月
　　　　　　　　頁 338—340

177. 〔陳萬益選編〕　　〈隨感錄〉、〈南遊印象記〉作者簡介　國民文選・散文
　　　　　　　　卷 1　臺北　玉山社出版公司　2004 年 8 月　頁 98

178. 山間行草　　《亂都之戀》與亂世的人生——張我軍和臺灣新文學　聯合報
　　　2004 年 11 月 1 日　E7 版

179. 莫　渝　　雨中張我軍　臺灣日報　2005 年 2 月 13 日　17 版

180. 莫　渝　　雨中張我軍　漫漫隨筆集　苗栗　苗栗縣文化局　2005 年 4 月
　　　　　　　　頁 265—266

181. 黃碧端　　《亂都之戀》與亂世人生——張我軍和臺灣新文學　月光下・文
　　　　　　　　學的海　臺北　天下遠見出版公司　2006 年 6 月　頁 177—181

182. 韓三洲　　張我軍、張光直父子的中國心　海內與海外　2006 年第 6 期
　　　2006 年 6 月　頁 21—24

183. 落　蒂　　急先鋒張我軍　臺灣時報　2006 年 8 月 27 日　15 版

184. 賴香吟　　張我軍和龍瑛宗　中國時報　2007 年 3 月 10 日　E7 版

185. 林柏維　　張我軍：合力拆下破舊的文學殿堂——臺灣新文學　狂飆的年
　　　代：近代臺灣社會精英群像　臺北　秀威資訊科技公司　2007 年
　　　9 月　頁 193—196

186. 何　標　　臺灣文學史裡的一段兩岸姻緣　明月多應在故鄉　臺北　海峽學
　　　術出版社　2008 年 1 月　頁 3—8

187. 何　標　　臺灣文學史裡的一段兩岸姻緣　我的鄉情和臺海兩岸情　北京
　　　臺海出版社　2010 年 12 月　頁 20—28

188. 何　標　　喜聞父親仍有生前好友健在[9]　明月多應在故鄉　臺北　海峽學術
　　　出版社　2008 年 1 月　頁 15—24

189. 何　標　　《近觀張我軍》前言　明月多應在故鄉　臺北　海峽學術出版社
　　　2008 年 1 月　頁 48—49

---

[9]本文後附有孫康宜〈張我軍、張光直和我們家〉。

190. 黃乃江　張我軍的處女作及其在廈門之文學活動新考　福州大學學報　2008 年第 3 期　2008 年 5 月　頁 10—15

191.〔封德屏主編〕　張我軍　2007 臺灣作家作品目錄　臺南　國立臺灣文學館　2008 年 7 月　頁 713

192. 許俊雅　大漢溪流域的文化與文學——板橋市——板橋文學——張我軍（一九〇二年——一九五五年）　續修臺北縣志・藝文志第三篇・文學（下）　臺北　臺北縣政府　2008 年 8 月　頁 3—4

193. 張光正　有感於《文訊》為張我軍正名　臺聲　第 287 期　2008 年 10 月　頁 29

194. 張光正　有感於《文訊》為張我軍正名　文訊雜誌　第 277 期　2008 年 11 月　頁 82—83

195. 何　標　有感於《文訊》為張我軍正名　我的鄉情和臺海兩岸情　北京　臺海出版社　2010 年 12 月　頁 38—40

196. 羊子喬　臺灣新舊文學論戰的旗手——張我軍　北縣文化　第 100 期　2009 年 3 月　頁 88—91

197. 柳書琴　S 君及其周邊〔張我軍部分〕　荊棘之道：旅日青年的文學活動與文化抗爭　臺北　聯經出版公司　2009 年 5 月　頁 145—148

198. 邱各容　臺灣新文學運動的奠基者：張我軍　新書月刊　第 135 期　2010 年 3 月　頁 4—7

199. 楊照講；張俐璇記　楊照：在土與洋之間的風景〔張我軍部分〕　文訊雜誌　第 309 期　2011 年 7 月　頁 80

年表

200. 中島利郎　張我軍について——その略歴と著作　咿啞　第 24、25 合併號　1989 年 7 月　頁 20—40

201. 張恆豪　張我軍生平寫作年表　楊雲萍、張我軍、蔡秋桐合集（臺灣作家全集）　臺北　前衛出版社　1991 年 2 月　頁 159—164

202. 秦賢次　張我軍年表　張我軍評論集　臺北　臺北縣立文化中心　1993 年

6 月　頁 278—299

203. 秦賢次　張我軍年表　臺灣文化菁英年表集　臺北　臺北縣文化局　2002
年 12 月　頁 153—210

204. 張光正原著；秦賢次增補　張我軍年表　漂泊與鄉土——張我軍逝世四十
週年紀念論文集　臺北　行政院文建會　1996 年 5 月　頁 33—45

205. 張光正　張我軍年表　張我軍全集　北京　臺海出版社　2000 年 8 月　頁
511—530

206. 張光正原著；秦賢次增補　張我軍家世表　漂泊與鄉土——張我軍逝世四
十週年紀念論文集　臺北　行政院文建會　1996 年 5 月　頁 46

207. 蘇世昌　增補張我軍年表　追尋與回歸：張我軍及其作品研究　中興大學
中國文學系　碩士論文　賴芳伶教授指導　1998 年 6 月　頁 150
—166

208. 下村作次郎，黃英哲　張我軍略年譜　日本統治期台湾文学——台湾人作
家作品集（別卷）　東京　綠蔭書房　1999 年 7 月　頁 448—450

209. 莊永明　張我軍年表（1902—1955）　文學臺灣人　臺北　遠流出版社
2001 年 10 月　頁 63

210. 蔡佩臻　張我軍年表　張我軍文學及翻譯研究　東海大學中國文學系　碩
士論文　趙天儀教授指導　2008 年 1 月　頁 125—143

其他

211. 張光正　喜迎《亂都之戀》歸來　臺聲　1986 年第 9 期　1986 年 9 月　頁
38

212. 張光正　喜迎《亂都之戀》歸來　亂都之戀　瀋陽　遼寧大學出版社
1987 年 6 月　頁 59—61

213. 何標　喜迎《亂都之戀》歸來　番薯藤繫兩岸情　北京　臺海出版社
2003 年 1 月　頁 253—254

214. 張光正　喜迎《亂都之戀》歸來　番薯藤繫兩岸情　臺北　海峽學術出版
社　2003 年 9 月　頁 241—242

215. 張光正　父親遺作尋訪記略──《張我軍遺作集》　文訊雜誌　第 84 期　1992 年 10 月　頁 78─80

216. 張光正　父親遺作尋訪記略　新文學史料　1993 年第 1 期　1993 年 2 月　頁 169─170

217. 何　標　父親遺作尋訪記略　番薯藤繫兩岸情　北京　臺海出版社　2003 年 1 月　頁 244─248

218. 張光正　父親遺作尋訪記略　番薯藤繫兩岸情　臺北　海峽學術出版社　2003 年 9 月　頁 233─236

219. 李煌仁　張我軍雕像在板橋國小揭幕　臺灣時報　1997 年 3 月 10 日　15 版

作品評論篇目

綜論

220. 林載爵　日據時代臺灣文學的回顧〔張我軍部分〕　文季　第 3 期　1974 年 5 月　頁 149─151

221. 旅　人　中國新詩史論（四）──光復以前的臺灣新詩論〔張我軍部分〕　笠　第 69 期　1975 年 10 月　頁 66

222. 林瑞明　撐起臺灣新文學運動的大旗──張我軍和他的文集　大學雜誌　第 94 期　1976 年 2 月　頁 64─65

223. 林瑞明　撐起臺灣新文學運動的大旗──張我軍和他的文集　近觀張我軍　北京　臺海出版社　2002 年 2 月　頁 445─450

224. 陳少廷　臺灣新文學運動的開始──臺灣民報時期──新舊文學之論戰〔張我軍部分〕　臺灣新文學運動簡史　臺北　聯經出版公司　1977 年 5 月　頁 21─28

225. 陳少廷　臺灣新文學運動的開始──新舊文學之論戰〔張我軍部分〕　近觀張我軍　北京　臺海出版社　2002 年 2 月　頁 271─277

226. 葉石濤　日據時期臺灣文學的回顧與前瞻〔張我軍部分〕　小說新潮　第 2

期　1977 年 10 月　頁 304

227. 葉石濤　　日據時期臺灣文學的回顧與前瞻〔張我軍部分〕　葉石濤全集·
　　　　　　　評論卷二　臺南，高雄　國立臺灣文學館，高雄市文化局　2008
　　　　　　　年 3 月　頁 48—49

228. 葉石濤，鍾肇政，張恆豪　　張我軍作品解說　一桿稱仔　臺北　遠景出版
　　　　　　　社　1979 年 7 月　頁 133—134

229. 舒　蘭　　中國新詩史話——張我軍[10]　新文藝　第 283 期　1979 年 10 月
　　　　　　　頁 70—73

230. 舒　蘭　　日據時期的臺灣詩壇：張我軍　中國新詩史話（三）　臺北　渤
　　　　　　　海堂文化公司　1998 年 10 月　頁 6—11

231. 〔羊子喬，林梵，張恆豪編〕　　張我軍　一桿稱仔（光復前臺灣文學全
　　　　　　　集）　臺北　遠景出版社　1981 年 9 月　頁 133—134

232. 何　標　　魯迅先生與臺灣青年張我軍　臺聲　1984 年第 5 期　1984 年 5 月
　　　　　　　頁 51—52

233. 陳漱渝　　魯迅與臺灣作家張我軍　團結報　第 663 號　1984 年 6 月 9 日　4
　　　　　　　版

234. 葉石濤　　臺灣新文學運動的展開〔張我軍部分〕　文學界　第 12 期　1984
　　　　　　　年 11 月　頁 20—22，27—28

235. 葉石濤　　臺灣新文學運動的展開〔張我軍部分〕　臺灣文學史綱　高雄
　　　　　　　文學界雜誌社　1991 年 9 月　頁 23—24，30—31

236. 葉石濤　　臺灣文學史綱——臺灣新文學運動的展開〔張我軍部分〕　葉石
　　　　　　　濤全集·評論卷五　臺南，高雄　國立臺灣文學館，高雄市文化
　　　　　　　局　2008 年 3 月　頁 25—27，45—46

237. 陳千武　　光復前後臺灣新詩的演變——詩人的作品與風格〔張我軍部分〕
　　　　　　　笠　第 130 期　1985 年 12 月　頁 11

238. 胡民祥　　臺灣新文學運動時期「臺灣話」文學化的探討——張我軍的中國

[10]本文後改篇名為〈日據時期的臺灣詩壇：張我軍〉。

白話文論　臺灣文化季刊　第 3 期　1986 年 12 月　頁 23—24

239. 胡民祥　臺灣新文學運動時期——「臺灣語」文學化發展的探討——張我軍的中國白話文論　南瀛文學選・評論卷一　臺南　臺南縣立文化中心　1992 年 6 月　頁 170—172

240. 胡民祥　臺灣新文學運動時期「臺灣語」文學化發展的探討——張我軍的中國白話論　番薯詩刊・抱著咱的夢　第 3 期　1992 年 10 月　頁 25—27

241. 胡民祥　臺灣新文學運動時期「臺灣話」文學化發展的探討——張我軍的中國白話文論　胡民祥臺語文學選　臺南　臺南縣立文化中心　1995 年 11 月　頁 167—170

242. 中島利郎　魯迅在臺灣文壇的影響——魯迅與張我軍（備忘錄）　臺灣文學研究會會報（日本）　第 11、12 合併號　1987 年 3 月　頁 132—138

243. 中島利郎　魯迅在臺灣文壇的影響——魯迅與張我軍　近觀張我軍　北京　臺海出版社　2002 年 2 月　頁 292—300

244. 張仲景　張我軍　現代臺灣文學史　瀋陽　遼寧大學出版社　1987 年 12 月　頁 55—77

245. 張仲景　張我軍　近觀張我軍　北京　臺海出版社　2002 年 2 月　頁 119—144

246. 張光正　從白話新詩的崛起看臺灣新文學運動〔張我軍部分〕　笠　第 144 期　1988 年 4 月　頁 128—133

247. 張光正　從白話新詩的崛起看臺灣新文學運動〔張我軍部分〕　臺灣研究集刊　1988 年第 3 期　1988 年 8 月　頁 91—93

248. 張光正　從白話新詩的崛起看臺灣新文學運動〔張我軍部分〕　番薯藤繫兩岸情　臺北　海峽學術出版社　2003 年 9 月　頁 203—210

249. 〔張毓茂〕　淪陷區文學——開拓期臺灣新文學〔張我軍部分〕　二十世紀中國兩岸文學史　瀋陽　遼寧大學出版社　1988 年 8 月　頁

224—228

250. 包恆新　　張我軍　臺灣現代文學簡述　上海　上海社會科學院出版社　1988 年 10 月　頁 29—35

251. 公仲，汪義生　　臺灣文學的搖籃期：「清道夫」張我軍　臺灣新文學史初編　南昌　江西人民出版社　1989 年 8 月　頁 9—11

252. 張恆豪　　苦悶的北京經驗——《張我軍集》序　楊雲萍、張我軍、蔡秋桐合集（臺灣作家全集）　臺北　前衛出版社　1991 年 2 月　頁 81—83

253. 張恆豪　　苦悶的北京經驗——《張我軍集》序　短篇小說卷別冊（臺灣作家全集）　臺北　前衛出版社　1994 年 3 月　頁 9—11

254. 張恆豪　　苦悶的北京經驗——《張我軍集》序　近觀張我軍　北京　臺海出版社　2002 年 2 月　頁 97—99

255. 莊明萱　　臺灣新文學運動的發生——廣闊背景下的民族民主潮流和臺灣人民鬥爭方式的轉換〔張我軍部分〕　臺灣文學史（上）　福州　海峽文藝出版社　1991 年 6 月　頁 363—368

256. 黃重添　　張我軍的理論貢獻與創作實踐[11]　臺灣文學史（上）　福州　海峽文藝出版社　1991 年 6 月　頁 396—407

257. 黃重添　　張我軍的理論貢獻與創作實踐　近觀張我軍　北京　臺海出版社　2002 年 2 月　頁 145—155

258. 朱雙一　　臺灣新文學運動的重挫——散文與戲劇創作〔張我軍部分〕　臺灣文學史（上）　福州　海峽文藝出版社　1991 年 6 月　頁 604，611

259. 黃重添，莊明萱，闞豐齡　　日據時代的小說——鄉土小說的興起、發展與重挫〔張我軍部分〕　臺灣新文學概觀（上）　廈門　鷺江出版社　1991 年 6 月　頁 17—19

---

[11]本文共 4 小節：1.生活經歷和文學創作；2.建設新文學的基本理論主張；3.新詩集《亂都之戀》及短篇小說創作；4.文學上的主要成就與局限。

260. 朱雙一　　日據時期的臺灣新詩〔張我軍部分〕　臺灣新文學概觀（下）
　　　　　廈門　鷺江出版社　1991 年 6 月　頁 85—86

261. 潘頌德　　張我軍的詩論[12]　中國現代詩論 40 家　重慶　重慶出版社　1991
　　　　　年 6 月　頁 141—148

262. 潘頌德　　臺灣新文學運動先驅張我軍的詩歌理論　東疆學刊　1991 年第 3
　　　　　期　1991 年 7 月　頁 68—72

263. 潘頌德　　張我軍　中國現代詩論三十家　臺北　秀威資訊科技公司　2009
　　　　　年 12 月　頁 113—119

264. 河原功著；葉石濤譯　　臺灣新文學運動的展開——日本統治下在臺灣的文
　　　　　學運動：新舊文學論爭[13]　文學臺灣　第 2 期　1992 年 3 月　頁
　　　　　239—248

265. 河原功著；葉石濤譯　　臺灣新文學運動的展開——日本統治下在臺灣的文
　　　　　學運動〔張我軍部分〕　葉石濤全集・翻譯卷一　臺南，高雄
　　　　　國立臺灣文學館，高雄市文化局　2009 年 11 月　頁 417—428

266. 游　喚　　張我軍文學中的典故　明道文藝　第 197 期　1992 年 8 月　頁 29
　　　　　—37

267. 古繼堂　　臺灣新文學理論批評——在「五四」精神的光照下誕生和成長
　　　　　〔張我軍部分〕　臺灣新文學理論批評史　瀋陽　春風文藝出版
　　　　　社　1993 年 6 月　頁 5—6

268. 古繼堂　　臺灣新文學理論批評——在「五四」精神的光照下誕生和成長
　　　　　〔張我軍部分〕　臺灣新文學理論批評史　臺北　秀威資訊科技
　　　　　公司　2009 年 3 月　頁 38—39

269. 古繼堂　　臺灣新文學理論批評的奠基人張我軍　臺灣新文學理論批評史
　　　　　瀋陽　春風文藝出版社　1993 年 6 月　頁 16—32

---

[12] 本文後改篇名為〈臺灣新文學運動先驅張我軍的詩歌理論〉。
[13] 本文僅部分提及張我軍，講述其為挑起新舊文學論爭，將白話文運動一舉推進高點之人，同時歸
　　納出張我軍新文學運動目標：1.建設白話文學以代替文言文；2.改造臺灣語企圖統一於中國語
　　內。

270. 古繼堂　　臺灣新文學理論批評的奠基人張我軍　近觀張我軍　北京　臺海
出版社　2002 年 2 月　頁 164—181

271. 古繼堂　　臺灣新文學理論批評的奠基人張我軍　臺灣新文學理論批評史
臺北　秀威資訊科技公司　2009 年 3 月　頁 49—64

272. 古繼堂　　臺灣新文學誕生初期的思潮和論爭〔張我軍部分〕　臺灣新文學
理論批評史　瀋陽　春風文藝出版社　1993 年 6 月　頁 40

273. 古繼堂　　臺灣新文學誕生初期的思潮和論爭〔張我軍部分〕　臺灣新文學
理論批評史　臺北　秀威資訊科技公司　2009 年 3 月　頁 73

274. 楊　義　　賴和的同輩及受其影響的一群〔張我軍部分〕　中國現代小說史
（第 2 卷）　北京　人民文學出版社　1993 年 7 月　頁 714—715

275. 王志健　　瀛臺詩人與播種者——張我軍　中國新詩淵藪（中）　臺北　正
中書局　1993 年 7 月　頁 1341—1343

276. 莊淑芝　　新文學觀念的萌芽——新舊文學論爭期的文論——張我軍　臺灣
新文學觀念的萌芽與實踐　臺北　麥田出版公司　1994 年 7 月
頁 35—49

277. 莊淑芝　　萌芽時期的新文學作品與文藝雜誌——新詩〔張我軍部分〕　臺
灣新文學觀念的萌芽與實踐　臺北　麥田出版公司　1994 年 7 月
頁 173—177

278. 梁景峰　　臺灣現代詩的起步——賴和、張我軍和楊華的漢文白話詩　賴和
及其同時代的作家：日據時期臺灣文學國際學術會議論文　新竹
清華大學　1994 年 11 月 25—27 日

279. 許俊雅　　文學革命——新舊文學論爭〔張我軍部分〕　日據時期臺灣小說
研究　臺北　文史哲出版社　1995 年 2 月　頁 56—59

280. 趙天儀　　臺灣新詩的出發——試論張我軍與王白淵的詩及其風格（上、
中、下）　臺灣新生報　1995 年 3 月 11—13 日　14 版

281. 趙天儀　　臺灣新詩的出發——試論張我軍與王白淵的詩及其風格　臺灣現
代詩史論：臺灣現代詩史研討會實錄　臺北　文訊雜誌社　1996

年 3 月　頁 67—77

282. 趙天儀　臺灣新詩的出發——試論張我軍與王白淵的詩及其風格　臺灣現代詩鑑賞　臺中　臺中市立文化中心　1997 年 1 月　頁 1—18

283. 趙天儀　臺灣新詩的出發——試論張我軍與王白淵的詩及其風格　近觀張我軍　北京　臺海出版社　2002 年 2 月　頁 319—331

284. 王昶雄　北臺文學綠映紅——編輯導言〔張我軍部分〕　以臺灣爲名　臺北　臺北縣立文化中心　1995 年 6 月　〔1〕頁

285. 陳明柔　把臺灣人的話統一於中國話——張我軍的新文學理論　中央日報　1995 年 12 月 8 日　19 版

286. 陳明柔　把臺灣人的話統一於中國話——張我軍的新文學理論　近觀張我軍　北京　臺海出版社　2002 年 2 月　頁 383—385

287. 莫　渝　血淚的表現——張我軍的詩觀　中央日報　1995 年 12 月 8 日　19 版

288. 莫　渝　血淚的表現——張我軍的詩觀　近觀張我軍　北京　臺海出版社　2002 年 2 月　頁 386—387

289. 葉石濤　爲新舊文學論爭點燃戰火——張我軍對臺灣文學的貢獻　中央日報　1995 年 12 月 8 日　19 版

290. 葉石濤　張我軍逝世四十周年紀念專輯——爲新舊文學論爭點燃戰火——張我軍對臺灣文學的貢獻　近觀張我軍　北京　臺海出版社　2002 年 2 月　頁 381—382

291. 葉石濤　爲新舊文學論爭點燃戰火——張我軍對臺灣文學的貢獻　葉石濤全集・評論卷四　臺南，高雄　國立臺灣文學館，高雄市文化局　2008 年 3 月　頁 393—394

292. 邱　婷　尋找張我軍作品時代意義　中央日報　1995 年 12 月 10 日　19 版

293. 趙　園　五四新文學與兩岸文學之緣〔張我軍部分〕　揚子江與阿里山的對話——海峽兩岸文學比較　上海　上海文藝出版社　1995 年 12 月　頁 20

294. 梁明雄　　新舊文學論爭——張我軍與新舊文學論爭　日據時期臺灣新文學運動研究　中國文化大學中國文學系　博士論文　金榮華教授指導　1995 年 12 月　頁 53—70

295. 梁明雄　　新舊文學論爭——張我軍與新舊文學論爭　日據時期臺灣新文學運動研究　臺北　文史哲出版社　1996 年 2 月　頁 53—90

296. 王昶雄　　兩地情結的人（上、下）[14]　中國時報　1996 年 3 月 6—7 日　35 版

297. 王昶雄　　兩地情結的人——悲歡交融的張我軍　阮若打開心內的門窗　臺北　草根出版公司　1996 年 3 月　頁 136—144

298. 王昶雄　　兩地情結的人——悲歡交融的張我軍　阮若打開心內的門窗　臺北　前衛出版社　1998 年 4 月　頁 136—144

299. 王昶雄　　兩地情結的人——悲歡交融的張我軍　王昶雄全集・散文卷（2）　臺北　臺北縣文化局　2002 年 10 月　頁 351—357

300. 呂興昌　　張我軍新詩創作的再探討（1—8）[15]　民眾日報　1996 年 3 月 31 日—4 月 7 日　27 版

301. 呂興昌　　張我軍新詩創作的再探討　漂泊與鄉土——張我軍逝世四十週年紀念論文集　臺北　行政院文建會　1996 年 5 月　頁 103—117

302. 呂興昌　　張我軍新詩創作的再探討　近觀張我軍　北京　臺海出版社　2002 年 2 月　頁 483—498

303. 許俊雅　　日治時期臺灣白話詩的起步〔張我軍部分〕　臺灣現代詩史論：臺灣現代詩史研討會實錄　臺北　文訊雜誌社　1996 年 3 月　頁 35—42，49

304. 許俊雅　　日據時期臺灣白話詩的起步——張我軍與臺灣白話詩之定位　臺灣文學論：從現代到當代　臺北　南天書局公司　1997 年 10 月

---

[14]本文後改篇名爲〈兩地情結的人——悲歡交融的張我軍〉。
[15]本文以張我軍的新詩創作背景及其作品中隱藏的問題，進一步探討張我軍在新文學運動觀念上的貢獻與實踐。全文共 4 小節：1.前言；2.張我軍新詩的創作背景；3.張我軍新詩的一些問題；4.結語。

頁 164—173

305. 彭小妍　　文學典律，種族階級與鄉土書寫——張我軍與臺灣文學的起源[16]
　　　　　　　中國文哲研究集刊　第 8 期　1996 年 3 月　頁 147—173

306. 彭小妍　　文學典律、種族階級與鄉土書寫——張我軍與臺灣新文學的起源
　　　　　　　漂泊與鄉土——張我軍逝世四十週年紀念論文集　臺北　行政院
　　　　　　　文建會　1996 年 5 月　頁 171—194

307. 彭小妍　　文學典律，種族階級與鄉土書寫——張我軍與臺灣文學的起源
　　　　　　　「歷史很多漏洞」：從張我軍到李昂　臺北　中央研究院中國文哲
　　　　　　　研究所籌備處　2000 年 12 月　頁 1—26

308. 彭小妍　　文學典律、種族階級與鄉土書寫——張我軍與臺灣新文學的起源
　　　　　　　近觀張我軍　北京　臺海出版社　2002 年 2 月　頁 388—412

309. 莫　渝　　張我軍的詩藝　北縣文化　第 48 期　1996 年 5 月　頁 56—61

310. 莫　渝　　人生苦短，詩藝長存——張我軍的詩藝　愛與和平的禮讚　臺北
　　　　　　　草根出版公司　1997 年 4 月　頁 95—111

311. 莫　渝　　人生苦短，詩藝長存——張我軍的詩藝　華文文學　1999 年第 1
　　　　　　　期　1999 年　頁 37—41，70

312. 莫　渝　　人生苦短，詩藝常存——張我軍的詩藝　新詩隨筆　臺北　臺北
　　　　　　　縣文化局　2001 年 12 月　頁 2—16

313. 彭小妍　　張我軍的漂泊與鄉土　漂泊與鄉土——張我軍逝世四十週年紀念
　　　　　　　論文集　臺北　行政院文建會　1996 年 5 月　頁 5—15

314. 林瑞明　　張我軍的文學理論與小說創作[17]　漂泊與鄉土——張我軍逝世四十
　　　　　　　週年紀念論文集　臺北　行政院文建會　1996 年 5 月　頁 119—
　　　　　　　139

315. 林瑞明　　張我軍的文學理論與小說創作　臺灣文學的現實考察　臺北　允

---

[16]本文透過張我軍作品探討臺灣文學受各種文化的影響及張我軍的鄉土觀。全文共 4 小節：1.「支流」對「主流」的認同；2.文學典律與語言；3.國民性與種族階段；4.重建歷史與鄉土書寫。

[17]本文藉由張我軍之作品，描述其對臺灣文學的想法與行動，並闡述其對臺灣文學發展之影響及作品評價。全文共 5 小節：1.一個 T 島的少年；2.臺灣新文學運動的旗手；3.鄉土文學論爭、臺灣話文論爭及其義蘊；4.小說創作及其評價；5.結論。

晨文化公司　1996 年 7 月　頁 224—252

316. 林瑞明　　張我軍的文學理論與小說創作　近觀張我軍　北京　臺海出版社
　　　　　　　2002 年 2 月　頁 451—473

317. 陳明柔　　新與舊的變革：「祖國意象」內在意涵的轉化——試以張我軍文學
　　　　　　　理論爲中心的探索[18]　漂泊與鄉土——張我軍逝世四十週年紀念論
　　　　　　　文集　臺北　行政院文建會　1996 年 5 月　頁 141—169

318. 陳明柔　　新與舊的變革：「祖國意象」內在意涵的轉化——試以張我軍文學
　　　　　　　理論爲中心的探索　近觀張我軍　北京　臺海出版社　2002 年 2
　　　　　　　月　頁 413—444

319. 林海音　　兩個故鄉的張我軍　靜靜的聽　臺北　爾雅出版社　1996 年 6 月
　　　　　　　頁 63—65

320. 林海音　　兩個故鄉的張我軍　寫在風中　臺北　遊目族文化公司　2000 年
　　　　　　　5 月　頁 245—247

321. 游勝冠　　臺灣文學的初創與中國源流的接續〔張我軍部分〕　臺灣文學本
　　　　　　　土論的興起與發展　臺北　前衛出版社　1996 年 7 月　頁 18

322. 黃信玄　　淺論張我軍在臺灣新文學的地位　第六屆全國各大學中文系學生
　　　　　　　學術研討會　臺北　政治大學中國文學系　1997 年 5 月 8—9 日

323. 施懿琳，楊翠　日治中、晚期彰化地區傳統文學之發展——新舊文學論戰
　　　　　　　對彰化傳統文人的影響〔張我軍部分〕　彰化縣文學發展史
　　　　　　　（上）　彰化　彰化縣立文化中心　1997 年 5 月　頁 230—231

324. 許俊雅　　光復前臺灣小說的中國形象〔張我軍部分〕　臺灣文學論：從現
　　　　　　　代到當代　臺北　南天書局公司　1997 年 10 月　頁 115—116

325. 許俊雅　　再議三〇年代臺灣的鄉土文學論爭〔張我軍部分〕　臺灣文學
　　　　　　　論：從現代到當代　臺北　南天書局公司　1997 年 10 月　頁 146
　　　　　　　—150

---

[18]本文描述當時知識分子掀起新文學之背景，以及臺灣文學之爭議，並探討張我軍之文學理論在其
　中所佔之地位和影響。

326. 陳素雲　張我軍與臺灣新文學運動　第七屆中文系系所友學術研討會　臺
　　　北　政治大學中國文學系　1998 年 5 月 19 日

327. 莫　渝　張我軍的詩與愛　臺北縣立文化中心季刊　第 61 期　1999 年 6 月
　　　頁 81—85

328. 莫　渝　張我軍的詩與愛　臺灣新詩筆記　臺北　桂冠圖書公司　2000 年
　　　11 月　頁 129—139

329. 莫　渝　張我軍的詩與愛　新詩隨筆　臺北　臺北縣文化局　2001 年 12 月
　　　頁 17—29

330. 林淇瀁　長廊與地圖：臺灣新詩風潮的溯源與鳥瞰——暗晦的長廊：日治
　　　時期新詩發展溯源〔張我軍部分〕　中外文學　第 28 卷第 1 期
　　　1999 年 6 月　頁 72—73

331. 陳芳明　臺灣新文學史——啓蒙實驗時期的文學：張我軍——批判舊文學
　　　的先鋒　聯合文學　第 180 期　1999 年 10 月　頁 157—160

332. 彭瑞金　臺灣古體詩非盡是擊鉢吟的　臺灣日報　2000 年 2 月 20 日　31
　　　版

333. 張明雄　苦悶的留學經驗——張我軍的小說　臺灣現代小說的誕生　臺北
　　　前衛出版社　2000 年 9 月　頁 36—40

334. 王澄霞　張我軍——臺灣新詩第一人　臺港澳文學教程　上海　漢語大辭
　　　典出版社　2000 年 10 月　頁 32—34

335. 葉連鵬　重讀日據時期臺灣新舊文學論戰——起因、過程與結果的再思考
　　　〔張我軍部分〕　臺灣文學學報　第 2 期　2001 年 2 月　頁 44—
　　　50，52—54，59—61

336. 白少帆　新舊文學之爭與異代祖國之戀——紀念臺灣新文化／新文學運動
　　　80 周年（之三）　百年潮　2001 年第 2 期　2001 年 2 月　頁 75
　　　—77

337. 史揮戈　蓽路藍縷，薪盡火傳　兩岸關係　第 53 期　2001 年 5 月　頁 60
　　　—61

338. 呂正惠，趙遐秋　　白話文運動的先驅者為建設新文學而奮鬥〔張我軍部分〕　臺灣新文學思潮史綱　北京　昆崙出版社　2002 年 1 月　頁 32—49

339. 呂正惠，趙遐秋　　白話文運動的先驅者為建設新文學而奮鬥〔張我軍部分〕　臺灣新文學思潮史綱　臺北　人間出版社　2002 年 6 月　頁 40—60

340. 呂正惠，趙遐秋　　臺灣新文學思潮史綱（節錄）　近觀張我軍　北京　臺海出版社　2002 年 2 月　頁 190—213

341. 周　青　　臺灣新文學運動的先覺者張我軍　近觀張我軍　北京　臺海出版社　2002 年 2 月　頁 113—118

342. 周　青　　臺灣新文學運動的先覺者張我軍——張我軍逝世三十周年紀念會上的講話　文史論集　臺北　海峽學術出版社　2004 年 12 月　頁 213—218

343. 葉石濤　　新文學搖籃期代表性作家張我軍　近觀張我軍　北京　臺海出版社　2002 年 2 月　頁 278

344. 蘇世昌　　張我軍文學理論之建構　近觀張我軍　北京　臺海出版社　2002 年 2 月　頁 499—528

345. 陳昭瑛　　啟蒙、解放與傳統：論 20 年代臺灣知識分子的文化省思〔張我軍部分〕　臺灣的文化發展：世紀之交的省思　臺北　臺灣大學出版中心　2002 年 3 月　頁 29—31

346. 林政華　　臺灣本土小說名家與名作——張我軍　臺灣文學汲探　臺北　文史哲出版社　2002 年 3 月　頁 128—155

347. 賴松輝　　浪漫主義的修辭語言——張我軍的詩論　日據時期臺灣小說思想與書寫模式之研究（1920—1938）　成功大學中國文學系碩博士班　博士論文　呂興昌教授指導　2002 年 7 月　頁 90—102

348. 白　靈　　站在詩人的肩膀上〔張我軍部分〕　臺灣現代文學教程：新詩讀本　臺北　二魚文化公司　2002 年 8 月　頁 22—25

349. 古繼堂　　將五四文學革命軍引進臺灣的張我軍　臺灣文學的母體依戀　北京　九州出版社　2002 年 9 月　頁 266—278

350. 陳信元　　播下文化啓蒙種籽的先覺者——張我軍　中央日報　2002 年 10 月 11 日　14 版

351. 陳信元　　播下文化啓蒙種籽的先覺者——張我軍　出版與文學：見證二十年海峽兩岸文化交流　臺北　揚智文化公司　2004 年 10 月　頁 85—89

352. 何　標　　對釐清臺灣新文學運動一些問題的思考〔張我軍部分〕　番薯藤繫兩岸情　北京　臺海出版社　2003 年 1 月　頁 236—238

353. 張光正　　對釐清臺灣新文學運動一些問題的思考〔張我軍部分〕　番薯藤繫兩岸情　臺北　海峽學術出版社　2003 年 9 月　頁 221—223

354. 夏祖焯〔夏烈〕　吳濁流、張我軍與林海音　臺灣殖民地史學術研討會議程　臺北　夏潮聯合會，臺灣東亞文明研究中心主辦　2003 年 3 月 29—30 日

355. 夏　烈　　吳濁流、張我軍及林海音[19]　聯合報　2003 年 10 月 14 日　E7 版

356. 夏　烈　　吳濁流、張我軍及林海音　新竹文獻　第 17 期　2005 年 4 月　頁 125—130

357. 夏　烈　　吳濁流、張我軍及林海音　流光逝川　臺北　爾雅出版社　2008 年 7 月　頁 103—111

358. 解昆樺　　笠詩社的現代詩典律建構——日治時期的新文學傳統〔張我軍部分〕　論臺灣現代詩典律的建構與推移：以創世紀、笠詩社爲觀察核心　中正大學中國文學系　碩士論文　江寶釵教授指導　2003 年 4 月　頁 271—310

359. 解昆樺　　笠詩社的現代詩典律建構——日治時期的新文學傳統〔張我軍部分〕　臺灣現代詩典律的建構與推移：以創世紀詩社與笠詩社爲觀察核心　臺北　鷹漢文化公司　2004 年 7 月　頁 227—265

[19]本文敘述三人的交往和對於臺灣文學的貢獻。

360. 朱雙一　　張我軍於廈門——接受五四新思潮的前奏　閩臺文學的文化親緣　福州　福建人民出版社　2003 年 7 月　頁 269—272

361. 奚　密　　臺灣人在北京：四九前在京臺灣作家簡論〔張我軍部分〕　「北京：都市想像與文化記憶」國際學術研討會　北京　北京大學中文系　2003 年 10 月 22—24 日

362. 下村作次郎，中島利郎，黃英哲　　新舊文學論爭與張我軍　臺灣文學百年顯影　臺北　玉山社出版公司　2003 年 10 月　頁 39—46

363. 黃怡菁　臺灣新文學的世界性格與社會性格——以張我軍 1924—1926 發表於《臺灣民報》上的文章爲主要探討對象[20]　第一屆全國臺灣文學研究生學術研討會　臺南　國家臺灣文學館主辦　2004 年 5 月 1—2 日

364. 黃怡菁　臺灣新文學的世界性格與社會性格——以張我軍 1924—1926 發表於《臺灣民報》上的文章爲主要探討對象　第一屆全國臺灣文學研究生學術研討會論文集　臺南　國家臺灣文學館　2004 年 7 月　頁 113—132

365. 陳建忠　日治時期臺灣文學（1895—1945）——日治時期代表作家、作品〔張我軍部分〕　臺灣的文學　臺北　群策會李登輝學校　2004 年 5 月　頁 59

366. 陳芳明　現代性與日據臺灣第一世代作家——兩種文學批判的典型：張我軍與賴和　殖民地摩登：現代性與臺灣史觀　臺北　麥田出版公司　2004 年 6 月　頁 36—47

367. 史揮戈　論張我軍對臺灣新文學的貢獻　山東師範大學學報　2006 年第 2 期　2006 年 3 月　頁 74—77

---

[20]本文從當時發表的狀況了解張我軍探討「新文學」此議題的脈絡，並嘗試從中找尋張我軍所意圖展現的「新文學」三字的意涵與新的詮釋可能。全文共 7 小節：1.交融與變異——張我軍與世界思潮、臺灣社會間的關係；2.怎樣的新文學——試論關於張我軍「新文學」觀念之先行研究與文學史之定位；3.空間的交融——張我軍眼中臺灣新文學的世界性格；4.文學與政治、社會——張我軍對臺灣現實的看法與臺灣新文學的社會性格；5.結論；6.參考書目；7.附錄一：張我軍 1920—1926 發表於臺灣民報之篇章一覽表。

368. 翁聖峰　文學世界新變與新舊文學論爭〔張我軍部分〕　日據時期臺灣新舊文學論爭新探　臺北　五南圖書出版公司　2007 年 1 月　頁 70—72

369. 翁聖峰　新舊文學論爭激烈期——張我軍批判舊文學　日據時期臺灣新舊文學論爭新探　臺北　五南圖書出版公司　2007 年 1 月　頁 101—106

370. 古遠清　學院作家與二十世紀臺灣文學〔張我軍部分〕　學院作家學術研討會大會手冊及論文集　臺北　臺北教育大學語文與創作學系　2007 年 9 月　頁 10—12

371. 劉　俊　臺灣文學的「輸入」與「輸出」（張我軍部分）　華文文學論壇：臺北與世界的對話研討會會議論文　臺北　臺北市文化局，財團法人臺灣文學發展基金會　2007 年 12 月 7 日　〔1〕頁

372. 何　標　在臺北「張我軍學術研討會」的報告[21]　明月多應在故鄉　臺北　海峽學術出版社　2008 年 1 月　頁 37—43

373. 葉石濤　臺灣鄉土文學史導論〔張我軍部分〕　葉石濤全集‧評論卷二　臺南，高雄　國立臺灣文學館，高雄市文化局　2008 年 3 月　頁 25—26

374. 梁明雄　文學與時代——日據時期臺灣現代文學的發展——新文學三傑（張我軍、賴和、楊雲萍）的開創實績　稻江學報　第 3 卷第 1 期　2008 年 6 月　頁 300—306

375. 劉　俊　論臺灣文學現代性產生之初的三種型態——以連橫、張我軍、賴和為例[22]　臺灣文學現代性學術研討會論文集　廈門　廈門大學臺灣研究中心，廈門大學臺灣研究院　2008 年 7 月 4—8 日　頁 1—11

---

[21] 本文探討張我軍與中日文化交流的關係。
[22] 本文以啓蒙思想維角度切入，探討連橫、張我軍和賴和所分別代表的三種型態。

376. 陳萬益　　賴和與張我軍比較論——以新舊文學論爭爲主[23]　臺灣文學現代性
　　　　　　　學術研討會論文集　廈門　廈門大學臺灣研究中心，廈門大學臺
　　　　　　　灣研究院　2008 年 7 月 4—8 日　〔4〕頁

377. 許俊雅　　大漢溪流域的文化與文學——板橋市——板橋作家之個案研究與
　　　　　　　介紹——兩地情結的張我軍　續修臺北縣志・藝文志第三篇・文
　　　　　　　學（下）　臺北　臺北縣政府　2008 年 8 月　頁 17—21

378. 黃美娥　　都是因爲「現代」——日治時期臺灣新舊文學論戰、通俗文學的
　　　　　　　萌芽與發展——新舊文學部分〔張我軍部分〕　文學　臺灣：11
　　　　　　　位新銳臺灣文學研究者帶你認識臺灣文學　臺南　國立臺灣文學
　　　　　　　館　2008 年 9 月　頁 42—44

379. 林淇瀁　　在黑暗中點燈——二〇、三〇年代臺灣左翼文學運動——抵抗的
　　　　　　　殖民地文學〔張我軍部分〕　文學　臺灣：11 位新銳臺灣文學研
　　　　　　　究者帶你認識臺灣文學　臺南　國立臺灣文學館　2008 年 9 月
　　　　　　　頁 57—58

380. 劉恆興　　兩端之間——論 1920 年代張我軍新舊文學意識與文化民族認同[24]
　　　　　　　漢學研究　第 57 期　2009 年 6 月　頁 333—364

381. 楊傑銘　　民族的幽靈・現代化的追尋——論張我軍《臺灣民報》的魯迅思
　　　　　　　潮引介[25]　臺灣學研究　第 7 期　2009 年 6 月　頁 115—134

382. 楊傑銘　　日治時期「魯迅思想」的引介：第一期——中國民族論述建構時
　　　　　　　期（1923—1926）〔張我軍部分〕　魯迅思想在臺傳播與辯證
　　　　　　　（1923—1949）———個精神史的側面　中興大學臺灣文學研究
　　　　　　　所　碩士論文　廖振富教授指導　2009 年 8 月　頁 27—52

---

[23]本文藉重溯歷史語境以爬梳賴和與張我軍於新舊文學論爭所展現的文學觀，並比較其主張之異
同。

[24]本文析論張我軍在 1920 年代新舊文學論爭的相關文學作品中，所反映的新舊文學意識及民族文
化認同，並探索臺灣新文學運動發展的歷程意義，試圖釐清新舊文學的衝突。全文共 4 小節：1.
前言；2.新舊抉擇；3.國族與鄉土文化之間；4.結語。

[25]本文探析張我軍於《臺灣民報》大量轉載魯迅著作對臺灣文學發展產生的影響。全文共 4 小節：
1.張我軍與中國白話文學理論在臺的建構；2.《臺灣民報》轉載中國新文學的概況；3.權力的張
力：魯迅著作在臺傳播與臺灣文學場域的「力」的流動；4.結論：魯迅思潮在臺的深化。

383. 楊傑銘　日治時期「魯迅思想」的引介：第二期——思想交混轉換時期
　　　（1926—1935）〔張我軍部分〕　魯迅思想在臺傳播與辯證
　　　（1923—1949）——一個精神史的側面　中興大學臺灣文學研究
　　　所　碩士論文　廖振富教授指導　2009 年 8 月　頁 53—76

384. 橫路啓子　言文「不」一致的根源——文學中的「新／舊」〔張我軍部
　　　分〕　文學的流離與回歸——三〇年代鄉土文學論戰　臺北　聯
　　　合文學出版社　2009 年 10 月　頁 181—185

385. 潘頌德　張我軍　中國現代詩論三十家　臺北　秀威資訊科技公司　2009
　　　年 12 月　頁 113—119

386. 王文仁　新舊變革與文學典律——張我軍與胡適的文學革命行動[26]　東吳中
　　　文學報　第 20 期　2010 年 11 月　頁 191—218

387. 朱雙一　新舊文學之爭與臺灣新文學的誕生〔張我軍部分〕　臺灣文學創
　　　作思潮簡史　臺北　人間出版社　2011 年 5 月　頁 95—111

388. 林皇德　張我軍——散播新文學的火種　用愛釀成篇章——臺灣文學家的
　　　故事　臺南　國立臺灣文學館　2011 年 7 月　頁 17—21

分論

◆單行本作品

詩

《亂都之戀》

389. 黃天橫　臺灣新文學的鼓吹者——張我軍及其詩集《亂都之戀》　自立晚
　　　報　1986 年 5 月 4 日　10 版

390. 黃天橫　臺灣新文學的鼓吹者——張我軍及其詩集《亂都之戀》　亂都之
　　　戀　瀋陽　遼寧大學出版社　1987 年 6 月　頁 75—79

391. 周　青　《亂都之戀》僅剩下的七首詩　臺聲　1986 年第 9 期　1986 年 9

---

[26]本文以張我軍為核心，透過斷面性的考掘加以探討促成 1920 年代的新舊文學論爭之緣由，及其
對胡適思想的傳承與改造。全文共 6 小節：1.前言；2.張我軍的知識分子之路與臺灣新文學運動
的發起；3.文學革命行動與全盤否定傳統的革命者姿態；4.新舊文學論戰中張我軍對胡適文學觀
念的傳承及轉化；5.觀念的作用及新舊文學典範的競爭及對話；6.結語。

月　頁 38

392. 王　川　　絕版六十年重見天日——張我軍詩集《亂都之戀》　人民日報
1987 年 12 月 1 日　7 版

393. 龍瑛宗　　點亮文化的聖火——張我軍和他的《亂都之戀》　臺灣新生報
1988 年 1 月 19 日　23 版

394. 龍瑛宗　　點亮文化的聖火——張我軍和他的《亂都之戀》　臺灣文藝　第
111 期　1988 年 6 月　頁 126—129

395. 龍瑛宗　　點亮文化的聖火——張我軍和他的《亂都之戀》　龍瑛宗全集·
中文卷·隨筆集（2）　臺南　國家臺灣文學館籌備處　2006 年
11 月　頁 175—178

396. 葉寄民〔葉笛〕　　張我軍及其詩集《亂都之戀》——日治時代文學道上的
清道夫　臺灣學術研究會誌（日本）　第 3 期　1988 年 12 月　頁
35—49

397. 葉　笛　　張我軍及其詩集《亂都之戀》——日治時代文學道上的清道夫
臺灣文學巡禮　臺南　臺南市立文化中心　1995 年 4 月　頁 20—
38

398. 葉寄民　　張我軍及其詩集《亂都之戀》——日治時代文學道上的清道夫
近觀張我軍　北京　臺海出版社　2002 年 2 月　頁 301—315

399. 葉　笛　　張我軍及其詩集《亂都之戀》——日據時代文學道上的清道夫
臺灣早期現代詩人論　高雄　春暉出版社　2003 年 10 月　頁 45
—64

400. 葉　笛　　張我軍及其詩集《亂都之戀》——日據時代文學道上的清道夫
葉笛全集·評論卷 1　臺南　臺灣國家文學館籌備處　2007 年 5
月　頁 49—67

401. 古繼堂　　張我軍和他的《亂都之戀》　臺灣新詩發展史　臺北　文史哲出
版社　1989 年 7 月　頁 27—31

402. 趙天儀　　作家的創作與愛情　自立晚報　1996 年 3 月 7 日　23 版

403. 趙天儀　作家的創作與愛情　近觀張我軍　北京　臺海出版社　2002 年 2
　　　月　頁 316—318

404. 方　忠　百年臺灣文學發展論──現代意識與民族詩風〔《亂都之戀》部
　　　分〕　百年中華文學史論：1898—1999　上海　華東師範大學出
　　　版社　1999 年 9 月　頁 44

405. 黎湘萍　幸福的誘惑：「出走」母題〔《亂都之戀》部分〕　文學臺灣──
　　　臺灣知識者的文化敘事與理論想像　北京　人民文學出版社
　　　2003 年 3 月　頁 56—57

406. 陳沛淇　在「京華」中的「Ｔ 島」青年──試論《亂都之戀》的風格與形
　　　式　日治時期新詩之現代性符號探尋　南華大學文學研究所　碩
　　　士論文　陳明柔教授指導　2003 年 6 月　頁 122—133

407. 陳沛淇　在「京華」中的「Ｔ 島」青年──談張我軍《亂都之戀》中的形
　　　式問題　文學前瞻　第 4 期　2003 年 7 月　頁 20—33

408. 羅吉甫　臺灣第一本新詩集　中國時報　2003 年 12 月 29 日　E7 版

409. 王德威　少年臺灣〔《亂都之戀》部分〕　臺灣：從文學看歷史　臺北
　　　麥田出版公司　2005 年 9 月　頁 105—106

410. 楊宗翰　冒現期臺灣新詩史──追風、施文杞、張我軍　創世紀　第 145
　　　期　2005 年 12 月　頁 152—154

411. 何鳳嬌，陳美蓉　《亂都之戀》出土　固園黃家：黃天橫先生訪談錄　臺
　　　北　國史館　2008 年 5 月　頁 306—308

412. 應鳳凰，傅月庵　張我軍──《亂都之戀》　冊頁流轉──臺灣文學書入
　　　門 108　臺北　印刻文學生活雜誌出版公司　2011 年 3 月　頁 24
　　　—25

文集

《張我軍文集》

413. 曾文明　因《張我軍文集》的出版而想起　書評書目　第 33 期　1976 年 1
　　　月　頁 117—121

414. 應鳳凰　　張我軍的《張我軍文集》　臺灣文學花園　臺北　玉山社出版公司　2003 年 1 月　頁 22—25

《張我軍詩文集》

415. 楊　　照　　臺灣新文學的理論先鋒——張光直編《張我軍詩文集》　中央日報　1998 年 9 月 22 日　37 版

單篇作品

416. 下村作次郎著；葉石濤譯　　幻影之書——李獻璋編《臺灣小說選》的研究（1—3）[27]　自立晚報　1986 年 3 月 24—29 日　10 版

417. 下村作次郎著；葉石濤譯　　幻影之書——李獻璋編《臺灣小說選》的研究　葉石濤全集・翻譯卷一　臺南，高雄　國立臺灣文學館，高雄市文化局　2009 年 11 月　頁 279—304

418. 羅心鄉　　憶〈亂都之戀〉　亂都之戀　瀋陽　遼寧大學出版社　1987 年 6 月　頁 56—58

419. 羅心鄉　　憶〈亂都之戀〉　張我軍詩文集　臺北　純文學出版社　1989 年 9 月　頁 209—211

420.〔張默，蕭蕭〕　　〈亂都之戀〉鑑評　新詩三百首（一九一七—一九九五）（上）　臺北　九歌出版社　1995 年 9 月　頁 268—273

421.〔游喚，張鴻聲，徐華中〕　　〈亂都之戀〉賞析　現代詩精讀　臺北　五南圖書出版公司　1998 年 9 月　頁 109

422. 張尉聖　　從張我軍的〈亂都之戀〉分析日治時的語言現象　國文天地　第 307 期　2010 年 12 月　頁 64—69

423. 黃天橫　　張我軍出土[28]〔〈席上呈南都（陳逢源別號）詞兄〉〕　自立晚報　1991 年 12 月 23 日　19 版

424. 莊永明　　拆下舊文學殿堂〔〈請合力拆下這座敗草叢中的破舊殿堂〉〕

---

[27]本文綜合介紹收錄於《臺灣小說選》中之賴和〈前進〉、〈棋盤邊〉、〈辱？！〉、〈惹事〉、〈赴了春宴回來〉，楊雲萍〈光臨〉、〈弟兄〉、〈黃昏的蔗園〉，張我軍〈誘惑〉，一村〈榮歸〉，守愚〈戽魚〉，秋生〈鬼〉，朱點人〈蟬〉，王詩琅〈沒落〉、〈十字路〉等短篇小說。

[28]本文旨在介紹張我軍一首未被輯錄的漢詩〈席上呈南都（陳逢源別號）詞兄〉，並講述該詩的寫作成因。

臺灣紀事：臺灣歷史上的今天（下）　臺北　時報文化出版公司
1993 年 4 月　頁 1012—1013

425. 翁聖峰　文學格律與新舊文學論爭——新文人承襲八不主義〔〈請合力拆
下這座敗草叢中的破舊殿堂〉部分〕　日據時期臺灣新舊文學論
爭新探　臺北　五南圖書出版公司　2007 年 1 月　頁 299—301

426. 林政華　張我軍〈買彩票〉的多面訴求　民眾日報　1996 年 7 月 8 日　27
版

427. 林政華　〈買彩票〉的多面訴求　臺灣小說名著新探　臺北　文史哲出版
社　1997 年 1 月　頁 120—121

428. 林政華　臺灣第一首新詩的思想主題——張我軍的〈沉寂〉　中央日報
1996 年 8 月 13 日　19 版

429. 林政華　臺灣第一首新詩誰屬〔〈沉寂〉〕　民眾日報　1996 年 11 月 7 日
27 版

430. 李漢偉　偏向「見證／控訴」的記錄〔〈弱者的悲鳴〉部分〕　臺灣新詩
的三種關懷　臺北　駱駝出版社　1997 年 10 月　頁 47—48

431. 莫　渝　張我軍：〈弱者的悲鳴〉　臺灣新詩筆記　臺北　桂冠圖書公司
2000 年 11 月　頁 287—289

432. 莫　渝　〈弱者的悲鳴〉　新詩隨筆　臺北　臺北縣文化局　2001 年 12 月
頁 122—125

433. 翁聖峰　文學觀與戀愛的糾葛〔〈隨感錄〉部分〕　日據時期臺灣新舊文
學論爭新探　臺北　五南圖書出版公司　2007 年 1 月　頁 245—
246

434. 何　標　〈春雷〉捎來父親生前的資訊——在「張我軍逝世三十週年紀念
座談會」的發言　明月多應在故鄉　臺北　海峽學術出版社
2008 年 1 月　頁 33—36

435. 何　標　「於無聲處聽驚雷」——試析張我軍的散文〈春雷〉[29]　我的鄉情

[29] 本文藉由敘述張我軍散文〈春雷〉的寫作背景，探討張我軍當時的遭遇及心境。全文共 3 小節：

和臺海兩岸情　北京　臺海出版社　2010 年 12 月　頁 3—18

多篇作品

436. 下村作次郎，黃英哲　　張我軍作品解說——〈買彩票〉、〈白太太的哀史〉、
〈誘惑〉　日本統治期台湾文学——台湾人作家作品集（別卷）
東京　緑蔭書房　1999 年 7 月　頁 451—453

437. 〔陳萬益選編〕　　〈隨感錄〉、〈南遊印象記〉賞析　國民文選・散文卷 1
臺北　玉山社出版公司　2004 年 8 月　頁 115—116

438. 何　標　「五四」風暴在臺灣〔〈致臺灣青年的一封信〉、〈糟糕的臺灣文
學界〉部分〕　我的鄉情和臺海兩岸情　北京　臺海出版社
2010 年 12 月　頁 61—62

作品評論目錄、索引

439. 張恆豪　張我軍小說評論引得　楊雲萍、張我軍、蔡秋桐合集（臺灣作家
全集）　臺北　前衛出版社　1991 年 2 月　頁 155—158

440. 蘇世昌　張我軍研究論著表　追尋與回歸：張我軍及其作品研究　中興大
學中國文學系　碩士論文　賴芳伶教授指導　1998 年 6 月　頁
142—148

441. 蘇世昌編；張光正補　張我軍研究論著登錄表　近觀張我軍　北京　臺海
出版社　2002 年 2 月　頁 544—557

其他

442. 周作人　張我軍譯《文學論》序　張我軍評論集　臺北　臺北縣立文化中
心　1993 年 6 月　頁 272—274

443. 武者小路實篤著；張我軍譯　《黎明》漢譯本序　張我軍評論集　臺北
臺北縣立文化中心　1993 年 6 月　頁 276—277

444. 王升遠，周慶玲　中國日語教育史視閾中的張我軍論[30]　臺灣研究集刊

1.雲鎮雨打，不見天日；2.清脆的春雷，帶來晴天的希望；3.愁眉苦臉的青春時代。正文後附錄
〈春雷〉。

[30]本文以張我軍主編的《日文與日語》為文本，探討其辦雜誌背後的時代意義與價值。全文共 4 小
節：1.作為編者之張我軍——日文與日語》的學科史意義；2.作為著者之張我軍——體系化、個

2009 年第 3 期　2009 年 9 月　頁 99—106

445. 何　標　　祝賀張我軍譯文結集出版〔《張我軍譯文集（上、下）》〕　我的
　　　　　　　鄉情和臺海兩岸情　北京　臺海出版社　2010 年 12 月　頁 45—
　　　　　　　46

446. 張光正　　序言〔《張我軍譯文集（上、下）》〕　張我軍譯文集（上）　臺
　　　　　　　北　海峽學術出版社　2011 年 1 月　頁 1—2

447. 張　泉　　張我軍日文譯作的時代及意義〔《張我軍譯文集（上、下）》〕
　　　　　　　張我軍譯文集（上）　臺北　海峽學術出版社　2011 年 1 月　頁
　　　　　　　3—8

448. 楊紅英　　編者的話〔《張我軍譯文集（上、下）》〕　張我軍譯文集（上）
　　　　　　　臺北　海峽學術出版社　2011 年 1 月　頁 9—11

性化的日語教材編纂；3.作爲師者之張我軍——日語教育家的責任感；4.結語。

國家圖書館出版品預行編目資料

臺灣現當代作家研究資料彙編. 16, 張我軍 / 許俊雅
編選. -- 初版. -- 臺南市：臺灣文學館, 2012.03
　面；　　公分
ISBN 978-986-03-2100-5(平裝)

1.張我軍　2.傳記　3.文學評論

863.4　　　　　　　　　　　　101004837

【臺灣現當代作家研究資料彙編】16
張我軍

發 行 人／　李瑞騰
指導單位／　行政院文化建設委員會
出版單位／　國立台灣文學館
　　　　　　地址／70041 台南市中西區中正路 1 號
　　　　　　電話／06-2217201　　　　傳真／06-2218952
　　　　　　網址／www.nmtl.gov.tw　　電子信箱／pba@nmtl.gov.tw

總 策 畫／　封德屏
顧　　問／　林淇瀁　張恆豪　許俊雅　陳信元　陳義芝　須文蔚　應鳳凰
工作小組／　王雅嫻　杜秀卿　翁智琦　陳欣怡　陳恬逸
　　　　　　黃寁婷　詹宇霈　羅巧琳
編　　選／　許俊雅
責任編輯／　黃寁婷
校　　對／　王雅嫻　翁智琦　陳逸凡　黃敏琪　黃寁婷　趙慶華　潘佳君
計畫團隊／　財團法人台灣文學發展基金會
美術設計／　翁國鈞‧不倒翁視覺創意
印　　刷／　松霖彩色印刷事業有限公司

經銷展售　　國家書店松江門市（02-25180207）
　　　　　　國立台灣文學館－雪芙瑞文學咖啡坊（06-2214632）
　　　　　　文建會員工消費合作社（02-23434168）
　　　　　　南天書局（02-23620190）　　　唐山出版社（02-23633072）
　　　　　　府城舊冊店（06-2763093）　　　台灣的店（02-23625799）
　　　　　　啟發文化（02-29586713）　　　三民書局（02-23617511）
　　　　　　草祭二手書店（06-2216872）　　五南文化廣場（04-22260330）

初版一刷／2012 年 3 月
定　　價／新臺幣 320 元整
　　　　　第一階段 15 冊新臺幣 5500 元整　第二階段 12 冊新臺幣 4500 元整
GPN／1010100530（單本）
　　　1010000407（套）
ISBN／978-986-03-2100-5（單本）
　　　978-986-02-7266-6（套）

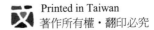